致敬了不起的她

38位中国女性抗疫故事

湖北省妇女联合会 编

中国妇女出版社

图书在版编目（CIP）数据

致敬了不起的她 ：38 位中国女性抗疫故事 ／ 湖北省妇女联合会编 . -- 北京 ：中国妇女出版社，2021.2
ISBN 978-7-5127-1965-1

Ⅰ . ①致… Ⅱ . ①湖… Ⅲ . ①报告文学－作品集－中国－当代 Ⅳ . ① I25

中国版本图书馆 CIP 数据核字（2021）第 028242 号

致敬了不起的她——38 位中国女性抗疫故事

作　　者：湖北省妇女联合会　编
项目编辑：孔　姿
责任编辑：陈　元
封面设计：李　甦
责任印制：王卫东
出版发行：中国妇女出版社
地　　址：北京市东城区史家胡同甲 24 号　　邮政编码：100010
电　　话：（010）65133160（发行部）　　65133161（邮购）
网　　址：www.womenbooks.cn
法律顾问：北京市道可特律师事务所
经　　销：各地新华书店
印　　刷：武汉市新华印刷有限责任公司
开　　本：170×240　1/16
印　　张：24
彩　　插：16 面
字　　数：295 千字
版　　次：2021 年 2 月第 1 版
印　　次：2021 年 2 月第 1 次
书　　号：ISBN 978-7-5127-1965-1
定　　价：68.00 元

“人民英雄”国家荣誉称号获得者陈薇

她用自己的行动诠释了伟大的抗疫精神和新时代科学家精神

图片来源：新华社（刘茜 摄）

战胜者证书 winner

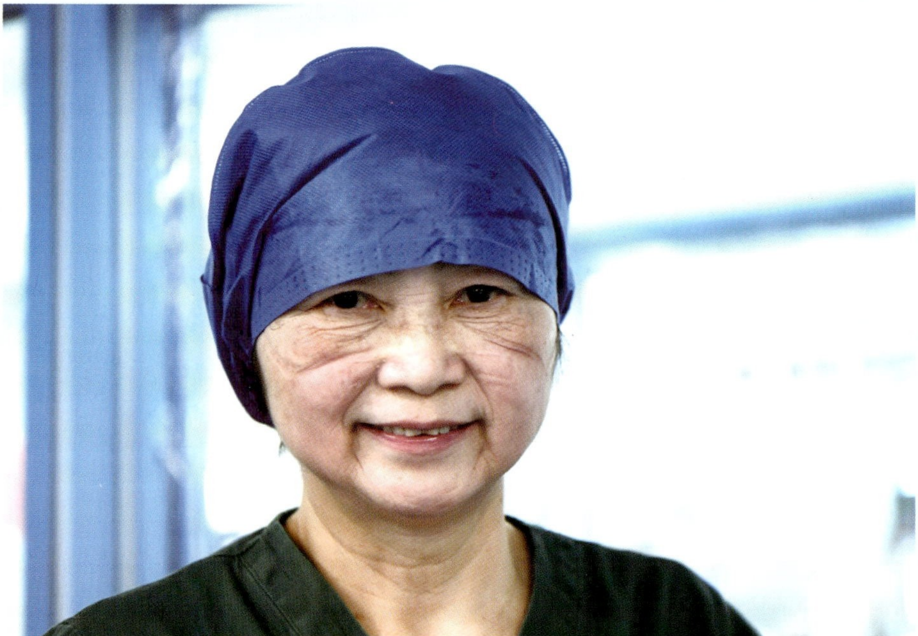

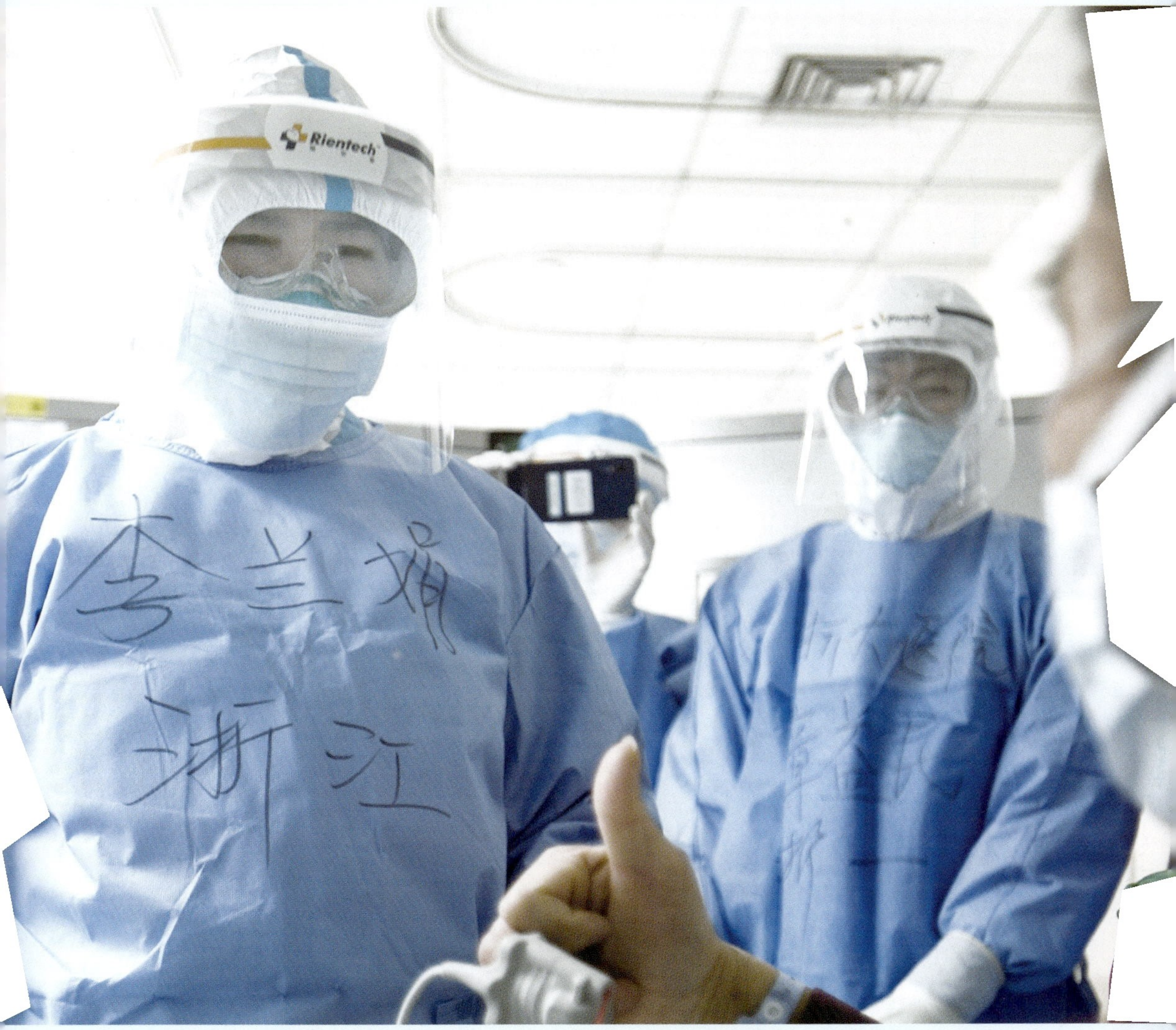

1 | 3
2

1.2020年2月24日15时，武汉大学人民医院东院区又有19名新冠肺炎重症患者治愈出院，李兰娟院士为出院者送行

2.李兰娟院士摘下口罩后，脸上留下的压痕清晰可见

3.李兰娟率医疗专家团队进驻武汉大学人民医院东院区重症监护室，穿上隔离衣进入ICU、CCU查房

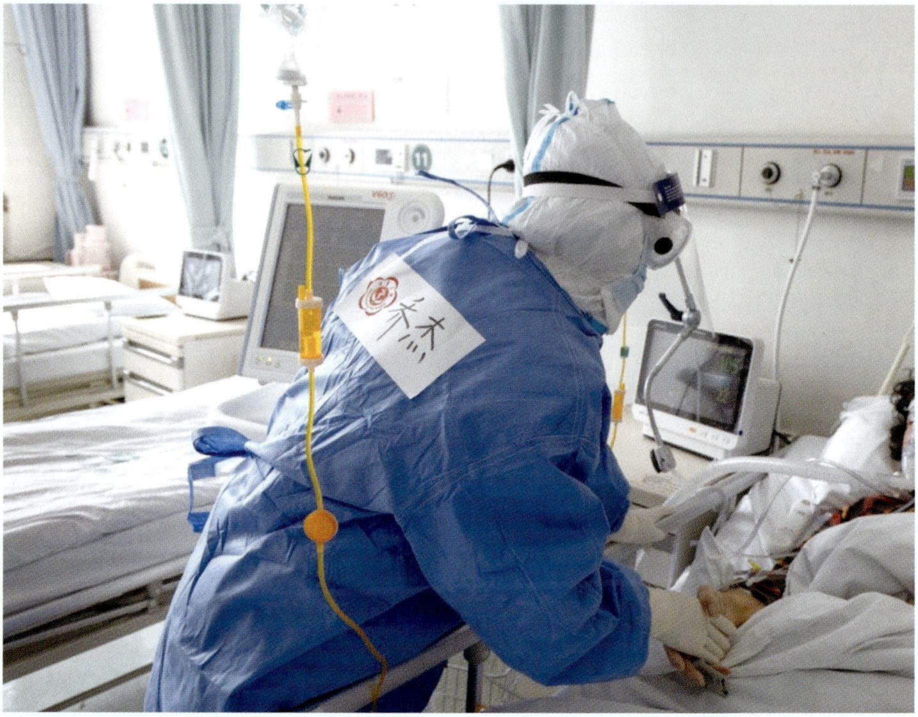

NICU

1 2 3

1.乔杰院士在病床旁询问病情并鼓励新冠肺炎患者树立信心、战胜病魔

2.2020年2月19日，乔杰院士随国家卫生健康委领导赴湖北省妇幼保健院调研疫情期的妇幼工作

3.2020年2月8日元宵节当晚，乔杰协助北医三院感染隔离病房医护穿防护服

1	2
3	4

1.黄建英：武汉大学中南医院临床试验中心常务副主任，研究员

2.付守芝：武汉市第三医院光谷院区第三党总支书记，急诊医学科和重症医学科主任、主任医师

3.童巧霞：华中科技大学同济医学院附属协和医院感染科主任医师

4.严丽：华中科技大学同济医学院附属同济医院急诊科和重症医学科副主任医师

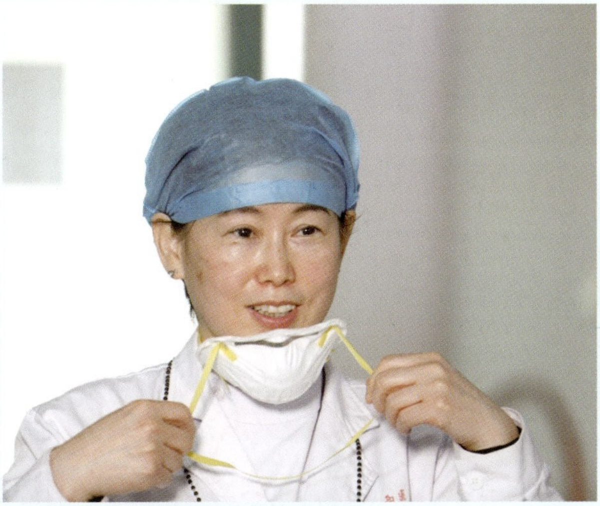

1 2
3 4

1.张继先：湖北省中西医结合医院呼吸内科主任、党支部书记

2.李晓静：上海市浦东新区浦南医院护理部主任

3.袁雅冬：河北医科大学第二医院大内科主任

4.冯玲：华中科技大学同济医学院附属同济医院产科主任

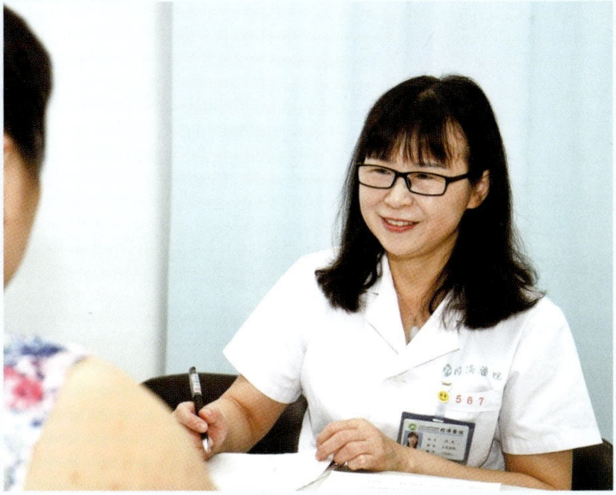

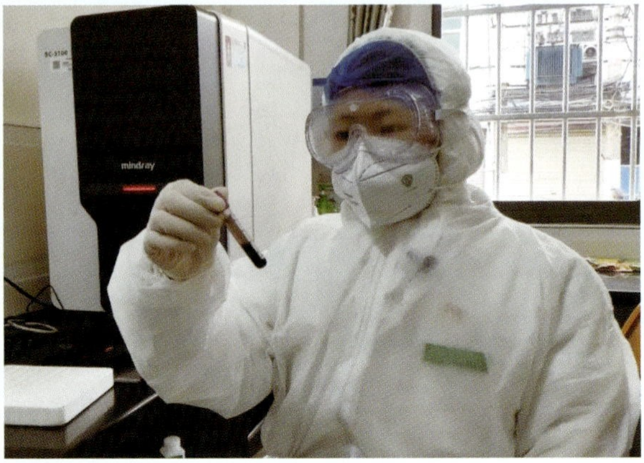

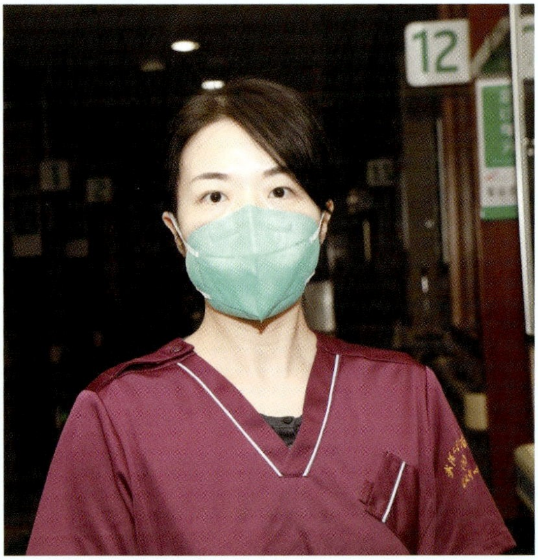

1.樊艳青：武汉市金银潭医院放射科主任
2.甘如意：武汉市江夏区金口中心卫生院检验科化验员
3.郭琴：武汉大学中南医院急救中心主管护师
4.钟小锋：武汉市肺科医院重症医学科护士长

1	2
3	
4	5

1.杨丽红：武汉市江汉区行政审批局政务服务大厅经理

2.桂小妹：武汉市青山区工人村街道青和居社区党委书记、社区主任，区妇联兼职副主席

3.王琼：武汉市江汉区满春街中大社区党委书记、社区主任

4.袁静：武汉市青山区厂前街办事处妇联副主席

5.董守芝：武汉市江汉区唐家墩街西桥社区党委书记、居委会主任

1	2
3	4
	5

1.郑园园：武汉市硚口区长丰街园博南社区党委书记兼居委会主任

2.杨雪：武汉市寄给未来传媒有限公司导演，武汉市巾帼志愿者

3.华雨辰：武汉市青山区钢花小学音乐教师

4.周惠琴：武汉市江岸区千穗岚公益组织社区老师

5.王东方：武汉市蔡甸区蔡甸街跃进社区志愿者

1.杨剑华：中南建筑设计院党委副书记、总经理，中南建筑设计院抗疫项目与雷神山医院项目设计总指挥长

2.陈应：中建三局智能技术有限公司党总支书记、总经理

3.曹怡坤：武汉市公安局江岸区分局永清街派出所社区民警

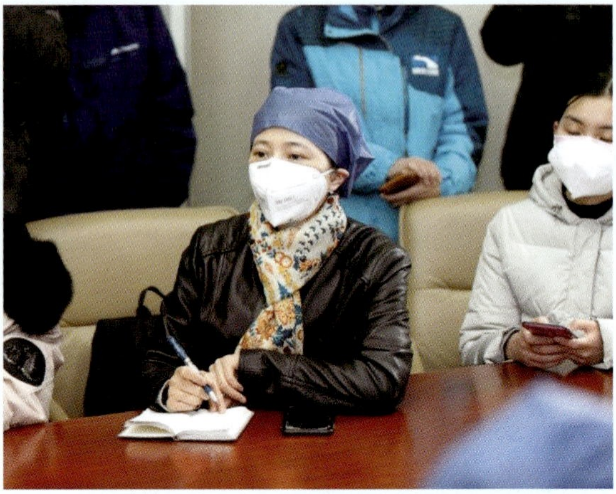

1	2
3	4

1.谭海燕：《金银潭实拍80天》总导演，湖北卫视首席策划，资深媒体人

2.余瑾毅：湖北日报社武汉新闻中心医疗战线记者

3.万红：武汉食上添餐厅总经理

4.张春香：武汉经济技术开发区市政环卫公司环卫工人

1

2 | 3

1.王金兰：武汉市公交集团三公司H87路驾驶员

2.袁肖江：武汉市公交395路驾驶员，武汉公交经开公司战“疫”保运应急小分队成员

3.王利：北京嘀嘀无限科技发展有限公司网约车司机

1 | 2
3

1.潘兰：武汉市武昌区融智家庭社区指导中心和东西湖区予童社区服务指导中心负责人

2.张静：湖北省妇女联合会执委，心理咨询师，专栏作家

3.易玲玲：荆州市见山社会服务中心理事长，心理咨询师

前言

2020年，新冠肺炎疫情突如其来。在以习近平同志为核心的党中央坚强领导下，我们取得抗击疫情斗争重大战略成果，创造了人类同疾病斗争史上又一个英勇壮举。这一场艰苦卓绝的抗疫斗争，铸就了伟大抗疫精神，也成为全国人民永志难忘的共同记忆。

面对严重疫情，成千上万的平凡女性挺身而出。她们无惧生死，不屈不挠，展现出顽强的意志和决心；她们把患者当亲人、把群众当家人，在自己的岗位上书写着“仁”与“爱”；她们勇于探索、孜孜以求；她们携手并肩、共济危难，向往和追求着健康、和谐、安宁……她们以责任和担当生动诠释了生命至上、举国同心、舍生忘死、尊重科学、命运与共的伟大抗疫精神，充分彰显了新时代“半边天”的智慧和力量。

据不完全统计，在支援武汉的4.26万名医护人员中，女性有2.8万人，占三分之二。在湖北抗疫一线执行勤务的6.3万名民警、5.6万名辅警中，在开展疫情监测、入户排查、生活保障等工作的17万名网格员中，在记录和报道抗疫斗争的新闻记者中，在千千万万志愿者中，都有许许多多女性冲锋在前、奋不顾身的身影。她们，既精于医术，又心怀大爱，用实际行动展示了救死扶伤、仁心仁术的崇高精神；她们，以“不落一户、不漏一人”的标准，参与对居民集中拉网式排查，实现“存量清零”；她们，用脚步丈量责任与担当，日夜穿行于街道社区，为居民生活提供保障；她们，不辞辛劳，站岗值守，监测疫情，测量体温，排查人员，宣传政策，防疫消杀，守好疫情防控“第一关口”。

为了弘扬伟大的抗疫精神，再现和记录湖北保卫战、武汉保卫战中中国女性的风采，湖北省妇联携手湖北省作协，组织编写了《致敬了不起的她——38位中国女性抗疫故事》一书。由于篇幅有限，本书选取了38位曾经战斗在湖北、武汉的抗疫女性代表，她们也是千千万万个参与中国抗疫斗争的巾帼英雄的代表。

“弯弓征战作男儿，梦里曾经与画眉。”毫无疑问，女性的抗疫经历有鲜明的特点。从身份上看，她们是母亲、女儿、妻子，同时也是医生、护士、社区工作者、干警、志愿者，等等；从现象上看，女性在抗疫中有自身的特殊困难，心理、生理有不同的护理特点，等等；从工作上看，女性在抗疫中创作了许多不能取代的“作品”，方舱内的舞蹈和广播，病房里的心理抚慰，儿童和学生的辅导，等等。复杂的多重因素决定了她们的抗疫历程、心路历程有所不同。在抗疫大战的每一个阵地、每一个场所、每一个岗位，都有许多感人肺腑且充满女性光芒的故事。这些女性在各自战线或岗位上的努力和贡献是对中国精神、中国力量、中国担当的丰富和呈现。

记录她们的历程，挖掘她们的事迹，尽可能通过讲述38位女性代表人物的经历，写出中国妇女对抗疫精神的贡献和实践，折射一个时代女性的精神气质，通过书写这些代表人物，展现妇女的精神、风采、力量，是中国当代文学义不容辞的责任，也是作家的使命。因此，采写并编辑出版《致敬了不起的她——38位中国女性抗疫故事》一书，是一次践行为人民记录、为人民书写的主题实践活动，也是一次向抗疫女性致敬的创作。

参与此书采访创作的都是女作家。由女性作家来书写抗疫女性，是讲述抗疫故事方式的一次探索。几十位作家克服各种困难，贴近抗疫女性的工作和内心，深入挖掘素材，带着敬意、感动，在创作中再次感受女性的大爱和光辉，并将这些感动呈现给读者，在采写过程中也完成了自我的升华。

如何书写抗疫斗争女性的价值和力量，是抗疫文艺需要充分关注和重视的一个课题。抗疫文艺如何表现女性作为独立的社会个体的不可替代的贡献，写出她们对自我的尊重和维护，写出她们的信任和坚守，写出她们的顽强和进取，从而塑造中国当代女性在抗疫斗争中的精神和价值，是一个需要作家不断思考和探索的过程。《致敬了不起的她——38位中国女性抗疫故事》就是一次讲述抗疫女性故事、展现中国当代女性价值和力量的尝试。

我们怀着无上敬意，谨以此书献给所有的抗疫巾帼英雄！

编 者

2021年1月20日

目录

除了胜利，别无选择

她用自己的行动诠释了伟大的抗疫精神和新时代科学家精神

图片来源：新华社（刘茜 摄）

陈薇：“人民英雄”国家荣誉称号获得者，中国工程院院士，军事科学院军事医学研究院生物工程研究所所长、研究员，长期从事生物防御新型疫苗和生物新药研究等科研工作。面对突如其来的新冠肺炎疫情，身为一名军人，闻令而动，紧急奔赴武汉执行科研攻关和防控指导任务，在基础研究、疫苗、防护药物研发方面取得重大成果，为疫情防控作出重大贡献，用自己的行动诠释了伟大的抗疫精神和新时代科学家精神。

作者：李龙伊，人民日报记者；李虹萦，人民日报实习记者。

新冠肺炎疫情发生后，闻令即动，带领团队第一时间“逆行”武汉，在基础研究，疫苗、防护药物研发方面取得重大成果，为疫情防控作出重大贡献……

9月8日，全国抗击新冠肺炎疫情表彰大会在北京人民大会堂隆重举行，中国工程院院士、军事科学院军事医学研究院研究员陈薇获颁“人民英雄”国家荣誉称号奖章。

9月1日晚，专题电视节目《开学第一课》现场，陈薇分享了关于新冠疫苗诞生的故事和知识，以及她与团队在抗疫前线与病毒作战的经历。陈薇说，2月26日第一批疫苗在生产线下线的那天，正好是自己的生日。收到领导和朋友们给她发的祝福，陈薇当时回复了8个字：“除了胜利，别无选择！”

“疫情就是军情，现场就是战场”

1月26日，武汉关闭离汉通道的第四天，陈薇率领军事医学专家组紧急奔赴武汉，围绕病原传播变异、快速检测技术、疫苗抗体研制等课题，迅速开展应急科研攻关，与军地有关单位建立起联防、联控、联治、联研工作机制。

核酸检测是有效防控新冠肺炎疫情的关键技术支撑。刚到武汉时，当地病毒核酸检测需求量非常大，迫切需要提升日检测量。

“疫情就是军情，现场就是战场。”在陈薇指挥下，短短24小时内，一座负压帐篷式移动实验室，在中部战区总医院药剂楼旁迅速搭建起来。在这个实验室里，应用自主研发的检测试剂盒，配合核酸全自动提取技术，核酸检测时间大大缩短，迅速形成日检1000人份的核酸检测能力。

为加快推进科研与临床有效融合，陈薇率领科研人员在病原学、免疫学、空气动力学等领域展开研究，快速建立病毒鉴定链条，精准诊断临床患者感染类型，率先在火神山医院等3家医院推广应用，有效提高了临床诊断准确率。

没有从天而降的英雄，只有挺身而出的凡人。看到电视新闻，陈薇父亲才知道女儿又冲到了一线。2月3日，陈薇挤出时间往家中打了新春第一个电话。整个春节，陈薇没怎么顾上和家里联系，只发过几条信息。终于接到了女儿的电话，陈薇的母亲笑了，父母都清楚："她是国家的人。"

"要牢记自己的使命，在关键时刻冲得上去，在危难关头豁得出来，这才是真正的共产党员。"在军事医学专家组火线入党仪式上，陈薇嘱咐新入党的科研人员，这也是她对于职责使命的理解。

"几十年积累的十八般武艺，都用上了"

疫苗，是目前抗击新冠肺炎最有力的科技武器。在武汉，陈薇率领团队与后方科研基地联合作战，集中力量展开应急科研攻关，争分夺秒开展腺病毒载体重组新冠病毒疫苗的研究。陈薇领衔的新冠疫苗研制团队，也被视为疫苗研发的"种子选手"。

这是一个个值得铭记的闪光时刻——

3月16日，陈薇带领科研团队研制的新冠病毒疫苗，成为国内第一个获批正式进入临床试验的疫苗；4月10日，完成疫苗一期临床试验接种的108位志愿者，全部结束集中医学观察，健康状况良好；4月12日，该疫苗开展二期临床试验，成为当时全球唯一进入二期临床试验的新冠病毒疫苗，相关试验结果已在国际学术期刊《柳叶刀》上在线发表；8月11日，该疫苗获得国家专利，成为国内首个进入临床获得专利权的新冠疫苗。目前，三期国际临床试验正在有序推进。

9月7日，陈薇表示，团队研发的重组新冠疫苗，对已经发生变异的新冠病毒能够完全覆盖。从目前来看，年产3亿的目标是可以实现的，他们正在努力扩大产能。“几十年积累的十八般武艺，都用上了。”陈薇说。

陈薇的朋友评价她：“不是在实验室，就是在去实验室的路上。只要她一钻进实验室，啥时候出来都不知道。”陈薇说：“穿上了这身军装，这一切就都是我该做的。”

“继续奋发努力，不负使命、不负时代”

虽然国内疫情已经得到有效控制，但全球新冠患者仍持续增加。“这次抗疫过程中，暴露了很多短板和不足，也使我们有更深的危机感和更重的责任感。”陈薇说。

此次奔赴武汉，陈薇已不是第一次与病毒“短兵相接”。1991年，刚刚获得清华大学工学硕士学位的陈薇没有选择轻松高薪的工作，而是选择参军入伍。29年来，在与病毒的较量中，陈薇拿下了一个又一个军功章——

2003年抗击“非典”时期，凭借敏锐的科研直觉，陈薇与课题组连夜进入生物安全实验室。受实验环境限制，陈薇很少喝水，也很少去洗手间，经常在实验室里工作十几甚至几十个小时。功夫不负有心人。数月后，团队研制的“重组人干扰素ω”，对SARS病毒的攻击有较好的防护作用。

2014年，西非大规模暴发埃博拉疫情，并迅速向外蔓延。那时国内没有埃博拉病例，陈薇也毅然决然地选择挺身而出，率队赴非。她说：“埃博拉离中国，只有一个航班的距离。”同年12月，陈薇率团队研发出世界首个2014基因型埃博拉疫苗，该疫苗也是首个冻干剂型埃博拉疫苗，实现了我国自主研发疫苗境外临床试验“零”的突破。

入伍29年，陈薇的研究对象都是些常人避之不及的疫病，被同事称为“魔鬼课题”。正是有着长期与病毒“打交道”的经验，她与科研团队能够在此次新冠肺炎疫情期间尽快研制出疫苗并付诸临床试验。

“作为一名军事医学科研人员，我特别希望我们这艘科研‘战舰’能够乘风破浪、行稳致远。”陈薇说，“我和团队将为此继续奋发努力，不负使命、不负时代。”

本文原载于《人民日报》（2020年9月12日第4版），经改编后收入本书。

那一双温婉的眼睛

她的眼睛，清澈温柔，却有一种坚韧的力量

李兰娟：中国工程院院士、浙江大学教授，传染病诊治国家重点实验室主任，国家感染性疾病临床医学研究中心主任。2020年获评“全国抗击新冠肺炎疫情先进个人”“抗击新冠肺炎疫情全国三八红旗手”。她长期耕耘在传染病教学、科研、临床一线，创建独特有效的李氏人工肝系统，显著降低肝衰竭病死率；首次提出并不断丰富感染微生态学理论，引领国际微生态发展。面对历次来势汹汹的新突发传染病，不惧安危，深入一线，为我国成功应对各种传染病、保障社会稳定和经济发展作出了重要贡献。

作者：方格子，在《收获》《人民文学》等杂志发表中短篇小说100余万字。出版《锦衣玉食的生活》《谁在暗夜里说，冷》《冥冥花正开》《赞美诗》《留守女人》。长篇非虚构作品《一百年的暗与光》获浙江省“五个一”工程奖。

盈盈一握手

火车疾驰。窗外，山峦，河流，依稀的晚星悬挂天空。偶尔停靠一个小站，从开启的车门外透进一些气息，植物散发的淡香，站台上行旅的感觉，掺和着日常纷纷钻进车厢。存在的感觉让人心生感念，活着的每分每秒如此美好——而千里之外，浩荡长江之畔那座城市，却正被疫情围困。那里生活着的近千万人，是父母，是孩子，是妻子，是丈夫……他们命悬一线，正渴盼被救援。

2020年2月1日，庚子春伊始，大地依然寒冷。“援鄂重症新冠肺炎诊治李兰娟院士医疗队”和40多箱医疗物资，正奔向聚集了世人目光的武汉。这是李兰娟第二次远赴武汉：“我一生都在跟传染病作战，武汉疫情如此严重，我不会缺席。”

早在1月上旬，新冠肺炎疫情肆虐江汉平原伊始，李兰娟便已寝食难安，她数次在实验室跟学生及同行探讨研究。她不能坐在斗室观望、指点，她要到现场。

挨到中旬，李兰娟再也坐不住了。1月17日，她以传染病专家身份向国家卫健委主动请缨：“希望赴武汉研判疫情！”次日，她便以国家高级别专家组成员身份奔赴武汉。此间，大部分列车已停运，好不容易上了开往武昌的火车，她和团队成员一行三人挤在列车员休息室，就这样八个多小时，一路坐到了武汉。随后，华南海鲜市场、金银潭医院、武汉市疾病预防控制中心都能看到她的身影。她了解疫情扩散途径、扩散速度以及感染人员结构——令她担忧的是，医务人员感染不在少数，她感到问题的严重性。

李兰娟以她数十年传染病研究及临床经验，敏感地意识到，这种新型病毒传播速度出人意料，她提出“存在人传人”“尽快按照甲类传染病管理”“武汉应该做到不进不出”等关键性建议后，又与专家组成员奔赴北京，作为专家组代表列席国务院常务会议汇报此次疫情的严峻性，并将在武汉提出的八条建议做了汇报。

李兰娟马不停蹄回到西子湖畔，心却留在了惊涛骇浪的前沿阵地。十多天里，她辗转反侧难以成眠。经年的传染病研究及实战经验告诉她，这或将是一次暴发性疫情，与人类文明史上那些曾经远去或不曾远去的瘟疫一样，多少鲜活的生命如天空的繁星一般闪烁，又在病毒蚕食之下陨落。在疾病面前，人显得如此渺小、无助。

李兰娟的慈悲心自小就已显露，那时，她放牧的羊，到了年底要被牵走杀掉，她哭得伤心欲绝。从此，对生命本身的悲悯，深藏在心底——纵然一只蚂蚁，也有活下去的权利。

武汉，这座江畔城市，孕育出源远流长的文明，像闪耀的灯塔，照亮一代一代武汉人民，而它的光辉千百年来辐射至中华民族乃至全世界。在那个地方，无论开阔的广场、街巷，还是偏于一隅的一间小屋，那里的人，正在勉力自救、互救。他们身上散发出的光芒，与星辰一起，穿越长空，在她心底莹莹亮着。

李兰娟再也无心入眠，披衣起床，寒冬覆盖着春的呼吸。同为中国工程院院士的丈夫郑树森把担忧藏在心底，默默地帮她整理行装，叮嘱道：“平安回来。”

一时间，鼻子发酸。1975年，两个志趣、追求相同的年轻人走在了一起，简朴的婚礼，给予他们的却是浩天厚土一般的深情。深夜里，夫妻俩列出一张长长的明细：防护服、呼吸机、口罩、人工肝——这一创新的科技曾经挽救了多少人的性命！这一次，她将携带这份已经赋予人间情谊的

“肝脏”去往北方。与她一同前往的，还有她带领的团队。

此刻，绿皮火车载着她奔赴荆楚大地。列车上都是心急如焚的归旅。次日凌晨抵达武昌，抬腕看表：4:40——她仰望苍天，眺望着：“你们看，启明星！”

有个车站工作人员跑来，热泪盈眶，摘下帽子，一根马尾辫左右甩动，恐惧使她的双眉紧蹙，脸色苍白。她一把握住李兰娟的手，像孩子紧握住母亲的手：“李院士，您来了，你们来了，我们有救了！”

这盈盈一握手，使李兰娟深受感动，这是扑面而来的信赖。这一握手，仿佛浓雾一般笼罩着的生的渴望、死的恐惧，如晨露一般洒落。从这个工作人员身上，院士窥见这座城市担负的旷古未有的压力。李兰娟理解她的唐突，体谅她，她微笑以待。她懂得，女孩如此快慰地说出她的渴盼，肩上的担子便卸下，压力也稀释。而几乎同时，李兰娟感到肩上压上了重担。夜晚的车站，空旷，黎明前的空气，带着希冀、安慰，更有来自脚下这片土地厚重的力量。

声音里的安慰

如果说，第一次进武汉，李兰娟以资深传染病专家的身份来做精准研判，那么，二进武汉，她就是一名医生了，她最关心的是医院重症患者有多少，有多重，要怎么才能尽可能挽救更多的生命？

随后，李兰娟带领团队进驻武汉大学人民医院东院区，此时，天已微明，疲惫的她做了简单休整，三个小时后，她出现在医院。进入临床一线，ICU（重症监护室）和CCU（冠心病监护病房）里那些重症和危重症患者一个个都在生死线上挣扎，眼见着死神徘徊在他们头顶，必须迅速确定有效救治方案。

新冠肺炎患者肺脏呈不同程度突变，引起深部气道和肺泡损伤、炎性病变。从发病第一周的咳嗽发热，到第二周可发展到持续高热，进而成为危重患者，病患出现休克以及难以纠正的代谢性酸中毒和凝血功能障碍等。李兰娟果断运用她通过多年实战积攒起来的救治策略：四抗二平衡，人工肝，微生态，干细胞。这些全新的救治理念和医学新技术曾给患者带来巨大福音——她希望自己半个世纪以来累积的经验，能在生命个体生死存亡的关头，再一次给他们带来祥瑞。

我们知道，在一个民族内部，总是需要有几百万人才能产生一个天才。同样，也总是需要有无数的光阴流逝，才能等到一个真正具有历史意义的时刻。这个时刻，或者被称为“人类群星闪耀时”，或者哪怕只是推动人类文明往前行进了一微米，都值得铭记。李兰娟还记得那个时刻，一位陷入昏迷的纺织女工因肝衰竭紧急入院，在经过血液滤过透析等治疗一周后，她奇迹般地苏醒。这个临床案例，触发了她的深思，血液滤过透析的原理，如果用于肝脏上，是否能够救治肝衰竭患者？

路漫漫其修远兮，李兰娟在科学道路上求索的身影，曾经不被认同。她的探索在当时被医学界认定为“不可能完成的任务”，这给她带来巨大的触动——一个念头——没错，在她生命中，那些念头无不围绕一个命题：救活他们！这个念头在她脑海生根发芽，她要让这个念头结出良善的果子，惠及病患。

那些凄风苦雨之夜，那些晨昏颠倒的时光，李兰娟带领一干精英开始艰辛的研究。实验室里彻夜不灭的灯，一双双坚毅的眼睛，一颗颗救死扶伤的心，创新科技带来的变革，终究集聚起一股巨大的能量，这能量是所有参与人工肝研制的医学科学工作者的智慧，是上天对于一颗慈悲之心的永恒眷顾。之后，经过无数次的临床验证，李氏人工肝终于研制成功。倾注了太多心血、汗水、悲喜交集的泪，这台繁复的机器闪耀出人道的光辉。

1986年，“人工肝支持系统治疗重症肝炎”的课题入选浙江省青年科研基金，当年，该项目获得3000元科研经费。

及至今日，人工肝技术已推广至全国31个省、直辖市、自治区的300余家医院，数十万患者获益。这一技术获2013年国家科技进步奖一等奖、2015年国家科技进步奖创新团队奖。

在李兰娟坚守的数十年中，历经几次重大疫情危机。对于传染病，她早已熟稔于心。

2003年春天，数例非典型性肺炎病例在浙江出现，她在省委、省政府的支持下，做出最快决断：连夜排查出与病患直接接触者1000多人。迅速隔离的举措成为全国科学隔离样板，无二代感染，无医务人员感染。这一仗打得尤为漂亮。

时隔十年，2013年，H7N9禽流感疫情在中国南方省份肆虐，病患在发病不到一周时间，两肺变白、呼吸衰竭，李兰娟凭借长期积累的临床经验判断，这是由于细胞因子风暴导致。刻不容缓，需要确认H7N9传染源，实验室内，又是多少个不眠不休的日夜，她以强大的科学数据做支撑，证明活禽市场是人感染H7N9的源头。她提议迅速关闭活禽市场，一场潜在的大疫情得以控制。

1857年，法国科学家巴斯德提出开辟微生物领域研究的细菌学说。一百多年后，1994年，在前人科学研究的基础上，李兰娟开始研究感染微生态理论，获重大发现，并把自己的研究成果运用到临床。

2020年，依然是春天。厚重的防护服、眼罩、两层手套，除了在防护服后背上写下的“李兰娟”三个字，病友们谁也不认识她。“我打算长期留在武汉，疫情不控制，我不撤退。”他们的到来，使前线已疲惫不堪的同行能稍事休息；他们的到来，给予病床上的人一份踏实。她在忙碌的间隙接受采访；到援鄂的兄弟省团队讲座，传授她的四抗二平衡救治策略；给外省的传染病医院远程会诊。查房时，每看到一个病患因抢救无效离世，她都会握紧拳头，在尽可能的情况下，目送一程，在心里默念：一路走好！她一直认为临终关怀是人类文明进程中永远不可或缺的一部分。

李兰娟是杏林大家，也曾是邻家姑娘。她永远不会忘记，背着药箱行走在山间小道时，那些亲切的招呼。

“兰娟，你回来了！”

“兰娟，你给我扎了几次针灸，我的背不痛了。”

“兰娟，来，喝杯热茶。”

……

那些声音如此安慰，使李兰娟的赤脚医生岁月充满愉快而温暖的回忆。她查房时，总是会情不自禁握住病患的手，轻轻拍拍，再轻声说，情况有好转。厚厚的防护服、手套、护目镜后，她总是给予病患深切的凝视。

有一次，李兰娟照例去查房，一个已经发展到第二个周期的年轻女病人，运用四抗二平衡救治策略、微生态、人工肝，她带去的科技悉数用上，数据显示病人的身体机能正在往好的方向发展。然而，细心的李兰娟发现，病患每次总是直挺挺地躺着，对医生的询问从不做一些力所能及的反应——哪怕是摇头，眨眼，动嘴唇。

病人正在放弃自己！李兰娟惊讶地发现隐藏在病人心底这秘而不宣的心事。多么悲切的事，病人的父母前一周刚去世，她丈夫在她之前一天住进医院急诊，她年幼的儿子隔离在亲友家，接踵而至的生活暴击把年轻的她击垮了。她是一名幼儿教师，她曾用百灵鸟一般的声音给孩子们唱歌、讲故事，她跟孩子们一起憧憬未来。而这一刻，她全然失去生的愿望，接受被动治疗。这样的病患，即便治愈出院，心头笼罩的阴霾或许将遮蔽她未来的生活。她将再无“未来”。

“你能听见我说话吗？我们聊聊天可以吗？你可以眨眼，动动嘴唇，你可以在手指上用力，我能感觉到。”李兰娟戴着手套的手握着她的手，她的手苍白，无力地垂在李兰娟掌心。李兰娟开始说话，她跟她描述病情进展，讲述窗外枯树上新绽的嫩芽，还有一抹掉落窗台的阳光——“孩子等你回家，幼儿园的孩子们等你教他们新歌”。看到病人眼角泪水汩汩而下，李兰娟的双眼也模糊起来，心中万千情绪无法用语言表述。

这似乎已超出一个医生的职责范畴，而在李兰娟看来，这恰恰是一个医生在医术之外必须具备的。良医如父母，悲悯与设身处地的同情心，让她时常不由自主地捧出一份诚挚之心。

又有一次，一个年迈的老人在李兰娟查房时，偶尔焦灼，偶尔死寂，李兰娟俯身在他耳边说：“你要挺住啊！你会好起来的！还有很多好日子等着你去过。我们都在你身边，你不要慌张！”

令李兰娟欣喜的是，她带去的医疗技术，使危重病患的死亡率大大降低，那些从死亡线上被拉回来的人，醒来后，感觉自己如同经历了梦境一般。那个老人开口说的第一句话便是：“我要找一个声音！”

什么样的声音？

老人闭目静养时，一个声音由远及近缓缓而来，他惊喜地睁开眼：“就是这个声音！”老人挣扎着起身下床，待李兰娟走近，他弯腰给她鞠躬："我内心的感激……不能用言语表达，我给您鞠躬！是您的声音，一直在鼓励我、安慰我！在我几乎坚持不下去时，我对自己说，我要活着，才有机会重新听到这个声音！"

李兰娟结束驰援返回杭州前，收到一段视频，女孩笑靥如花，她不说一句话，就那样笑着，笑着。待春日安好，她将重返校园，跟孩子们一起，唱一曲生命的赞歌。看着视频，李兰娟的眼眶也湿润了，她笑着说："我心里每天满满当当的，充满着感动。"

"疾病不是一个人的私事"

3月31日，驰援团队返回杭州。生死攸关的60天，李兰娟院士团队鼎力相助，重型、危重型患者的病死率明显降低。而有关重型新冠肺炎患者的临床救治经验和研究成果，也已写进国家诊疗方案。

待李兰娟三进武汉，这座历经沧桑的城市，已经生机盎然，感动与责任并存。这一次，在大数据支撑下，李兰娟用具有江南韵味的声音告诉社会：武汉是英雄城市，武汉是健康的！

离开武汉已几个月，从风雨如晦到风雨无阻，几十年如一日，在浙一医院，除了在实验室攻关，她坚持每周两次专家门诊，视、触、叩、听，伴随这些流程的是她温婉而坚毅的眼神，她富于磁性而柔和的声音。她总是安慰病患："不要紧张，会好起来的。"当病患听到她这样说时，总是愉快地答应："谢谢李医生，你这一说，我不害怕了。"五十余年来，她慈母般的声音，如春风化雨滋润着病患，而她也收获满满的感恩。她始终不忘记，青春时代，当人生之路在前方出现一个十字路口时，她的抉择是那样坚定："我要当一名医生，我要治病救人！"

2005年，从医四十余载，李兰娟成为中国工程院院士。回首往事，她从未停止对科学的不懈追求。从浙江医科大学毕业后，她被分配至浙江大学医学院附属第一医院感染病科工作。她最好的年华——以后的每一天，她都悉数奉献给传染病事业。她笃定，从容，找到了人生使命，或者，这个使命也找到了它所需要的人。

“我热爱这一身洁白的衣衫，它让我坚信，世间所有美好的一切，终将美好地存在。”人生最大的幸运，莫过于发现自己的人生使命，并为之奉献一生。我们知道，文明以许许多多的方式与疾病做斗争，但医学依然是它最强有力的武器。医生作为人类健康的守护神，他们被称为“天使”。李兰娟认为“疾病并非一个人的私事”，它通过毁灭劳动力及个人和群体的谋生手段，从而直接妨碍社会发展。由此，个人的疾病化作全社会、全人类的大事，尤其是传染病更是非同寻常。身为白衣战士，大半辈子躬身于为拯救人类身心疾苦而竭尽全力，她倍感庆幸。荣誉、奖项、鲜花、掌声，是她在医学探求路上静静亮着的光，烛照世界，充满温馨的力量。

李兰娟深知，医学依然面对大量尚未解决的问题，即使是在进步最大的传染病领域，还有很多问题尚未给出答案。她的大部分时间，依然会在实验室、门诊度过，她的求索之路漫长而悠远。

“人类健康活着，文明一如既往。”这是李兰娟乐意看到的，每每念及此，她都会产生新的使命感。

阳光打在庆春路上，这条树荫浓密的清凉小道，依傍在浙江大学附属第一医院一侧，抬头，遒劲有力的树枝撑起了一方晴空，春日微风徐来，透出寻常日子里的温暖。再抬头，一扇敞开的窗户里，一个身穿白大褂的女子，一头银灰色的头发，正戴着听诊器，微笑着听病人诉说他们的苦痛。她在病历上一边写下一行一行字，一边说："看，像阳光一样，每天笑一笑，一切都会好起来。"

在时间的恒河里，人类文明史显得年轻而充满朝气，医学也很年轻。她也依然年轻——李兰娟，今年73岁。她的笑容宛若孩童，德如玉，质如兰。她有着明眸皓齿的愉悦。

用双手托起生命

在这个世界上，总有一种荣光，能让人义无反顾舍弃自我；
总有一种爱，能让人奋不顾身勇往直前

乔杰：中国工程院院士，北京大学医学部常务副主任，北京大学第三医院院长。现任国家妇产疾病临床医学研究中心主任，国家产科专业医疗质量控制中心主任，中国女医师协会会长等。作为妇产医学领军人物，深耕临床一线，为妇幼及生殖健康领域作出巨大贡献。2020年2月1日作为北京大学医疗队总领队赴武汉支援，主要进行危重症患者救治，并用专业守护妇儿全生命周期健康。2020年获评“全国抗击新冠肺炎疫情先进个人”“抗击新冠肺炎疫情全国三八红旗手”。

作者：余义林，笔名艺林。资深媒体人、作家，中国报告文学学会会员，中国传记文学学会理事，中国原创音乐家协会副秘书长。著有《灰色王国的曙光》《闽之龙》《生活健康百题》《天仙妹妹》《汉籍之路》《相思在马丘比丘》《那里的孩子需要梦想》等多部作品。创作中短篇报告文学、散文、评论等500余万字，见于《人民日报》《北京日报》《北京青年报》《人民文学》等国内多家报刊。

2020年9月29日，全国妇联官方微博发布了一则重要新闻：由全国妇联等单位主办的“抗击新冠肺炎疫情全国三八红旗手（集体）表彰云发布活动”在北京举行。活动以“弘扬伟大抗疫精神 唱响新时代颂歌”为主题，发布了800名抗击新冠肺炎疫情的全国三八红旗手的名单，以及200个抗击新冠肺炎疫情全国三八红旗集体的单位名称。名单以粉红色衬底，用秀丽的枣红色仿宋体标出了得主的名字，配以大红色的醒目标题“致敬抗疫巾帼 铭记生命守护”，显得既大气又优雅。

在活动现场，当大屏幕上出现中国工程院院士、北京大学医学部常务副主任、北京大学第三医院院长乔杰的名字和她所领导的北京大学第三医院援鄂抗疫国家医疗队获得“抗击新冠肺炎疫情全国三八红旗集体”称号的时候，我不知道有多少人与她一样，禁不住心潮澎湃，百感交集——驰援武汉的66个日日夜夜，1500多个小时的辛勤汗水，几百位医护人员和“新冠”的殊死搏斗，从死神手里抢回来的生命……这一幕幕的情景，如同惊心动魄的大片在她心中闪现，甚至在某个瞬间，让她都觉得有些恍惚：那些平凡而柔弱的女性，平时是温柔的妻子、平和的母亲，是妈妈的小宝贝、男朋友面前的娇娇女，而在这次凶猛的疫情中，竟变得如此能干和坚强，表现得如此坚硬如铁、无私奉献、冲锋陷阵、舍生忘死？

乔杰下意识地看了看手中的发言稿。过一会儿，她就要代表受到表彰的姐妹们在大会上发言，这个稿子上的内容是她连夜写出的心里话，她是她们中的一员。“我们深深感受到祖国的强大和人民的伟大，感受到总书记时刻把人民生命安全放在第一位的深厚情怀，感受到医务人员责任所在。只要我们坚守初心，定会不负国家期望、百姓重托”……是的，这是答案，这是她唯一的答案。

同时乔杰也知道，这更是她们的肺腑之言。经过这样一场生死与共的抗疫之战，乔杰觉得整个人生都经过了洗礼。在经过常人难以想象的辛苦、劳累、坚持之后，在被人们大加赞誉的真诚温暖、矢志奋斗的女性风采背后，是她和无数伙伴们举国同心、生命至上的信念，是对人民的责任，对祖国的大爱，阻断了疫情的进攻，撑起了武汉的蓝天。

因为，在这个世界上，总有一种荣光，能让人义无反顾舍弃自我；总有一种爱，能让人奋不顾身勇往直前。

一、疫情就是命令，江城就是战场

庚子年的正月初八，大多数人还在与家人共享团圆时光。而此时的乔杰却已经紧张地打点好行装，同其他几支国家医疗方队，登上了飞往武汉的班机。

大家都戴着口罩，神情严肃，机舱里弥漫着一种不寻常的气氛。是啊，疫情发展太快，医疗物资储备告急，医护人手严重不足，武汉已经封城，全国都在向主战场驰援。乔杰接到任务，只用了几个小时就组建了队伍，火速出征。武汉的天阴沉沉的，下起了小雨，天河机场空无一人，回荡着队员们匆匆的脚步声。此刻，乔杰一脸庄重，她将要和一个从未见过面的凶恶的“对手”开战了。

乔杰看上去文文静静，一头短发配着白边眼镜，显得年轻干练，甚至有一点点学生气。但是，如果你看到她的“硬核”履历，一定会对这位“小女子”心生敬意。她1964年出生于黑龙江省哈尔滨市，1987年毕业于北京医科大学，获得医学学士学位。从1990年开始，在北京医科大学第三医院开始了她的职业生涯，从妇产科住院医师、主治医师，到副主任医师和副教授，她仅仅用了10年时间。其间，她仍然没有放弃学习深造，1996年获得了北京医科大学第三医院妇产科临床医学博士学位，2002年又在斯坦福大学进行了博士后研究，进一步获得了生殖医学专家、中国工程院院士、美国人文与科学院外籍荣誉院士等称号。如果单单是个“学霸”也就罢了，乔杰偏偏与一般女性不同，她有着超强的管理和组织能力，从北京大学第三医院党委副书记到医院院长，任何复杂的事情到她手里就变得井井有条。也正因此，她被任命为北京大学援鄂医疗队总领队。

然而，尽管乔杰有思想准备，但她还是被惊到了，医院人满为患，医护工作超负荷，病床告急！病房告急！病人告急！官方通报数据不断攀升，即便在2003年的“非典”期间，都没有出现过这样的局面。

“在那个时候，阻断疫情、挽救病人生命是重中之重。”在后来央视采访乔杰时，她这样说。

乔杰也是这样做的。虽然传染病学不是她的专业，但作为一位医院的院长，她有能力也有魄力拉开阵势，让救治工作开足马力运转。

各地医疗队来到武汉工作，一般都采取“划片接管”的方式。乔杰接管的区域就是同济医院中法新区的一个病区。为了使病房快速投入使用，行李还没顾上整理，便同医疗队和同济医院领导前往病房调研，立即进行改造，把普通病房改建成感染隔离危重症病房。按照科学模式把病区分为污染区、缓冲区、清洁区。因为新冠病毒传染性非常强，在污染区，凡被病原微生物污染或被病人直接或间接接触的区域，如病室、厕所、浴室等都属“重地”，区内的物品未经消毒坚决不准带出。在缓冲区，安排医护办公室、治疗室、化验室、内走廊及出院卫生处置室等有可能被病原微生物污染的医护行为，而经过三道严格消毒之后，才能进入清洁区，这里要保证绝无污染，维持一块疫区中的净土。感染隔离病房的通风至关重要，中央新风系统的关闭，必须另想他法保证空气流通。在病房改造调研中，乔杰坚定地说“只能砸窗装风扇了”。23个病区，数百个病房，这对于主要进行改造工作的同济医院来说毫无疑问是巨大的挑战，但他们却克服重重困难做到了。

在多方通力协作下，同济医院中法新区的病床，迅速地从50张扩展到500张，然后又到了1000张。他们用两天时间就建立起了ICU，应用先进的医疗技术，多学科治疗模式，拼尽全力地把濒临死亡的重症患者从死亡线拉回来。那时，只有一个信念统领着整个病区：和时间赛跑！和死神抢人！乔杰的医疗队是由不同学科的医生、护士组成的一个多学科团队，他们在危重症专家的带领之下，实行全员24小时轮班倒，每天下午进行北大各附属医院医疗队会诊，每天晚上组织召开医疗队内例会，讨论疑难病例。新冠肺炎是大家都没有治疗经验的新疫，这无疑是对所有人的挑战。而他们每天面对的都是活生生的生命与病魔的搏斗，他们必须抓紧时间，想办法找出规律，尽全力科学救治，尽一切努力挽救病人的生命。

乔杰带队取胜的关键，还在于把“支部建在连上”，让党组织建设在战场上发挥作用，让党旗在抗疫一线高高飘扬。随着队伍的壮大，她在医疗队成立了临时党总支，下设7个临时党支部，融合7个医护小组，一起开展临床工作。工作中一旦有了党员带头，事情就变得非常“有头绪”了。所以也就不难理解：为什么她能顺利带领医疗队，积极开展各项技术攻关，确保了医疗水平；为什么她能通过多学科合作，牵头设立了北京大学附属医院医疗队会诊中心，搭建医疗队内部、与北京大学第三医院北京本部连线会诊、北大医疗队，以及同济医院众医疗队之间的四维会诊制度，保证了医疗质量。这一做法体现了一位党员干部的政治素质，取得了很好的效果。

随着病床的扩增，收治的病人越来越多，大家的劳动强度也越来越大。医疗队的队员们虽然都年富力强，但每天穿着透气不好的防护服，工作期间口罩、眼镜、手套“全副武装”，看似简单平常的临床工作难度成倍增长，对体力是一种极大的消耗。护士们几乎每天都工作七八个小时，在这七八个小时里，她们脚不能停，嘴也不能停，不断为病人服务，回答病人的问题，做核酸检测等，说话导致缺氧严重，甚至有人累得虚脱……医生也一样，那时候危重病人又多，一个心肺复苏做下来，往往大汗淋漓，胳膊都不是自己的了……这是寻常人想象不到的高强度的工作。在这种情况下，乔杰仔细研究，科学排班，合理定岗，对重症患者实现了一对一的管理，同时设置家庭病房。她既要保护自己同事的平安，又要充分提高医护效率，对病人实现全方位的人文关怀。他们尽全力“应收尽收”“应治尽治”，在多方齐心协力下，危重患者的治愈率不断提高，病亡率大大下降，终于看到了抗疫战斗的曙光。

两个多月的时光，在紧张的搏斗中急匆匆地闪过。转眼到了春暖花开的4月，这一天，同济医院中法新区的最后两位患者要出院了。这是一对年过七旬的老夫妻，他们是北医三院医疗队最早收治的患者，也是治愈出院的最后两位病人。两位老人在这里已经度过了整整52天。将近两个月的时间里，他们不仅互相打气，积极配合治疗，也见证了医护人员的辛苦努力，和乔杰团队的所有成员都特别熟，最后简直就像亲人一样了。当乔杰等医护人员拿着礼物，恭喜他们战胜了病魔，即将胜利回家的时候，老两口感动得热泪盈眶：“太感谢你们了，北京的伢儿们，是你们给了我们老两口第二次生命呀！”

“我那几天呼吸困难，硬是喘不上气来，要不是你们抢救及时的话，我这次可就真的不行喽！”老大爷感慨地说。

“是的呦，姑娘们有本事嘛，给了我老伴儿第二条命哪！我们出去以后，也会好好珍惜生活，珍惜你们给的第二条命，好好报答你们！”老太太也是忙不迭地感谢，激动的心情难以言表。无论是谁也得激动啊，两位和死亡近距离接触的老人，又平安回到了美好的人间，这是救命之恩啊！

这两位老人一出院，北医三院随即完成了病区清零，这也意味着本次抗疫之战的阶段性胜利。这一天是4月4日，北京大学第三医院援鄂抗疫国家医疗队新冠肺炎感染隔离病房正式关闭，并完成所有的病历提交。北医三院医疗队参与救治患者189人，病危及病重患者161人，占比85.2%。他们出色地完成了对重症患者的救治，用自己的泪水和汗水，在援鄂抗疫第一线谱写了一曲凝心聚力的战斗壮歌。

二、关注病患母婴，托起新的生命

在武汉前线，新冠肺炎最猖獗的时候，有一个信息特别让乔杰揪心。那就是武汉儿童医院一个刚刚出生36小时的婴儿核酸检测呈阳性。他的母亲，恰恰是一位新冠肺炎患者。于是一个令人特别关切的问题摆在医生面前：新冠病毒会在母婴间垂直传播吗？

乔杰一直从事妇产及生殖领域相关临床与基础研究工作，这次到疫区，她对孕产妇和婴儿的感染情况十分重视。武汉当时已知确诊的妊娠期女性有50多位，有的已经临产。在确保危重症患者救治工作步入正轨后，乔杰挤出时间和精力关注母婴这一特殊群体。

病毒这种生物，在某种意义上看居然很“公正”，就是它对任何人都是平等的，不管大人还是婴幼儿，都存在感染的风险。但如果还存在母婴垂直传播，那问题就很严重了，婴儿一出生就患病，提示母体与胎儿间可能有输送病毒的渠道，幼小的生命成为新冠病毒攻击的目标，想想这是多么可怕的事情！

作为中国女医师协会会长，乔杰走访了武汉中南医院和湖北妇幼保健院，考察孕产妇防护及诊疗工作。当时武汉的妇产科同道们承担着很大压力，需要同时做好疫情防控和安全分娩保障，很多医护人员都是连轴转地工作；几家大医院的妇产科主任们，也经常在微信群中谈论交流新冠肺炎防控和诊疗经验。在实际工作中，她们有意识地各自带领团队对母婴群体进行了比较完整的样本收集，包括婴儿的脐血、母亲的羊水、新生儿咽拭子等。

为了缓解社会关切，乔杰第一时间在《柳叶刀》发表评论文章，通过对最新基因序列遗传学分析和临床观察性研究等科学证据进行综合比较，分析新型冠状病毒是否存在母婴垂直传播问题，提出“尚缺乏能够有效支持新冠病毒存在母婴垂直传播可靠证据”等观点。在疫情暴发初期，这在一定程度上减缓了社会大众，尤其是孕产妇及家庭对母婴垂直传播和子代健康风险的担忧，为她们送上了一颗定心丸。

与此同时，乔杰带领团队搜集孕产妇流行病学和临床特征等信息，并对数据进行了翔实、全面的总结分析。阳性样本来源、实验室及影像学特点、治疗和预后等数据分析，乔杰不放过任何一个分析点，因为这是临床判断的依据，也对后续指导围产期保健及制定相应预防和诊疗措施具有重要意义。

落地有声，结合来自武汉前线的经验，总结分析临床数据，乔杰牵头提出的关于新冠肺炎孕产妇相关诊疗建议突破性地正式被纳入国家卫生健康委《新型冠状病毒感染的肺炎诊疗方案（第七版）》，为“新冠”的诊治提供了新的科学数据。

“那么，那个患‘新冠’的新生儿又怎么解释？”后来央视对此进行采访的时候，主持人问道。

“发现这个婴儿核酸检测呈阳性的时候，是在他出生36小时以后。在此期间，他从产床到了病床，从产科到了儿科，中间会有很多接触，所以没有直接的证据。”

“所以需要在婴儿出生的第一时间做核酸检测？”

“是的，尤其母亲是感染者。”不过当时这个孩子没有第一时间做检测，也是由于当时条件所限。当时正是抗疫的攻坚阶段，很多科室都调整为前线科室，变成治疗发热的急诊，慢性病的诊治真的都放慢了，医院以及全社会的力量，都全力以赴地集中在前线的救治工作上。然而，慢性病手术可以缓做，但产科不行。孩子是一定要生的，他要来到这个世界上，谁也拦不住，当然他也不管母亲是否得了“新冠”。这个孩子的妈妈是“新冠”患者，产科还是通常的手术条件，来不及完成隔离改造，所以当这位特殊的母亲做完剖宫产手术之后，孩子并没有马上做咽拭子的检测。又由于患有“新冠”的妈妈需要继续治疗，他也就转往儿科。过了一天多，发现孩子患有轻微的肺炎，才发现阳性。正是这个阳性的婴儿，造成了当时一个“母婴是否垂直传播”的舆论热点。还好有惊无险。后续在对母亲胎盘和脐血进行检查后，得出的结果是阴性的，并且对后续出生的将近20例新生儿各项化验数据也都显示是阴性。

不过，时至今日，关于“是否存在母婴垂直传播”这个问题依然没有定论，有的阳性病例也只是零星个例，需要更多确切可靠证据，但从目前得到的证据上看可能性应该是偏小的。

对于孕期的准妈妈们，乔杰也是积极地通过媒体给出产检建议。那时武汉的孕产妇们都知道北京来了一位特别权威的妇产科专家。央视《新闻直播间》等栏目及时跟进，对乔杰进行了访谈。镜头前的乔院长，亲切而知性、和蔼而温婉、朴素而低调，获得了广大观众盛赞。观众们纷纷留言，这才是真正的专家！这才是值得我们信赖的人！可见，即使是在信息爆炸的时代，真正有价值的内容仍然是稀缺的，是人们最需要的东西。

乔杰在第一时间深入前线，深入了解孕产妇的感染情况，不仅用自己的调研分析指导相关工作，还参加了国务院新闻办公室组织的中外记者见面会，生命无国界，国际交流分享让中国母婴防控经验为全球更多生命带去了希望。

在疫情进入常态化阶段后，乔杰团队持续随访调研孕产妇新冠肺炎患者心理状态及其婴儿发育情况，继续为后续母婴保障工作提供更多宝贵依据。

没有什么汗水是白流的，也没有任何努力不被回报。诚哉斯言。

用生命守护生命

看到病人，她就忘了恐惧，就像战士上了战场一样

童巧霞：1985年毕业于同济医科大学医学系；1992年获同济医科大学附属协和医院感染科硕士学位；2003年获博士学位。现为华中科技大学同济医学院附属协和医院感染科主任医师。兼任中华医学会肝病学分会终末期肝病学组委员，湖北省医学会肝病学分会第五届委员会副主任委员。被授予中央国家机关、中央企业援疆干部三等功，多次被评为教育工作先进个人及先进工作者。新冠肺炎疫情期间，受邀在"美国医人"举办"新型冠状病毒药物治疗"讲座，并在国际期刊发表有关新冠肺炎特殊临床表现及治疗的文章2篇，受到国际同行关注。

作者：华姿，毕业于武汉大学中文系，现为湖北广播电视台专家组副组长，中国作协会员。主要作品有诗集《一只手的低语》、散文随笔集《两代人的热爱》《花满朝圣路》《奉你的名》、传记《德兰修女传》《史怀哲传》等。曾获屈原文艺奖、冰心图书奖、最灵动图书奖、长江文艺散文奖、长江丛刊文学奖；作品曾入选当当五星图书榜、最受关注图书榜、新浪中国好书榜等。

最艰难的时候

1月28日，童巧霞从金银潭医院回到协和医院。作为湖北省“不明原因肺炎”专家组成员，她已在金银潭医院工作了26天。按医院和科室的安排，她回协和后的首要任务是以团队负责人身份，进驻重症隔离病房。

回到家里，童巧霞发现丈夫病了：发热，咳嗽。这都是新冠肺炎的典型症状。童巧霞连夜带丈夫去了医院。

29日，童巧霞拿到丈夫的检查结果：CT检查显示肺部磨玻璃样改变。她以多年的临床经验判断，她的丈夫应该是“中招”了。而她自己，这时也出现了一些令人不安的症状：腹泻，嗓子痛。

“对我来说，当时最艰难的时候，就是我进重症隔离病房的前一天。”但童巧霞没跟任何人讲。此时的武汉，正笼罩在巨大的恐惧和不安之中。病人潮水般地涌进医院，发热门诊接诊量已达极限。感染科、呼吸科和重症医学科已无法满足人们的求诊需求，各科室医护人员均已奔赴第一线。作为感染科的医疗主任和教授，童巧霞觉得自己应该，也必须在第一线。

这时的童巧霞已经近58岁了，体力、精力都不如从前。家里除了生病的丈夫，还有90多岁的父母。父母身边只有她这一个子女，他们平常的生活，都是她安排的。

对童巧霞的决定，父母全力支持。但母亲提了一个小要求：下班回家后，要用座机给他们打个电话，报个平安。童巧霞答应了，但丈夫生病的事，她没说。

考虑到医院床位极度紧张，且丈夫的肺部感染还没到要吸氧的程度，童巧霞决定让丈夫就在家里隔离治疗。

童巧霞给丈夫买好雾化机和药物；给父母买好药品和食品，交代好注意事项，然后她就拎起双肩包，准备出发了。

“您问我有没有犹豫过，实事求是地说，我一点儿都没有。没什么理由可讲的，就像战士上战场一样，没有退路。但说不怕是假的，因为你今天是医生，明天可能就是病人。生命对每个人都只有一次，都是珍贵的，但只要我没感染，我就应该工作。”

1月30日，曾参加过抗击“非典”及雅安抗震救灾的童巧霞，以重症隔离病房负责人身份，走进感染科一楼一。在武汉战“疫”最艰难的2月，一场以生命守护生命的战斗，就要在这里打响了。

特殊的病区，特殊的团队

感染科一楼一重症隔离病房，是由感染科的普通病房临时改造而成的。它位于协和医院的综合楼一层。综合楼是一栋老楼，跟旁边的外科楼比起来，它显得陈旧。

这是一个特殊的病区。它收治的都是确诊或疑似新冠肺炎的危重症患者，是协和医院本部病情最重的病人，其中绝大部分病人患有基础病或并发症，比如，新冠肺炎合并顽固性心衰等待心脏移植的患者、合并脑出血且神志不清的患者、合并晚期肺癌的患者、合并肠扭转的患者和消化道大出血的患者，还有因孤单寂寞而喝醉的酸中毒的外教，以及刚做完剖宫产手术就直接送过来的产妇。

因此，这个重症隔离病房，更像一个综合性病房。

这是一个特殊的团队，15位医生和7位护士来自各个不同的科室，团队平均年龄30多岁，其中6个“80后”，5个“90后”。童巧霞是团队中唯一的感染科医生（王宝菊医生是后来加入的）。

管理、治疗和护理病人的难度，可想而知。加上当时对新冠病毒还认识不足，还没有规范的诊疗方案；再加上物资缺乏，还要筹集防护物资，确保团队安全。

2月初的那些天，童巧霞天天失眠，即便服用安眠药也无济于事。2月2日凌晨3点多，她又醒了，基本不发朋友圈的她在朋友圈写道："一夜未睡，说不出的不安。"

但是，一走进一楼一，童巧霞就是那个镇定自若、平易近人的童医生了。因为看到病人，她就忘了恐惧。这就像战士上了战场一样，顾不上恐惧了。

常驻医生童巧霞的一天

童巧霞是一楼一的常驻医生，整个团队当时只有她一个是常驻。

因为交通管制，童巧霞上班只能骑车。清晨的马路上，她能见到的人只有两种：警察和环卫工人。有一天，为了早点儿到医院，她骑得很快。经过体育馆时，有个警察突然向她走来。她想，完了，难道我违反什么规则了吗？正准备掏胸牌解释的时候，警察说："你骑慢一点，注意安全。"童巧霞顿时觉得特别温暖。

因为是轮班制，童巧霞每天都要面对一个轮休后再来上班的医生。她必须向接班医生交代每个病人的最新情况，然后安排交接班，布置工作任务。"所有工作都必须有条理，每天干什么，必须非常清楚。"

然后，童巧霞就要进舱去看病人了。

进舱即进病房。进舱之前，最重要的当然是防护。

虽然大家都在网上参加过医院的岗前培训，但实际操作起来还是有难度。加上都是第一次穿防护服，第一次戴护目镜和面屏，难免紧张。童巧霞除了自己穿戴好，还要指导或检查其他人是否都穿戴好了。口罩戴得紧不紧？手套封闭好不好？护目镜戴得牢不牢？“只有做好自己的防护，才能安心地治疗病人。”这是她每天都要强调的。

头套、手套、鞋套，口罩、面屏、护目镜，一件都不能少。里面穿一件防护服，外面还要穿一层隔离衣。因此，即使只穿一件衬衣，他们也会大汗淋漓。有一次，童巧霞穿了一件黄色的防护服，因为不透气，进舱不久，她就浑身冒汗，护目镜上也布满水珠。她只好趴在窗边歇一会儿，喘口气，再继续工作。

“穿几个小时的防护服，感觉身体都被抽干了。”童巧霞说。

每天固定上班的医生是4名。为了节省防护服，童巧霞只安排2名医生进舱，2名在舱内，2名在舱外。舱内医生在了解病情后，随时用对讲机与舱外医生沟通，舱外医生根据要求开医嘱及检查单等。

而童巧霞自己，每天都要进舱。

新冠肺炎是呼吸道急性传染病，采咽拭子的感染风险是最大的。但每次采咽拭子，童巧霞都亲自操作。

“他们都来自其他科室，没有经过传染病的专业训练，而且多数都很年轻，经验不足。加上当时还没有面屏，只有一个N95口罩，虽然他们嘴上不说，但心里还是害怕的。这时候我如果退到后面去，他们可能就更怕了。我在传染科工作多年，比他们更有防护经验。我如果亲自做，就能起到定心丸的作用。在当时的情况下，大家可能觉得这是一件很大的事，但我觉得没什么了不起的，我只是做了我应该做的。”童巧霞平静地说。

伙伴们却不这么认为。姜华军医生说：“每次做咽拭子，她都亲力亲为。这种高风亮节，确实让人感动。”

出舱后，童巧霞和当班医生要对病人逐个分析，逐个调整治疗方案。要做CT的，送去做CT；要会诊的，联系相关科室；要转诊的，落实转诊。

此时，对新冠肺炎的治疗还在摸索中，仅2月份一个月，诊疗方案就改了5次。但童巧霞根据自己多年的临床经验，带领团队大胆尝试。有些治疗措施，在专家达成共识、形成统一方案之前，她就开始使用了，比如抗凝治疗，后来的疗效证明是很有必要的。

2月11日，童巧霞受邀在“美国医人”做了一次题为“新型冠状病毒药物治疗”的讲座。这是国内较早的一次对外交流。所讲内容均来自童巧霞和团队的经验总结。

中午，童巧霞就在清洁区和大家一起吃盒饭。小伙伴把盒饭戏称为“低级饭”，把爱心人士送来的鸡腿、鸡翅、面包、饮料等称为“高级饭”。但最受他们欢迎的“高级饭”，却是方便面。

下午，看检查结果，审核上午的治疗方案。

下班后，若无特殊事情，童巧霞会和大家一起学习呼吸机的使用方法。

虽然上的是长白班，但童巧霞下班时常常是晚上八九点了。街上空荡荡的，一个人都没有。“只有路灯亮着。”童巧霞说。人声鼎沸竟然成了一种美好的回忆。这时候童巧霞是伤感的，但同时她也感到，这巨大的静默里蕴含着一种伟大的力量。她相信这力量一定能战胜疫魔。

回到家里，先给父母打电话，再给丈夫进行雾化治疗、做饭。因为丈夫在家治疗，即使回了家，童巧霞也不能摘下口罩。

疫情暴发之前，童巧霞会在睡前读一段英文小说，若有她喜欢的电视剧正在播出，她会追一会儿剧。但现在，她只能听一会儿音乐，用音乐来转移注意力，消解压力和不安。

“每一个人受苦，都是我的一部分在受苦”

多年来，童巧霞一直坚持阅读英文原著。有一次，她读到了英国诗人约翰·多恩的一首诗：

没有人是一座孤岛，
可以自全。
每个人都是大陆的一片，
整体的一部分……
任何人的死亡都是我的损失，
因为我是人类的一员……

童巧霞顿时被感动了，并且产生了强烈共鸣。

疫情暴发以来，童巧霞更加深刻地体会到这一点，也在每天的救死扶伤中亲历了这种连接。“你毫无保留地相信我，我全力以赴地医治你。”“今天我作为医生救治病人；明天我可能变成一个病人，需要他人救治。”在这场突如其来的特大风暴面前，医生和病人真的成了一个共同体。

有个婆婆原本就有肺气肿病，感染新冠病毒后，肺部问题更加严重。每次童巧霞查房，她都用期望的眼神看着童巧霞。童巧霞被她的眼神打动，每次都会握着她的手说：“你看你是不是又好一点儿了？我们一定会把你治好的。你要相信我们，也要相信你自己。”婆婆戴着呼吸机，说话困难，但她仍然努力回应着：“我相信你们。”

安慰的力量无比强大，信心是可以产生奇迹的。在老年人死亡率居高不下的时候，这个婆婆却康复了。

还有一个年轻的美籍外教，刚进来时情绪低落，不说话，也不好好吃饭。童巧霞就托隔壁病房的一名护士帮助他。这名护士也是新冠肺炎患者，她每天问候他，给他送吃的。几天后，他终于肯开口了，也肯好好吃饭了。

“安慰是非常必要的！”童巧霞说，“疫情期间，病人没有家人陪护，医护人员就应该做他的家人，安慰他，给他力量。”

“有时治愈，常常帮助，总是安慰。”这是特鲁多医生的格言，也是童巧霞在武汉战“疫”的时候所践行的。

但是，有个新冠肺炎合并糖尿病且下肢坏死的患者，却没有因为童巧霞和团队的努力而痊愈。为了救她，他们冒着极大的感染风险，联合麻醉科、手术室，为她截肢。手术是成功的，但因手术后的多种并发症，她还是走了。当她被殡葬车拉走的时候，她还在上大学的儿子，朝着殡葬车远去的方向，在寒冷的夜里，一声不吭地跪了很久。这个场景深深地印在童巧霞脑海里。8个多月后说起这个病人，她依然感叹不已。

童巧霞已经从医35年了，35年来目睹过多少疾病、痛苦和死亡？但她并没有因此而变得冷漠。相反，她仍旧保持着一颗敏感而柔软的心，对病人的疾苦，她始终都能感同身受。

“每一个人受苦，都是我的一部分在受苦。医生要有这样的意识，也要有这样的情怀。”童巧霞说。

最强抗疫小分队

到2月下旬，一楼一的病人陆续出院了。童巧霞跟小伙伴开玩笑说：“再复杂的病情我们都搞得好，我们可以开个诊所了。”年轻的护士们，则骄傲地把这个团队称为“最强抗疫小分队”。

要带好这支队伍，并不容易。童巧霞的秘籍是：凡事从病人出发；凡事以身作则；专业上让大家信服；公平对待每个人；对年轻的“90后”，以鼓励为主。

有一天，轮到一名年长的医生进舱。听说他扁桃腺发炎，童巧霞便给他检查，检查完就说：“这样容易感染，今天你就不要进去了。”

对团队里的年轻女医生，童巧霞则像一个慈爱的大姐姐，既爱护她们，也按一个好医生的标准要求她们。

决定给那个下肢坏死的患者做手术后，童巧霞就给外科主任打电话，请他派医生过来。主任说：“我们科的刘颖不是在你那里吗？”

童巧霞脱口而出：“人家是个女生啊！”

“她是名医生啊！”主任也脱口而出。

8个多月后说起此事，童巧霞再次感慨道：“她是名医生。说得多好，多有分量！正是因为这个称呼，我们所有医生都是战士，都冲在抗疫第一线。”

童巧霞担忧的是：“我们不能因为这个病人有新冠肺炎就不做这个手术，该做的就必须做。但她这么年轻，还没结婚，手术中的感染风险又很大，我又不能替她。”

在童巧霞的鼓励和伙伴们的支持下，英姿飒爽的“90后”女医生刘颖，不负众望，成功地完成了这台手术。

“这是一个很好的团队，大家觉悟都很高，没什么党员先上后上的问题，非党员也表现很好。深夜送病人去雷神山，男生都争着去。”说到这里，童巧霞十分感动，深感一代更比一代强。虽然摘下口罩和帽子后，她未必还能一眼认出他们。

而伙伴们呢，说起带领他们艰苦战“疫”的童教授，也很感动。

肿瘤分院的金敏医生说："她事无巨细地和我们并肩战斗，天天如此。由于患者病情复杂，她不断与各科室沟通，带着我们解决一个又一个难题。她是我们的定心丸，只要她在，我们就安心。"

肾内科的姜华军医生说："她做事细心，患者在检查或治疗环节存在的问题，她都能敏锐地发现。她记忆力惊人，哪个病人哪天做的CT、核酸结果，她都能脱口而出。她特别会关心人，经常不经意地给我们递一瓶水，拿点儿零食。所以我们很快就能打成一片，气氛融洽。"

综合医疗科的杨彬医生说："她会注意到每个人的优点，鼓励我们，使我们在紧张和忙碌中感到温暖。"

心外科的王寅医生说："虽然她没直说，但我感到她的压力还是很大的。一方面，作为病区负责人，要提高救治水平，挽救更多患者；另一方面，作为我们的头儿，要确保每位战友健康平安。"

因为一楼一的工作强度太大，医院要求童巧霞工作两周后就出舱休息，但童巧霞一直坚持到了2月底。在她的带动下，小伙伴们也坚持到了2月底。

2月末，这个最强小分队结束了在这个特殊病区的这场特殊战斗，平安回家了。22名战士，没有一个感染，没有一个倒下。

小妹和她的大社区

——一个如邻家女孩的小丫，扛起一面大旗

桂小妹：2010年7月加入中国共产党，大学本科学历，现任青山区工人村街道青和居社区党委书记、社区主任，区妇联兼职副主席，武汉市人大代表。2014年获“武汉市优秀网格管理员”称号；2019年被武汉市妇联评为“武汉市三八红旗标兵”，被武汉市委宣传部评为第一季度“武汉楷模”，2020年7月荣获“武汉市五一劳动奖章”，9月获评“抗击新冠肺炎疫情全国三八红旗手”。

作者：冯慧，中国作协会员。作品发表在《上海文学》《中国作家》《北京文学》《长江文艺》《芳草》《清明》《百花洲》《光明日报》《作家文摘报》等多家报纸杂志逾百万字。有作品入选《全球华语小说大系》。出版长篇小说《群声沸腾》、长篇报告文学《飞驰的梦》等多部文学作品。曾获得《长江文艺》《芳草》杂志文学奖、武汉市文学艺术基金奖、中国铁路文学奖、湖北文学奖、屈原文艺奖等多种奖项。

“这么危险你们还敢来”

桂小妹，这个名字很容易让人想到邻家女孩。你看到的人也是，不高的个子，一张清清爽爽的脸，一条马尾辫高高地吊在脑后，走起路来像风铃一样摇摆。可是这个桂小妹却不是看上去那么普通，她是青山区青和居社区的支部书记、主任。说起青和居，它是全市最大的公租房社区之一，5325户人家、8230名居民，老年人多、残疾人多、低收入人员多。可想而知，桂小妹肩上的担子有多重。但用桂小妹的话说，多重都得挑起来。

2020年春节日益临近，可突如其来的新冠肺炎疫情扰动了武汉人过年的节奏。有关新冠肺炎的种种消息接踵而来，让人们的神经突然紧绷起来。桂小妹敏锐地感到，必须加强对新冠肺炎疫情的防护。回到社区，她立刻对身边的人说，你们赶紧到附近的药店买些口罩回来，以后出去，一定要戴口罩。工作人员问，买多少？100个够不够？社区工作人员有21名，100个显然是不少了。桂小妹却说，有多少买多少吧。其实，这时桂小妹心里也没有底，疫情有多严重，到底需要多少口罩，她也说不清。于是，工作人员把药店的500个口罩全部买回来了。仅仅几天后，情况急转直下，药店的口罩全部脱销。

1月23日武汉封城，关闭了离汉通道，这是新中国成立以来前所未有的大事。社区居民一片恐慌。桂小妹立即和4名社区工作人员住进办公室，在社区安营扎寨组织抗疫。他们睡沙发、行军床甚至办公桌，直到两个多月后，武汉解封的那一天，才撤离。也就是从这一天开始，青和居社区的抗疫工作就拉开了帷幕。他们每天在社区消毒消杀、管控居民聚集、测量体温、帮助居民购物。在人迹稀少的小区里，“红马甲”穿梭着的身影，就像万绿丛中流动的一朵朵红花儿。

面对武汉严峻的疫情，2月17日，湖北省委提出要狠抓“救治”和“阻隔”两大关键环节，并在全市范围内开始为期3天的大排查。桂小妹立刻带领她的团队对管片进行了大排查。21名社区工作人员和21名下沉干部，白天敲门、晚上数灯，逐门逐户地监测体温，力争不漏掉一个人。当时他们除了口罩没有其他的防护用品，于是，大家便买来雨衣作防护服，用浴帽当防护帽。最后连浴帽也买不到了，有人提议用一次性鞋套代替头套，他们就穿着这样简陋的“防护服”，敲开了居民们一扇扇紧闭的大门。有居民看见他们来了，惊讶地说：“这么危险的时候，你们还来呀！”也有居民隔着铁门双手抱拳感激地说：“你们辛苦了！”

桂小妹说，他们代表着社区，代表着政府，他们的出现也让居民们知道，党和政府无时无刻不在关注着疫情，让他们有战胜病毒的信心！

大排查的某天深夜，桂小妹还在社区处理工作。突然，她的手机响了，一个急促的声音说：“桂书记，快去看看我妹妹吧，她快不行了。”桂小妹放下电话，立刻联系她所说的那位黄大姐，问她发不发热？咳嗽不咳嗽？呼吸困难吗？然后安慰她说：“你别紧张，我马上联系车辆送你上医院。”听到桂书记的话，黄大姐的情绪立刻舒缓了许多。桂小妹马上和社区干部赶到她家，把她送上了转运汽车，而自己开着车紧随其后，连夜把她护送到医院。等把黄大姐都安顿下来，已经是凌晨两点了。送到医院的黄大姐，最后被确诊为新冠病毒的感染者，经过紧急抢救，她终于脱险。经过一个月的治疗，最后康复出院。4月9日，她发给桂小妹一条短信：“谢谢你们的帮助，让我战胜病毒，重获生命！”

像黄大姐这样的事，在社区可不止一件。只要居民有情况，哪管深更半夜，桂小妹二话不说，立马出动。有一次，她和副主任周强送一个患者到医院，等一切都安排好后，已经是凌晨四点。桂小妹对随行的周强说：

“你回去休息一下吧。”一大早周强打开手机，看见桂书记早已在群里安排工作了。他感慨地说：“桂书记是一夜未眠呀！”

经常有人问她：“桂书记，你们每天东奔西跑，又到医院送病人，就不怕感染上病毒？”桂小妹微笑着说：“怕，怎么不怕，我们也是人，也是血肉之躯。可是关键时刻，总要有人站出来，只要居民们健康，就是我们最大的心愿。”

疫情期间，社区干部没有节假日，没有防护服。桂小妹和社区干部常常忙得一天只能吃两顿饭，也经常累得体力透支，头昏眼花。用社区年轻人的话说，书记再累，只要听到哪里有居民发热，立即戴上单薄的口罩，冲到一线出发送诊。

这就是桂小妹之所以在社区威信高的原因，她不仅仅是因为有思想、有魄力，还有不怕困难、什么危险都冲锋在前的领头雁精神。提起桂书记，社区的干部说，她从来不怕困难，口头禅是“办法总比困难多”。

当疫情结束后，桂小妹掷地有声地宣布，疫情期间，我们社区居民没有一户吃不上饭，没有一人用不上药，没有一个人掉队！这声音是何等的自豪！

“我们是党派来为你们服务的”

老话说，开门七件事，柴米油盐酱醋茶。小区封闭后，居民日常生活供应也成为社区的重要工作之一。

社区防疫，最重要的就是防控人群聚集。有一天，桂小妹正在社区巡查，忽然发现有一群人聚集在一起。她立刻上前查看。原来一个菜贩子悄悄溜进社区，把菜摆成一溜儿吸引居民。居民看见卖菜的来了，立刻围拢上来，在菜摊上挑挑拣拣。桂小妹看到此景，立即上前，气愤地把菜贩子驱赶走了。有居民立刻围攻桂小妹说，社区凭什么不让摊贩进入小区！我们要生活，要买菜！……居民们七嘴八舌，有的话说得很难听。桂小妹态度坚决地说："不管你们说什么，我都不会让菜贩子进小区。新冠肺炎疫情就是通过人群聚集而传播的。现在武汉市的疫情这么严重，难道大家还不提高警惕吗？请大家放心，你们的日常生活供应，我们社区一定会负责解决的。"桂书记说话，一言九鼎。她让社区干部守住门栋，防止居民外出聚集。然后立刻联系超市，保障供应，由居民订购，社区干部送菜上门。

青和居社区的工作人员只有21名，其中女干部居多，分物资很辛苦。比如，分大冬瓜，半天也搬不动。有志愿者看见立刻上前帮忙，三下两下就分完了。他们找到桂小妹说："书记，有什么事只管吩咐，我们有的是力气。"有志愿者帮忙，事半功倍。桂小妹在社区招募了61个志愿者，成立了社区"113"工作队——就是1名社区干部、1名下沉干部、3名志愿者组成的班子。他们身着红马甲，上面写着"我是党派来为你们服务的"。他们的身影就像红色的种子，撒遍社区各个角落。

3月10日，在武汉抗疫最关键的时刻，习近平总书记亲临武汉考察疫情防控工作。他说，湖北人喜欢吃活鱼，在条件允许的情况下应多组织供应。很快，社区组织了两万多斤活鱼回来，挨家挨户地给居民送活鱼。有栋楼的电梯坏了，网格员和4名志愿者抬着筐，硬是爬上十七楼，一层层地给大家分活鱼。那天送来的鱼都很大，条条都有八九斤重。当社区干部把最后一条鱼送完后，累得直接就瘫坐在地上。居民们心疼地说，你们等一等呀！他们说，不敢等，就是想让你们能吃上活鱼。这天晚上，社区所有居民的餐桌上都摆上了鱼。他们说，感谢党，感谢社区，让我们在疫情期间还能吃到活鱼。这天，居民的朋友圈热闹极了，许多居民晒出自己用活鱼做出的美味佳肴，简直成了做鱼的厨艺大赛。桂小妹开心地说："居民幸福的笑脸，就是对我们服务的最大认可。"

为了让居民有幸福的笑脸，疫情期间社区干部付出了巨大艰辛。副主任周强是社区分管物资分配的。每次社区拉来了爱心肉、爱心菜，他都要搬上搬下上千斤。有一次分爱心菜，他累得腰都弯不下来了。疫情期间，他整整瘦了30斤。

有一天，桂小妹在社区碰上网格员小朱，小朱骑着一辆电动车，上面挂满了物资。她一看见桂书记，立刻停下来哇哇地大哭起来。桂小妹吓了一跳，以为出了什么大事。小朱啜泣着说："桂书记，没事，我看见你就想哭一下，发泄发泄，实在太累了。"桂小妹扶着她那单薄的身子，心疼地说："要不你休息一下吧。"小朱噙着泪摇摇头说："不能休息，我手上还有好多订单，还要到超市和药房去。桂书记，你放心，我不会在这个时候丢下工作，我会坚持下来的！"说完，小朱抹了把泪，骑上电动车又走了。那辆电动车，是居民心疼她每天跑出跑进借给她的。望着小朱那消瘦的背影，桂小妹心里也酸酸的。

有一天，一位网格员红着眼睛跟桂小妹请假，说："书记，我奶奶去世了，我回去看看。"她是奶奶从小带大的。桂小妹说："那你快回去吧。"可是仅仅过了两个多小时，她就回来了。她说："我已经祭拜过奶奶了，社区还有许多工作要做。"

还有一位网格员抹着泪跟桂小妹诉苦说："我老公说我看着比我妈都老。"

其实网格员是很辛苦，他们每天跑来跑去帮助居民买药购物，有时还要受许多委屈。比如，有居民要面条，买回来又嫌宽了或窄了；要醋，买回来又嫌牌子不对……可是疫情期间，这些网格员没有一句怨言。

由于社区孤寡老人和残疾人居多，在疫情期间，桂小妹担心困难家庭吃不上饭，便联系安排社区食堂为他们免费送餐。从大年初四开始，一日三餐，武汉封城76天，他们送饭76天。居民吃着每天送来的热饭热菜，挑起大拇指自豪地跟别的小区炫耀说，我们社区是“这个”！

3月19日，网格员陈娜面带喜色地对桂小妹说：“桂书记，送给你一个礼物。”桂小妹想，社区抗疫工作这么重，送什么礼物都没兴趣。只见陈娜拿出红布，然后笑着慢慢展开，最后一抖，露出了几行金色的大字：

真心为民保服务　勤恳服务抗疫情

助人为乐显真情　疫情无情人有情

原来，这是居民送的两面无轴锦旗，由于疫情期间找不到穿锦旗的横轴，便叠着送来了。桂小妹看到锦旗，眼泪在眼眶里打转转。这说明居民对他们工作的认可，这确实是疫情期间社区收到的最好礼物。她对身边的同志说，挂到服务大厅的墙上，给大家工作鼓劲！

从第一面锦旗开始，居民的锦旗就源源不断地送到社区，整整挂满了服务大厅的一面墙。大家每天望着墙上的锦旗，干劲倍增。

金杯银杯不如老百姓的口碑

3月20日，经过大家的共同努力，青和居社区终于挂上了“无疫情小区”的牌子。在疫情期间，这块牌子的意义非比寻常。居民看到它，心里就踏实，就有安全感；社区干部看到它，工作就有信心。红牌刚拿回来那天，整个社区都沸腾了。大家高兴地说，真恨不得放挂鞭才好。社区的一个姑娘，举着“无疫情小区”的牌子边走边跳，大家拍着手笑着说，快拍一个短视频发出去！

社区终于挂上了“无疫情小区”的牌子，这些天累得“脱形”的社区工作人员，终于长舒了口气，说：“这两个月的艰辛终于没有白干。”

然而，大家仅仅高兴了十天。3月31日，上级反馈，青和居社区有个居民被查出无症状感染。按照武汉市4月1日发出的通告，凡有无症状感染者的小区也要摘牌。桂小妹接到这个消息犹如晴天霹雳。她想，挂牌意味着我们胜利，而摘牌则意味着我们失败了。这些天，大家干得这么苦这么累，心血都付诸东流了。桂小妹一下子接受不了，她觉得太难了，看不到希望。她躲到无人处，悄悄地流泪了。当桂小妹把这个消息告诉副书记时，4月1日那天正好是愚人节，大家还以为她在开玩笑，纷纷说，这个玩笑一点儿也不好玩。当知道这个消息是真的时，大家顿时震惊、无语，继而眼眶发红。

摘牌那天，桂小妹还是难掩失落的心情。她不想看到牌子落下的那残酷一幕，于是，她委托一位下沉干部去帮忙摘下了牌子。那一天，社区所有人的眼神都黯淡下来了。然而桂小妹是大家的主心骨、领头雁，她把泪藏到心底，站在大家面前的还是那个坚强的、打不垮的桂小妹。她在社区工作会议上说：“出现问题是好事，说明我们能发现问题，病毒还在，我们不能掉以轻心，我们要把它们找出来，彻底消灭掉！让我们共同努力！”

桂小妹说，我们没有时间过多地悲伤，因为还有许多工作等着我们去做。我们只有把工作做得更扎实，才能重新迎回那块“无疫情小区”的牌子。一位网格员说，我们24小时坚守在一线。看看小伙伴们一张张憔悴的脸，眼神却无比坚定！大家看看书记小小的背影，却蕴藏着巨大的能量。她的目光坚定，脚步铿锵。因为她坚信众志成城，这场防疫战，我们一定能胜利！

4月10日，社区收到一封特殊的感谢信。一位居民想写封感谢信，感谢社区对他老父亲无微不至的照顾。但受条件限制又找不到写感谢信的纸，于是他找出一件新的白衬衣，用红笔在上面密密麻麻写了封感谢信。白衣红字，字字真情，仿佛让人们看见一颗颗赤诚的心。

疫情期间，桂小妹和她的社区共收到居民送的60多面锦旗，锦旗上写的都是老百姓感谢的金句。金杯银杯不如老百姓的口碑，桂小妹和她的社区，挂上的是老百姓送来的大红牌。

“忽如一夜春风来，千树万树梨花开。”经过全国人民的大力支持和武汉人民的顽强拼搏，4月8日，武汉解封。那一夜，武汉沸腾了，千万扇窗户被推开，千万个声音齐高歌“我和我的祖国，一刻也不能分割”。桂小妹和她的伙伴们更是喜极而泣，不停地说，我们胜利了！我们胜利了！

疫情结束后，青和居社区荣获全国抗击新冠肺炎先进集体、全国先进基层党组织。桂小妹荣获武汉市五一劳动奖章、全国三八红旗手的荣誉。

9月8日，桂小妹有幸参加全国抗击新冠肺炎疫情表彰大会，并代表全国基层先进党组织，在人民大会堂神圣的讲台上，向党和人民汇报。她说：“在疫情防控阻击战中，青和居社区牢记嘱托，把阵地守牢，把家园护好，让党旗在社区疫情防护的一线高高飘扬……武汉，英雄的城市浴火重生，英雄的人民斗志昂扬！”

桂小妹牢记着习近平总书记曾说过的话，为民的事没有小事，我们要把人民群众的大大小小的事办好，社区是基础，只有基础坚固，国家大厦才能稳固。

桂小妹，小丫扛大旗！

一枝红梅报春来

柔美的脸上，眼神流露着执着和坚毅

余瑾毅：湖北日报社武汉新闻中心医疗战线记者。1982年出生，2006年大学毕业进入湖北日报社工作。曾荣获汶川抗震救灾优秀新闻摄影工作者称号，曾获得全国省市区党报新闻奖一等奖、湖北新闻奖一等奖，多次获湖北新闻奖二等奖和三等奖。疫情发生后，她在除夕当天进入武汉首批发热定点医院武汉市红十字会医院，成为湖北日报社第一位进入隔离病房的女记者。

作者：冯慧，中国作协会员。作品发表在《上海文学》《中国作家》《北京文学》《长江文艺》《芳草》《清明》《百花洲》《光明日报》《作家文摘报》等多家报纸杂志逾百万字。有作品入选《全球华语小说大系》。出版长篇小说《群声沸腾》、长篇报告文学《飞驰的梦》等多部文学作品。曾获得《长江文艺》《芳草》杂志文学奖、武汉市文学艺术基金奖、中国铁路文学奖、湖北文学奖、湖北屈原文艺奖等多种奖项。

“不到现场是我的耻辱”

2020年春节，余瑾毅原本计划和家人到毛里求斯旅游度假。她与先生分居两地，平时工作忙，只有到节假日才是属于他们家庭的时光。为了这次旅行，他们期待了很长时间。

1月22日，余瑾毅的先生兴冲冲地从杭州赶回武汉，余瑾毅却对他说：“我们的休假可能要取消。武汉暴发这么大的疫情，我要到一线去采访。”

1月23日，武汉封城，关闭离汉通道。整个城市都笼罩在新冠疫情的阴霾中。余瑾毅却忙着收拾行囊，作为湖北日报新闻中心跑医疗新闻的记者，她决定到疫情最严重的隔离病房去采访。

余瑾毅的母亲不久前出了场车祸，腿脚行走不便；余瑾毅的女儿才三岁多，正是需要人照顾的时候。听说女儿要到隔离病房去采访，母亲紧张得心都揪成了一团。余瑾毅收拾东西时，母亲扶着墙，余瑾毅到哪个房间，她就跟着挪到哪个房间。母亲急切地问：“是领导非要你去的吗？那么危险的地方你能不能不去？你走了，家里怎么办？你的孩子这么小，我又受了伤，谁照顾她……”余瑾毅不敢回头，她怕看到母亲那忧虑担心的眼神会受不了。于是，便装作轻描淡写地说：“妈，我是记者，到现场采访是我的工作。”父亲知道女儿的性格，说：“你别拦她，你的姑娘，你还不了解，她决定的事，就是十头牛也拉不回来。”

大年三十，阴冷湿寒。余瑾毅背上双肩包走出家门，临行前，她亲吻了自己的宝宝，然后像往常一样跟父母交代：“走了啊。”分别那一刻，她心里忽然涌起一种极其复杂的情绪。她不知道自己这一去什么时候能回来，也不知道最后的结局如何，忽然有一种壮士一去不复还的悲壮。

1月初，余瑾毅到医院采访时，有医生朋友就悄悄地告诉她，少来医院，附近的华南海鲜城出现了多例不明原因的肺炎，且传染性非常强，出门一定要戴口罩……凭着职业的敏感，余瑾毅知道，这可能不是普通的流行病，她一直关注着。

知道余瑾毅要到新冠肺炎定点医院去采访，有人劝她，现在医院是最危险的地方，许多人都避之不及，你现在去就犹如闯龙潭虎穴。余瑾毅却说，我是一个跑医疗线的记者，不去现场，我怎么知道武汉的疫情到底有多重？不去现场，我怎么知道医护人员是怎样抗击疫情的？不去现场，我怎样告诉市民疫情真实的情况？在她心里，不到现场是自己的耻辱！

余瑾毅长得温婉秀丽，纤细的身材、一双明亮的大眼睛。可是这位看上去秀雅的女性，骨子里却有着巾帼的飒气。2008年，她大学毕业刚分到报社，正赶上汶川大地震。当时湖北日报社组成记者队要到灾区一线采访，余瑾毅知道后坚决要求一起去。主任犹豫地说："你一个女孩子，去那里很危险的。"余瑾毅却说："正是因为我是新人，所以更要到一线锻炼，一个记者只有到现场去，才能写出真实感人的作品。"在汶川，余瑾毅担任摄影记者，她跟大家一起，不辞劳苦地在地震废墟上辗转奔波，拍出了许多有价值的抗震救灾新闻图片，当年就获得了中国新闻摄影学会"汶川地震抗震救灾报道优秀新闻摄影工作者"的称号。所以余瑾毅决定要到抗疫一线去采访，人们一点儿也不奇怪。

1月24日是湖北省卫健委公布武汉市七家医院定点收治新冠肺炎患者的第一日。上午9点，余瑾毅和同事驱车朝定点医院武汉市红十字会医院驶去。红十字会医院离华南海鲜城最近，首例新冠肺炎死亡的病人就是红十字会医院接收的。

从湖北日报社到红十字会医院所在的汉口唐家墩，要经过长江大桥，穿越大半个繁华的汉口。平时这条路上商铺林立，行人如织，车水马龙。

特别是每到大年除夕，满街都是穿红戴绿的行人，路边的大酒店里，不断传来吃年夜饭的鼎沸声。而2020年的大年除夕，路上竟是空荡荡的，店铺紧闭，路无行人，城市仿佛按下了“暂停键”，悄无声息。路上，余瑾毅的车在这个空寂冷清的城市里狂奔着。

行至离红十字会医院约一公里处，路边的车忽然多了起来，许多人围在一起，警察拉起了警戒线。余瑾毅的心立刻紧张起来。在红十字会医院门口，她看到前来看发热门诊的病人，竟排到了院外的丁字路口。红十字会医院原本是家二甲综合医院改造的定点医院，因为突然增多的新冠病人，让医院一下子应接不暇。平时一天最多的门诊量是一千多人，现在竟激增到两千多人，突破了医院的极限。而前来看病的人，情绪大多紧张焦虑，有个病人竟然情绪激动地抓破了门诊医生的防护服……

马上就要走进病区，余瑾毅忽然紧张起来，血液也在加速奔流。她长吁了一口气，拿出手机，发了一条短信：“爸妈，我爱你们。”余瑾毅想，如果此时不发，也许以后就再没机会了。给父母发完后，余瑾毅犹豫了片刻，又给妹妹发了一条短信：“爱你。”这段时间余瑾毅跟妹妹一直在“冷战”。妹妹比她小六岁，是位钢琴老师，美丽而浪漫，从小受父母的娇宠，至今还像公主一样。余瑾毅觉得她应该长大，应该对家庭对父母有更多的责任心。而妹妹觉得，姐姐管得太多，为此姐妹俩一直有些不开心。当余瑾毅将要进入生死场时，她与妹妹之间的坚冰便自然消融了。

妹妹收到姐姐的短信后，把姐姐穿防护服的照片迅速发到自己的朋友圈里，她跟朋友们说，我姐姐是个英雄。姐姐的形象引起她朋友圈的一片点赞，妹妹觉得有这样的姐姐很自豪。同时，她仿佛一下子也长大了，接走了父母和姐姐的女儿，尽心尽力地照顾了他们两个多月，直到英雄的姐姐胜利归来。

余瑾毅走进医院。在缓冲区和清洁区，有专门的医护人员负责给她们换上新的防护服，就连领口都用胶带紧紧粘上。余瑾毅小心地问：“有这个必要吗？”医生告诉她，病毒无孔不入，她的心立刻提起来了。进入缓冲区，通过一条走廊进入病区。那走廊灯光黯淡，所有人都不说话，只有走路时防护服来回摩擦发出的“嚓嚓”声，让人觉得脊背阵阵发凉。十几米的走廊，余瑾毅觉得它是那么漫长，她紧张得呼吸都急促起来。真正的英雄并不是无所畏惧，而是明知道危险还要勇往直前。

当医生推开感染区的大门，余瑾毅看见走廊里穿梭着穿防护服的医护人员，她反而镇定下来，她知道，自己已经走入了新冠肺炎的前沿阵地。作为湖北日报社第一个走入隔离区的女记者，余瑾毅镇定地采访了医护人员和隔离区的病人，回来后立即发出新闻稿，《隔离病房气氛紧张忙而不乱》真实记录了早期武汉定点医院的紧张状况。

如果没有进入隔离病区，余瑾毅不会知道，缓冲区的一位医生，因穿错了防护服号，被护士长严厉斥责：防护服多紧张，你这是浪费！因为她们的防护服只能坚持到当天晚上；如果没有进入隔离病区，她怎么知道穿防护服的滋味，她仅仅穿了两个小时就感到呼吸急促几乎窒息，而隔离区的医护人员穿上防护服，不吃不喝工作七个小时；如果没有进入隔离病区，她怎么会听见洗手间里的男医生一边打电话一边哭泣，他咆哮着，“这种忙乱的局面什么时候才能结束”，而走出洗手间，他又转身进入病房；如果没有进入隔离病区，她怎么会看到协和医院的专家医者仁心，因为病人的送氧量小，呼吸困难，坚持到院长解决流量才肯离开；如果没有进入隔离病区，她怎么会看到一位重症患者躺在床上朝他们挥手说，有你们在，我很有信心……

其实新闻记者也是战士，正是他们勇敢地抵达没有硝烟的生死场，才能面对百姓有底气地说，这是我看到的、我听到的、我在现场！这才是新闻的真相！

用眼神确认眼神

曾经有位记者说过，通往人心之处，也许是最艰难的一次历险。这句话对余瑾毅的采访经历尤其刻骨铭心。

2月18日10时左右，抗疫英雄武昌医院院长刘智明，在抗击新冠肺炎疫情的战“疫”中不幸染病，经全力抢救无效，最终停止了呼吸。余瑾毅得到消息后迅速与武昌医院联系，但是，采访被院办拒绝了。他们失去了好院长，整个医院都在悲痛中。电话里余瑾毅小心翼翼地说，我知道你们都很痛苦，我也不想这个时候揭你们的伤疤。可你们想想，刘院长做了这么多工作，该不该让更多的人知道；还有许多牵挂刘院长的人，应该让他们知道刘院长的真实情况……余瑾毅以女性特有的温婉，绵声细语地跟院办同志做着工作。对方沉默了片刻，终于告诉余瑾毅，刘智明院长是在同济医院中法新城院区去世的。

余瑾毅得到消息后，朝嘴里塞了几块饼干，立刻开车朝蔡甸方向驶去。这些天因为采访写稿日夜颠倒，她到现在还没吃早点。根本顾不得犹豫，一路狂奔，她成为第一个赶到位于蔡甸的同济医院中法新城院区的记者。

在同济医院楼前，已经站着一些等待的人。余瑾毅看见武昌医院的副院长，可副院长对她说，我们现在都很悲痛，什么也不想谈。余瑾毅又去找其他人，可是现场所有人都戴着口罩，几乎不说话，气氛特别凝重。余瑾毅并不气馁，她知道，这将是一次非常艰难的采访。她在现场四处游荡着，悄悄地用眼睛观察着，一个一个地试着找人搭话，寻找着采访的机会。曾有句网络流行语叫“确认过眼神”，余瑾毅观察人的眼神只要不排斥她，她就上前搭话。一位中年女性正在啜泣，她上前递上纸巾，对方接过纸巾擦着眼泪对她说，天妒英才呀，刘智明多好的人，刀开得好，为人也好……她是刘智明的大学同学，她跟余瑾毅诉说了许多关于刘智明的点点滴滴。

余瑾毅发现，她采访时，有位胖胖的女性一直远远地注视着她，在确定眼神后，余瑾毅朝她走去。她引着余瑾毅走到无人处，哭着说，我们院长是个好人，他正直、善良、热爱生活，爱养花，爱钻研建筑。他住院时，还给每一个与他工作过的医护人员一一打电话，问“我有没有传染到你们”。说到这儿，她红着眼睛仰望蓝天，这天碧空如洗，春的气息正迎面扑来，她眼神迷离地说，这是刘院长最喜欢的天气，他喜欢踏青；又说，他是一位英勇战士，我们会用自己的方法纪念他的……听了刘智明同学和同事的讲述，刘智明院长鲜活立体的形象立刻展现在余瑾毅的脑海里。

余瑾毅来时看见，楼前停着一辆黑色的轿车，车门是敞开的。她看见里面有几个穿着黑色衣服的人，一直在低声啜泣。后来，她从其他人口中得知，车上坐着的正是刘智明的夫人蔡利萍和刘智明的妹妹、妹夫。余瑾毅决定采访刘智明的家属。她知道这个时候采访他们是一件非常残酷的事。可是作为这起重大事件的亲属，他们有着特殊的新闻价值，她不能失去。于是，她趁刘智明的妹妹、妹夫下车的机会，上前采访了他们。刘智明的妹妹悲痛地说，他才过完生日，才51岁呀……余瑾毅一边陪着她掉眼泪，一边听她讲述着哥哥的故事，最后又扶着她去休息。

时间在一点点地过去，忽然，大家都朝一个方向走去，余瑾毅意识到，刘智明院长的遗体可能马上要推下来了，如果这个时候再不采访刘智明的夫人，可能就没有机会了。于是，她迅速靠近轿车，对车内的刘夫人说："蔡护士长，我是湖北日报的记者，刘院长是英雄，您要节哀。我们永远都不会忘记他的。"余瑾毅说话的时候，蔡利萍一直低头在刷自己的手机。过了片刻，她抬起头抽泣着说："我正在看他发给我的信息，可我再也看不见他了……"余瑾毅听了，眼泪也跟着簌簌落下。事后她说，这是她当记者十几年来最残酷、最艰难的一次采访。

当刘智明的遗体从楼上推下来时，现场的医务人员拦腰抱着蔡利萍，破例让她远远看了最后一眼。当载着刘智明院长的灵车开走时，蔡利萍不顾一切地追着灵车，她一边跑一边发出了撕心裂肺的哭声，她眼睁睁地看着载有她爱人的汽车渐渐远去，整个人瘫软在地上……余瑾毅饱含热泪拍摄下这震撼人心的视频。

余瑾毅蹲守六个小时的艰难采访，用真情寻找突破口，抢在多家媒体之前发出了《用生命守护生命》的新闻稿后，又连续跟踪报道《英勇无畏的斗士》《用眼睛寻找，用心感念》等多篇缅怀刘智明院长的新闻稿，在社会上引起了很大反响。

武汉解封后，有朋友给余瑾毅发了一段小视频，是刘智明院长笑着跟医护人员一起工作的视频，配乐是"你笑起来真好看"。余瑾毅鼻子一酸，她忽然感到自己跟刘智明院长已经很熟很熟了。

人在哪儿，心在哪儿，感情在哪儿

采访刘智明院长回来，余瑾毅病了，发热，浑身无力。她很恐惧，自己是不是染上了新冠肺炎？她不敢跟任何人说，独自一人躺在隔离地。那一夜她想得很多，自己是不是太拼了，家里孩子还太小，老人身体又不好，万一有什么意外，她不敢多想……她悄悄给医生朋友打了个电话，医生让她多喝水，再观察两天。两天后，余瑾毅的烧终于退了，虚惊一场。原来是她太拼了，结石病犯了。休息四天后，余瑾毅又躺不住了。她说，作为记者，看见好线索就手痒就想去，新闻记者不去现场，根本写不出有分量的新闻稿。

从除夕离家，余瑾毅两个多月没回过家，采访的脚步遍布武汉三镇。她到过金银潭医院、协和医院、武汉肺科医院和江汉方舱医院，采访过抗疫医护人员，也采访过许多普通人。写方舱医院的《众人划桨，托举生命之舟》《方舱答疑人》；写急救医生李文博的《武汉急救医生——在平凡的岗位上时刻备战》；写普通担架员的《武汉急救中心农民工担架员24小时没合眼》……

余瑾毅发出的稿子曾5次获得《湖北日报》好新闻奖和两次一等奖。作为新闻记者，余瑾毅信奉四个字——“无愧我心”。她说，好的新闻记者是人在哪儿，心在哪儿，感情在哪儿。她被评为全国最美抗疫家庭、湖北省“好记者讲好故事”一等奖、湖北日报传媒集团抗疫先进个人。在2020年三八妇女节，光明日报网致敬了十二位逆行而上的女记者，余瑾毅就是其中一位。

余瑾毅说，她最佩服的女记者是董倩，能跟董倩一起获得提名，她非常开心。她欣赏董倩采访刘智明夫人蔡利萍的切入口，很温情。特别是最后那几句话：“花儿都开了，以后会像这花儿一样越来越好。”

是呀，花儿都开了，冬天过去了，迎春的红梅早跃上了枝头。余瑾毅最爱梅，她喜欢梅的高洁和暗香。借物言志，我觉得余瑾毅也像一枝傲雪的红梅。

愿像萤火，在黑暗里发一点光

她说她是萤火，在黑暗中发一点光；不，她是火把，可以燎原

严丽：华中科技大学同济医学院附属同济医院急诊科和重症医学科副主任医师，医学博士，欧美同学会脑血管病分会委员。从疫情之初就牢牢坚守在武汉抗疫一线，有非常多的感人事迹，荣获“武汉市抗疫巾帼英雄”称号。其所带领的团队，获得“湖北省青年五四奖章”。其事迹先后多次被中央电视台《新闻联播》《朝闻天下》、新华网、新浪网等多家权威媒体报道。

作者：周璐，《长江日报》江花副刊主编，高级编辑，武汉市文艺评论家协会理事。获中国报纸副刊年度奖、湖北新闻奖、武汉新闻奖多项，1987年开始文学创作，在《人民日报》《工人日报》《新民晚报》《湖北日报》《长江日报》《武汉晚报》等报刊发表多部文学作品。

临上飞机撕掉机票，毅然重返医院坚守战场

2020年1月20日上午10点，华中科技大学同济医院急诊科副主任医师严丽带着她的七旬父母、12岁双胞胎儿女，和从澳大利亚赶回来的妹妹及妹妹的朋友，一行七人前往武汉天河机场，准备搭乘去日本大阪的航班，开始家人们期盼已久的旅行。从去年10月定下行程以来，孩子们去大阪看哈利·波特的愉快心情已持续了三个月之久。

驾车送他们去机场的是严丽的先生，他担忧地看着坐在副驾紧握手机、心事重重的妻子："你昨天收拾行李就心不在焉，有什么问题吗？"其实多年的夫妻，他哪里不懂妻子的心思，她是放不下。

严丽的确是放不下。刚过机场收费站，她接到科室一位同事的微信："严老师，我手下没有人了，又有两个医生病了。"

严丽的心被撕扯着，一边是一双儿女正兴奋地展望着即将开启的旅程，一边是医院里的兵荒马乱。她能想象得到急诊科此刻的严峻形势，因为她在这种状态下已不眠不休近一个月了。

作为有着丰富临床经验的急诊科副主任医师，45岁的严丽应该是最早一批从临床感知到有问题的人。

自去年12月下旬开始，她所在的同济医院急诊科出现越来越多"不明原因发热"病人。不是甲流，不是乙流，也不是禽流感，这些要素让从医22年，曾在SARS期间参与救治工作的严丽十分警觉，立即将情况上报。

果然在严丽意料之中，随着疫情的公开，同济医院每日急诊病例骤增。严丽敏锐地感觉到，他们将面临一场硬仗。医院及时进入特别防护状态，严丽从急诊内科被调往发热门诊，和她的团队开始白天黑夜连轴转，因人力短缺，他们几乎没有休息日。

超负荷的压力让人力极缺的急诊科不堪重负，科室有同事不幸染病，曾开过五次刀、被下过多次病危通知的严丽也出现低热。第一时间，她未想到自身的安危，立刻从家里搬了出来自我隔离，并竭力回忆有可能与自己近距离接触的亲朋好友，担心有可能给别人带来危害。虽然检查结果表明只是因过度劳累导致抵抗力下降的普通感冒，但仍让严丽心有余悸。

时间离休假的日期越来越近，是兑现与孩子们的承诺，还是留下来？严丽有些犹豫，她正欲退掉机票取消行程，但主任说："你正常休假吧，这段时间你太累了，需要休整。"

此时此刻，也许严丽可以忽略同事的信息，因为现在她已处于休假状态，且这时已经到了机场，再过两小时，即将登机。但她做不到假装没有看见信息，她过不了自己这一关。打开手机，严丽给主任拨去电话了解情况，主任无奈道："现在都缺人。"

看着严丽纠结的神情，一旁的先生冷静地说："你还是留下来吧，就是去了你也不会安心。"

在家人的理解和支持下，严丽遵循了自己的本心，做出了返回医院坚守的决定，她给同事回复："别急，我回来。"撕掉了自己的机票，严丽将老人和孩子托付给了妹妹和朋友。

接下来会面临什么，不可预知，但严丽知道的是，在这个时候，她不能退！因为，这是她的战场。只是她也没有想到，在这个战场上，她战斗了五个月。

顶住压力，为战友和病人撑起一片天

回到医院后，严丽重新回到连轴转的工作状态。

20多年的急诊和重症工作生涯，严丽自以为什么大场面都见过了，没有什么拿不下来。包括当年的“非典”，全科75%的人被迫隔离，他们也能做到淡定自若。用严丽调侃的话说，是在黄连树下弹琴——苦中作乐。可这次，面对疫情初期如潮水涌进来的病人，大家猝不及防。在发热门诊，他们穿全套的防护服，不吃不喝不上厕所，呼吸也会受到影响，时常会感到胸闷呼吸困难，说话非常费力，在这样的情况下，她每天连续说话达10多个小时。每天面对哭喊、叫骂、哀求，缺床位、缺设备、缺人，什么都缺……严丽从未觉得一天天的日子是如此之长，怎么都过不完。对她而言，这时候已不是黄连树下弹琴，而是风萧萧兮易水寒。事情一件接一件，病人一个接一个，怎么都忙不完。战友、朋友、家人一个接一个地病倒，不好的消息一个接一个。严丽倍感压力，最长的时间她连续48小时没有合过眼。这种压力已经超过了她能承受的极限。

一天，一位老大爷因为没有立即安排床位而情绪失控，他一把掐住正耐心解释的严丽的脖子说：“是收是走，你给句话，不然今天我们都死在这里。”一时间，严丽没有一丝畏惧，她心力交瘁，感觉支撑自己精神的那根稻草快被压断了，唯一的念头是，死了就好了，我就解脱了。

作为一个全年无休、24小时运转的科室，同济医院急诊科面对的多数是危急重症患者。因为行事果敢、性格爽直坚毅，严丽被同事们称为急诊科医护团队的“铁娘子”，在工作上她很少示弱，更不会软弱到哭泣。但这一天，当交代同事们去安抚老人、解决问题后，严丽避开众人，失声痛哭，这崩溃的情绪中，没有因病人失控产生的怨怼，而是委屈、无助、无法纾解的重压……

痛哭、崩溃过后，严丽最终顶住了压力，她和她的团队没有一个人当逃兵。因为对于一线医护人员来说，他们面对的不仅仅是一个个鲜活的生命，更是生命背后一个又一个家庭。作为医者，他们是病人的希望，他们要给病人信心。

严丽无法形容疫情期间的工作状态，大脑在清醒的时候，永远只有病人、救人。即便是当时年迈的父母和年幼的孩子被困在异国他乡，她也无法顾及。

疫情初期，金银潭医院的床位非常紧张，为了抢救病人，严丽使出浑身解数去为病人争取，争取到床位后，还要在限定的时间内，将病人转过去。转院的过程中，涉及病人情绪的安抚，解决棘手的问题，科室之间的协调，深夜如何查核酸，安排仪器、设备，呼吸机用哪一种，接口是否配套……无数个电话的衔接打到严丽的手机发烫，她恨不能有三头六臂，赶在时间的前面，快一点儿，再快一点儿。

有一次，严丽好不容易为一位危重病人"抢"到金银潭医院的床位，病人的家属却决定放弃，家属不知道的是，这张床多么的来之不易！严丽气急攻心，情急之下将家属痛骂了一通，但理解之后，却又担心家属的身体，督促她去做CT。直至疫情后，她帮助过的病人来道谢，严丽都不知道他们的姓名。

2020年的疫情打得所有人措手不及，这与2003年的SARS完全不同，而且，武汉是疫区。谁都没有真正经历过，大家面临着很多以前从没想过的问题和困难。同事病了，人手越来越紧张；家人病了，大家内心越来越惶恐；家里老人怎么办，孩子怎么办？得病了的同事惶恐，上班的同事也惶恐，严丽的内心也是惶恐的，但她又怎么能表现出来呢？她是党支部书记，自己哪能退缩！她不仅要给病人希望，更要为战友们撑起一片天。

她对大家说："放心，没事的，只要有我在。"

为了宽慰因高度疑似而恐慌哭泣的同事，她笑着去拥抱他们，说：

“你看，我都敢拥抱你，你会有什么事呢？”她耐心和大家一起分析目前的状态，告诉他们，自己的手机24小时开机，随叫随到，会一直陪着他们，帮助他们，所有的治疗方案她都会参与。

凌晨3点，累了一天的严丽刚刚躺下，放射科的一位不认识的年轻同事打来电话，颤抖着说，他今天给病人拍CT时，不小心将戴着手套的手碰到了自己口罩内侧，担心会感染病毒。严丽耐心宽慰他，果断地说：“没事！安心！睡觉！”

为了稳定大家的情绪，严丽与总护士长黄素芳、护士长商薇薇建立了“胜利属于我们”的隔离者之家微信群，将科室已患病的同事以及有家属患病的同事都请进群里，每日2次打卡，上交隔离观察表。她还请康复专家与精神科教授入群指导大家如何锻炼和调整情绪，让大家知道人虽隔离，心未隔离。

1月26日，严丽在科室大群里向393名科内医护人员发出号召：发挥自身特长，走出慌乱，为自己为家人为朋友为社会为国家做一些有意义的事情。在她的带动下，涌现了很多正面形象和事迹。有人主动给疑似患者和家人送饭菜，有人给大家联系车，有人联系住宿。网络上的同济版《武汉人呐》就出自他们科室的李朝霞和彭克灵护士。视频中的每一个人都努力调适自己的心态，把最正面、最积极的一面展现给大家。出现了困难大家一起扛，出现了问题大家群策群力一起解决。

废寝忘食，只为了受苦受难的父老乡亲

作为最早接触疫情的一批医生，严丽也是最早被大家知道的一线医生之一。疫情初期，各家医院的发热门诊都爆满，大量的病人在家和医院之

间往返奔波。严丽的手机微信数量几乎呈爆炸样增长。因为媒体的报道，严丽的个人信息被公开，每天赶来的病人拿着片子排着长队等她就诊，即便是在大半夜，也有电话将她从睡梦中叫醒，所有人的第一句话都是：“不好意思，严教授，吵到您了……”

严丽懂得，无数个求援电话，无数张有病变的CT片子后面凝聚的都是一个家庭的期望。“对不起，我没有办法帮您联系到床位。”“对不起，这个病目前没有特效药物。”“对不起，我不知道如何能最快查到核酸检测结果。”……每一次的“拒绝”对严丽都是一次撞击。做医生是为“除人类之病痛”，这些年严丽从未放弃过，“十年饮冰，不凉热血”是她的信念。可这一次，严丽却深感无力。看到科室的护士妹妹们希冀的眼光；看到平素开朗的同事发现CT片子显示出现了病变时，嘴角哆嗦着还在说要先安排一下家里；看到同事在家里出现患者时的惊慌失措……严丽内心疼痛，焦灼难安。

严丽是人们眼中的“铁娘子”。但熟悉她的同事都知道，她其实是个“伪铁娘子”，典型的刀子嘴豆腐心，内心敏感而细腻。

那日，严丽和一位媒体记者走过同济医院旁的小街，她指着一家家大门紧闭的店铺如数家珍，这家店是什么时候开的，这家店的粉好吃，这家店的麻辣香锅不错……说着说着，她突然就哭出了声。

是的，严丽仍会流泪，那是因为感动，是对身处疫情中心，那些普通人身上体现的奉献、坚守，面对困难迎难而上的感动；是因为热爱，是生于斯长于斯，对这个城市刻骨铭心，不愿它受一丝伤害的热爱。

严丽是土生土长的武汉人，父母亲戚老师同学朋友玩伴都在这里，在这个严峻的时刻，她希望多做一点儿，再多做一点儿。心动一念，严丽萌生了写居家隔离指南的想法。很快，她的想法得到科室同志的响应，黄素芳总护士长、商薇薇护士长、储备护士长、静亮……顶着压力，大家一起开始了这项艰难的工作。

因为一切都是刚开始，网上几乎没有什么资料，他们唯一能参考的只有WHO的指南，但这个指南信息庞大，过于学术化，专业性太强，在当时的武汉缺乏操作性，普通读者根本看不懂，提供的材料在市面上也买不到。严丽结合自己曾参与SARS救治的经验，根据自己的理解将指南文字生活化。为了解决消毒水怎么配备能让公众更容易获得这个问题，大家在群里各抒己见，大年初一的凌晨5点还在讨论如何让部分措辞更为精准、更为适用。大家只希望能快一点儿，再快一点儿，祈愿父老乡亲能够不受病痛折磨，希望大家都能“劫”后平安。从大年三十的晚上开始，大家夜以继日赶出来的居家隔离指南初稿就已经在朋友圈里传播。

大年初一的早上，同济医院的“科普指挥部”在微信公众号成立了。科普群由开始的7个人，后来影响越来越大，医院一些德高望重的教授也加入了这个科普团队。

做完居家隔离指南，严丽又马不停蹄开始设计“新冠”自测AI小助手软件。方舱开舱后，医护人员不足，每位医生要负责大量的病人，她希望通过这个自测软件减轻医生的压力。同时，她联合华科大的人工智能教授一起攻关疫情预警的项目，通过3000多例新冠肺炎患者的大数据筛查，快速预测风险最高的患者，使他们能够被优先考虑，并有可能降低死亡率。该项目的论文发表后，在业界影响和传播力极大，并获得瑞典皇家工程院院士的点赞。

那段时间，严丽无比熟悉武汉的清晨，因为在这个时间，她要么是还没有睡，要么就是已经醒来工作。她几乎没有在凌晨3点前睡过觉，忙完了赶紧眯一两个小时，有时抬起头，天已亮，收拾一下就要去上班。吃饭也是在电脑前进行，非常时期，先生做她的生活秘书，笑她典型的废寝忘食。有一次严丽偷闲在朋友圈晒她的皮带，已经往里缩了四个扣眼，她调侃不需要花钱也减肥瘦身了。

同事们都说严丽像打了鸡血一样充满了斗志，但她又怎么能不拼！——想到护士长做鸡汤给她补身子；医院从未打过交道的保洁阿姨看到她，说“严教授辛苦了”；朋友们冒着感染的风险为她送药，怕她扛不住压力，给她找心理医生；救治转运需要帮忙时，即使在凌晨时分大家也是一呼百应……她的身体疲累，精神高度紧张，却又被这些温情感动着、激励着不断向前。

投桃报李，面向全球直播在线问诊

严丽说中国人的特点就是投桃报李，或者叫守望相助。

国内疫情初期，在武汉防疫物资紧缺的艰难关头，很多身在异国他乡的华侨华人、留学生都挺身而出，想方设法为国内同胞捐款捐物，当武汉的疫情逐渐落下帷幕的时候，海外的疫情却呈现暴发态势。

3月初，“姐姐，请你帮帮我们！”严丽收到一条表妹发自意大利米兰的求助信息。表妹曾在武汉战“疫”最紧迫的时候组织捐赠物资，她们一群23个姑娘，都在伦巴第地区，曾经扫光当地的口罩、防护服，只为给祖国支援。现在，意大利疫情形势严峻，很多在意大利的同胞非常焦虑，情急之下，她想到了向严丽求助。

有过在国外留学经历的严丽深知在他乡的不易，现在她们有难处了，自己怎么能袖手旁观？她开始在线答疑，并提供自己设计的自测软件，帮助她们进行自测。但随着求助需求的急速增长，严丽个人的力量已远远不够，于是，她在院内教授群里求援，不到10分钟，在严丽和心脏大血管外科副教授程才牵头下，一支面向海外同胞的专业答疑团队很快组建而成。

在海外答疑团队的影响下，更多教授、医生希望为抗疫出力，其他国家的华人也提出了求助。严丽和程才一合计，一夜之间建了60多个微信群，每个群500人，开始了他们的海外远程科普医疗咨询。

上班救治，下班答疑，很多医生都是从各自的岗位上完班出来，再开始工作。大家白天黑夜地忙碌着，累却充实。有一天，程才发现手机的咨询群竟有15000多条未读信息，严丽也觉得有意思，他们同时将截图发到了朋友圈，科室的护士被感动了，又将之发到了抖音上，并配文：当我们开始享受平静生活的时候，我们的教授却在忙这些……清晨起床小护士被吓到了，没想到一晚上的点击率过了30万，成了热搜。严丽没看点击率，她注意到一个善意的吐槽："这些教授真是迂腐啊，明明做个直播就可以解决的事……"

严丽醍醐灌顶。但一帮学术教授们哪会做直播！世上无难事，在很多义工、群主、各地精英人士和团体的帮助下，他们开始了"中国经验，世界分享"的主播生涯，陆续地，同济医院100多位教授也加入了专家直播咨询团队。

"在小区里隔离需要戴口罩吗？""感到恶心、想呕吐是否是新冠肺炎轻症症状？""核酸检测已呈阳性，但属轻症，只居家隔离有效吗？"直播团队面向美国、法国、意大利、英国、德国、西班牙等十余个国家，吸引了上百万观众。他们利用一块屏幕，给海外同胞送去了来自祖国的支援。

从武汉战"疫"一线到与海外同胞在线问诊分享战"疫"经验，严丽始终践行着自己作为医者的承诺。累吗？真的是很累！累得闭上眼睛就可睡着。每场直播的时间都超过3小时，但准备的时间往往在7～8小时，最忙的时候，严丽前脚刚从病房出来，后脚脱下防护服就找个角落进行直播。加上还有科研任务，她的睡眠时间少之又少，但看着沸腾的微信群开始逐渐变得冷清，大家越来越镇定，一个一个患者慢慢地走向康复，严丽认为，他们的一切努力都是值得的。

“疫情中的武汉，就是靠一个个小人物把它撑起来的。”严丽感慨，她特别喜欢鲁迅先生的一段文字：“能做事的做事，能发声的发声。有一分热，发一分光，就令萤火一般，也可以在黑暗里发一点光，不必等候炬火。此后如竟没有炬火：我便是唯一的光。倘若有了炬火，出了太阳，我们自然心悦诚服地消失。不但毫无不平，而且还要随喜赞美这炬火或太阳；因为他照了人类，连我都在内。”

严丽说，她就想像那萤火一般，在黑暗里发一点儿光。

用生命记录真实，用生命记录历史

她的双臂时刻准备着，去拥抱那些需要她帮助的人，而我，想给她一个紧紧的拥抱

谭海燕：《金银潭实拍80天》总导演，湖北卫视首席策划，资深媒体人。新冠肺炎疫情期间带领一支12人的纪录片团队最早进驻医院，蹲守红区沉浸式拍摄，金银潭、雷神山、协和东西湖三家医院，100多名采访对象、500小时硬核素材，镜头里是医护奉献、医患真情、生命韧度和人间温暖，镜头外是十几人临危受命的担当、深入ICU的勇敢、日夜纪实的坚韧，更有80天与亲人咫尺天涯的分离。用生命记录真实，用生命记录历史。获评“全国抗击新冠肺炎疫情先进个人”。

作者：周璐，《长江日报》江花副刊主编，高级编辑，武汉市文艺评论家协会理事。获中国报纸副刊年度奖、湖北新闻奖、武汉新闻奖多项，1987年开始文学创作，在《人民日报》《工人日报》《新民晚报》《湖北日报》《长江日报》《武汉晚报》等报刊发表多部文学作品。

“请不要跟任何人讲我去医院了”

2020年春节，在谭海燕的计划中，应该是圆满而有意义的，她和姐姐安排了与母亲的杭州之旅。母亲已从恩施来汉住在姐姐家，就等海燕忙完手头的工作，一起出发。

然而，与所有沉浸在节前喜庆和期盼氛围里的武汉人一样，一场突如其来的新冠肺炎疫情打得谭海燕措手不及。冷静下来，她取消了行程。紧接着，离汉通道关闭，她甚至还没来得及去看望母亲，过江通道就关闭了。

1月23日，封城当天，湖北卫视事业部第一时间召开策划会，提出了拍摄疫情纪录片的设想。作为卫视事业部首席策划，谭海燕主动请缨：“作为一名媒体人，这是我的责任。”

那天在台里，关于纪录片拍摄角度的问题，策划会的讨论进行了很长时间，领导提出了恢宏叙事、全景展现的拍摄要求。但谭海燕表示，这样的纪录片，绝不能陷入汇报片的思维，一定要在大事件中选取小切口，聚焦平凡人的命运，即便面对的是无法预知的险境，谭海燕坚定地说：“哪怕再难，也值得一直守、一直跟。”

1月28日，谭海燕匆匆将女儿送到公婆家，就带着首批队员进驻协和东西湖医院。她告诉家人，要在台里做剪辑工作，不方便回家。当晚，她给湖北卫视事业部党总支书记、主任臧志发了一条微信：“在我回来之前，请不要跟任何人讲我去医院了，因为我母亲70多岁了，身上装了好几个支架，我不想她担心。”

只是谭海燕没料到，这一去竟然就是80天，从第一支小分队入驻协和东西湖医院，到4月16日雷神山小分队撤出，整整80天的时间，湖北卫视事业部三个摄制组12名同志蹲守在金银潭医院、雷神山医院、协和东西湖医院的隔离病房里，冒着被感染的危险，总共记录下500多个小时的宝贵素材。

“我拍不下去了，换人吧”

看起来风风火火的谭海燕其实胆子挺小，怕老鼠怕得要命。她很少去医院，更别说ICU了。当第一次走进ICU时，那种冲击和震撼，让谭海燕永生都不会忘怀。害怕吗？怎么不害怕呢？只戴了一次性医用口罩的摄制小分队抵达医院当天，谭海燕感受到最多的词汇就是无助、无力、崩溃，缺人、缺物资、缺病床……但作为领队，她又怎么能退缩！

在这个非常严峻时刻，谭海燕唯有为她的队友争取一点儿安全保障。她问副院长：“如果我的团队有人感染了，可以提供一张床位吗？”但在当时那样紧急的状况下，谁能提供这样的保障呢？副院长迟疑了一会儿，笑着鼓励她说：“谭老师，我们要相信自己，不会被感染的。”

谭海燕来不及为副院长的无奈安慰担忧和沮丧，因为有更大的麻烦等待着她。

之前谭海燕一直在影视频道工作，过去拍摄的片子大多是人文艺术题材，社会现实题材涉猎非常少，她也从未在医院拍摄过，对医院的运行模式更是知之甚少，就光弄清这些都花了整整一周的时间。开始一周她每天都在焦头烂额当中度过，她担心同伴的安全，摄像为了跟拍不顾安危，她事后紧张地将摄像大吼了一通。可一进入工作状态，她自己却忙得忘了消杀的程序，同伴不得不专门盯着她。一天忙完回到酒店倒床便睡，几小时后又得面对接下来一天的混乱。

而进入红区拍摄后，对谭海燕他们的考验才刚刚开始。她意识到这不是常规的拍摄，是比以往任何一次都艰巨的任务：隔离病房不能正常拍摄，为防止携带病毒，拍摄器材需用保鲜膜包裹，导致不能变焦；各种仪器严重影响到声音质量；戴着护目镜不到20分钟就没法看清镜头；全身防护之后无法戴耳机监听声音，消毒后的摄像机故障连连……第一次进隔离病房没有经验，在防护服里穿了很多衣服，结果拍摄不到5分钟，大家全身湿透，几乎窒息。为了节约有限的防护服，也为了多拍一些素材，谭海燕和伙伴们每天尽量少喝水，有时甚至不喝水，每次进隔离病区还会多带一套摄像机，换机器不换人，力争多待一会儿。

然而，当谭海燕慢慢适应这种工作强度时，她发现最大的困难不是来自身体上、设备上的，而是每天面对患者后心理上的难关。虽然穿着隔离服，她仍深切感受到患者难言的苦痛，听着他们讲述自己的故事，她的内心也在颤抖；头一天还在诉说自己故事的人，头一天还在亲热地喊她“海燕”的人，在他们第二天扛着摄像机走进病房，发现已是人去床空……这些被代入感的痛苦和压力，巨大到让谭海燕无法消化，无法向人诉说，她被逼入了绝境之中。有一天忙到凌晨一点多，谭海燕看完当天的拍摄素材，内心彻底崩溃，她给领导打去电话，声音颤抖：“我拍不下去了，换人吧！”

那边领导沉默了片刻又说了什么，失控下的谭海燕并未听清。放下手机，她走到窗前，看着这座被阴霾笼罩的城市，她突然想起了父亲。这是非常奇怪的感觉，每当她面临人生抉择时都会想起父亲，而父亲，已在她14岁那年不幸离世。父亲是武汉人，出身富裕之家，湖医毕业，当年因家庭出身被分配到恩施偏远乡镇。可父亲并未因不公的境遇怨天尤人，而是随遇而安，为一方乡亲治病救人。在谭海燕的记忆里，父亲调到县城后，家里来得最多的客人就是乡下来县城求医的病人，甚至还有在她家暂住的乙肝患者。从幼年到少年的懵懂心智里，谭海燕是深爱父亲的，不仅仅是父亲身上体现出的温和、包容、豁达的父爱，更是求医患者看向父亲眼神中的敬重和感激之情。直至成年之后，每每想起父亲，她逐渐清晰了自己的人生轨迹，希望能做一个像父亲那样的人。

这天，谭海燕想到了父亲，她想，面对这样的境地，父亲会怎么做？父亲一定会勇于直面的吧。

谭海燕想起了跟拍医生们早会的情景，大家相互打气，认真地在防护服上写下各种激励的话语，进入红区之前挥动拳头互道“加油”。谭海燕明白，对于医护人员而言，每一个具有仪式感的动作背后，其实是他们在为自己寻找勇气和力量，没有这些，红区里的每一天都是很难撑下来的，只有身在其中的人才会懂得，那声互道“加油”里的分量。

静夜里，谭海燕对自己说：加油！

首先是帮助者、安慰者，其次才是记录者

在《金银潭实拍80天》中，73分钟让我们回顾了那段难忘而又惊心动魄的日子，跟随镜头，我们看见了跌入命运谷底的平凡人，也看见了那些在危难之际听从内心召唤、坚守自己使命的平凡人。

新闻记者敖慕麟，从香港回汉探亲，在外出报道后发现全家感染；

急诊科护士王枫姣，产后不到24小时被感染并迅速恶化；

出租车司机李超，一家六口人中有四人接连感染，分散在不同地方治疗；

女交警肖军，因照料父亲被传染病危；

1995年出生的小护士，背着父母来武汉支援，临行前将结婚戒指藏在

包里还给男友；

ICU主任给患者插管不幸感染，自己进入ICU前还在交代患者的治疗方案。

……

谭海燕用镜头传递的，是更多的人在用自己微弱的力量汇集成暗夜中的炬火，她深深懂得，这不是一个人的殊死抗战，而是一群人的休戚与共。他们在用自己的行为验证那句话：“疾病不应该把人们分开，恰恰相反，它应该为人类相爱提供机会。”

在拍摄的过程中，谭海燕不再将自己仅仅定义为客观、冷静、自持的记录者，而首先是帮助者、安慰者。

李超，是谭海燕在协和东西湖医院印象最为深刻的拍摄对象。疫情发生后，李超与他的父亲、母亲、奶奶没有逃脱感染病毒的厄运，分别在不同的医院救治。这位爽朗的汉子在救治的过程中积极而乐观，刚脱离重症就在病房里当起志愿者，为小区居民组织团购。有一天，他不好意思地悄悄请求谭海燕帮助寻找失去联系的母亲和奶奶。在谭海燕的努力下，终于在火神山医院找到两位老人的下落，没想到，两位老人已相继离世，为了不影响李超的治疗，谭海燕决定暂时瞒下这个悲痛的消息，告诉他还在寻找中。当她了解到李超与父亲失去联系已经20多天了，又赶紧想办法寻找，希望给李超一个希望。终于，在摄制组的帮助下，2月29日，李超与金银潭医院ICU里的父亲接通了一次视频电话，看着治疗中的父亲，李超开心不已，他一边安慰父亲一边对大家说：“看我们父子俩还是蛮像的吧？”

但让谭海燕没想到的是，这竟然是他们父子俩的最后一面。3月6日，她忙完了一天的拍摄，刚回到住的酒店，同事告诉她，在新冠肺炎遗体捐献者名录中，看到了李超父亲的名字。谭海燕第一时间拨通了李超的电话，电话那头，李超的情绪很低落，他说："一个月内，我失去三位亲人，他们都是因为这个病去世，我一定要搞清楚这究竟是个什么病，让医生可以去救更多的人。"想到李超在得到父亲离世的消息不到2小时里，就做出捐献父亲遗体的艰难抉择，谭海燕心里悲痛不已，她心里只有一个念头："我要去看看李超。"她和李超说："我来陪陪你。"挂了电话，她立刻和同事驱车赶往李超所在的隔离点。刚上车，谭海燕便崩溃地号啕大哭，从酒店到李超所在的隔离点，近50分钟的车程，她的同事说，她一直哭到了目的地。这是谭海燕开始拍摄以来最为失态的一刻，她将所有的悲伤、感动、担忧、压力都宣泄了出来。

然而，当谭海燕走到李超面前，已擦干了眼泪，身材娇小的她像姐姐一样对李超伸出了双臂："李超，我抱抱你吧。"

"我能坚持下来，是因为他们需要我"

不管条件如何恶劣，谭海燕和她的团队首先考虑的是尽最大的努力记录普通人的故事。

肖军是一名女交警，因照顾生病的父亲而感染。治疗期间，她非常配合医护人员，她的坚强让谭海燕心生感佩。疫情初期，物资非常紧张。肖军刚脱离重症，嘴里苦涩，长时间地和病魔做斗争，不知有多长时间没有感受到甜的滋味。肖军请人帮忙购买果汁。细心的谭海燕发现，买来的那两瓶饮料，有一瓶给了邻床的老大爷，另一瓶肖军没有动。她想，肖军肯定想喝纯果汁，又不好意思说。第二天，她和摄像说早一点儿收工。她怕超市关门，拉着摄像去超市扫货。扫了好几家，才找到纯果汁，想到病房的病人，她一口气将货架上的各种果汁全买了下来，赶紧送到病房，想到大家吮吸着果汁的欢喜，谭海燕觉得心里都是甜的。

上海的李玉梅和她的母亲来探亲，不幸感染新冠病毒，母亲突然去世，李玉梅悲痛欲绝。谭海燕深知李大姐身处异乡无人陪伴的孤独和无助，经常去安慰她，了解到李玉梅因常服的高血压药吃完了很着急，谭海燕就去找医生询问，医生说，这种药已经被新药取代了，可以替换疗效更好的药。但李玉梅心理上对这个药有了依赖，为了安抚李玉梅的情绪，谭海燕请同事帮忙找了很多药店，最后在网上帮她寻到了这种药。当谭海燕把药送到李玉梅的手中时，李玉梅开心得像孩子得到糖果一样。

在医院的那段时间，谭海燕与她的团队除了如实地记录医患与病魔抗争，还花了比拍摄更多的时间竭尽所能地去帮助患者寻找家人、买药，寻找心理专家缓解患者的压力，陪伴出院的患者安葬亲人，送外地的患者回家乡……

即使这样，谭海燕也有自责的时候，她一直记得35床那位感染新冠病毒的白血病患者。那天中午，35床的患者有强烈的表达欲望，和谭海燕谈他的小时候，谈他的家庭、孩子，“我看他喘不过气来，怕他疲累，打断了好几次，想等他好一点儿再聊，对他说：‘我明天还会再来，我们有的是时间。’”。离开的时候，谭海燕还去找副院长了解了他的病情，副院长说正要会诊，让海燕安心。

然而，第二天，谭海燕收到护士的信息，说35床今天走了。刹那间，她心里疼痛万分，拼命回想当时的情景：“也许，那个时候，他意识到自己不久于人世，只是想把自己心里的话都说出来。”

海燕找到35床患者女儿的联系方式，将她父亲在世间最后的影像剪辑给她。

后来，患者的女儿特地打电话感谢谭海燕，说母亲因为父亲离世未曾见最后一面、说最后一句话而极度消沉，当她看到丈夫在镜头前谈起家人的温和笑容，看到丈夫的气色比入院前要好很多，她终于释怀。35床患者的女儿说："谭老师，谢谢您为我们留下对父亲最美好、最珍贵的记忆。"

生死时速，只为跟拍的对象转运

这一次纪录片拍摄小分队只有谭海燕一位女性，但在同伴的眼里，谭海燕从未表现出女性的柔弱，而是媒体人拼命和坚韧的品质。小分队保留着一张"珍贵"的照片，每次看到这张照片大伙总会忍俊不禁而又后怕。那是武汉解封的前两天，4月6日上午，谭海燕与搭档邱磊、唐晓洲按照惯例，早上8点到金银潭ICU参加医生晨会，会上听说一位跟拍了很久的患者又开始肠道出血，需要马上手术，申请转到综合性医院协和西院去做。谭海燕当即决定继续跟拍。他们三人迅速换上防护服，邱磊进病房跟拍病人，谭海燕和唐晓洲下楼跟拍救护车出发，此时还不到早上9点。防护服一穿上，没有手机就跟外界失去了联系，谭海燕他们在楼下一直等到12点半，协调工作才完成，病人才被送下楼来。救护车上坐不下所有人，谭海燕和唐晓洲只好开车去跟救护车。哪知道救护车拉着警笛一路狂奔，那时候路上已经有很多车了，大家都避让了救护车，却并不避让谭海燕他们的车。为了不跟丢，唐晓洲在车流中越开越快，左冲右撞。刚开始谭海燕还敢用口袋机拍一点儿镜头，一会儿就感觉自己心跳都快停止了。到达后，当谭海燕跳下车，去给邱磊补机位时，看见他眼睛瞪得老大，完全没有料想到他们居然跟上了。

病人被送进协和西院的ICU之后，原本以为会马上手术，结果还是漫长的等待。一直等到快下班，病房医生才告诉谭海燕，经过专家会诊，决定保守治疗不做手术了，而此时谭海燕他们已经穿着防护服，没吃没喝没上厕所一整天了。走出ICU，脱下防护服，大家才意识到遇到了更大的窘况，他们换下的衣服都放在了金银潭医院。每人就只剩一件短袖手术服，不到10分钟，谭海燕就冻得直哆嗦。病房外的医生们这才发现有三个“傻”记者在ICU里等了那么久，赶紧给他们泡上方便面，又找来一次性的隔离衣让他们穿上。回到金银潭医院取衣服时，天已经完全黑了，大家看着彼此，狼狈又搞笑，于是拎上装着自己衣服的医疗垃圾袋，请护士帮他们记录下了这个难忘的时刻。

80天过去了，谭海燕终于带着她的团队平安回家。80天的时间，谭海燕没有见过女儿，想念女儿的时候，她会看看女儿为她画的一张“辛苦了”的心形卡片。后来，女儿调皮地说：“妈妈，我知道您肯定瞒着我，去做一件非常大的事情。我不说，怕给您压力。”

谭海燕和她的团队用500小时的拍摄素材，剪辑成73分钟感动无数中国人的《金银潭实拍80天》，镜头里是医护奉献、医患真情、生命韧度和人间温暖，是他们用生命记录真实，用生命记录历史。有人评价这部纪录片：“普通人的生命故事才是史诗。”

中秋节，谭海燕将重回武汉的敖慕麟、肖军、李超、金银潭医院ICU的医生康亮和护士长瞿朝晖等人约在了一起，他们是患者，是医护人员，是媒体人，却也是被谭海燕称为“过了命”的战友。他们终于在疫情之后团聚，他们终于摘下了口罩，看清楚了彼此的模样。

雷神·蓝图·剑雨

她像一台发动机，不停地把整个团队的正能量都带动起来

杨剑华：一级注册结构工程师、正高职高级工程师、高级经济师。中南建筑设计院党委副书记、总经理，中南建筑设计院抗疫项目与雷神山医院项目设计总指挥长，获评“抗击新冠肺炎疫情全国三八红旗手”“武汉抗疫巾帼英雄”等荣誉称号。新冠肺炎疫情期间，她带领中南建筑设计院团队逆行出征、尽锐出战，一个月完成雷神山医院等38个抗疫抢建项目，为湖北省、武汉市疫情防控提供了硬核支持。中南建筑设计院党委荣获“全国抗击新冠肺炎疫情先进集体”“全国先进基层党组织”等荣誉称号。

作者：郭海燕，二级作家，中国作协会员，湖北省作协全委会委员，武汉作协签约作家。出版小说集《掌心里的风》《理想国》《单双》。获湖北省第九届屈原文艺奖优秀作品奖，获评2020年度武汉文艺“突出人才”。结业于鲁迅文学院第七届中青年作家高研班，湖北省作协第六至九届签约作家，入选省文联中青年优秀文艺人才库、省宣传文化人才培养工程“七个一百”项目。系《芳草》杂志一编室主任。

2020年1月6日，“世界设计之都”武汉市。

位于武昌区的“全国勘察设计行业百强企业”“当代中国建筑设计百家名院”——中南建筑设计院股份有限公司（简称中南院），精英荟萃，召开干部大会，宣布湖北省委任命杨剑华为中南院党委副书记、总经理……

庚子鼠年伊始，中南院，这柄建筑设计界的名剑，握在新上任的杨门女将之手，将挥出怎样的不凡之光？

一

2019年岁末，注定非同寻常。百年来全球最严重的传染病大流行——新冠肺炎疫情暴发，腊月二十九，武汉市关闭离汉通道。人民至上，生命至上！当日下午，武汉市决定参照2003年抗击“非典”期间北京小汤山医院模式，建设火神山医院，计划十天建成……

身处江城的杨剑华，密切关注抗疫消息。作为出身一线的设计师，久经沙场、履新不到一个月的高管，她很清楚，此际应急传染病医院的建筑设计，是多么的人命关天，乃真正生命至上的“顶层”设计！隆冬风急，各种新闻、消息如寒雨铺天盖地，杨剑华应接不暇却又“充耳不闻”，因为她心里翻腾着一个最强音：疫情暴发，火神山医院已开建，接下设计任务的同行，该是多么责任重大、使命光荣！自己刚接手的中南院，系新中国最早成立的六个大区综合性建筑设计院之一，更是肩负政治责任、经济责任、社会责任的国有企业，值此紧急关头，作为在汉的实力大院，更应该有所作为、有所担当啊！这位读大学时就对着镰刀斧头宣誓的老党员，隐隐期待着，内心使命感渐燃渐烈直至如火如荼；面上却静水深流，声色不动。

次日，万家团圆的除夕。晚8点30分，观看春晚的杨剑华手机突然响了，她心里一跳，赶紧接听——是武汉市城建局打来的：半个月之内武汉将再建一所雷神山医院，设计任务交给中南院。血，瞬间沸腾！

冲锋号吹响了，组织在召唤，中南院该上战场了！！

杨剑华立即上报湖北省政协副主席、中南设计集团董事长张柏青，中南设计集团党委书记、总经理张云和中南院党委书记、董事长李霆。很快，她被任命为雷神山医院设计总指挥长，一场与时间赛跑的设计战“疫”打响了。

女帅迅速排兵布阵。项目牵头人是中南院副总建筑师张颂民，牵头单位是公司医疗健康事业部，该部总经理章明担任项目具体总协调。

除夕晚9点，快马出征的杨帅发出雷神山设计召集令。接到任务的所有在汉专家、设计师，立刻奔赴一线。什么样的将帅，就有什么样的兵！彼时，杨剑华的电话差点儿被打爆，2000余人的中南院，许多没接到通知的设计师纷纷主动报名：“只要能上，让我帮你们开车都行！”……就这样，不到一小时，不计个人安危、不讲任何条件，第一批涵盖建筑、结构、给排水、电气、暖通、造价等全专业的二十多人精锐分队成立。此际江城寒雨如刀，张牙舞爪的新冠病毒幽灵就在门外徘徊，名剑出鞘，杨剑华亲率团队克服交通封锁等重重困难，第一时间从中心城区赶到远郊区——一片漆黑的黄家湖畔雷神山现场，借着手机灯光进行实地踏勘……

从项目现场杀回武昌办公楼，又冷又饿。这个特别的大年夜，中南院办公楼没开暖气，因为春节放假兼交通封锁，人去楼空，食堂也关门，无法供应夜宵。此刻，中南院勇士饥寒两忘，眼里唯有战场！就在他们亮剑雷神山之时，同舟共济的袍泽施工方也在拼命奔跑，至年初一晚6点30分，首批50名管理人员赶到现场，200余名工人就位，还有大量推土机、挖机、自卸车等设备，高峰期现场工人预计将达2000人。鲁班无木难造屋，天上无云不下雨——设计是施工的前提啊，图纸必须早点儿出来，施工方才能开足马力按图施工，早一刻建起医院，早点儿救人！己亥大年夜，坐镇现场的杨剑华鼓励团队一鼓作气，拿出设计方案。他们通宵达旦工作，整整12小时鏖战。次日早晨9点，饱含中南人智慧的方案诞生了！年初一中午1点30分，杨剑华带着新鲜出炉的方案初稿到市政府汇报。市领导高度评价：这么短的时间内，你们就拿出一套比较全面的好方案，中南院真是一个能战斗的集体啊！

后续工作步履维艰。

生命重于泰山，疫情就是命令。6天时间里，雷神山医院规划总建筑面积3次增加，从3万平方米增加到8万平方米，床位数从1000张增加到1500张，规划布局及设计方案一直紧跟形势，以迅变应瞬变，这对设计师神经、能力、体力的考验达到极致！除此之外，春节长假叠加交通封锁等，造成物资供应困难、人员调度不易，中南院只有突破设计常规，边设计边施工——根据施工方能采购到的材料和采用的工艺，因地因时、随时调整设计。这是戴着“镣铐”跳舞啊！“心有猛虎，细嗅蔷薇”，巨大压力下的杨剑华仍保持着女性特有的优雅和从容缜密，一如既往地精神抖擞，“坚守生命安全、消防安全和结构安全的底线，一切以施工为主！”她像艺术家般指挥着“高精尖”团队，在办公室和施工现场间双线对接、无缝衔接，步步为营地调整、优化施工图设计。

雷神山项目规划负责人、中南院第一建筑院第三建筑室主任仇争艳，说出心里话：“我做了十年医院建筑的设计，雷神山项目难度这么大、时间这么紧，我心里真没底啊，但我们必须努力实现——因为我们的杨总认为一定要实现，一定能实现！她是我们的主心骨，是定海神针，我们信任她！”主帅旌旗所指，战鼓声声！虽然公交已停运、自家没车，这位个头小小的“80后”女先锋、主力设计师，每天骑着共享单车上下班；一入办公室就是酣战，累极了，就手握画笔、挨着电脑在办公桌上趴片刻。

二

年初三即2020年1月27日，晨，中南院交出雷神山医院首版施工图纸。

施工方开始挖管线沟槽。1月27日当晚，有医疗专家建议将病房楼往东边稍挪，在隔离区西侧增加供医护使用的部分建筑。可施工方已经开挖，若是正常项目，一天时间不可能完成此改动；若坚持改动，施工方将损失半天时间。雷神山项目，非比寻常啊，它是同病魔生死竞速的国家重点工程，损失半天，谁也扛不起！

28日，杨剑华参加武汉市新型肺炎防控指挥部的工程协调会，讨论此事。和她并肩作战的干将章明，在会议空隙翻看手机新闻，目睹标题“长江财险董事长、原黄石市长杨晓波近日因重症肺炎去世”，呆住了！春秋鼎盛的杨晓波，曾任中南院院长，是他和杨总敬重的老领导啊！……

疫魔疯狂，无论如何，得赶紧把雷神山医院建起来！快一点儿，再快一点儿！！

坚持传染病医院设计原则，一切以施工为主！协调会开至最后，身为项目设计总指挥长、已知老领导遽逝的杨剑华冷静拍板：尽量让已经开挖的管沟都用上，哪怕是加班加点、不眠不休，我们的设计师也会立马调整、重新修改！

新冠病毒猛如虎。事实上，杨剑华的设计团队，年初一正式上阵，初二就有人发热了。对发热者，公司想方设法安排其就诊、隔离治疗。团队缺口怎么办？换一个人上。这就是战场，第一个人“中枪”了，第二个人补上，保持战斗队形，继续冲锋！杨剑华身先士卒，每天带头冲锋陷阵。

“这种情况下，我们共产党员必须冲锋在前。中南院党委成立了雷神山临时党支部、党员突击队，党旗就悬挂在现场，党旗一挂，人心安宁。大家心里只有一个念头：是党员就要上，就该上！大家奋勇争先，其中有两位现场设计师谢琥、袁理明表现出色，双双火线入党！关键时刻，他们的无私奉献，对我来说，也是一种强大的精神力量！”身兼公司党委副书记的杨剑华感叹着，诉说强大的后盾，尤其是张柏青副主席、张云书记及中南院李霆董事长等一众领导的关心和全方位支援。曾经，领导们在微信上传看一张照片，那是对困累交加的一线设计师在办公电脑旁打地铺入眠的真实写照。领导们纷纷打来电话：“设计师休息时都戴着口罩吗？太辛苦了！请你们一定要保护好团队！特别是开会、使用电脑，一定要互相保持距离，保持通风啊！”杨剑华的心里涌过阵阵暖流。

毕竟是血肉之躯，同看不见的疫魔较量，杨剑华也有怕的一刻。她就住在武昌中建院社区，楼里就有人感染新冠病毒，甚至因该病去世，她不止一次看到救护车来接人。每次目睹红白相间的车身、全副武装的医护人员，杨剑华的心里都掠过战栗，但怕之后，内心信念就更坚定：抢建雷神山！抢建雷神山！！快！更快一点儿，拿出图纸，早点儿救人啊！！每念及此，她浑身充满力量！杨剑华根本没时间去恐慌，也顾不上恐慌，等待她的工作实在太多太多了。

除了身负雷神山医院设计总指挥长之职，杨剑华还兼任公司疫情防控后勤保障组组长。武昌区属疫情重灾区，中建院社区不能幸免，公司党委为此成立了社区服务工作队，归女帅统管。工作队每天为住户送菜送药，打电话慰问所有老人。其间，各种诉求不断：有因楼上渗水影响楼下邻居的，有投诉高层住户“飘下”垃圾的，还有人发热……杨剑华不时地带队上门，亲自协调、解决。

杨剑华关心、解决的难题中，有一个最令她牵肠挂肚，那是一个叫卫祥（化名）的小伙子。“80后”的卫祥是一名经营骨干，春节前回老家过年，不幸感染，成为新冠肺炎重症患者。当地医院两度下病危通知，卫祥已交代遗嘱。远在武汉的杨剑华得知，直接和当地医院领导通话：“请不惜一切代价，抢救我们的员工！”从得知卫祥住院那天起，每天早、晚杨剑华都发微信，鼓励命悬一线的小伙子：“你是最棒的！千万别放弃！一定要坚持住！！”“中南院需要你，公司需要你……”“你不要怕，我们有个强大的中南院，中南院后面有个强大的中南设计集团，背后还有伟大的祖国！！”每每从昏迷中醒来，看到这些暖言，卫祥的眼泪就会涌出来。他知道，给他发微信的杨总，此时正在雷神山、办公室激战啊，那些天正是一线同事最忙碌的时候！卫祥就拼命吸氧，拼命挺住！至少，他要为杨总每日输血般的鼓励，挺住！卫祥同样在战斗，在生死一线搏命。他成功了！当从ICU转到普通病房后，他骄傲地同病友聊天：“中南院是我的单位，我的同事们就战斗在雷神山一线！”病友们听了，羡慕又自豪：“这么牛啊，你的同事了不起！我们的国家了不起！”康复后回到单位，以忘我热情参加复工复产的卫祥，多了一份感触：“当我与死神抗争时，是杨总那双强有力的手，托起了我，她是我的救命恩人！以后遇到什么事，我都不怕了，因为我懂了，除了生死，一切都是‘擦伤’！”

非常时期，化身年轻人精神导师的杨剑华，最主要的精力还是放在雷神山。

1月28日，硬骨头终于啃下来，主要图纸交了。雷神山项目总体规模近似三个小汤山医院，工期却与之相近，设计难度前所未有；按常理，想完成其设计建造，正常情况至少需要半年。杨剑华团队仅用三天，便提交了完整施工图；十二天，雷神山医院成功交付使用。

横空出世的雷神山项目圆满完成，得到国家卫健委专家充分肯定。就在项目现场，有领导说："如此复杂的大型工程，在如此紧急和如此复杂的状况下，如果不是中南院这样的实力大院出马，是不可能完成的任务！中南院出国家级大师是有道理的！"

三

确实，中南院坐拥镇院之宝：有结构设计大师李霆、建筑设计大师袁培煌、桂学文等多位全国工程勘察设计大师，还有68年的历史积淀，2000余人的技术团队，300多家医院尤其是同济、协和等综合类大型医院项目设计的丰富经验，以及工程数字技术研发中心等行业一流的技术研发团队，包括自主研发、走在全国最前沿的工程全产业链服务互联网平台——大A工程网……这些得天独厚的优势，在庚子年全球关注的武汉战"疫"中，在政府及各级领导关怀下，更在中南院干群众志成城、高效协调配合下，将国企大院的功能与作用发挥得淋漓尽致！

每想到此，身为公司抗疫项目设计总指挥长的杨剑华，内心就感到莫大安慰。危急时刻，舍我其谁。国家需要，人民需要啊！除了雷神山，杨剑华率领的团队，还助力完成许多生命方舟——方舱医院及定点医院改造等抢建项目。有多少次是在深夜接到方舱医院的设计任务，杨剑华已记不清，她只记得，无数次半夜里呼兵唤将，设计师拍马赶到，二话不说，通宵、就地甚至跪在地上，凭倚马可待的基本功手工画图，数小时现场完成任务。每次都是十万火急，每次都是分秒必争！

其间，发生过一起“冲突”，那是为改建某体育馆方舱医院。武汉的冬天阴冷浸骨，为实现“应收尽收、应治尽治”，体育馆地下室也收治病人，但通风系统、采暖条件等都不具备，设计师毫不含糊地挥笔：加设备。半夜三更，火烧眉毛的政府领导通知杨剑华：加设备的事，由你们中南院负责！——老天，这可是施工啊，属设备施工，中南院是以设计为主，情况如此紧急，半夜三更，去哪儿采购设备？去哪儿找人？让画图的设计师干施工活儿吗？长期紧张、疲惫的他们，若感染了怎么办？上级领导反复交代过杨剑华：千万不能让设计团队倒下！那是中流砥柱，是咱们的家当！杨剑华首次，也是唯一的一次，急了：“我们干不了！”放下电话，她的内心充满斗争，复杂极了……转念又一想：这种时候，政府能找我，就是对中南院的信任啊！他不找我，找谁呢？一灯能除千年暗，一智能灭万年愚，杨剑华豁然开朗，打马上阵，半夜里她四处打电话，找生产设备的厂家、找施工单位，调兵遣将，终于圆满完成任务。事后，被她“得罪”的那位领导很感动，由衷地竖大拇指：中南院，大院的范儿！大气之担当！

谁不知道呢？所谓大气、担当，需要硬核驱动。就在疫情防控最吃劲的那一个月，中南院近20个部门、约500名员工投入战斗；全程参与的战将、土生土长的武汉人章明，回忆种种酸甜苦辣，最大的感怀是：很多项目都是同时开工设计，每天我们都忙得昏天黑地，在心痛、心甘而又呕心沥血中共创希望，手机永远打得发烫，杨总更是这样……偶尔喝口茶，瞥见她忙碌的身影，我这才想起来，她还是一位身材不高的女同志呢！但在我心目中，她却是那样高大，永远精神饱满，像一台发动机，不停地把整个团队的正能量都带动起来！

拥有硬核“发动机”的大院，其贡献有目共睹：共优质高效完成医院建造、改造设计14个，方舱医院改造设计项目21个，方舱医院EPC工程总承包2个，包括湖北省新冠肺炎疫情防控指挥部在内的指挥部改造设计及施工组织项目1个，共计助力产生床位3万余个；并为10余个省市医院改造项目提供技术咨询，编制各类技术指南和导则近10项……名剑在手，剑雨退疫魔，中南院提供的硬实力支撑与保障，为武汉保卫战、湖北保卫战立下汗马功劳。

4月5日，由“方舱庇护医院”提出者、呼吸病学与危重症医学专家王辰院士发起的“方舱医院建设与管理研讨会”，在中南院举行。王辰院士亲临会场，对杨剑华团队给予极高评价。那天，女帅发现，所有中南院代表的脸上，笑容都特别灿烂……

2020年9月8日，是个好日子。这天，中南院董事长李霆北上，总经理杨剑华东进。北上的李霆是代表公司党委，赴京参加全国抗击新冠肺炎疫情表彰大会——中南院党委荣获“全国抗击新冠肺炎疫情先进集体”“全国先进基层党组织”荣誉称号，全院上下异常自豪！东进者，是作为杰出校友代表，回母校上海同济大学，为万余名新生做开学典礼演讲。是日，硕士毕业30年、入选“武汉抗疫巾帼英雄榜”的杨剑华，光彩照人，为师弟师妹们比画绝招：

“在我看来，‘同舟共济’的精神是雷神山精神的重要内核。正是精诚团结的中南院设计团队成员不顾安危、忘我拼搏、同舟共济，才创造出雷神山医院这个世界建筑工程奇迹！正是全社会的同舟共济，才实现了疫情防控形势的持续向好发展，体现了人类命运共同体的理念！”

只道慧心落『两山』

娉婷种花，智慧筑梦，她建筑的世界有硬核而多彩的人文灵魂

陈应：湖北应城人，教授级高级工程师，现任中建三局智能技术有限公司党总支书记、总经理，中国建筑业协会绿色建造与智能建筑分会副会长、武汉建筑业协会智能建筑分会会长，曾获全国新时代智能建筑行业领军人物、全国建筑业先进工作者、湖北省五一劳动奖章、茅以升科学技术奖。中建三局智能公司承建整个火神山医院及雷神山医院一半的智能化工程，陈应率团队在极限条件下，完美交付“两山”智能项目，获评国资委抗疫先进个人。

作者：郭海燕，二级作家，中国作协会员，湖北省作协全委会委员，武汉作协签约作家。出版小说集《掌心里的风》《理想国》《单双》。获湖北省第九届屈原文艺奖优秀作品奖，获评2020年度武汉文艺“突出人才”。结业于鲁迅文学院第七届中青年作家高研班，湖北省作协第六至九届签约作家，入选省文联中青年优秀文艺人才库、省宣传文化人才培养工程“七个一百”项目。系《芳草》杂志一编室主任。

2020年初，新冠肺炎疫情暴发，武汉成为重灾区，两项应急救命工程——火神山、雷神山医院，以生死竞速的“中国速度”，在建设者手中奇迹般崛起！2月2日，中国人民解放军入驻接管火神山医院。

2月19日下午，负责维保的火神山智能工程施工现场负责人叶超突接军方指令：在“红区”病房与清洁区之间，增加有线摄像机，用于院感监控。这个任务得布线啊，须在墙上开孔穿管，稍有不慎，“新中国成立以来我国遭遇的传播速度最快、感染范围最广、防控难度最大”的新冠病毒将乘隙而入，污染整个清洁区！……叶超头皮发麻，立刻拨打电话，请示项目女帅、中建三局智能技术有限公司（简称智能公司）党总支书记兼总经理陈应：“是不是直接闯‘红区’，冒险布线？”

火神山之巅

“爸、妈，我不能来海口陪你们过年了，我留在武汉，一是响应号召，不出行；二是留下可为武汉做点儿事，比如做个志愿者……你们二老，要照顾好自己啊！”

“没问题！放心吧，去做你该做的事情！”

这是腊月二十八，陈应退掉武汉到海口的飞机票时，和八十岁父母的对话。次日，武汉暂时关闭离汉通道。

家里红豆杉无知无畏地葱茏，三角梅开得正艳，陈应对着花盘算：身为湖北人，在汉央企的一员，危急关头能为这个城市做点儿什么呢？……腊月二十九上午9点40分，陈应在麾下智能公司微信工作群发声：

在此我也表个态，政府要征集救治场所，我们公司无条件申请参与。

政府要征集防治志愿者，我第一个报名参加。武汉人民一定（会）众志成城，集中力量打赢这场攻坚战！

陈应没能做成志愿者。因为当日下午，她听到一个振奋人心的消息：政府决定参照2003年抗击“非典”期间北京小汤山医院模式，抢建武汉版“小汤山”——火神山医院，中建三局牵头建设。

中建三局，是我们局啊！这位“70后”党总支书记不禁心跳加速：天降大任！国家动用“中”字头央企，这是用一流资源抗击大疫、拯救武汉，我们能干什么？我们是智能公司，虽属2009年才成立的年轻团队，但我们同最前沿的5G打交道、钻研云技术，致力建筑智能化“黑科技”，中建三局独此一家！火神山若有高科技智能工程，作为局建筑智能化领域最专业的公司，我们必须挺身而出，揽下此高精尖的活儿！电光石火间，陈应拨通局牵头单位负责人的电话：“侯总，我请求参战！”

除夕上午10点，陈应如愿以偿，她接到参建通知：火神山智能工程全部由智能公司负责。

“我在武汉，我报名！”

“我在恩施，我报名！”

“我在成都，我报名！”

……

有着“70后”“80后”“90后”黄金年龄结构的智能公司人，吹响青壮集结号。大年初一，陈应和公司执行总经理方斌率队进驻火神山。驻场52名管理人员，60%是部门、项目负责人，党员22人；他们中，有推迟婚礼从荆州赶来的项目经理袁绪强；有做完手术仅十天的生产经理杨伟东；有推迟手术的首席设计师贺宇；有刚从巴基斯坦项目回国的工程部经理胡铮臣；还有除夕夜驾车12小时、突破冰封山路坚持返汉的工会副主席邓红武……

“国家需要，人民需要！团队都是主动报名，一想到他们，我浑身充满力量！”心怀感动、自豪的女帅，和搭档方斌科学分工：她对外，抓协调；方总对内，紧盯现场。重要环节，陈应内外兼顾。

“壮岁旌旗拥万夫，锦襜突骑渡江初。”一眼看到火神山设计图纸，陈应内心满是兴奋，却又忐忑：这是国内三甲医院最先进标准啊！拥有智慧医疗、智能看护、智能安保、智慧物流等五大类17个智能系统，实现AI智能审片（CT肺片）、远程视频会诊，全是基于5G、云技术打造的“黑科技”，样样要求国际领先。在行业深耕26年的陈应很清楚，想完成此顶级配置，一般需两年，计划十天建成的火神山医院留给自己的现场施工时间仅三四天！

这是陈应从业以来遇到的最大挑战！明知山有虎，偏向虎山行。年初二晚上，陈应察看现场，某块木板虚空，她一脚踩下——剧痛如火灼，左小腿很快青肿，这是火神山给我的下马威吗？……这位从小学到高中都是班长兼“学霸”的女强人，一跛一瘸着，坚持走完现场。事实上，上火神山之前，她的右腿也有问题——神经疼，她一直没吭声。施工现场分4个大区，大区再分小区，各参战单位在各领域内紧张推进土建、机电等施工，陈应不停接到各区域负责人的电话：“赶快做智能啊，我们区域不能做晚了！”“你来我们区域碰下头呀！”有时，需要去指挥部开会“解释情况”，陈应一马当先，嘱咐团队：“你们安心干你们的活儿，专业交叉的事情我去解决！”就这样，她不停地在3.4万平方米的工地上走来走去，协调、解决各种问题。大家不知道身材娇小的她已摔伤，陈应自己也无异样感，只觉双腿陡重，因为她的心思不在肉体上，而在“火神山”三个字上，在“早日建成医院，早点儿救人”上！夜里，躺下了，她才感受到躯壳、顾及双腿：哎哟，真的好疼！

在千军万马、机器轰鸣的火神山工地，智能工程施工独树一帜：设备选型、深化设计是前置条件，要求都非常高。青春勃发的团队唯陈应马首是瞻，一切在紧张、有序中进行。

12小时，智能公司完成所有智能系统的设备选型、武汉库存确认。

深化设计快马加鞭。8名技术骨干搬进技术经理陈才志位于火神山附近的私人新房里，以避开工地喧嚣，脑洞大开精心设计。连续苦干96小时，他们共完成10个版次、112份深化设计图纸，从而为现场快速插入施工提供最佳模板和基础。

山风助松涛，战马配长枪，科技与智力的绝佳组合，被尽锐出战的团队巧心妙用。“能远程参战的同志，请联系我！”首席设计师贺宇一条微信，45分钟就“云集结”一支三十多人的后方技术团队，他们在成都、西安、天津、沈阳等“云端”，同前方火神山的五十多名同事会师于“月光宝盒”——公司BIM云协同工作平台。在陈应、方斌、贺宇等专家型领导一线指挥下，他们协同作战：前方开始现场穿插管线施工，在库房里进行设备编号和预调试；后方在电脑前模拟铺搭管线和终端设备。48小时，完成所有智能系统的设备安装预备工作。

精兵强将的决战方向是：确保现场施工准确高效，一次成优。

火神山交付前三天，接管医院的军方来了，他们提出意见：增加信息点位。

陈应皱起眉。这位中国建筑业协会绿色建造与智能建筑分会质量控制组副组长、教授级高工，认为信息点位已够，无须再加。何况项目交付在即，电缆桥架施工已结束，信息线缆也全部放完，不可能再增加信息点位。科技工作者最讲究实事求是，陈应直陈己见，军方坚持意见。军令如山！陈应冷静思考，过往经验在脑中如迅雷奔马：那就一分为二！我们布放的是六类线缆，有8根网线，现在用4根网线做一个信息点，即把一根信息线缆撕成两个信息点，OK？此方案简便可行，既满足增加信息点位，又不用重新布线。军方接受了，问题圆满解决。事后证明，该方案信息传输很稳定。

火神山首个病区的交付最让女帅“伤脑筋”：“我们必须在两天内，完成平时需要两个月安装、调试的工作量！”

正月的知音湖畔，北风刺骨，冻雨连绵，却敌不过智能公司布撒天罗地网的火热“智”阵。火神山首个病区共98个床位，涵盖综合布线、安防监控、医护对讲、门禁控制、公共广播、网络设备安装及配套管线桥架等施工；设备不仅要安装好，更要确保运行稳定。要在两天内完成所有安装、调试，谈何容易！此区仅各类管线长达4.5万米，信息点位392个，床头医护对讲分机及设备147个，无线终端设备52台……现场任何一个细节疏忽，都可能造成前功尽弃。内部验收时，陈应毫厘不爽。某次，一个护理呼叫器的底板在多工序交叉中被碰掉，明察秋毫的陈应于人手紧张之际，吩咐负责摄影的邓红武：“去拿一个，马上装好！”背着“长枪短炮”的邓红武一溜小跑，取货、装上底板。他们很清楚，忽略这小玩意儿就意味着：病人入住后可能妨碍医患沟通，影响治疗，同时也增加后期维保人员进入病房维修的新冠感染风险……让灵魂走在实践之前，决不让千里之堤溃于蚁穴！是役，陈应和伙伴们鏖战48小时。

突营射杀呼延将，独领“倦”兵千骑归。火神山智能运行的“心脏”——网络主机房，即将迎来胜利。1月31日夜10点，望着一双双连熬两个通宵、布满血丝的眼睛，陈应催大家赶紧休息，次日加把劲，下午4

点按期交付。那些疲惫不堪的腿才离开，女帅接到电话，武汉市卫健委打来的：主机房须提前交付，在2月1日晨6点前完成调试。这提前的10小时，正是战友们喘口气、稍作休整的时间啊！外面冬雨磨刀，陈应的心颤得像雨打芭蕉叶："我们团队的体力和智力，已用到极限，能不能按原定计划，明天下午4点再交机房啊？""不行！马上要进病人，要给ICU AI云审片系统预留24小时调试时间！"

医院早一分钟建成，早一刻救人！陈应热泪盈眶，她实在不忍心让精疲力竭的战友再提枪上马……最终，她拨通了现场协调人叶超和机房负责人肖菲的电话。刚到住处，鞍未卸、尘未洗的叶超哑声说："我马上回来！"这个拼命捍卫自己城市的武汉伢，带来同室伙伴，加上人在机房、誓死不退的另一个武汉伢肖菲，7名已连战48小时的技术人员，干起通宵重体力活儿：将小山样两米多高的机柜、交换机设备等，愚公移山，一台台从仓库搬入机房，再一一拼装、调试。次日6点，脚步踉跄的他们移交信息畅通的主机房。

2月2日，火神山医院顺利交付的信息飞进千家万户。

"成吉思汗说：越不可越之山，则登其巅；渡不可渡之河，则达彼岸。毛泽东说：红军不怕远征难，万水千山只等闲。任正非说：除了胜利，我们已经无路可走。"这是陈应枕边书《胜者思维》里的话，她曾将这段话、这本书推荐给员工。上下一心的智能公司人，不约而同地将胜者思维演绎在火神山，攻克天堑难关。包括维保期间，军方给出的超级难题：在"红区"与清洁区之间，增加有线摄像机。陈应团队四两拨千斤：采用无线Wi-Fi加无线摄像机，如此无须担心穿墙打孔而泄漏病毒。设备到位，三小时解决问题。

智能公司交付的火神山智能系统一次成优，运行稳定，最终实现"零接触”运维——维保人员无须进入污染区就能快速完成任务。这令载入史册的救命工程火神山医院，平添一分散发新时代女性风采的人性兼智慧之光！

翻越雷神山

上初二时，陈应就读过爱因斯坦的相对论：宇宙有一维、二维、三维、四维之分，多么奇妙啊！这激发了她对科学的终身兴趣；到十五六岁，陈应琢磨，人活着为了啥？首先要经营好自己，让自己更有能力，再去帮助别人、回馈社会，创造更大价值，点、线、面，这不就像爱因斯坦说的一维、二维、三维？……大学毕业进入中建三局，陈应逐渐成长为智能公司领头羊，她将当初“为啥而活”的答案融入给她提供大舞台的中建集团价值理念：“拓展幸福空间、筑就美好生活”，全心全意为人民服务。当新冠病毒来袭，已是党总支书记兼总经理的女强人审时度势，再次修订答案：为国分忧、为民解难。这该是四维了吧？却依然是其少年初心。

1月25日，鉴于疫情形势严峻，武汉市决定半个月之内再建一所雷神山医院，由中建三局独立承建，一公司作为主力建设，二公司旗下的智能公司应邀参建生活区（医护区）。

人在火神山的陈应双线作战，“两手抓、两手硬”：从火神山项目抽调精英，火速成立智能公司雷神山项目部，抽调资深华北片区经理刘坦担任项目经理，两天内调集管理人员8名，劳务人员34名，24小时推进建设。

此际，作为“两山”智能项目总指挥，陈应心中有一盘棋，人员调配、物资补给、劳务供应、技术攻关、系统优化等，每一环节都须做战略性通盘考虑。连续二十多天，她的精神处于高度紧张和亢奋状态，中枢大脑般的智能工程出任何一个差错，都会掐住项目脖子，让两个生死竞速的国家重点工程输于疫魔啊！有时忙到夜里三四点，工地机器都倦了，陈应才蜷进临时窝点——路边的车里休息。

雷神山项目六天内三次扩容，让现场施工难度大幅增加。

刚刚交付火神山，正在实施雷神山生活区项目的陈应团队再接指令：紧急支援，立刻接手雷神山医疗南区！

拖着病体出战，目光如炬的智能公司首席设计师贺宇缓缓道：依目前急迫情势，想完成雷神山医疗区智能项目，几如“痴人说梦”啊！这北区加南区的工作量、科技含量，达无法言喻之境！尤其医疗南区，是“黑科技”中的“黑科技”！

的确，经三次扩容的雷神山，总体规模已超两个火神山，工期却与一个火神山相当！智能工程如蜀道之难，难于上青天……对付最硬核部分，中建三局毫无惧色，硬碰硬，祭出撒手锏——同局各单位有战略性呼应的、最强悍的智能建筑专业力量！智能公司被赋予“救火队员”身份，呼啸扑出！

至此，火中取栗的陈应团队，已接下整个雷神山智能工程的一半。

爱美的陈应，事后曾对着自己在雷神山时的憔悴照片，感叹：“这活儿太难了，和火神山相比，我们接手的，是块更硬的骨头啊！”

首批进驻雷神山的技术骨干陈才志，对新战场的“刁精尖”有些猝不及防。同火神山相比，这儿信息点位更多，一个病房设7个信息点，一个病区网线达200根，紧急接手后，信息线缆都放到哪儿了？得查找、核实；其中，有的打了线标，接手的人却不认识，而数量如恒河沙数……干火神山时，团队步步为营将所有设备进行点位编号，图纸都有编号，现在接手的图纸编号也不一样。陈才志想哭！这可是生死竞速的救命工程啊，每耗一分一秒，都那样令人心急如焚！！

"雄关漫道真如铁，而今迈步从头越。"刚下火神山战场，人困马乏、尚未缓过劲儿的智能公司员工间出现情绪波动。

接手硬核医疗南区任务的次日，凌晨1点11分，陈应在工作群连发两条微信：

我们时常幻想，这世上有救世主在每一个危难时刻来拯救我们。其实，当每一个平凡的我们，在危难之时，挺身而出、竭尽全力，我们的努力汇聚成的这股力量，就能战胜一切困难。众志成城！

我愿意，在火神山雷神山建设中，尽我所能，与大家一起冲锋陷阵。这是一场生死之战，有幸参与，我们定当全力以赴！（让）我们一起加油！

人在工地的女帅心声，犹如黄钟大吕，擎天火炬，击退一切犹豫、疲累。

次日，在火神山鏖战十余天的45名管理人员顾不上喘口气，赶来了；5名完成任务，正在接受隔离的同伴也从宾馆赶来。他们重聚雷神山，继续啃更硬的骨头，其中包括因在火神山室外布线而受冻感冒的王超。闹心事来了！正值新冠病毒逞凶之际，发热的王超在警惕性极高的雷神山工地，成为异类，他"怯"了，给女帅发来伤心微信："今天我体温正常，只是还有小咳嗽，我本人并未觉得有何不适，可到工地造成大家很不适……所以只能悄然退出雷神山，请谅解，在国家危难之时选择退出！"

陈应眼窝一热，仿佛看见那大小伙子并不轻弹的男儿泪，后退亦是向前啊！她立刻回复："超哥一片赤诚之心！你已尽全力奉献了，我为你骄傲！！”

智能项目施工的前置条件为：设备选型，深化设计。虽说雷神山设备选型早由做前期工作的中建三局一公司负责，但数次扩建急需，仍让后面接手的智能公司招采部的经理徐蕾压力山大。“两山”医院属应急救命工程，打一开始所有参战单位都“抢”主战装备，通用材料、小型机具等也不例外，情况甚至更“惨烈”——仅火神山项目就把它们买光、搬空了，到雷神山怎么办？何况中途接手。脚踩“90后”门槛的小女生徐蕾，很佩服临危不乱的“70后”主帅陈应：“刚进场雷神山的时候，我们特别焦虑，陈总鼓励我们，说冬天来了，春天还会远吗？说狭路相逢勇者胜！……陈总刚柔并济，既安抚大家情绪、稳定军心，又不屈不挠地推进施工，从没有一丝迟疑！我想成为她这样的女神！”

在雷神山攻坚战中，徐蕾成长为“特种钢”。那次，项目安装监控摄像机，急需支架，这东西早已断货！徐蕾使出浑身解数，四处打听，终于找到一个从未合作过的厂家有库存——提货地点就在武昌街道口某小区。徐蕾带着同伴赶去，挨一顿臭骂！小区的值勤大妈盯着她们身上的“中建三局”工装，死活不让进去：“‘两山’建设，归政府协调，你们俩溜到居民小区取货，想发国难财吗？还是想传染病毒？年纪轻轻，心里没有数！……”为无法进门而抓耳挠腮的徐蕾，心头升起怒火，但她压住了。她想起刚入职时看过的书：《少有人走的路：心智成熟的旅程》，那是陈总推荐给大家看的，陈总常说：“中建三局有优秀传统，年轻人一定要奋斗，要每逢大事有静气，这样才有未来！”有着北方泼辣性格，想成为陈总那款女神的徐蕾，安静地蹲守在小区外大路上，不还大妈一句嘴。就这样，隔着小区大门，她们成功拿到厂家小女生来回三趟送出的二十个支架，解了燃眉之急。

在春节长假兼交通封锁的抗疫关头，火雷“双山”设备、材料所需，乃至人员所急，岂是一个单薄的支架能支撑住的？它亟须业界“福特级”航母来呼应，来做强大后盾！对此，陈应胸有成竹，她启动了行业资源。身为武汉建筑业协会智能分会会长，陈应在同业微信群里打出“两山”建设信号弹，顿时应者云集：

“我公司捐赠医院所需网络设备。”这是华为。“图腾机柜在武汉有库存现货，愿意捐赠！”这是图腾。“弱电线缆和综合布线产品总部有库存，如有需要派车送达现场。”远在扬州的赛格献上江南热情。“广播系统可以支援！”“JDG金属线管保证大量现货可以随时送货到项目工地！”各方支援百川归海。还有豪情人力“输血”：湖北中科网络科技股份有限公司实现当天发起人员集结、当天驰援雷神山的奇迹；武汉烽火信息集成技术有限公司火速集结项目管理团队、施工队，奔赴雷神山；光谷技术股份公司外援队在火神山完工后，立即转战雷神山……

在会长陈应帅旗下，武汉建筑业协会智能分会的同人有物出物，有人出人！火神山智能工程因此而解焦渴，规模空前的雷神山项目同样蒙受潇潇甘霖。

“干火神山时，我中气十足；到干雷神山，我的嗓子嘶哑了，完全说不出话……因为雷神山项目，留给我们的时间更紧迫，怎一个‘难’字了得啊！”陈应秀气、明亮的双眼，回荡着“两山”风云，“我们团队迎难而上，斩关夺隘！”

是的，“瀚海阑干百丈冰，愁云惨淡万里凝”，不管雷神山上多么雷电交加，多么困难重重，最终女帅率领那支风雨同舟、极富拼搏与创新精神的年轻团队，成功翻越。

短短十几天，智能公司不辱使命，在极限条件下完成一千多公里管、线，几十个信息机房、配线间，近千个摄像头，同两万多个信息终端互连互通的智能系统搭建，从无到有，鲜活地构建出火雷“双山”强大的“智慧大脑”，让两家充满人文和科技生命的应急专科医院顺利交付，病人陆续入住。

2月13日，火神山医院首批7名治愈患者出院。这艘生命方舟稳定运行73个日夜，累计收治病人3059人，治愈出院2961人。雷神山医院2月8日开始收治病人，2月20日整体交付，32个病区全部开放；这座“抗疫地标”医院历时67天，累计收治患者2011人，其中重症和危重症千余人，康复出院1900余人。

4月15日，火雷“双山”医院在“关门大吉”的祝福声中，休舱闭院。

尾声

2020年10月，陈应迎来热闹的领奖周。

七天内，陈应领了三个奖：国资委抗疫先进个人称号，茅以升科学技术奖建造师（特殊贡献）奖，湖北省百名科技女性创新人才奖。其中，茅以升科学技术奖建造师（特殊贡献）奖，是我国土木工程界最高个人荣誉奖，智能公司火神山项目“零接触”运维，是令业界无不叹服的获奖亮点；“特殊贡献”四字，则是特别献给“两山”建设者。

“在‘两山’建设现场工作的二十多天里，我深深感触到，正是中建三局‘敢为天下先’的创新精神、‘永远争第一’的拼搏精神、‘求真务实’的科学精神，以及二公司生生不息的红色‘铁脚板’精神，让我们在这场艰难的极速阻击战中取得胜利！拼出风采！我更相信，这一股科学的力量、智慧的力量，将引领我们助力三局，走向更加辉煌的明天！”这是陈应的金秋心语。

回忆庚子战“疫”，陈应还有两个掩饰不住的小喜悦。一是，公司年轻人的优秀代表叶超火线入党。出征“两山”前，这个“80后”小伙子曾对妻子说：“我要去当英雄了！我要去当英雄……”最终，他将英雄的使命感、光荣感，包括火热定义，献给中国共产党镰刀加斧头的党旗，这让身为党总支书记的陈应异常欣慰；二是，陈应17岁的儿子写了一篇老师布置的作文，题目为《这个时代还有没有英雄呢？》，儿子写道：“以前的英雄是大将关羽、张飞，是飞檐走壁的英雄；但在现实生活里，英雄其实很平凡……大年初一，我妈妈被派去‘两山’了。在我心目中，平日爱读书、养花的‘店小二’妈妈就是英雄，她和那些医生一样，曾为这个城市、为拯救生命竭尽全力！”

生命线之歌

她在命运的千回百转中前行，丰满了自己，照亮了他人

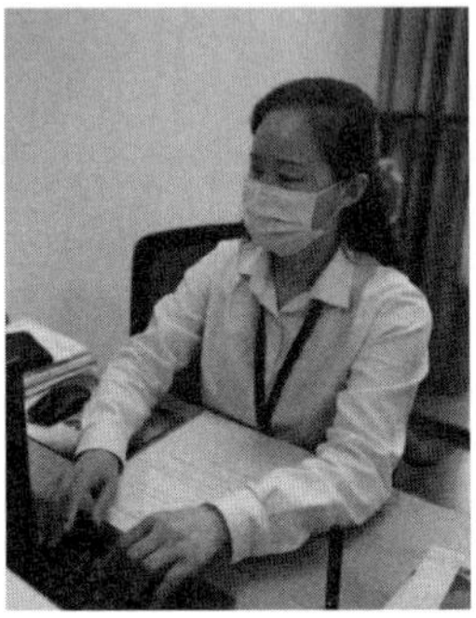

杨丽红：中共党员，1967年出生于湖北武汉，大专学历。先后担任幼儿园老师、教学主任、社区委员、社区主任兼书记，现任武汉市江汉区行政审批局政务服务大厅经理。多次被评为江汉区优秀共产党员。

作者：梁小琳，中国作协会员，湖北省作协会员，武汉作协全委委员，汉阳区作协副主席，《琴台文学》执行主编。在全国百余家报刊发表散文、报告文学、小说近600万字，为8家杂志撰写过专栏，获大小奖若干；出版个人文学作品9部。

“您好！这里是江汉区区长热线！”

无论你何时拨打，都会听到这样一句亲切的回应，责任与担当，群众的期盼也就在里面了。这是一条生命之线，当疫情来临之际，隔离在家的市民面临着各种困难，医院病床紧张，生活物资短缺，热线电话便成为市民最便捷的求助方式。24小时不间断地接听群众的电话，然后登记、督办、推进、回告，并将人民群众最需、最急、最盼的事情努力解难于当下。

2020年元月31日，面对来势汹汹的疫情，江汉区政务服务中心经理杨丽红接到了上级的指令，要她紧急组建一支20人的志愿团队，支援江汉区人民政府的求助热线，畅通政府与市民之间的沟通渠道。

在国家危急关头，不讲任何条件，不顾个人安危，已成为每一名武汉市民的行动自觉和思想共识。在杨丽红的感召下，团队当天就组建成立，经过紧急培训，就奔赴工作岗位。20名志愿者三班倒，24小时工作无缝对接。这是一支志愿团队，其效率和作用远远超出想象，他们的每一次接听、每一个细节、每一句话语，都以他们特有的方式传导给对方，呈现了一个个鲜活的画面。

做好领头雁

今年53岁的杨丽红，出生在一个普通的工人家庭，父母都是老党员，这种勤勉向上的基因也遗传给了她。因此，她的内心一直把持着鲜明的价值标尺——无论做什么事都要努力做好。

1986年，杨丽红从武汉幼儿师范学校毕业，分配到武汉市复印机总厂幼儿园，从幼儿教师到教学主任再到副园长，年轻的她，工作一帆风顺。

本想可以通过自己的不懈努力，在教学路上阔步前行时，2002年7月，单位改制、工龄买断，她失业了，那一年她才35岁。

35岁的大好年华，却不得不在凄风苦雨中挣扎，哪里才是她重新站立的岗位？她彷徨，她痛苦，但她很快振作了起来，涌进了应聘的人潮之中。2002年9月，江汉区在全市招聘低保专干108人，她过关斩将，成为北湖街建设社区一名低保专干。得到这个机遇，杨丽红倍感珍惜。2009年，她又被委以重任，通过公开选举到北湖街妙三社区任社区党总支书记、居委会主任，她又干得风生水起，直至退休。“老骥伏枥，志在千里”，本来可以享受安逸退休生活的她，根本坐不下来、闲不下来，退休当年，她又应聘到江汉区行政审批局当起了大厅经理，再次肩负重任。

“小巷总理”的工作经历，历练出杨丽红干练的行事风格和处变不惊的应变能力。2月1日，她带着接线团队正式上岗，从那一天起，求助电话就没有断过，五花八门、各式各样的求助电话，对于这些没有接听经验的人来说，无疑是一种考验和锻炼，而耐心更是考验接线员综合素质的试金石。

有些老人半夜睡不着觉，也求助热线，然后就絮絮叨叨地诉说其内心的痛苦。杨丽红就接过不少这样的电话，其实这些老人并无大碍，只是一个人封闭在家觉得孤独烦闷，想找人说说话而已。杨丽红知道，现在唯一能做的就是对老人进行精神上的抚慰，并加以提醒：如果发热了一定要到社区服务站去量体温、做检查，在家要多喝水，多锻炼等，同时注意自己说话的语气。俗话说：“好言一句三冬暖，恶语伤人六月寒。”在实际操作中，这种安抚技巧能够很大程度上缓解人的焦虑情绪。

住在唐家墩的一位妇女打来电话，说她18岁的女儿在家里哭，急需看病，但小区封了出不去。杨丽红询问是什么病。这位妇女支支吾吾就是不说，反复说的一句话就是："一定要出去看病，急得不得了。"杨丽红耐心地解释说："您不说是什么病，我怎样去给您协调？"这位妇女很烦躁，压低嗓音说："你千万不要跟别人讲实情，更不要跟街道的人讲，因为这是件没脸面的事情，我的女儿才18岁，没有结婚就怀孕了，已经五个多月，如果再晚了就不能引产了。"

面对女孩的未婚先孕，同样身为女人的杨丽红感同身受。她多次打电话与唐家墩街道相关人员联系相关手续的迅速办理，并一再嘱咐工作人员不要泄露当事人信息，毕竟她才18岁。街道当天就给女孩开具了证明，女孩也顺利地到医院做了引产手术。

耐心、细心、暖心，这"三心"说起来简单，做好却很难，说话的语气、快慢、问和答，都恰似一张透视的网，明明白白映在了对方的心里，同样，对于琐事的解读也在这"三心"里了。

2月底的一天，杨丽红接到这样一个电话，是一个婆婆打来的："姑娘，我不想活了！"

杨丽红的心一惊，赶忙询问原因。

"我儿子在上海，我老伴也走了，就留我一个70岁的老太太在家中，感觉活得没意思。现在又不让出门，买东西也不方便，虽然社区有团购，但现在我家里的热水器坏了，我已经一个月没有洗澡了，这活得还有什么意思……"婆婆一口气说了很多，杨丽红听后却舒了一口气，不就是热水器坏了暂时洗不了澡吗？于是杨丽红语气温和地说："阿姨，现在武汉是特殊时期，市民都不能出门，您的热水器坏了不能洗澡，厂家停业不能来修，儿子又不在身边，找社区，社区也解决不了热水器的问题。但您是过来人，几十年前天冷的时候，不也是没有热水器洗澡吗？您不是也熬过来了嘛！其实您也可以像以前一样，搞一个大盆子，烧几壶开水兑着洗澡呀……”杨丽红跟婆婆就洗澡问题聊了近40分钟，因为婆婆不愿放下电话。

求助热线就是解决群众的诉求，尤其在疫情期间，市民每天看到听到的都是疫情新闻，难免在心理上产生压抑感，而在热线工作的人员，这种压抑感更甚。

有一个同事跟杨丽红诉苦：“我实在是要崩溃了，听到电话那头的哭声，我实在听不下去了，这个活儿我干不了。”杨丽红总是语重心长地安慰道：“正因如此，我们更不能打退堂鼓。你如果将每一次打进电话的群众当作自己的亲人，亲人在向你求救，你的眼前就会出现一个画面，你便会将这种焦虑情绪转化为一种努力做好的动力。同时，这也是一项非常有挑战性、有意义的工作，我们是在将政府的关怀通过这一根根热线传递到群众的心里，做好了，可以在我们人生经历中留下永不磨灭的一笔，这样想来，这样的付出难道不值得吗？”

时刻畅通，是江汉区热线最基本的职业操守。为了让团队成员更好地情系这根生命之线，每天的早、中、晚餐杨丽红都主动帮他们端上来，当好大家的后勤保障大姐。同时，她还把武汉市其他区域社区的电话也保存下来，这个看似不起眼的留心之举，却在特殊时期帮助了很多人。疫情初期，经常有其他区域的市民打江汉区热线求助，说自己所在的区域热线打不进去，杨丽红就把对方所在区的社区电话告诉了对方。就是这么一个举手之劳，却能让群众感激不已，不停地说“谢谢”！而从这一声声的“谢谢”中，杨丽红深深地感受到了一种满满的获得感。

其实，杨丽红接受这份重要工作也顶着巨大的家庭压力，她老公是一名电力工程师，战斗在方舱医院的建设一线。2月的寒冬，他们都是顶风雪、冒严寒超负荷地工作。她儿子也在供电部门的一线参与疫情防控的保障工作，一家人都投入到了抗疫的风暴中。老公后来因在户外工作受凉感冒发热，尽管她的内心充满着焦虑和不安，但这件事杨丽红没有对谁讲，她所能做的，就是嘱咐老公："你要抓紧看病吃药、注意休息。"老公也劝慰她说："你在外面也不容易，你也要注意自我保护。"相互的勉励，唯惜惜吾爱在心头，这或许就是每一个奋战在一线家庭成员的真实写照。

冬日一团火

一根线，一串情，根根穿在心窝里。这个"穿"字，贯穿了多少人情冷暖。

在采访热线团队的过程中，作者感受最多的，是他们的言语少，甚至有点儿木讷，他们每一个人所表达的意思只有一个：没什么可讲的，这些都是他们应该做的事情。其实，他们是话说得最多的人，在疫情最严峻的那几个月里，他们每个人每天要接听500多个电话，用他们的话说，差不多将后半生的话都说完了。

鄂艳芳做热线工作的当天就接到一位老人电话：其祖孙三代五口，四人感染了新冠肺炎，都被送到了隔离点，他唯一的孙子没被感染，但一个人在家里没人管。爷爷在电话里急得直哭："怎么办？怎么办？"鄂艳芳一边安慰着爷爷，一边联系街道工作人员，跟他们讲明情况。街道工作人员及时赶到他家，将小孩接到了天鹅酒店，交给志愿者们照顾，其间还为小孩买了蛋糕，陪伴他度过了一个难忘的生日。也正是那一天，鄂艳芳的老公被确诊为新冠肺炎，可想而知她内心的矛盾和焦虑有多大。

盛琪是这个热线团队年龄最小的一个，24岁的她，沉稳而敏捷。2月底的一个晚上，一位女士打来电话，说父母符合新冠肺炎的全部症状，高热不退，咳嗽，上气不接下气，已经快不行了。但那个时候核酸检测还没有普及，做检查要排队，她已经给街道打电话登记了，希望能催一催。盛琪很重视，一边催街道，一边催救护车。这一晚几个接线员都接过这位女士的求助电话，大家都在帮助她，但接线员没有权利直接派救护车，而且救护车也是要排队的，同时那个时候方舱医院正在建设中，各家医院的床位很紧张，不是一下就能住进去的。她唯一能做的只是向有关部门不停地讲明情况，不停地催促。后来这位女士再打来电话就没有什么逻辑了……盛琪说，这个过程对于接线员来说是很难熬的，她很想去帮他们，但是她确实已经尽力了，她只能做她能做的事情。这位女士最后一个电话是早上6点多钟打来的，又是她接听的。这位女士说："你们不用派车来了，直接叫殡仪馆的人来拖尸吧，我的父母已经去世了。"这句话，她说得很平静。

盛琪的眼泪却流了下来，她的内心翻江倒海。"其实我们这段时间，一天要接几百个电话，但是唯独这一通电话让我控制不住自己的情绪。我也是有父母的人，我能体会到这位女士的心情。"这件事情后，盛琪觉得这份工作的分量更重了，这份工作影响着人们看待这个世界的态度。

还有一位女士，她的小孩只有3岁，和外婆住在江夏，夫妻俩都不在武汉，外婆得了新冠肺炎要送去隔离，封城了，亲戚朋友也不能进城，孩子没人照顾，说能不能将孩子送到高速公路口让父母去接。但针对这种情况，当时没有一个明确的文件。盛琪于是联系了街道，并催促说这件事情很紧急，不能把一个3岁的孩子独自放在家里。很快这位妈妈打来电话，说街道干部去了她家，将孩子委托给了邻居老奶奶照顾。

对于这些求助者来说，他们对每一个主动回馈的电话都充满感激，反映的却是政府和人民之间的桥梁所在，想群众之所想、急群众之所急、解群众之所困，社会的文明和进步都在里面了。

疫情期间的电话，接线员的大脑处于高度集中状态，尽管每天都是见怪不怪的求助，但很多事情对于当事人来说却是生命攸关的大事，甚至会成为后世津津乐道的经典。

2月下旬的一天，接线员张坤接到一位女士的电话，语气非常紧迫，说是帮朋友圈里的人求助，这个人出现了明显的新冠肺炎症状，但不能出门，电话却一直占线，便求助大家帮他拨打热线。电话终于打通，让人感动的是，一小时内众多接线员接到这一当事人的电话，其实朋友圈里很多人都不知道他的姓名，有的只有他的一个公众号或者手机号，更不知晓他的情况，所谓的朋友，差不多是平日在微信里热闹热闹而已。张坤赶紧给当事人回电话，却打不通，原来他还在给热线打电话，几分钟后，当事人终于接到了电话，张坤询问了他的相关情况并记录下来，然后帮他联系了街道，一小时后，街道派人将他送去检测了。那一刻，朋友圈里沸腾了，都在谈论这个聪明的小伙子……

其实，在国难来临之时，我们每个人都是其中一分子；谁说人都是自私的，那是一方有难八方支援最充分的体现。

购物、看病、奔丧、尽孝，对于个人来说，哪一件不是首要问题，而作为接线员来说，身在其中，面对自己家庭的困难也只能以大局为重。

接线员刘红霞家住东西湖，女儿才5岁，报名参加热线这个任务后，她没跟丈夫商量，怕他担心，称其母亲需要照顾，需要回娘家住一段时间，然后拎着行李投入到紧张的工作中。热线专线采取三班制，刘红霞总是把自己的白班跟同行的夜班调换，问其原因，她说虽然夜班辛苦，她却愿意值夜班，早上回去她母亲也醒了，不打扰家人休息。同时，每次她上夜班时，都习惯在微信群里喊一声："今天谁上夜班，我开车带一脚。"

搜索记忆中每一条明晰的符号或许略感久远，这是所有接线员的意思表达，但所有的流程都充满了情感，那是生命永不退缩的守望，以及面对重重困难的生活态度。

永远在路上

作为24小时求助热线的组长，也是志愿者团长的杨丽红，肩负着总协调、总调度、总安排的全权职责，生活、就医、出行等各类需求，高峰时共有28名志愿者投入到这一根根红线的传递中，日均处理群众来电近千件，77个日日夜夜，累计接听电话3.4万余个，而对于杨丽红来说，77天用了近50个笔记本，并在不自觉中将新闻的五要素也运用于热线中：何时、何地、何事、何因、何人，甚至对方情绪的表达，都如幻灯片般清晰，可见她思维的开阔和行事的周全。说起细枝末节，包括居民的咨询通行证、离汉返汉、复工复产、家政难题、下水道疏通，甚至情绪抑郁、对生活失去信心等，都被她一一记录进疫情防控事项册并加以一一解决。这就是杨丽红的台账，以利于解决问题，也便于总结和提升。

采访快结束时，杨丽红说，她的接线团队每天都要做业务总结，及时梳理更新国家及地方政策，以最快的速度应对市民庞杂的信息需求，同时整顿情绪，让团队每天保持士气，以饱满的热情一次次举起话筒……

疫情，一个充满悲情的符号。在这次突击的接线员中，基本都是女性，这也是巾帼之魂在国难之时的闪亮体现，她们无时不在想着突破，突破世俗，突破观念，突破自身，更在细微之中突破，她们在突破中前行，并成为一个个不可复制的艺术品。因为女人，终究是美的，美的容颜，美的骨骼，美的气度，更是美的化身。人的一生何其短暂，又何其漫长，不论长或短，我们愿意留下的都是人所能感受到的温情，给予他人，也留给自己，这才是生命的意义所在。

归心，我的武汉我的城

她用轻柔的脚步，开启了一段神话般的归程

袁静：1992年出生，2014年6月毕业于南京航空航天大学，获得法学学士学位并以专业第一成绩保送至东南大学；2017年6月毕业于东南大学法学院，获法学硕士学位。其间，2015年通过国家司法考试，获得法律职业资格A证。先后被推荐至最高人民法院、江苏省高院学习实践。2017年通过湖北省委组织部选调生招录考试，于2017年7月分配到武汉市青山区厂前街办事处工作，现任街道办事处妇联副主席。

作者：梁小琳，中国作协会员，湖北省作协会员，武汉作协全委委员，汉阳区作协副主席，《琴台文学》执行主编。在全国百余家报刊发表散文、报告文学、小说近600万字，为8家杂志撰写过专栏，获大小奖若干；出版个人文学作品9部。

人的一生，总是充满着那么多的机遇与巧合，有时是冥冥之中的召唤，有时是一种暗示，有时仅仅是不经意的一次随行。人，就这样遗留在了路上，成为生命中重要的站台，这一站，或许就是终身。

袁静，就是被生活的巧合推送的一个人。

东南大学法学研究生毕业的袁静，家在江西省高安市，毕业时，袁静有一个要好的同学，她的家在武汉，正要参加湖北省委组织部选调生招考。她邀请袁静来武汉玩儿，正好袁静没来过武汉，也想看看华中这个最大的城市。来到武汉后，同学让袁静一起去参加选调生招考。袁静没有多想，也参加了考试，结果，她考上了，而且面试拿了全省第一名，就这样，袁静跟随命运的安排来到了武汉。

当初，袁静对择一座城市的概念没那么深，当真正留在武汉后，觉得自己还是蛮勇敢的，这就意味着，这个决定将要影响自己一辈子，尤其进入了体制内，不可能几年换一个地方。

紧急召唤

2019年军运会期间，袁静经常不眠不休地工作，领导很体谅她，让她腊月二十八提前回家过年。袁静每年都和父母在乡下老家过年，那里有她的爷爷奶奶。袁静到老家时已是晚上8点多了，吃了一碗妈妈亲手做的面条就睡了。

第二天，袁静还没起床，母亲惊诧地对袁静喊着：“快看快看，武汉封城了！”袁静赶忙看手机上的新闻，果真，离汉通道暂时关闭！母亲却感觉很幸运，女儿幸亏提前回来了，因为母亲已有一年没见到她的女儿了。

元月24日（除夕），袁静单位的工作群开始热闹了，领导在群里说，所有人都要在单位待命，要开紧急工作会议。袁静着急了，她立即给领导发了一条信息："我一直在关注我们工作群的消息，在这个关键时刻我为自己不能和大家战斗在一线感到抱歉和遗憾。但在这段时间里，我会做好我的新闻报道的宣传与推送工作，以及和组织部门的宣传衔接，一定会及时完成上级交派的任务，请领导放心。另外，我已经在抢票回武汉！"

与此同时，乡下老家开始排查从武汉过来的人，有人直接指着袁静家说："本户有武汉来往人员，请勿靠近。"

有一个同学在朋友圈里说："我认识一个人已经从武汉回到江西了。我无法理解的是，这难道不是冒着感染自己家人的风险吗……"然后，下面就有人回应："一定要举报啊！一定要把你同学举报出来！"这同学又说了："我知道怎样举报，知道她家住在哪里。"当时，袁静感觉全世界的人都要抓她一样。

提到自己的家人，袁静的眼圈红了。袁静的父亲是一名公安人员，正战斗在抗疫的一线。袁静的丈夫是一名飞行员，在海南航空公司，2019年年底在丈夫的老家江苏常州办了一场婚礼后，她和丈夫便回到各自的工作岗位，又由于疫情，至今他俩也没有再见上一面。

乡下的戒备丝毫不逊色于城市，各种各样的土方法都被村民用上了：货车拦在路上，拖拉机拦在路上，石块、砖头、木板垒在路上，车不能过，人不能过，那种严防，真的有点儿刀枪不入的感觉。而守在关口的村民的警惕性也是前所未有的，是本能的和自觉的。

武汉的形势更加严峻，是风暴的中心。袁静所在的厂前街道，领导都冲在前头。厂前街道办事处主任肖建洲是行政一把手，更是忙得像一个陀螺，疫情以来一直没有回过家，也不敢回家，每天吃住在单位，而同事见贤思齐，工作群里的那一幕幕感人、紧张的动态，让袁静心急如焚。

同时，单位不停地有电话打过来，很多事情还要询问袁静，因为她一个人兼了8个部门的工作，即组织部、宣传部、文明办、团委、工会、妇联、青教、党员学习教育工作，工作量很大。而她工作的青山区厂前街道这块，工作人员少，居民的素质不高，流动人口多，基本都是外来务工人员，困难群体、老年人、残疾人居多。这对于参加工作才两年的袁静来说，肩上的担子实在是太重了，但她乐于承担，觉得这是她人生的第一站，也是她打基础和积累工作经验的时候，而现在她却是有心用不上，怎能不急!

这时，主任也急了，她在群里说："街道人手不够，你们要尽快想办法回汉，但要注意自身安全。"

办公室有一位大姐属于那种心直口快的人，她在群里说："听说别的单位有一个人为了回武汉，花6000元钱包车回来了……"说者可能无意，可袁静看了那个急呀！真的是一分钟也坐不住了。她在网上疯狂地抢回武汉的车票，想着一切能回武汉的办法，她一直都在提交返汉申请表，单位同事终于帮她办了一张武汉市青山区防疫指挥部开具的"在外人员返汉放行函"。遗憾的是，从老家到武汉，需要辗转两趟列车，但是都没有到武汉的列车，她想到单位大姐说的，可以包车回汉，可联系打听了，没有一个单位或个人愿意开车到武汉。

袁静从武汉回到老家时有点儿咳嗽发热，自元月29日被隔离在家14天，别说回武汉，连家门都出不了，干部每天到她家查看，量几次体温。2月13日，袁静终于解除了隔离。

返汉路上

袁静解除隔离当天，父亲就带着她跑社区，跑街道，跑指挥部，跑市政府，开具各种证明，然后签了一份承诺书："一旦离开高安市，不能返回！"并在承诺书上按了手印。

首先要到高安市火车站。但需要经过多个县市，每一个县与县之间都设了关卡，卡得非常严，都需要查身份证、量体温，还要检查袁静在这14天的隔离期间有没有湖北接触史。最让袁静提心吊胆的是，她是武汉市的身份证，检查人员只要看到地址是武汉市的身份证，脸色就会大变，然后是不由分说地阻拦——不许过!

袁静想到了自驾。正好区政法委有个同事也回江西了，两人就约好坐她的车返汉，可临时又被执勤人员拦截下来，原因是她俩都是武汉市的身份证，街都不让出。怎么办？到高安市乘坐火车需要车，聪明的袁静想了一个办法，她打算躲在父亲车的后备厢里去高安市。这个方法确实可以一试，但她转念一想，自己是一名公务员，在这种严峻的时期，一旦查到会不会涉嫌违规，严重一点儿的，可能还会受到相应的处分。焦虑中，母亲却对袁静说："静哪，不是你不愿意回去参加疫情防控，而是设卡的不让你出去，你就待在家里陪陪妈妈，等疫情好转一点儿，设卡的允许过了你再回武汉，啊，乖孩子，听妈的。"袁静听到妈妈这样说更急了，她态度坚决地说："这怎么可能，同事都在前方抗疫，我却关在家里，无论如何我也要想办法回武汉。"母亲却哭了："求你，你不要回去，我就你这么一个女儿……"对于母亲，袁静是心怀愧疚的，工作后从没在母亲身边尽过孝，但她此时能做的，只有安慰。

好在袁静父亲是一名公安人员，他深知当前抗疫的重要性，也懂女儿返汉的迫切心情，经过和上级部门的反复沟通，终于通过街道为袁静开具了一张通行证。2月14日清晨，袁静坐上父亲的车出发了，中午11点40分终于到达高安市火车站，但没有直达武汉的列车，必须到南昌站中转。袁静父亲拎着她的箱子，里面装满了水果，还有口罩，父亲说："武汉防护物资紧张，这个时候武汉难买到水果。"父亲虽然对女儿多有不舍，还是和袁静挥手告别。这一别，父亲心里是没有底的，她看到远去的父亲在不停地抹眼泪。

出南昌站的时候，同样设置了许多关卡和扫描的区域，怕人将病毒带进南昌。当袁静拿着自己的身份证出站刷卡时，本很宁静的大厅警报突然大作，红灯旋转了起来。瞬间，大厅的工作人员，包括志愿者都跑了过来："唉，你哪里来的，你站住，你站住，口罩戴好，这里有一个A级人员。"他们和袁静说话时保持着距离，并且一边说，一边戴手套，把护目镜也戴了起来。"什么情况，你从哪里来的，你现在到了南昌站，你想干什么？"接着要求袁静登记自己的信息。袁静把所有的信息证明都拿了出来，包括身份证、健康证、承诺书、青山区防疫指挥部开具的"在外人员返汉放行函"（袁静扫描打印了出来）。然后又向他们介绍自己在哪里工作，现在基层一线人员不够，单位要她立即回去参加隔离点的建设，还要送病人去方舱医院等，以及自己执意返汉的决心。

看完袁静的证件，听完袁静的自我介绍，先前对她很冷漠，像审讯犯人一样的铁路工作人员和志愿者们，态度有了明显的转变，袁静分明感受到了来自他们的鼓励和尊重。然后，一个基层工作人员问了一句："你是不是执意要回武汉？"袁静给出了肯定的回答！那个基层工作人员说："小姑娘，你挺不容易的，我们跟相关领导汇报一下，看有没有办法。"站在一旁的一个穿制服的小哥哥竟对着袁静靠了一只脚，行了一个礼。袁静好感动，她对那个小哥哥说："谢谢！谢谢！"说完，袁静的眼眶噙满了泪水。

袁静走出通道后，回复很快来了："没有办法让袁静回武汉！"

当时已是下午1点多了，袁静慌了，怎样才能回到武汉？没有到武汉的列车，但一定要回去，她已经签过协议，不能回高安市了，现在前后堵夹，她只能往前冲了，因为前面才是战场，才是方向。

袁静开始不停地拨打中国铁路官方热线12306。回复都是：不可能让你回武汉，也没有到武汉的列车。袁静想，不可能呀，列车经过湖北呀，让列车长开一下门，让她在湖北境内偷偷地下去，哪怕只有30秒都可以。当时车站的工作人员跟她讲过，要当地的抗疫指挥部跟列车长联系，让列车在武汉停一下。袁静给单位专门负责返汉的人打了电话，说了这个想法，她想，现在全国都要配合武汉的防疫，以上级部门的名义应该没有太大的问题。结果，青山抗疫指挥部回复是：他们也没有办法，自己想办法解决。

这也不行，那也不行，那怎么办呀？袁静好绝望呀，她急得见到穿铁路制服的工作人员就问，就请求，说能不能让她见一下车站的管理人员。他们给予的都是否定的回答。袁静不停地拨打12306铁路热线，回答都是："好，24小时回复你！"天哪，24小时回复，怎么能等24小时？她又给市长热线打电话，她说："拜托拜托，我今天一定要回武汉……"袁静像热锅上的蚂蚁，该想的办法都想了，她满世界抓狂。最后等到当天经过武汉的列车都没有了，她只能等明天下午1点多经过武汉的列车，看能不能坐上那趟车在武汉站把她放下来。

天突然降温，南昌下雪了，大朵的雪花在袁静的眼里没有一点儿美感，却更觉凄凉。

袁静赶紧把行李箱里的羽绒服拿出来穿上，她准备靠在椅子上，在火车站坐一夜。

那时火车站没有一个乘客，街面也看不到一个人，只有漫天的雪花在北风中飞扬，然后落在空荡的街面，落在屋顶。看着飘落的雪花，袁静的心紧紧地抽缩了一下，这种只有在剧本中才能出现的场景，自己居然成了这个剧本中的主角，突然一种前所未有的孤独感向她袭来：在武汉这两年爱人不在身边，父母不在身边，结了婚像没结婚一样，时常感觉自己没有归属感，于是她常常问自己：我的家到底在哪里？而自己拼命读书，读了这么多年的书，又是为了什么？不就是想实现自己的人生价值吗？很多时候她都是用《梅花三弄》里的一句歌词勉励自己："不经一番寒彻骨，怎得梅花扑鼻香……"

这时，父母的电话开始不停地打来，刺耳的电话铃声将袁静从迷惘中带回到现实：自己怎么了，在想什么呢？勇气呢？担当呢？自己当下要做的，就是赶快回到武汉，回到自己的工作岗位上，和同事们并肩战斗，她为自己突然涌出来的迷惘而羞愧。

袁静把父母电话都挂断了，她怕自己讲话不自然，因为父母是了解自己女儿的。她只有发信息说手机没信号，已经上车了。独自坐在候车室的袁静显得特别的突出，下午5点多的时候，值班室的工作人员将袁静引到他们的值班室去坐，里面有暖气，袁静就跟他们聊天，她还想寻求一点儿帮助，问有没有别的办法可以让她回武汉。

值班室的工作人员终于给了袁静一个希望，说："行吧，明天想办法吧。"然后还给袁静泡了一碗泡面，袁静当时就想在他们值班室过夜。有个老姐姐看着袁静蛮心疼，把她带到火车站附近的铁路职工招待所，这个招待所是专门给上早班的本铁路职工准备的，是不接待外面人的，考虑到特殊情况，让袁静在招待所住了一晚。

这个夜晚对于袁静来说很漫长，也很忐忑，好在老公的电话来了，要求视频，要求通话，这正是袁静此时需要的，但她都强忍着、克制着，怕自己控制不了。一年没见到老公了，这个春节又错过了，但在这个时刻儿女情长的很不恰当，也怕老公更牵挂自己。

当晚，袁静迷迷糊糊地做了一个好梦，梦见她已经回到武汉，正忙碌在抗疫一线。

凌晨5点，当袁静一觉醒来，人又回到了现实，她还在南昌。她马上爬起来找值班室的工作人员，昨天那人已经下班了，交代给了另一个工作人员，他说："你坐下午1点从南昌出发的D2376这趟直达重庆的车，途经武汉，上车后赶紧找列车长，说明情况，让列车经过武汉站时放你下车。从南昌到武汉有两个多小时，你一定要在这两个多小时的时间里，说服列车长放你在武汉下车。"

一线转机出现在袁静的眼前，她的心剧烈地跳动着。

上车后，袁静找到列车长，列车长看着她不吱声，她的表情很冷漠，袁静不知道她在想什么。过了片刻，列车长说："把你的身份证、健康证明、武汉的通行函拿给我看一下。"看完后，她说："你确定要去武汉吗？"袁静的心腾的一下放了下来，她高兴极了，赶忙回答："我确定呀，我就是要回武汉呀，要不我不会在这里等这么长的时间。"列车长说："好，你跟我来一下。"列车长掏出一个本子，要袁静登记她的个人信息，从哪儿来，去哪里，下面写一个情况说明。登记完后，列车长就拿走了。她要袁静在这儿等一会儿。不一会儿，列车长过来了："你怎么能买一个过路的车票，到共青城的车票怎么能去武汉呢？"袁静说："我可以补票呀。"列车长说："现在没有票补，现在都不发售去湖北的车票，你只能在共青城下车。”

刚刚出现的转机又熄灭了，袁静只能孤注一掷了，什么颜面、矜持，在这种时刻都显得那样的无力，她唯一要做的是不停地恳求：“列车长，我没有别的办法呀，武汉疫情严峻，工作需要我，病人等着我，我要去救人，同事都眼巴巴地盼着我回去，请求您帮帮我！”或许是被袁静的话感动了，列车长又去打电话了，过了一会儿，给了袁静一份承诺书，意思是：袁静本人强烈要求在武汉站下车，不是他们要把她放在武汉站，至此之后，她将与这趟D2376没有任何的关系。然后让袁静签字、按了手印。列车长说：“好，到时给你开车门，你自己下去。”

袁静最后的一点儿力气仿佛被掏空了一样，她没有想象中的喜悦，而是重重地靠在了列车的座椅上。

武汉站到了。袁静环顾了一下车厢，整列车，就她一个人。

感恩、感激！在那一刻，所有的委屈都化作了幸福的泪水。

那天是2月16日，走出武汉站，眼前同样是雪花飞舞，而袁静与这座城却被这雪花融为了一体，洁白而美丽。然后，她义无反顾地冲在了抗疫最危险的地方——接送确诊患者入方舱医院……

武汉战『疫』，天使迎来新生的希望

那是一双坚定、善良、智慧而美丽的天使的眼睛

冯玲：二级教授，主任医师，博士生导师。华中科技大学同济医学院附属同济医院产科主任。1984年毕业于中山医科大学医疗系，从事妇产科专业36年，擅长处理产科并发症、并发症和急危重症。曾参加国家“七五”“八五”“九五”攻关课题的研究，主持或参加6项国家级和8项省部级课题研究，发表文章五十多篇。担任中华围产医学会委员（重症学组副组长、围产营养与代谢学组委员）、中国妇幼保健协会母胎医学分会副主任委员、湖北省妇产科医师协会常委、武汉医学会妇产科分会主任委员、《母胎医学杂志》（英文版）编委、第十七届武汉医学会理事、中国医师协会分娩镇痛专家工作委员会副总干事、《新型冠状病毒肺炎产科防护手册》主编。

作者：刘丽君，笔名楚君，湖北省作协会员。先后在《长江文艺》《大众科技报》等报刊发表诗歌、散文、小说、报告文学等作品570多篇，约390余万字。著有散文、诗歌、小说、报告文学集7部。曾任东风汽车公司《东风》文学杂志常务副主编；现任湖北省汽车行业协会常务副秘书长，《湖北汽车》杂志执行主编。

冯玲，华中科技大学同济医学院附属同济医院产科主任、妇产科党总支书记，“裸奔”上阵为患新冠肺炎孕妇实施剖宫产；与疫情赛跑，48小时向全国发出孕产“攻略”。参与编写了国家产科质控中心《新冠肺炎孕产妇分娩期管理建议》、中华围产医学会和中华妇产科学会产科学组《妊娠期与产褥期新冠病毒感染专家建议》等，还主编了人民卫生出版社出版的《新型冠状病毒肺炎产科防护手册》，呼吁全国关照孕产妇及新生儿。在冯玲的带领下，143人医护团队、47名党员、战斗力“满格”的同济医院产科党支部，在产房里“战”疫情，迎来一个个新生命。疫情发生以来，同济医院妇产科开设24小时急诊，共收治364名孕产妇，310名新生儿出院。其中，59位确诊或疑似新冠肺炎产妇成功分娩，实现孕产妇和医护人员零交叉感染。

疫情来了，生孩子由不得你

2020年的冬天，一场突如其来的疫情，使1000多万人口、九省通衢的武汉按下了“暂停键”。武汉人此刻的心情，没有设身处地是无法体会到的。当时我们全家都在武汉，那种惊慌、害怕，一言难尽。可想而知，当时医院的情景……

可是，就如冯玲主任说的那样，疫情来了，生孩子由不得你。十月怀胎，该生的时候就要生。1月23日，武汉封城。疫情发展迅速，医院一时人满为患，手忙脚乱。

孕产妇及家属更是心急如焚，两条生命悬着，找这家医院不收，找那家医院不行，这些医院不具备孕妇生产的条件，加上疫情期间的特殊情况，也不能责怪人家。

同济医院此时忙昏了，冯玲主任所在的产科全力以赴，一边收治病人，一边梳理孕产妇的门诊入院、手术、住院等流程……作为全国疫情最严重地区中实力最强的医院，冯玲感受到了肩负的责任和前所未有的压力。

采访中和我谈起当时的情景，冯玲主任说："当时最困难的是同济三个院区只有中法院区可以收孕产妇。我们产科的门诊都是要通过发热门诊才能进来，而发热门诊有不少是潜在的新冠肺炎病人，我担心她们和重症混在一起容易感染。为了做好孕产妇的防护，我想办法搞了个缓冲区，让产妇有个地方停留待产，这样相对安全些。"从她此番话的语气和神情中可以看出，她不仅是一位尽职尽责的好医生，还是一位细心可亲的好母亲。

武汉疫情初期，防护用品急缺。因为产科不是一线红区，防护服和其他配备不能达到一级防护，孕产妇情况比较复杂，冯玲既担心自己的同事被感染，还要请非产科的医生来帮忙，给产妇医治其他方面的疾病，一点儿都不能疏忽。

冯玲欣慰地说："那段时间，我和我的伙伴们天天都来上班，甚至忘记了周末。当时孕产妇也很难，有很多并发症，有癫痫的、大出血的、昏迷的、羊水栓塞的等。因防护服不够，大家轮流上阵，团结一心，基本做到了井然有序。"

交谈中我了解到，由于三级防护物资集中供应新冠肺炎定点医院，同济主院区产科在孕产妇收治流程中，防护物资紧缺。我问："在那种情况下，您就不怕被感染吗？"她说："必须担当，这是重点。"

“裸奔”上阵，迎接新的生命

如果你站在冯玲主任面前，看着她温文尔雅的模样和轻言细语的谈吐，你绝对想不到，她能说出这样的硬话——“我宁愿感染，也无法忍受产妇手术出现并发症”。

这就是冯玲，一个柔中带刚的女性。

从2020年1月中旬，第一例术后查出核酸阳性的产妇开始，冯玲的心就像十五个吊桶打水——七上八下地悬着。她感到产科四处都是“敌人”，但又不知道“敌人”到底在哪里，这让她很纠结。要把孕产妇分别查验出来，谁有病，谁没病，这非常重要。

这是一项复杂细致的工作，需要医院各个科室的配合和支持。同时，冯玲密切关注疑似发热的孕产妇，耐心询问她们的身体反应，掌握第一手资料。产科不同于别的科室，特殊时期，更要“特殊地”保持正常运转。

在三级防护下做手术很辛苦，医生要戴近视镜或老花镜、护目镜，还有面屏，一出汗有热气就什么都看不清了，冯玲只好把这些都摘了，后来做手术时就干脆不戴了。“我宁愿感染，也无法忍受产妇手术出现并发症。”这话是冯玲在手术台上说的。“当时也是不得已，我不能因为怕感染而让孕妇受难，我当时就是那样想的。”她说。

那是2月3日的凌晨，一位双肺感染、孕周已过41周、羊水浑浊的孕妇，辗转几家医院后，终于在同济医院急诊入院。接诊的产科医生刘海意记忆深刻，半夜1点，产妇和她的丈夫一起来就诊，她和她丈夫核酸呈阳性，均已感染。当时同济主院区没有专门的产科传染病隔离病房，刘海意第一时间联系了医务处，为她腾了一间隔离发热病房。

这对夫妇是外地人，在武汉没有其他亲人。

“当时全武汉市综合医院都没有专业产科传染病病房，孕妇已经41周，羊水浑浊，对任何医院来说都很难，如果同济再拒绝，她就无路可走了。”顶着巨大的压力和极有可能感染的风险，冯玲在第一时间将她收治入院。冯玲说：“时间就是生命，生命高于一切！”

产科医生面临的风险大，羊水、血水密切接触，要格外小心。新冠肺炎疫情期间，遇到一个发热产妇，手术前后需要两三个小时消毒。加上产科部分医生被抽调到一线支援，手术资源就极其紧张了。

当天下午一空出手术室，刘海意立刻准备急诊手术。三级防护服、护目镜下，手术视野局限，手套戴两层，远不如平日灵巧，再加上紧张压力，她不停地出汗。“这台手术，还是我来吧！”冯玲拉住已准备好上手术台的刘海意，自己冲上前，让刘海意在隔离手术室外沟通协调新生儿的转送。

如人所愿，手术很顺利，“小石榴”出生了。婴儿响亮的啼哭声，让冯玲轻轻嘘了一口气。

刘海意第一时间将“小石榴”送到了新生儿病房陈玲教授手里，由新生儿科的“临时妈妈”照料。术后，“小石榴”的妈妈被送回同济医院感染隔离病房继续治疗，“小石榴”的爸爸则在武汉肺科医院住院。一家三口分隔在三个不同的医院病房。

“那一次应该是我第一次穿防护服做手术，有点儿紧张。没想到，冯教授拉住了我，作为我们的老师，她完全践行了一个党员困难时刻冲锋在前的大无畏精神。”事后刘海意感动地回忆说。

因为“裸奔”轻松，冯玲主任还讲了一件有趣的事。在中法新城院区时，麻醉医生穿着三级防护服实施麻醉，护目镜下看不清刻度，冯玲就在旁边指挥他。这位医生奇怪地问：“我怎么看不见几毫升，您比我年纪还大，怎么就看得见啊？”冯玲笑着说：“因为我没戴护目镜啊！”这位同人顿时笑着说：“原来如此，我还以为您有特异功能呢！”

“我宁愿感染，也无法忍受孕妇手术出现并发症，那样我无法原谅自己。”这是采访中冯玲主任最打动我的一句话，也是她对自己职业的严格要求。

天使佳话，和9000万网友“云养娃”

我还记得，武汉疫情期间，有一段视频广为流传，家喻户晓，成为美谈。那是一群白衣天使和9000万网民“云养娃”的故事，这个故事就发生在冯玲主任所在的产科。冯玲说：“中央电视台播出的只是‘小石榴’一家，其实还有一个‘小团圆’。”

“小团圆”出生在元宵节的前两天，准确地说是2月5日深夜11点。当时孕妇陈女士双肺感染、缺氧严重，被紧急送往同济医院中法新城院区。是乌剑利副主任为她做的剖宫产手术，这也是中法新城院区被指定为武汉市新冠肺炎孕产妇定点医院后的第一台剖宫产手术。

一般来说，孕妇生产后，心理都比较脆弱。特别是疫情这种特殊情况下，母子隔离，丈夫见不着面，产妇心里会胡思乱想，担忧难过。这两对夫妇都是新冠肺炎病人，家都在外地，当时特别难。她们产后和孩子、丈夫都是三处隔离的，大人想见孩子很困难。

陈女士手术后的第三天，正好是元宵节。新生儿科主任陈玲教授说：“元宵佳节本是团圆的日子，我们和产科两个团队商量后，决定给她一个惊喜。”

元宵节一大早，乌剑利就急匆匆来到中法新城院区产科隔离病房，带来了从同济医院主院区新生儿科传来的视频，让这位感染新冠肺炎的妈妈和隔离中的宝宝“视频”团聚了，这位一直担忧不已的年轻母亲，看着视频中活泼可爱的宝宝，泪水夺眶而出。她激动地说：“今天元宵节我们母子团圆，孩子就叫‘小团圆’吧！”

“小石榴”一家也是如此，一家三口分隔在三个不同的医院病房。妈妈想孩子想得常常发呆，爸爸想孩子都有些忧郁了，心情非常不好。这种状况，对他们的心理和治疗都很不利。

冯玲知道这些情况后非常着急，为了圆“小石榴”一家的团聚梦，她和刘海意想方设法联系到央视记者，向他们求助，希望央视能帮助到这个家庭。

中央电视台很给力，央视直播的记者很快在同济新生儿科架起了24小时的摄像头，一时间，“小石榴”成了大家的关注点。全国9000万网友当起了“小石榴”的爸爸妈妈，他们在网上为“小石榴”唱歌、弹琴、绘画，关注“小石榴”的一举一动，见证“小石榴”的成长。全国十几亿人都在通过看直播，为“宝贝加油！”“中国加油！”“小石榴”谐音“十六”，因他出生于正月初十的六点，寓意寄语全国人民能像石榴籽一样紧密团结，共渡难关。

自从第一次通过直播见到自己的孩子，“小石榴”爸爸就流下了幸福而感激的眼泪。此后，他常常深夜在隔离病房看自己宝宝的直播，感到安心而快慰。

3月3日，在“小石榴”的满月“云派对”上，冯玲主任在家中为“小石榴”录制了满月祝福：“亲爱的‘小石榴’你好，我是30天前接你到这个世界上来的冯玲奶奶，在这个特殊的日子里，奶奶祝‘小石榴’和你的小伙伴们健健康康、快快乐乐，也祝守护着你们的我的小伙伴们平平安安，早日凯旋。”

3月12日下午，被网友们“云守护”的“小石榴”终于顺利出院，和康复后的爸妈团聚了。“小石榴”父母对医院和医护人员千恩万谢：“感谢同济医院，感谢冯教授和刘医生，疫情之下，你们救了我们一家！感谢全国网友们对‘小石榴’的守护！”

竞跑疫情，火速梳理病例发出紧急呼吁

新冠肺炎疫情突发武汉，这是一场史无前例的考验，产科面临的考验更为严峻。孕妇处于免疫耐受状态，加上孕期特殊的生理变化，孕产妇容易遭受病原体感染导致发热，如何区分普通发热和新冠肺炎感染症状？没有针对呼吸道传染病的隔离病房，发热孕产妇与普通孕产妇如何隔离？孕妇疑似感染，新生儿如何处置？怎么和新生儿科医生配合……冯玲每天驻守在医院，梳理每一例疑似新冠肺炎的产妇流程，哪里做得不够的，她都默默地记在脑海里，思考着更有效的方法和流程。

最让冯玲感到后怕的是，有一次“裸奔”上阵，为一位急诊产妇做剖宫产手术。当时产妇急诊收入院，并没有发热症状，核酸结果也还没出来，手术做完了，核酸结果呈阳性。她想：“这应该是共性的问题，应该梳理完流程，快速形成文字分享。”

面对全国同行的不断询问，冯玲紧急联系同济妇产科马丁院士，儿科罗小平教授，新生儿科陈玲教授，产科陈素华教授、曾万江教授等，用短短48小时，起草、修改、讨论、定稿，第一时间向媒体和全国同行发布了《同济医院新型冠状病毒肺炎流行期间孕产妇及新生儿管理指导意见》，呼吁全国在新冠肺炎流行期，须特别关照孕产妇及新生儿。

2月2日，一个出生36小时的新生儿，经过核酸检测，确认阳性。他也是世界最小年龄新冠病毒感染者。这一病例又给冯玲一个警示和提醒。

随着新生儿感染新冠病毒的报道，新冠病毒母婴传播的可能也为越来越多的人所关注。冯玲深思熟虑地分析、求证，产科医生应该怎么做？如何确保产妇与新生儿的安全？很快，2月9日，冯玲又联合同济医院儿科专家修订发布了《同济医院新型冠状病毒肺炎流行期间孕产妇及新生儿管理指导意见》（第二版），第二版提出，孕妇疑似或确诊感染，新生儿应立即隔离并检测核酸。指出根据现有证据，母婴垂直传播，尚不能确认。第二版意见经人民网全文报道后，给予了全国同行有益的指导，一问一答的形式，通俗易懂，也帮助疫情期的孕产妇缓解了紧张的情绪。

“我们在疫情最严重的地区，我们有妊娠合并新冠肺炎的诊治经验，一定要给国家真实有效的资料。”冯玲和她的团队一边救护疫情中的孕产妇，一边运用自己的专业知识，脚踏实地，致力于让更多医院、更多病人获益的流程指导意见编写中。

以身作则，榜样的力量无穷

采访中与冯玲主任聊起武汉疫情时的心情，我们感同身受。已经年过半百，好像把生死看淡了，但孩子们的安全，却是做父母的最为担心的。

冯玲坦率地说，当时她和儿子一家住在一起，她很担心孩子们的安全，就提出分开住，但儿媳不同意，怕她一天忙到晚没人照顾，孩子们也不放心。因为怕把病毒带回家，她只好细心做好各种预防：进门把鞋子放门外，进屋全身消毒，赶快洗手、洗澡，然后把自己关在一个单独的房间里，吃喝让孩子放在房门前，尽量不出房门。她笑着说，后来才知道，原来她们产科的同事都是这样的。

她信心满满地说：“我自己不怕死，对自己的身体免疫力有信心，我援非两年，那边艾滋病多，医疗条件更差，这或许是我当时淡定的原因。当然，医务人员也是人，有畏惧、担心很正常，但这个时候我这个主任、书记先上，他们才敢跟上。”

是的，她是产科主任、党总支书记，她是领头雁，要带头勇往直前！她要确保“三个零”——产妇零死亡、产妇间零感染、医护零感染。

疫情发生以来，同济医院产科接诊了500多位孕产妇，封城期间生了480多个新生儿，出院孕妇500多位。其中61位是确诊或疑似感染新冠肺炎的产妇，在这里孕产妇零感染、医护零感染。

“这场疫情中，我们没有一个孕产妇死亡，外国专家感到很惊叹！我们也很自豪！”冯玲开心地说。

在抗击新冠肺炎疫情的70多天里，冯玲每天都在同济医院几个院区奔走，协调、手术。冯玲和她的团队“来者不拒”，竭尽全力呵护着到同济医院的孕产妇，成为新冠肺炎期间产妇的护佑天使。

在冯玲的带领下，同济医院产科143人的医护团队、47名党员，战斗力“满格”，在产房里“战”疫情，迎来一个个新生命。3名医生以实际行动向党组织靠拢，申请“火线”入党，这就是榜样的力量！

采访快结束时，冯玲主任一再叮嘱我：“不要突出我个人，一定要突出我们团队，我一个人是完成不了这些任务的，像马丁院士，他一直都是隔三岔五地往我们这里跑。还有医院的各个部门，大家相互支持，都起到了重要作用。”

作为一个有36年党龄的老党员，冯玲认为自己做了应该做的事，党员就应该是一面旗帜，困难时刻冲锋在前。她很感谢她的团队，他们随时可以拉出来战斗，这次党员队伍起到了重要的先锋模范作用。

我很想见见冯玲的队伍，但他们都各自忙去了，一下子很难召齐。冯玲主任也要上手术台了，我们就此作别。看着她离去的瘦削背影，我脑海里蓦然浮现出爱默生的一句名言："只要生命还可珍贵，医生这个职业就永远备受崇拜。"

因为这次采访我们自始至终都戴着口罩，没有看到彼此的面容，但我清楚记得她的眼睛，那是一双坚定、善良、智慧而美丽的眼睛。

星光下的守护者

这个坚守在第一线的社区护堤人还是许下了一个心愿——一个迟到的新年愿望

董守芝：1961年生，河南信阳人。湖北省武汉市江汉区唐家墩街西桥社区党委书记、居委会主任。曾获全国志愿者先进个人、湖北省“百优”社区工作者、湖北省优秀社区党组织书记，武汉市“十佳”社区党组织书记等荣誉。武汉市第十四届人大代表，江汉区第十一至十五届人大代表。2020年9月，被中共武汉市委、武汉市人民政府评为“武汉市抗击新冠肺炎疫情先进个人”“武汉市优秀共产党员”。

作者：王倩茜，武汉大学对外汉语教育硕士，曾获湖北省第四届优秀期刊编辑奖，现为《芳草》杂志社二编室主任。湖北省作协会员，武汉作协签约作家。小说、散文见于《小说界》《芳草》《湖南文学》《红岩》《天津文学》《飞天》《中国艺术报》等报刊。

一

董守芝以前从没觉得这条路这么远。

1月23日这天早上，她走出家门，穿过空旷的小区，在三眼桥路155号的位置停下来，这里是西桥社区党员群众服务中心。200米的距离，每一步都步履沉重。要是一切如常，2020年除夕，作为社区党委书记的董守芝应该是8点准时到达岗位，和失独家庭吃吃年夜饭，走访慰问困难户，祝福着“新年快乐”。

只是，2020年1月23日这天不同寻常，清晨6点半，董守芝早早就来到了办公室。几个小时前的午夜，董守芝接到了通知，上午10点，千万级人口的武汉将会关闭离汉通道。

史无前例。

这个夜晚，董守芝辗转未眠，像站在最陡峭的地方。1961年出生的董守芝是河南信阳人，1981年，她成了武汉的媳妇。四十多年的时光没有过滤掉北方人的直爽性格，还增添了南方人的细腻温婉。她的口音变了，既有北调，又有南腔，脆中带糯。1993年，董守芝加入西桥社区，整整在这里待了28年。她对社区有了极深的感情，不光是工作岗位那么简单，她把这里当成了家，把居民和同事当作家人。

睁眼熬到6点多，董守芝更加坚定信念，前方尽管是迷雾，但她要坚守岗位，作为第一责任人冲在最前线。

尽管庚子年的鞭炮声越来越近。这个冬天才刚刚开始。

武汉市江汉区唐家墩西桥社区，是有着常住人口16633人、7351户的大型混合社区，距离华南海鲜市场只有2公里。社区里有11个老旧小区，442栋平房区，有物业管理的小区只有6个。除了常住人口外，流动人口多，困难群体多，高龄老人多，人口老龄化占据21.5%，这种情况下，居民诉求多，矛盾十分尖锐突出。

董守芝召集同事开了个晨会。

“我们很快要打一场硬仗，一会儿关闭通道后，恐怕会有不少人滞留下来。

“65岁以上的老年人占据了四成，这是疫情防控的薄弱环节。

“空巢老人和失独老人不会上网，不会用手机，要特殊关注，保障他们的基本生活。”

末了，董守芝问：“哪位同志有特殊情况需要请假？”

没有一个人站出来。

“好！社区是疫情防控的第一道防线，我们要做一道大堤，要咬紧牙关，把社区防住、守牢，保护每一个居民的生命安全！”

一个一个数下来，包括董守芝自己，西桥社区22位逆行勇士全部到齐。

二

1月23日上午10点，离汉通道正式关闭。街上忽然空荡得陌生，手机里、电视里全是新闻，不少人慌了起来，涌进社区要说法。

董守芝要承担的担子更重，她很清楚，把社区防住、守牢，事关社区居民的生命安全，也同样事关疫情防控大局。董守芝把自己的电话公示了出去，24小时都可以接听。她和同事们分成小组，挨家挨户地敲门，开始监测疫情、测量体温、排查人员、站岗值守、宣传政策、消毒杀菌、登记、摸排。

最初他们实在拮据，每人一个简单的口罩，用得小心翼翼。雨衣是奢侈品，几个人换着穿。寻常的84消毒液成了紧俏货，要用在最要紧的地方。董守芝带着同事们手持扩音器，肩背消毒桶，每个单元、楼道都跑了个遍。

最担心的事情还是发生了，到了正月初一，疑似患者就层出不穷地出来了。

初一这天早上，社区的电话响个不停。一个女同事接到了骂人的电话，对方容不得她多说什么，开口就直抱怨社区不作为，大骂他们不提供床位。

眼前发生的事，好像极为不真实。所有人都很拼，情绪却一天比一天紧绷。

1月30日这天，左藤照旧从社区出发，陪病人去医院。左藤是个“90后”的小伙子，社区里年轻人不太多，左藤是体能的主力，他每天都穿着厚重的防护服，来来回回到医院陪诊病人。董守芝看到左藤精神状态不太好，走路有点儿飘。病人已经虚弱得走不动路了，左藤二话不说，蹲了下来，让病人趴在自己背上，再用整个身体的力量支撑起脚步。他没有一丝犹豫，步履踉跄地走出单元楼，往救护车方向走。深冬的空气刺骨冰凉，他却全身都沁出了汗。

从医院回来时，董守芝看了看防护服后面那张年轻的脸，已经平静了下来。

董守芝觉得这个孩子就像她的儿子一样，她很心疼。

“你的压力太大了。”董守芝心里很焦虑，但她让自己的语气温和下来。

“没事。”

那是一张努力挤出笑脸的苍白面孔。

“你陪诊一天，休息一天吧，好好调节自己，释放一下压力。”

左藤没有作声。

董守芝故作轻松地说："回去当云监工，看看火神山、雷神山的工地。再过两天就要交接了。"

董守芝知道，能够好好睡一觉，是此时最奢侈的心愿。

好消息是，2月2日开始，社区群干与街道相关部门、社区卫生服务中心、物业公司、志愿者、小区党支部成员、下沉干部等通力协作，社区终于得到了喘息的机会。

可董守芝却累倒了。

2月4日这天，董守芝出现了胸闷、咳嗽的状况，她测了测体温，36.5℃，无大碍。这阵子，举国同心，生命至上，全国上下都在支援武汉，传递温暖和希望。火神山、雷神山相继建成，病人陆陆续续可以排上床位了。虚惊一场后，董守芝吃了4颗连花清瘟胶囊预防。

谁知，第二天，这种虚脱无力感又出现了，董守芝在工作岗位上紧赶慢赶地协调各种事宜，勉强支撑了一天。2月6日晚上，董守芝再也坚持不住了，她在家用力地咳嗽着，丈夫慌了起来，这是感染上病毒了吧？她像是虚弱地行进在荒漠中，几天几夜未进食一般，意识昏迷，连工作交接都来不及了。

董守芝把丈夫关在卧室外面，脱掉简陋的罩衣防护服，攒着力气喷洒酒精。

"你先别管我，我病了你还可以照顾我。你身体比我弱，还做过心脏搭桥，你万一病了，我们谁都照顾不了谁了。"

丈夫在门外干着急，嗓门跟着大了起来："你体温是正常的，没事没事，你好好睡一觉！先不要操心别的事情。"

这一晚，董守芝吃完连花清瘟胶囊后，早早就昏睡过去了。

这一觉足足睡了6小时，就在第二天早上，董守芝忽然感觉身体又一次通透了。她把自己蜷在被子里，感激得痛哭起来。哭完，又挣扎着下床，眼下正值防疫关键期，她说什么都不愿意放弃工作。

三眼桥155号的社区小楼把灯火全部点亮了，温暖着找不到归宿的人。

三

大年初二，西桥社区收到辖区颐馨酒店打来的求助电话。酒店里滞留了一家三口，孩子只有一岁多，被迫隔离在这里，如今已是弹尽粮绝了。

接到消息，董守芝和同事们在社区拿了一些物资，包括已经缺稀的十多个口罩、体温计、消毒酒精，方便面等食物，以及300元慰问金来到了酒店。临出社区时，董守芝又小跑着折了回来，装上了几罐奶粉，那是春节预备给困难户的。

男人看起来也就二十来岁，他接过东西，没有哭，可是愁容满面，一副失魂落魄的样子。

董守芝问道："你们还有什么具体的困难，请尽管告诉我们，我们尽力帮你们解决。"

男人没有应答，接下来，在整整的几十秒时间里，没有人说话。女人搂紧了孩子，房间里静得窒息，只有外面的"社区之音"和救护车呼啸而过的声音。孩子稚嫩的哭声打破了沉默。

男人忽然说话了："我叫秦志刚，是从红安来的，孩子年前到儿童医院住院。出院时正碰上关闭离汉通道，只能在酒店隔离。熬到正月初一，已经穷得吃不上饭了，家人没有办法汇款过来，我们手里也没有钱了。实在没办法……"

董守芝心里一紧，老区来的人！

她翻开手里的红封皮本子，这个工作本是2020年1月1日开启的，越记越厚，已经密密麻麻写了几十页。她仔细地记录下来。

没过两天，秦志刚一家接到了帮他们申报的1500元救济金，后期，下沉干部李海燕又送来2000元的慰问金。

居民苏剑岭（化名）暴躁地给社区打过好多次电话，他老婆一直高烧不退，持续39℃。他们全家人宅居在一间小私房里，小孩子没办法学习，老婆等不到床位。苏剑岭情绪几近崩溃，谁安慰他，他就逮着谁破口大骂。

董守芝也被骂过几次。可是床位难，谁都没有办法啊。董守芝理解这种无助和焦虑，设身处地想想，人的生命只有一次，除了发泄情绪，此时此刻，谁都会感觉到深不可测的恐惧。她和副书记王娟两人，一个负责指挥调度，一个负责报表和盯床位，手机不离手，时时刻刻都在关注唐家墩街民呼叫我应群。2月2日晚上，董守芝回到家已经近午夜了，洗漱完，继续处理一些工作上的事情，就已经是凌晨2点了。临睡前，董守芝照常要刷一下微信群才可以入睡，就在这时，她忽然看到群里新增的一条信息——新华医院空出来一个床位。董守芝当下困意全无，马上打电话给分管领导许春祥。

"这家人很造业（湖北方言，'受罪'的意思），娘家婆家屋里都没人，女儿还要上网课，确实很困难。一定要把他家推出去。生命重于一切。"

2月初的武汉，除了疑似或者确诊患者一床难求之外，不少基础病患者也饱受折磨。这天，无线电厂小区周汉胜的妈妈给董守芝打了个电话。

"小董啊，请你帮帮我。我现在买不到降压药了，这可麻烦了。"

董守芝一听也跟着着急，八十多岁的老人一旦断了药，后果不堪设想。防疫管控措施升级后，这类药只能由社区统一到定点医疗机构领取了。

赶去取药的干部打电话说，前面还有80多个社区在排队。

董守芝也是常年服用降压药的老患者了，好在她一直都有囤药的习惯。她安抚老人：“您别急，我给您想办法。”

董守芝把自己的药数了数，给老人匀出两盒波立维，觉得不够，又多拿了几盒倍他乐克、可定。周汉胜到社区来拿药，掏出几百元钱，董守芝制止了他。

“要钱的话，我就不会给你了。现在不是提钱的时候，药最重要。”

周汉胜很感动，这份情谊远远比金钱深厚得多，他问：“那你没药了怎么办？”

董守芝说：“我多多少少还有一些，后面我再想办法。我年轻，抵抗力强一些。”

2月3日，社区办公室的午夜，新闻里说，武汉市决定征用室内会展场馆，改造成为方舱医院，集中收治轻度患者。力争36小时建成首批3家方舱医院！这是“中国速度”造就出的疫情防控中的“中国奇迹”啊，董守芝也跟着激动起来，她想起了十多天都没见到的儿子一家。

去年冬天小孙子降临，刚满两个月，疫情忽然就如火而来。尽管儿子家就在社区的楼上，此时却仿佛有一面看不到尽头的玻璃拦在他们中间。

董守芝走出社区大门，左手拿起电话，电话接通了，她仰头摇晃着手臂。她看着楼上的影子，几次流下眼泪，又几次快速擦干净。

四

2月的一天，西马小区19栋的叶婆婆给董守芝打了个电话：“小董啊，我在电视上看到你了。你又瘦了，要注意身体。丫头啊，身体是革命的本钱。”

一缕微光从窗户外斜洒进来，照进董守芝的眼睛里。像是走过了漫长的冬季，春天的风浩浩荡荡地来了。荆楚大地开始变得坚韧又有力量。

董守芝忽然泪流满面。

每次看到叶婆婆，董守芝就会想起母亲，如果母亲还在世，也是年过九旬了。

“叶婆婆，您和爹爹都是高龄易感人群，是我们社区重点关爱对象，志愿者送的菜您都满意吗？有什么困难一定要打电话告诉我。”

“满意满意，共产党好啊，还惦记着我们这些空巢老人。”

过了几日，叶婆婆又打来电话：“小董啊，我糖尿病和心脏病的药都没有了，能不能麻烦你们帮忙买点儿药？”

“可以可以，您把医保卡和病历准备好，我马上让负责买药的网格员上门来。”

董守芝不放心，交代网格员再带点儿青菜到叶婆婆家。

网格员回来告诉她，两位老人脸色很差，状态很不好。

董守芝知道，两位老人怕是在家闷得难受。她赶紧给叶婆婆打了个电话，宽慰她：“我也不方便上门陪您解解闷，您要是哪里不舒服，心情不好，就打电话跟我聊聊天。”

叶婆婆爽快地笑了：“我晓得你忙，不能打扰你。我们不出门，就是给社会最大的贡献。你还是把心思放在重要的事情上，不要记挂我们。”

西桥社区每天早上都有5分钟的例会时间。大家苦中作乐，笑称这是5分钟的精神食粮。笑归笑，所有人都会准时各就各位。最紧张的那段时间，董守芝索性一天来三顿精神食粮给大家鼓劲儿。

大家站成一圈，手拉手，又是虔诚又是不安地默念：我们不会得病，我们正在帮助大家，我们会得到祝福。

以此相依为命，渡过难关。

所有人熬过了一个艰难的冬天，这个冬天被爱覆盖着，大家已慢慢缓过劲儿来。

2月底，气温回升了，天空渐渐斑斓。雷神山、火神山、方舱医院都有条不紊地运作开来，极大减缓了社区的压力。好多人都在朋友圈里说，春天就要来了。

这一晚，董守芝从社区回家，已经接近凌晨了。按照惯例，她还是在楼下坐了半个小时，让冷风吹干净身上可能沾染的病毒。春夜的空气依然很寒冷，她拉了拉衣领，继续忙着在微信群里指挥调度工作，顺便看了看明天的天气——3月3日，降温。

年纪大了以后，每到降温，她的腰椎就会发出预警。现在是特殊时期，抗疫仍在进行，身体千万不能出状况。

董守芝回到了家，到阳台通风消毒。夜还是很安静，像是降温了，风声开始了，越来越大，撞击着纱窗，发出交响乐般的呼啸。她看向窗户外的一片星光，广袤的长空，空旷的大地，在地平线交融出更深邃的星光。她抚了抚腰，不再害怕了，她知道，无论有多艰苦，总有前仆后继的英雄在照亮前方的路。董守芝已经有三四十天没有好好睡觉了，也忘记2020农历年已经走过了三四十天。现在，她舍不得上床睡觉，她希望可以认真地许一个新年愿望。她想，凭借中国人民同甘共苦的团结精神，凭借对生命的敬畏和挚爱，这个愿望一定会成真。

樱花树下的承诺

你的身影单薄，但在大疫面前却顶天立地，展现着燕赵儿女的大医风采

袁雅冬：河北医科大学第二医院大内科主任、内科教研室主任、呼吸与危重症医学二科主任、主任医师、教授（2级）、博士研究生导师。从医36载，始终把“选择了医学就选择了奉献，要笑着迎风而动，逆风而行”作为座右铭。2020年作为河北省首批援鄂医疗队队长，逆行出征、白衣执甲，彰显医者大爱！曾获“全国卫生健康系统新冠肺炎疫情防控工作先进个人”“一线医务人员抗疫巾帼先锋”。

作者：刘亚荣，河北省作协会员，编辑。作品散见于《散文》《散文选刊》《天涯》《文艺报》《美文》《人民日报》《文艺报》等报刊。有作品获奖。出版散文集《与鸟为邻》。

一

深夜回到住处，袁雅冬感觉两条腿快不听使唤，洗漱完毕，赶紧躺倒，脑子里都是住院患者、各种数据、各种难以解决的问题，辗转反侧……清晨发现枕巾上很多头发，连续几次，她都误以为有人睡错了房间。可钥匙明明在自己口袋里，直到有一天晚上忽然“咔嚓”一声响，吓了她一跳，回过身，才看到是发卡落到了地上，她本能地往后拢了一下头发，这一拢，手上却缠了一把头发。这时，她才意识到，原来，枕巾上的头发是她自己的。那个从石家庄就跟着她的发卡已经无法固定她不断减少的头发了。那段时间，她深切体会到了“食不甘味”这个词的含义，并且连嗅觉也丢失了。她惊讶了片刻，但也只是片刻。那一个个生命在时间的轨道上与死神赛跑，哪里还有时间思考这些问题。

新冠肺炎疫情像一把刀，画地为牢，把武汉同胞囿在里面，而病毒又四处逍遥，肆意改变着一些人的命运。2020年元月25日夜间11点，也就是农历大年初一，作为河北医科大二院呼吸与重症科主任的袁雅冬正在值班，忽然，她接到了支援武汉的电话通知。在此万家灯火、阖家团聚的时刻，袁雅冬没有犹豫，抗击过SARS、阻击过甲流的她，虽年近花甲，却临危不惧，面对突发疫情果断领命，勇于接管河北省首个支援湖北医疗队。此前，袁雅冬参加国家卫健委第十四督导组督导检查，大年三十晚上才从江苏回来。

列车经过数小时的运行，于2020年元月27日4点30分抵达武昌。在这个清冷的凌晨，长长的列车上只有这150多名乘客，迎着寒风，前方等待他们的是未知的危险。

到了武汉，袁雅冬顾不上休息，马上投入到一线为患者治疗，患者的积极配合也感动着她。

患者陈坚的故事，只是众多感人故事中的一个，入院以来，由于治疗及时，他的各项指标都恢复得很好，唯独核酸检测总是阳性。不能回家的陈坚，像躺在针毡上，新冠肺炎病毒把他变成一个病人，而此前他正在照顾多病的妻子。在武汉封城、各小区封闭的情况下，他不放心妻子一个人在家。听说河北医疗队来了，许多患者痊愈回家，陈坚再也按捺不住，不情愿地在病房内外踱进踱出。见到查房的袁雅冬，陈坚眼睛一下子就亮了，他指着袁雅冬隔离服上的“河北袁雅冬”，磕磕巴巴地说：“你就是袁雅冬？我终于找到你了！我，我正托人找你。”一个大男人，竟如孩童一般，委屈地流下了眼泪，仿佛在漆黑的夜里，忽然看到了一片星光。

陈坚有在照片上记录的习惯，他与袁雅冬的合影照上写着“今天，袁教授来病房为我加油”。这一天是2020年3月9日。

二三月的武汉，潮湿多雨，风像刀子，并不比北方的石家庄暖和。路灯被雨雾包裹着，像一个个悬挂在杆子上的冰球，美丽的樱花树穿插其间，像一个个虚无的梦。走在回宾馆的路上，飘飞的细雨落在袁雅冬头发上，衣服和鞋子也早被雨水打湿，她浑然不觉，疫情严峻，陈坚的情况并不是孤例，新冠病毒肺炎治疗是当务之急，病人心理疏导也不可小觑。

二

自从抵达武汉，袁雅冬心上的弦就一直绷得紧紧的，武汉七院本是肝病医院，属于二级医院，没有呼吸科，对于突发的疫情，有难以对抗之险，门诊量达1200余人，日住院病人近200人，半数以上是重症或危重症，已一床难求。医疗队到达七院时，尽管袁雅冬有心理准备，但还是吃了一惊。院子里站满戴口罩的人，候诊的人接连不断，走廊里人声鼎沸，门诊输液的患者横七竖八地或躺着，或坐着；抱怨、吵闹声不绝于耳；排队等候看病的人，焦虑不安。

袁雅冬看在眼里，连夜制定了应急对策，并立即实施。第一，落实三级查房制度；第二，疑难病例讨论；第三，死亡病例讨论。三天，乱糟糟的局面就好转了。到2月中旬，出现了逆转，出院病人越来越多，已经有空床出现。

七院来了个“神医”袁雅冬的消息，一时间传播开来。

袁雅冬并没有松懈。新冠肺炎没有历史参照病理和病例，所有的治疗方案都权衡再三，既要有效实施，又要及时观察反馈应变。夜色浓重，袁雅冬的身影时而被路灯拉得长长的，时而重叠起来，樱花树的影子浓重，她边走边打电话落实着白天没来得及处理的事。躺到床上，伸展一下酸胀的胳膊、腿，她又计划着明天的工作。

查房归来，大家各司其职，肃静的病区突然响起哭诉声。

一个穿蓝毛衣的老太太站在护士站，手握电话筒，絮絮叨叨在抱怨，情绪越来越激动，痛哭失声，花白的头发随着脑袋颤抖着。虽然湖北方言大都听不懂，袁雅冬的心，还是跟着老太太的哭声疼了，看着老人的背影，她从衣服上识别出是65床。

特殊的病毒，让本就被疾病折磨的病人几近崩溃。这位老人数次趁夜班护士忙碌从病房跑出去。袁雅冬担心极了，她和护士们想了一个办法。晚饭后，65床病房外，护士们用板凳围起了一个矮矮的半圆形的“栅栏”。夜深了，病房的灯暗了下去，65床悄悄地爬起来，轻轻挪动着板凳，“嘎噔”一声，值班护士跑过来：“阿姨！阿姨！天太黑，袁主任说天亮解决您的问题。”

这个“栅栏”，不是游戏，是河北医疗队人的智慧。袁雅冬她们担心65床闯出病房，出现其他意外，特意当着65床的面搭的，让老太太在“离床”出走时注意到“栅栏”。

这个夜晚，袁雅冬一夜未眠，清晨她打通了65床家属的电话，内容可以简略为：给老人送一部手机，经常给老人来电话，及时安抚老人……并考虑安排医疗队倒班休息的人，尽可能陪伴老人。于是，在河北医疗队所在病区，常常出现这样的画面：身着隔离服的医生或护士，陪伴在住院病人床前，有的还笨拙地做着滑稽的动作，本来愁眉不展的老人们瞬间开心地笑起来。在袁雅冬及队员的努力下，住院病人显著减少，病区气氛明显活跃起来。

湿浊的空气也轻盈起来，医院里的樱花树冒出了嫩芽，一切迹象都表明，春来了。封闭的日子快结束了。

65床出院时，医疗队接到一封字迹娟秀的表扬信，签名处留下了电话号码。表扬信上说，来住院时，她行动不便，是医疗队的护士们给她端屎端尿，袁雅冬教授遇到也这样帮她。现在她康复了，感谢医疗队的医生、护士，祝大家一生平安。

医者慈心。袁雅冬说，这没什么。一朝为医，生死之间就做不了袖手旁观。生而平凡，但是愿为险而战，倾心挽救生命，此心此生无憾。

都说男儿膝下有黄金，可那位拿着出院手续的老患者却咕咚跪倒在袁雅冬跟前，袁雅冬急忙伸手阻止，这个须发花白的人顿时泣不成声。我们在这里就称他为66床吧。与65床相比，这个患者更特殊。就医时，呼吸困难、高热、腹泻，重症脱水，几度病危。在医疗队的精心治疗下，咳嗽等症状逐渐消失，体温恢复正常，只是每次拍片影像都有问题。几次下来，66床崩溃了。他跑到护士站声称，再不让出院就跳楼。袁雅冬担心过激行为发生，每次查房都与他交流，安慰他，承诺他情况一旦好转，第一时间办出院，一起去看樱花。66床被打动了，他明白袁雅冬的苦心，他不应该在胜利前任性，家人都在等他回家团圆，他的心情逐渐开朗，主动帮着护士照顾其他患者。袁雅冬的小册子上，记录着该患者的情况，连续一周的问号后，是一个醒目的惊叹号，是好消息的预示。她白天查房、会诊、查看片子，亲自给66床开具出院证明，并交代了出院后的注意事项。于是，在一个阳光初照的早晨，出现了这感人的一幕。

三

白天的操劳，不仅来自患者，各部门的合作协调也是袁雅冬的职责范畴，医疗队150余人，除了李岩、夏鹏举、刘烨星熟悉，其他队员都来自河北各地。几乎是素不相识的一群人，包裹在隔离服里，一起在一个陌生的地方与病毒战斗。袁雅冬要的是战胜新冠病毒肺炎的堡垒，医疗队员都是金子，可是没有规矩，就是一盘散沙，怎么把这盘沙子凝聚成金子，她没少下功夫。白天超常诊疗，每晚例会，新病人汇总，疑难病例分析，危重病人的抢救方案，一项一项落实。队员的生活，又要利用大量的业余时间，全天候地运转，袁雅冬是停不下来的陀螺。

在高质量医疗援助的同时，作为队领导，袁雅冬要对队员的安全负责任。每个队员的体温变化，都牵着她的心。看着年轻队员戴护目镜造成鼻梁压伤，长时间戴口罩磨破的耳朵，拖着沉重的双腿下班，袁雅冬心疼极了，她对自己说，一定要保护好这些孩子。

常彩芳水土不服，低热，袁雅冬迅速角色转换成为随队保健医，督促她做核酸检测，做血常规检查等。

承德的施燕也病了，发热，对每天接触新冠病毒肺炎的她来讲，是件恐惧的事情。袁雅冬忙完一天的工作，迈着有点儿疲乏的步子来了，她给施燕看了嗓子，说："丫头别怕，嗓子化脓了，就是普通感冒，吃上药，好好休息两天就好了。"施燕哭了，袁雅冬上前抱抱她，像妈妈一样。施燕喊她袁妈妈，这个称呼被医疗队的年轻人传开来。严肃的呼吸与重症科主任、专家，成了大家慈爱的"妈妈"。

施燕说："袁妈妈感动死我了，我都不敢冲着她喘气，她都不怕，都不嫌弃我。"

袁雅冬说，她们都是孩子。

袁雅冬是笑着出征的，她有个信念，就是医疗队要一个不少地平安回去，在武汉打一个漂亮仗，展现河北医疗队的风采。

在武汉55天，收治患者429人，其中重症119人，危重症78人，治愈338人，累计核酸检测8144例，所辖病区医护零感染，出院零回头。这一组数字看似简单，背后是河北省支援湖北首批医疗队的辛勤付出，是汗水和泪水，也是骄傲和欣慰。袁雅冬当之无愧是主心骨，她的自信不仅是医术精湛的结果，也是人格魅力使然。

一名娇小的女将，带领一支医疗队驰骋新冠肺炎疫情这个疆场。很容易让人想起杨门女将穆桂英，生活中的袁雅冬明眸皓齿，天然卷发，面孔白皙，精气神不减当年。抗击SARS时，她41岁，指导全省的SARS治疗防治，时隔17年，她又受命领兵，冲锋陷阵在武汉抗击新冠肺炎疫情第一线。

在武汉，为了避免治疗区域空调感染，空调一律关闭，采取开窗透气的方法。这在初春的时候，有些寒意，而厚衣服再加隔离服，显然工作不便，为了方便，袁雅冬尽量穿得单薄，废寝忘食是家常便饭。马雪说：

“我吃完午饭去接班，袁妈妈陪着中医大夫查房，都两点了还没吃午饭，在小册子上写写画画。”

袁雅冬的小册子上面记录着患者情况，床号、姓名、性别、年龄，后面一项是吸氧的百分比；核酸检测结果用正负号表示。有的页码上按楼层记录患者情况，有的床号上方用“星”做了记号，表示病情危重。

最后出院的患者黄婆婆，已与河北医疗队亲如一家。刚入院时，老人呼吸困难，病情很严重，一度挣扎在死亡线上。袁雅冬独排众议，坚持将她留下来治疗。凭着多年的呼吸科重症治疗经验，袁雅冬大胆实行无创呼吸机救治，避免了插管给病人带来的痛苦。黄婆婆一天天好起来，听到袁雅冬的声音就笑。

好转后的黄婆婆拒绝再用呼吸机，袁雅冬得知后，拉着黄婆婆的手劝她：“好转了，为什么不继续用呼吸机呢？这样会前功尽弃的。”固执了几天的黄婆婆说：“我只听你的，你说用就用吧。”黄婆婆坐在床上，袁雅冬和她对着脸交谈着，像亲人陪伴。袁雅冬说：“樱花开了，您也痊愈了，马上一家团聚多好。”

街上的樱花灿烂地开放着，一树一树千娇百媚，阳光映在树上，樱花缤纷如世外桃源，有寥寥的行人戴着口罩行走在樱树下。看着窗外美丽的风景，袁雅冬又心痛又欣慰，暗暗握紧拳头，发誓不负使命。

四

医疗队胜利完成任务要离开武汉了，袁雅冬对着一台制氧机默默地流下了眼泪。这台制氧机有来历，是一位老年患者捐赠的，老人病情严重，经过多次抢救无效去世。其家属遵循遗嘱用老人的积蓄买了这台制氧机，并以袁雅冬的名义捐献给七院。袁雅冬再次读着家属的感谢信，又一次落下泪来。在突发的大疫面前，她恨不得变成三头六臂。

袁雅冬在疫情最严重的武汉，九十多岁的老父亲不知道她在哪里。大年初二，娘家那顿团圆饭，因袁雅冬的武汉行显得无比短暂。爱人生日她不在场，而这个时候正是爱人心梗手术康复期。

我问她："在武汉想家吗？"

袁雅冬说："顾不得想，脑子里整天是病人。"

"我也希望享天伦之乐，但是我得履行我的职责。我就想笑着出征，带着笑胜利回河北，我的自信，也能鼓舞士气。临行时，我收到一条短信，更增加了必胜的信念。"

2020年2月27日，一个陌生的手机号码发来一条短信：

尊敬的袁主任，抗击"非典"时，在所里的马路上，我曾看到你拉着一个白色拉杆箱奔向抗击非典第一线。你淡定从容的微笑仿佛就在昨天。今天，得知你又要带队去武汉抗击新冠病毒的第一线，作为一个曾被你挽救生命、年逾古稀的老人，发自内心地为你点赞，为你骄傲，为你壮行，你是好样的！风云帐下奇"女"在，鼓角灯前老泪多。我眼含热泪，衷心地祝愿你不负使命，不负众望，齐心协力，再立新功！同时，一定要保护好自己，盼望着你平安归来。

——翟晓为

这也是河北同胞的心声。

一张照片上，陈坚笑着，袁雅冬的脸裹在防护面具里。下面是陈坚的题字——"大医袁雅冬教授和我"。陈坚说，要来河北看望袁主任，因为袁主任在他病中情绪低落时答应请他喝老白干。

如今，黄婆婆念念不忘河北的亲人，老人家学会了视频聊天，在视频里认识了隔离服外微笑的袁雅冬，和袁雅冬视频，成为她的开心事。视频里的黄婆婆，皱纹里都漾着笑意。手势加武汉方言，急切切地透着亲近。袁雅冬也是满脸笑意，她对着屏幕里的黄婆婆说："放心吧，我会多吃多睡。等樱花开了去武汉看您。"

陈坚、黄婆婆他们都邀请袁雅冬回武汉看樱花，吃武昌鱼。他们坚信，待来年樱花盛开的时节，袁雅冬主任会再到武汉，和他们拥抱在一起，共同纪念这段与病魔赛跑的日子。这段时间将永远地镶嵌在每个人的生命深处，因为在这无法磨灭的记忆里，大医袁雅冬与我们同在！

单骑女孩的逆行之路

怎么也看不出她就是那个骑行了四天三夜勇敢逆行的『95后』女孩

甘如意：1996年出生，湖北省荆州市公安县斑竹垱镇杨家码头村人，中共预备党员，湖北省武汉市江夏区金口中心卫生院检验科化验员。2020年春节前夕，武汉暴发新冠肺炎疫情，甘如意骑着自行车，四天三夜从公安县返回单位，与同事们并肩抗疫。2020年获评“全国抗击新冠肺炎疫情先进个人”“一线医务人员抗疫巾帼先锋”。2020年9月17日，中央文明办发布2—7月“中国好人榜”，甘如意被评为“敬业奉献好人”。

作者：刘桂英，湖北省作协全委会委员，武汉作协签约作家，江夏区作协副主席。主要创作小说、散文及报告文学，出版长篇人物传记《谭鑫培京剧艺术漫议》。作品发表于《中国作家》《长江文艺》《青年文学》《民族文汇》《长江丛刊》《芳草潮》《湖北日报》等报刊，多次参与《雕塑大武汉》和《武汉印象》丛书创作。

秋意渐浓，白露如霜。纷纷扰扰的庚子年即将进入尾声，伴随着庚子年的一些场景、一些画面、一些声音、一些词语却依然一次次被想起、被打开、被传说。这些记忆中有一个词语，是这个庚子年最美的符号，它连接着一条条通往大城武汉的坎坷道路，记录着一个个奔向大城武汉的坚强身影。它，就是逆行。

出　发

2020年春节前夕，武汉市江夏区金口卫生院范湖分院检验科化验员甘如意刚刚回到公安县的家中，就听到武汉封城的消息。一千多万人口的大武汉突然封城了？这闻所未闻的消息令她顿时心生不安。随即，单位工作群发出了医务人员取消春节休假返岗上班的通知，甘如意开始着急了。正常情况下，她从单位回家都得转几次车，现在各地封城了，怎么返岗？

1月25日，大年初一，眼看着单位领导和同事们都在忙碌，全国各地医务人员紧急驰援武汉，甘如意坐立不安。“我要回武汉！”新年的饭桌上，她对爸妈说。

在乡下生活的父母对武汉新冠肺炎疫情还不够了解，正值春节，爸妈哪里舍得平时难得回家的女儿马上就走？劝她过几天再说。可是，想到科室只有一位五十多岁的老医生连轴工作，想到同事们都在为新冠肺炎疫情冒险奋战，甘如意摇摇头。心系工作，面对满桌子好吃的，她却食不甘味，她的心已经飞走了。

看到女儿小小年纪却很有责任感，朴实的父母既高兴又忧心，转而为她想办法。大年初二，父亲陪着甘如意去办理返汉手续。村里近几年已经有了私家车，可是春节期间，又逢新冠肺炎疫情，谁家不需要用车？谁愿意出远门？没等通行证办好，另一个消息传来：所有去武汉的公共交通全部停运，就连甘如意所在的斑竹垱镇杨家码头村去往县城的主路都只能通行两个轮子的车。甘如意慌忙查询各种交通线路，竟没有一条行得通。

疫情形势一日比一日严峻，甘如意越来越着急。一阵冷风忽地吹开大门，搁在门前树下的自行车引起了甘如意的注意，那是父亲的自行车，平时去地里干活儿，或去镇上买东西，父亲总是骑自行车。她起身走出门外，来到家里放置杂物的小屋，看到了那辆女式自行车，那是自己上学时骑过的，已经锈迹斑斑，灰尘累累。看着它，愁眉不展的甘如意却有了主意。

“我可以骑自行车回单位。”她对正在做饭的母亲说。

“什么？”锅铲翻动的声音让母亲以为自己听错了，“你怎么回去？”

“只能骑自行车。”甘如意说。

陪着女儿办理返岗手续的父亲听到这个主意后没有出声。如果是如意的哥哥，男孩子，他会毫不犹豫地同意儿子克服困难去履行自己的职责，但如意是个女孩子，返岗的路程三百多公里，路上得好几天，天寒地冻，他这个当父亲的哪能放心？可是，还有别的办法吗？北京、上海、辽宁等各地医务人员都在日夜兼程驰援武汉抗疫一线。两年前，如意从湖北省中医药高等专科学校毕业后，通过公开招录，考入武汉市江夏区金口中心卫生院范湖分院，成为一名检验医生。女儿是他的骄傲。作为一名医务人员，她怎能不回到她的岗位？

这个夜晚，一家人都没有睡好，却觉得夜晚特别短。早晨，甘如意起床后，母亲已经为她整理了一大堆东西，不少是她喜欢吃却没来得及吃的。父亲帮她擦干净了自行车，将自己的自行车与她的放在一起。“我送你去县城，看看能不能想到别的办法。”

1月31日，上午10点，从斑竹垱镇通往公安县城的路上，两辆自行车一前一后，时而上坡，时而下坡，时而消失，时而出现，甘如意在父亲的陪同下，踏上了返岗抗疫的单骑逆行之路。踩着嘎嘎作响的破旧自行车，走在寂静无人的乡路上，甘如意心里全是没能站在抗疫一线的愧疚和必须返岗的决心，她没有多想前面将会遇到怎样的困难，更没有想到，这一段行程会使她的青春流光溢彩，成为她人生的新起点。

第一次徒步走过荆州长江大桥

真正的考验是从2月1日开始的。

头一天从家里到县城亲戚家，父亲陪着甘如意骑行了五十公里。平日熙来攘往的县城，春节期间却人迹杳然，父亲的心情更加凝重，对疫情的严重性有了切身的体认。他内心矛盾纠结，前面还有三百多公里未知道路，他的小女儿一个人将会遭遇怎样的困难？到县城后他找过亲戚朋友，却仍然没有更好的办法。看看女儿笃定前行的样子，他知道，这是女儿的使命所在。

甘如意性格内向，知道父亲很担心，却不知如何安慰父亲。2月1日，父亲还想再送女儿一程，她坚决不让。早上8点，告别父亲那双满是心疼的眼睛，甘如意一个人骑着自行车上路了。她不愿父亲太劳累，更不愿给父亲增加风险，自己的路，必须自己走。

从小学三年级起，甘如意就开始骑自行车上学。不论刮风下雨，不管路有多远，身子单薄的她浑身是劲儿，从不叫苦。她知道家里经济困难，珍惜自己的自行车，更珍惜上学读书的每一天。直到离家上大学后，她才不再骑那辆自行车了。岁月流转，她长大了，自行车也旧了，斑斑锈迹仿佛年轮，一层叠着一层，甘如意没有想到，这辆自行车还能动起来，还能陪着自己踏上抗疫之旅。她骑上自行车时，身上那股劲儿又回来了。可是，相对于数十公里的路程，一个女孩子的力气哪里够？加上老旧自行车很不灵便，头一天又骑行了五十公里，甘如意两腿又胀又酸，很快就觉得十分吃力了。

知道路途遥远，骑自行车不能背负太多，甘如意将母亲为自己整理的那些东西都留在了家中，双肩包里只带了几件路上换洗的衣服、一点儿水果和饼干。累了就在路边休息一下，吃点儿东西补充体力。常在网上看到有些驴友徒步或骑自行车长途跋涉，这些见闻让她低估了单骑逆行的困难，她忘了这是百年不遇的疫情期间，走到哪里都是封城封路。当看到沿途车辆稀少、行人罕见时，她才意识到，一个人的骑行是多么突兀。空旷的道路上，前不见车，后不见人，甘如意先是感到孤单落寞，渐渐开始感到害怕，特别是看不到城镇和村庄的路上，一点儿响动都会让她的心咚咚咚地跳。她不敢多休息，只能拼着劲儿奋力往前骑行。身上的衣服湿透了，冷风吹来，前胸后背透心凉，她也不敢停下来。

下午1点，甘如意终于到达荆州长江大桥。然而，等待她的消息竟是桥上已经不能通行自行车。她将自行车寄存到一个副食店里，打电话跟父亲说明情况，一旁的母亲听到了非常担心，让她转头回家算了。此时，她很疲惫。返岗的路走了不到三分之一，前面不知什么情况，她心里开始打鼓。在副食店休息了一阵，吃了点儿东西，渐渐缓过劲儿来。不能半途而废，不管前面的路还有多远，只要一直前行，走一段就会少一段，就会离单位近一点儿。甘如意打起精神，步行上了荆州长江大桥。在荆州读书几年，她对这座古城很熟悉，却从没有徒步走过这座长江大桥。

武汉解封后，金口卫生院院长陈宗勇开车送甘如意回家，经过荆州长江大桥时陈院长特意记录了行车时间，十分钟！十分钟车程，甘如意拖着沉重的双腿，顶着寒冷的江风一步一步走过，接着继续走到市区。当她到达荆州市区时，天已经黑了，往日喧闹的城区冷冷清清，她找不到开门营业的旅馆，手机也已没电了。正在一筹莫展之时，一家关着门的旅馆窗子里透出一缕灯光，她鼓起勇气上去敲门求助。老板听说这个女孩要回单位上班抗疫，帮她多方打听，终于找到一家还能安排她住宿的旅馆。

九个多小时，六十多公里，总算到了荆州。躺在陌生的小旅馆，浑身仿佛散了架，她吃了一碗泡面，却怎么也睡不着。眼看着疫情形势越来越严峻，而她还在路上，照这样骑行下去，哪天才能返岗？天气预报说明天有雨，行程将更加困难。

特别通行证

第二天，甘如意起了个大早，想尽各种办法，都没有车能够出城送她。好在东奔西走，总算往双肩包里添了点儿吃的。

11点了，一辆出租车将她带到中心城区。看到路边停放的共享单车，她让师傅停下来：幸好还有它！那就接着骑行吧！

沿着318国道要骑行七十多公里，才能到达她心目中的下一站——潜江。

连续骑行了两天、一百多公里，她的体力消耗严重，骑车的速度慢下来了。没过多久，细细的雨水落下来。甘如意没有带雨伞雨衣，身上的羽绒服成了她遮风挡雨的工具。伴随着降雨而至的是骤然降温，冷风吹在脸上，如细密的鞭梢抽过，握着车把的双手时冷时热，甘如意知道，这是冻伤的前兆。前两天天气晴朗，路上找个阳光温暖的角落停下来，她能小歇一阵，雨中停下来却觉得雨更大，更难忍受，她只能奋力踩着自行车，她不停地对自己说：“走一段就少一段。走吧，继续骑行！”

一段下坡后是连续上坡，骑到一半，甘如意终于骑不动了，她瘫倒在地上，自行车躺在身边，泪水涌出了眼眶。一个小女孩的脆弱和无助在两天多的长途骑行中再也藏不住了，她哭出了声。雨小了，漫长的道路上只有一个瘦小的身影，四周静得她只能听见自己的哭声。不知过了多久，也许不过七八分钟，甘如意擦干眼泪，拿起手机。疫情信息铺天盖地，物资紧缺，医务人员严重不足。仿佛受到尖锐的刺激，甘如意一骨碌从地上爬起，责任与使命为她沉重的双腿注入了力量，她扶起自行车，翻身而上。

七个多小时后，甘如意在一棵树旁停下来。雨天天黑得早，夜色密密实实地围过来，她有些心慌，一查地图，距离潜江还有十公里。她已经疲惫不堪，上坡路只能推着自行车一步步前行。背包里的水果点心也吃完了，她又累又渴，站住了就迈不动腿。此时，十公里外的潜江仿佛远在天边，但她没有丝毫犹豫，今天无论如何也要到达潜江。

冰凉的冬雨断断续续，身上的衣服湿了又干，干了又湿。有的地方朦朦胧胧，眼前影影绰绰，她借着手机微弱的光亮，壮着胆子决然前进。有时，自行车不知碰上了什么，突然磕磕碰碰，有时掉进路坑，将她狠狠摔在地上。速度已经不是她的要求，她只有一个念头：沿着脚下的路，走到潜江。

九个多小时后，前面灯光闪现，路口站着三四个警察，潜江到了。

那天，潜江卡口的警察们见到了新冠肺炎疫情中他们最难忘的一张通行证，编号：009；通行人员：甘如意；通行事由：到武汉市江夏区金口街中心卫生院上班；车牌号一栏填写的是：自行车。警察们吃惊地瞪大了眼睛，仿佛这个在夜幕中出现的小女孩是个外星来客。

“天哪！你是从公安县骑自行车过来的？”

“就你一个人？路上走了三天？”

甘如意和那辆跟她一样瘦小的自行车震撼了几名男子汉。

警察施虎立即联系了执勤点附近的一家酒店，其他人帮她买来吃的，找来暖水瓶，安排她住下休息。甘如意明显已经很累很累，不能再让她骑自行车回武汉了，好心的警察们开始想办法。

“我回来啦”

按照原来的打算，到达潜江后，甘如意还要继续骑行到仙桃，再从仙桃骑行到达武汉市区，然后出市区，骑行回单位。潜江警察为甘如意找到一辆武汉中心血库回汉的顺路车，她两个多小时就到了武汉。武汉中心血库的师傅要送她到单位，她没答应。抗疫紧张时期，血库的车辆还有更重要的任务。她在汉阳下车，找了一辆共享单车继续骑行，她在车上查过，这是回金口卫生院最近的线路。但因为封城封路，她又走了不少弯路。

2月3日晚上6点多，甘如意终于回到了金口街卫生院范湖分院。她在心里说：武汉，我回来了！奋战在抗疫一线的同事们，我回来了！

顾不上休息的甘如意向领导做了汇报，并在朋友圈发了一条信息，向父母和朋友报平安。

令甘如意没有想到的是，第二天，“95后”女孩单骑逆行四天三夜的消息就上了热搜。白天，她替换已经连续工作多天的肖医生，为发热病人做血液检验，血液样本比平时多出三倍，根本顾不上看手机信息。晚上才知道，她的骑行事迹令无数父母落泪，鼓舞了众多一线抗疫战士。

紧接着，《人民日报》、中央人民广播电台、中央电视台、人民网、新华网、中国青年网、《湖北日报》《长江日报》、湖北卫视、武汉电视台、荆州电视台等国家、省、市级媒体相继报道了她单骑逆行的事迹，各地网友纷纷为她留言点赞。有人给她写信，有人给她送自行车，有人给她所在的单位筹集防疫物资、捐款捐物。甘如意入选中宣部、全国妇联、国家卫健委、中央军委政治工作部联合发布的“一线医务人员抗疫巾帼英雄谱”，荣获2020年全国向上向善好青年（爱岗敬业好青年）、“荆楚时代女性榜——战疫玫瑰”“全国抗击新冠肺炎疫情先进个人”等多项荣誉称号。2020年9月17日，中央文明办发布2月至7月“中国好人榜”，甘如意被评为“敬业奉献好人”。

现在，单骑逆行女孩甘如意已经是一名光荣的预备党员，她知道这是党和国家给予一个“95后”女孩的关心和爱护，更是对她的激励和鞭策。荣誉带给她更多的责任和更强的使命感，她一边努力工作，一边积极参加中央、省、市等各级政府和部门组织的先进事迹报告活动，鼓舞时代青年克服人生路上的各种困难，为理想勇往直前。

梅花香自苦寒来。庚子年这场大疫考验了无数人，给甘如意留下了终生难忘的印记，也成为她人生的新起点。有伟大抗疫精神的指引，她的“自行车”将载着她在人生之路上更加无畏前行。

夜空中最亮的星

『我是武汉人，我爱这座城，我们的城我们自己要坚守……』

华雨辰：1990年出生于湖北武汉，华中师范大学音乐学院硕士研究生，武汉市青山区钢花小学音乐教师。工作中个人业务能力突出，获得武汉市教师五项技能一等奖及相关荣誉。成立校园花儿合唱团，带领学生们先后荣获各类省、市比赛奖项。2020年新冠肺炎疫情防控战役中表现突出，入选“中国网事·感动2020”年度获奖人物、“武汉楷模”、“全国疫情防控最美志愿者”等，被授予武汉青年五四奖章和湖北省五一劳动奖章，被评为“全国最美教师”“抗击新冠肺炎疫情全国三八红旗手”。

作者：刘雯君，湖北省作协会员。在武钢一线宣传部门工作十余年，报告文学《王世贵的世界》等收入《钢铁英雄》一书。先模新闻采写散见于《长江日报》《武汉晚报》等，曾获《长江日报》新闻评选二等奖。2009年开始文学创作，著有百万字，作品入选《湖北省工业题材中短篇小说集》等多部文集，多次获楚天文艺奖和冶金部文学奖以及“华夏杯”散文大赛奖。

一

2020年春夜，武汉青山方舱医院一位白发病患靠在病床前，专注地观看女儿刚用手机发来的合唱视频：“夜空中最亮的星/能否听清/那仰望的人/心底的孤独和叹息　每当我找不到存在的意义/每当我迷失在黑夜里　夜空中最亮的星/请照亮我前行……”老人低声跟唱，眼里噙满泪花。身边有病友好奇地探看，亦在传出的天籁般童音里默然静听……

这首《夜空中最亮的星》在这个春天有了最动人的版本，演唱者是武汉青山区钢花小学花儿合唱团的学生。疫情发生后，合唱团老师华雨辰，一个清丽质朴的“90后”女孩，带着学生们用“云合唱”演绎完成这首歌。孩子们说：“我们要做华老师那样的人，要做夜空中最亮的星，为战胜疫情付出一份努力。”无数个白天和夜晚，花儿合唱团的孩子们和华雨辰老师一起隔空在手机上工作，按声部一遍又一遍试声，收集最好音效，最终在中央广播电视总台阅读之声工作人员帮助下制作合成。

这一刻的武汉，这一刻的所有普通人被孩子们的歌声感动，大家坚守着，汇集成战胜疫情的力量。

二

庚子年大年初一，早上6点半，天几乎还是黑的，华雨辰就悄悄地起床，裹上厚厚的旧棉服，戴上口罩和自拍用框架眼镜，全副武装出门，室外寒风刺骨，天凝地闭。她缩着脖子连续打了几个寒噤，快速钻进车里，用自制盐水擦一遍座椅，疾驰而去。2020年1月23日10时起，所有离汉通道交通关闭。几乎一夜未眠的华雨辰赶在这当口，主动申请加入共青团青山区委招募的免费接送医护人员群，成为志愿者中的一员，开始76天的抗疫之旅。

在此之前，华雨辰原本将在这个春节的大年初二，带着她的花儿合唱团二十余名学生，在维也纳金色大厅参加一场世界青少年艺术节比赛。执教八年来，她个人业务能力突出，曾获得武汉市教师五项技能一等奖及相关荣誉。工作中她逐渐形成独特教学风格，成立了校园花儿合唱团，先后荣获各类省、市比赛奖项。因为要准备孩子们的出国事宜，华雨辰早早地关注了外界新闻，得到很多关于新型冠状病毒肺炎官方的准确信息，及时与主办方协商取消出国比赛计划。

华雨辰敏锐地发现戴口罩极为重要，第一时间义务为亲戚朋友、街坊邻居购买防护口罩和消毒用品。23日在跑药店各处购买医护用品失望而返时，华雨辰看到青山区友谊大道、吉林街均有人戴着深蓝色防护帽踽踽独行，想要上前问询又觉唐突，转而离开。她后来看新闻得知，街边徒步而行的是因交通暂停，步行去医院的医护人员。

进入驾驶志愿者群后，华雨辰才知道早已有一批人24小时抢单免费接送医护人员，更令她意外的是志愿者们热情极高，群里接送单一定是要靠“抢”的，否则迅速消化，根本接不到任务。终于抢到第一单，华雨辰带着紧张、兴奋，行驶在寒冬的清晨，跟着导航向仁和路花样年花郡小区驶去，到达目的地，迅速关好车窗，打开车暖气。

一会儿，一个戴着蓝帽子、白口罩，裹着羽绒服的女医护挥挥手走上车，华雨辰礼貌地说了声：“你好，是去九医院对吧？”坐定的人没有回话，侧身点头，车内气氛有些凝重。她听见她在吸鼻子，暗自揣度上车的人是不是感冒了，或者……她不愿深想，轻踩油门缓缓起步，车开动起来，感觉吸鼻子声停止了，她才低声问：“你是不太舒服吗？”停顿了好久，没有应答。她在红绿灯街口踩下刹车等待时，转头看去，发现车里的人眉目清秀、轮廓俊美，眼里似乎有水雾闪动。那女医护带着鼻音开口答："没有，刚刚和我妈争执两句，她说我太小才20岁，刚工作没经验，劝我辞职……"女孩似乎说不下去，又在吸鼻子。为缓和气氛，华雨辰再次轻声问："医院里还好吧，你在哪个科室工作呢？"没想到对方传出的声音低沉嘶哑，带着哭腔："我在重症监护室，我们那里太惨了，病人、医生一个一个……"华雨辰感觉自己的心"咯噔"一下，似乎被人拽入深井，不断地下沉下沉，落不到底。连日来的各种信息得到验证，那些极力想逃避，宁愿不相信的事情，似乎已坐实。她感觉周身发冷，胃部痉挛，心里有个声音不停地告诉自己这时不能冷场，一定要说点儿什么，可脑袋一片空白，从牙缝里挤出两个字："那你……"女孩垂下头说："我是武汉伢，我不能离开……其实心里还是好害怕……"她不禁想到，她还是个孩子。眼泪在华雨辰眼眶打转，极力忍回去，佯装无畏，镇定地对女孩说："没事的，会过去的，有我们志愿者支持你们，我们一直都在，我们是你们坚强的后盾……"华雨辰极力将自己的声音调整到最饱满状态，尽力挺直腰背，不让自己做出任何不合宜的身体动作，以免女孩误读。口罩是个好东西，能遮挡她瞬间的犹疑和恐惧，掩饰她的不安和慌张。女孩轻微地点点头，她心里闪过一丝悲壮，为那女孩的勇敢。

下车时，女孩转过头说："太抱歉了，我没法按照群里的要求给你提供口罩和酒精，因为目前医院这些物资很紧张……"华雨辰含着泪摆摆手，又点点头，实在说不出一句话。她静静地看着女孩走远，然后打开四面车窗，消散车内空气，准备接送下一个医护。她踩油门向更凛冽的寒风中冲去，风透过口罩、围巾、棉衣钻入身体，很快全身冻得僵硬，可她分明感受到咽入喉管里的那一股酸涩的热流蔓延到心口，它在燃烧。

华雨辰在朋友圈和微博写下：“我是武汉人，我爱这座城，我们的城我们自己守。”这个挚爱自己家乡的女孩，说出一群武汉伢的心声。

三

华雨辰有个无法和爸妈分享的小秘密。她是一名志愿者，一颗坚守在志愿者岗位的“螺丝钉”，她要用行动保卫自己的城市度过危机。这个秘密暂时不能告诉爸妈，她有自己的考量——不想让爸妈为自己担心，更害怕他们因为爱，反对她的行动。然而，这个决定令华雨辰无比难过。小时候妈妈对她要求很严格，进入大学后，妈妈为帮她完成小时候的愿望，陪她一起养狗，两人还一起帮助安置了许多流浪狗。母女关系好得跟闺密一样，遇事双方从不强求，只给建议。妈妈像和煦的微风，让她的世界温润美好。爸爸一向慈爱，那一年为了支持她受邀约在东湖宾馆参加的“和平颂　中国梦”演出活动，爸爸欣然答应她，发挥退休老教师余热去做评委。前年在园林路美地家园门口，爸爸和她一起救助突然摔倒在路边的老太太，却被当事人冤枉，靠公安监控视频才还以清白。波折过后，爸爸呵呵笑着，竖起大拇指，说她是好样的。爸爸让她的世界总是呈现明丽的色彩。有这样的父母何其幸运和满足，这一刻华雨辰却愈发痛苦，她怕因自己一时逞强，将爸妈推入某个深渊。

起初，一早抢三单，基本完成接送任务，华雨辰偷摸着进家门时不到上午9点，爸妈还躺在床上关注疫情刷手机。家里静悄悄，谁也不知道她的异常行动。密切关注她并首先发现问题的是狗狗“黑妹”，推开家门的一瞬间“黑妹”已摇着尾巴热切地守在门口，她向它挥手，同时将手放在嘴巴上做出“嘘”的动作，“黑妹”会意，扑上前在她身上蹭几下，默默看着她，乖乖地没发出一丝声响。她赞许地想要去摸它的头，又猛地缩回手，慌忙去找酒精，喷了自己一身，也喷了“黑妹”一身。

随后华雨辰兼职加入二七桥、北湖收费站的测温行列、物资搬运行列，进入武钢体育中心青山方舱播音组……一整天都在外边忙碌地工作。为了不让爸妈产生疑虑，她拿出在二七桥道口值守测温排班表，抹去排头，将工作时间给妈妈看，说是单位值班表，妈妈不解：“学校怎么会天天安排你值班，这频率也太高了吧？”华雨辰说：“外地老师回老家，本地的交通不便，我这样的本地年轻人单身，又有私家车，在疫情特殊时期当然需要多值班咯。”妈妈点头。华雨辰回到卧室，把头埋进被子里流泪。

这以后，华雨辰每天回家几乎都过了23点，站在家门口，总是犹豫很久，挣扎很久，似乎需要鼓足吃奶的力气才能推开那扇门。门里有爸妈的笑脸，热好的饭菜，煨好的鸡汤……那时物资紧缺，好吃的有营养的食品，爸妈总是省下来给她吃。进门后，她需要快速消毒，进洗浴间换洗，扒完碗里的汤饭，冲进自己卧房。她要求自己不说一句话，一气呵成完成全部动作。这中间她必须躲过爸妈试图抚拍她肩背的那只手；躲过“黑妹”想要入怀，或是企图凑上前“蹭”一下的动作，还有它可怜巴巴委屈地仰望着她的眼神；躲过自己克制不住随时会出现的泪崩。回到卧房“嘭”地关门，她知道身后有父母一脸的不知所措，痴痴盯着门久看的疑惑……这时才能卸下所有伪装，隔着门向外面的人深深鞠躬，哽咽地说：“对不起！对不起！对不起！”

华雨辰想告诉亲爱的爸妈，自己正在做的所有事情：如，在二七桥上测温时拦下一辆卡车，发现司机体温是37.8℃，为谨慎起见，让他打开车窗休息一下继续测温，体温是38.2℃，看过证件司机是个新疆人。她立刻打电话向组长汇报，新疆汉子一言不发从驾驶室拿出医院诊断书，上面显示双肺磨毛，疑似新型冠状病毒肺炎。这是她第一次这么近距离接触到新冠病毒肺炎病人，紧张极了，心在狂跳，接过诊断书的手有点儿抖。她努力克制自己的情绪，转头看见那人烧得红扑扑无助的脸，深吸一口气，大声对那汉子说："没事的，我们帮你联系医院，一定会治好的。"这个时间节点，正是医院资源不足，城市面对疫情猝不及防时期，病患无助。她的回复，让那汉子满眼含泪，就势靠在车边瘫软下去……她和志愿者小伙伴们经过一番努力，找来救护车安置病人。

华雨辰站在桥头看滚滚长江和岸边万家灯火，百感交集，涌入心底的欣慰和忧惧多么想对爸妈说呀。

华雨辰还想告诉爸妈：自己最好的闺密，听说志愿者测温队里有人生病不能到岗，立即从武昌开车赶到二七桥道口补缺。两个好朋友在工作间隙，跳起可爱的企鹅舞。大家说她们是志愿者队伍里最美的姐妹花。她觉得有一种力量驱使着自己，是志愿者小伙伴们一个比一个拼命的状态，还有那些付出生命已然离开的身影……给她的是必须坚持的勇气。

华雨辰多么想让爸妈知道，历经疫情自己得到的这份洗礼呀。

四

2020年2月5日《光明日报》一则专题报道《我的武汉，我来守护！》刷屏了微博、微信朋友圈，华雨辰事迹及志愿者照片公开，她终于向爸妈坦白。妈妈瘫坐在沙发上，声音嘶哑带着哭腔说："你胆子真大，这么大的事情不和家里商量，难道你不知道外面多危险！难道你不害怕吗？妈只有你这一个孩子啊！"华雨辰脸涨得通红，身体禁不住地抖动，她一点点蹭到妈妈身边，轻轻抚摩着妈妈的背说："我当然害怕，可我是土生土长的武汉伢，我更害怕在这个时候我什么都没做。”爸爸在客厅来回走动，不停地搓着手，声音有些颤抖地说：“能不能由爸爸代替你去当志愿者，你休息几天。”华雨辰含泪摇头。爸爸又将手撑在额头上，喉结不停地上下游动，极力放慢语速：“那以后爸爸陪你一起去，爸爸就是想去看看你的工作环境。”她依旧摇头，带着哭腔说：“那里很危险，你们属于高危人群，不要出门才安全。”爸爸语塞，一屁股坐在地上，将手放在惶然张望的“黑妹”头上不停抚摩。

接连几日，家里处在僵持状态。华雨辰依旧每天出门，爸妈整天沉默，三个人的家，孤岛般寂然。

媒体时代，华雨辰做志愿者的消息很快传开，小区邻居、周边朋友联系华雨辰爸妈，为他们有这样的女儿点赞、加油。而华雨辰的手机被家里亲戚打爆，全是责问和声讨，认为她在外表现，不顾父母的安危。她的世界突然吵嚷不堪，被各种声音充塞。她很无助，原本不想让爸妈担心，却还是让他们揪心。华雨辰知道，这关乎这世界上最爱自己的两个人的感受，在他们的呵护下一路成长，才有今天的自己。

那夜，华雨辰在客厅阳台呆立，仰望长空，让冬日的寒流掠过额头，寻找黑夜中那颗躲入云层里的星……她听见房间里传出爸爸跟着视频一起唱《让世界充满爱》的低沉的声音飘出窗口，向更远处飞散，一阵鼻酸。妈妈拿着手机跟家里的亲戚们视频通话，对方一通安慰和劝解后，她听见妈妈对着视频说：“嗨，如今孩子大了，我们管不动了。毕竟，这么大的疫情发生，总得有人站出来，事情总得有人做呢！有危险我们也认了……”瞬间，华雨辰泪崩，封冻在胸口的无助和郁结，化为满面泪水，顺着脖颈浸湿衣襟，她仿佛看见那颗最亮的星跳出夜空的阴霾在眼前闪耀。

新一天，华雨辰穿上志愿者的绿马甲，戴上小红帽出门了，身后是爸妈和“黑妹”的目送。3月17日，她在朋友圈发图，后面附文：“脏兮兮到处开线的志愿服，老爹帮我洗香香，妈咪帮我缝补好，穿上感觉很幸福。”

武汉将重启时，华雨辰为在青山方舱并肩“战斗”过的河南驰援医疗队送行，却收获到一份意外的喜悦。医疗队小魏和小申特别找到她说，感谢她在青山方舱的播音，陪伴所有工作人员度过无数个晨昏，因为医护人员进舱是不允许带手机的，她的声音成为他们的精神慰藉，不仅给了病人也给了医护人员。华雨辰说，疫情以来看见救援的医护人员一批批聚入武汉，驰援武汉运送物资的大货车一辆辆赶来……只想大声说一句：“我们的城，谢谢你们跟我们一起守。”

坚守生命的最后一道防线

『回家』是这个春天最美的词汇。而所有的努力，都是在奔向团圆

钟小锋：武汉市肺科医院重症医学科护士长。作为武汉市第一批新冠肺炎定点医院ICU的护理负责人，疫情发生后，她在医院ICU坚守了102天。ICU是抢救病人生命的最后一道防线，在疫情防控期间，钟小锋和她的团队日夜坚守，奋战在抗疫一线，抚慰、帮助、尊重，以仁心驱散病痛疾苦。在"疫情大考"面前，她把医务人员和护理工作者的初心落在行动上，把使命扛在肩膀上，带领科室成员，用心、用情、用功地书写了属于ICU护理工作者的特殊答卷。

作者：匡芳，湖北省作协会员，武汉市作协第十届签约作家。作品以散文为主，兼及短篇小说、诗歌、报告文学等。2008年出版散文集《一程山水一程歌》。在多种文学刊物和纸媒副刊上发表作品近五十万字。获得过中宣部、武汉电视台、武汉市直机关工委、武汉市纪委监察局、神农架宣传部、陕西省作协、泸州市文联和新浪网、凤凰网、长江网等各级各类征文奖项。

致敬了不起的她

所谓勇气，并非无所畏惧，而是即便内心恐惧，依然选择直面。在抗击新冠肺炎疫情这场战役里，关于勇气的故事已经被讲述了很多，但是我们依然愿意继续讲述，因为这是对英雄们应有的尊重。

——题记

一

4月11日，武汉市肺科医院ICU，最后3名新冠肺炎危重症患者核酸检测转阴。至此，肺科医院ICU实现新冠肺炎患者清零。4月13日，该ICU正式更名为过渡病区。

截至当日，41岁的武汉市肺科医院ICU护士长钟小锋已经在病房连续作战102天。

武汉市肺科医院从1月3日开始收治第一例新冠肺炎危重病人，是最早接收患者的定点医院之一。钟小锋所在的ICU专门收治极危重症患者，这些患者中，有普通市民，也有别院转过来的被感染的医护，新冠病毒的狰狞面目，在这里展现得尤为彻底。

这里，就是医护人员与死神拉锯的赛场。

疫情袭来之时，平日个子不高、身材纤弱、语音轻柔的钟小锋，秒变刚毅女战士，展现出了临危不乱的冷静和坚定。她毫不犹豫率队冲上战场，为争分夺秒救治患者，她将女儿送回老家，自己搬到医院住下。在100多天的时间里，她吃住都在医院，只在3月8日出席国务院新闻办公室的发布会时才走出院门。也是在那一天走到院外，她才发现，原来武汉街头的花已经开了，不知不觉间，武汉的春天已经悄悄地来了。

二

很多人都会铭记庚子年的春天，钟小锋更是铭刻在心。

这是一个特殊的春天，有艰难，更有希望。身处非常时期，作为医务工作者的钟小锋更多了一些体会，感怀过多个春天，从来没有像今春这般期待过花开。

回望那段饱含艰辛和困苦、噩梦一样的历程，钟小锋用了“不可思议”这个词。

元旦期间，武汉市肺科医院与金银潭医院成为首批两家定点医院，专门收治“不明原因肺炎”患者，那时，还没有“新冠肺炎”这个名词。武汉市肺科医院ICU收治第一例患者，是1月5日晚上9点的事情。

钟小锋回忆，1月4日科主任胡明给大家开了一个会，要求做好收治“不明原因肺炎”患者的准备，并要求医护人员在进入病房时做好三级防护。

那是医院最高等级的防护，达到了为呼吸道传染病做手术的级别。当时，科室里的医生和护士很多都没有使用过这种防护。他们本来预计用3天的时间为收治病人做准备，没想到，第二天晚上就来了第一个病人。

武汉市肺科医院是一所专科医院，尽管科室往常收治的重症结核患者传染性也很高，但因为领导对疫情的审慎预判，接到指令后，医务人员的防护骤然升级。以往护理人员进病房只需戴N95口罩和一层外科手套，后来医护人员工作时都开始穿防护服，戴护目镜和鞋套。因为穿上防护服极不利于护理操作的开展，对于体力的消耗也非常大，加上不能吃、不能喝、没法上厕所，当时很多人都穿了纸尿裤，以防万一。

武汉封城之后，事态变得严重，一个个坏消息袭来，感染人数不断攀升，这些不断攀升的数字像一块块巨石投进原本应该普天同庆的春节中，掀起滔天巨浪，荡涤着节日的氛围。

疫情来袭，钟小锋没有时间去害怕，只是觉得需要考虑得更多、更细致。她想的只是要带领团队成员做好防护、合理运转，一起为患者提供更专业的护理，一起战胜疾病。

三

新冠肺炎没有特效药，只能进行对症治疗。与普通病房相比，ICU拥有高流量吸氧、CRRT（连续肾脏替代疗法）、ECMO（体外膜肺）等更高等级的治疗手段，也因此成为很多危重病人最后的希望。

ECMO的原理，是将体内的静脉血引出体外，经过特殊材质人工心肺旁路氧合后注入病人动脉或静脉系统，起到部分心肺功能的替代作用。ECMO兼具心脏和肺脏“血泵”和“氧合”两种功能。所以人们说，ICU是抢救病人生命的最后一道防线。

在武汉市肺科医院ICU，最多的时候有7名重症患者依靠ECMO与死神战斗。一个ICU，同时有7台ECMO在运行，这个数量居全国第一。在肺科医院抗击新冠肺炎疫情的战役里，这7台ECMO发挥了重要作用，被临床医生形容为救治新冠肺炎危重症患者的“最后法宝”。

从医学上来说，ECMO的使用数量越多，表明危重患者越多。作为守护危重患者生命最后屏障的ECMO，使用和护理都需要高精专的医护人员，按照一名医护人员一天工作8小时计算，一台ECMO的使用和护理一天需要4名医生、12名护士，7台就需要28名医生、84名护士。所以，在疫情初期，武汉市肺科医院ICU医护人员数严重不足，大家都是搏命在战斗。

春节前后是疫情暴发期，也是科室最忙的时候，太多太多工作要做，太多太多病人在期盼着能够找到病床并且接受治疗。当时其他省市的支援力量还没到，只能靠钟小锋和同事们连轴转。伴随疫情蔓延，医院医护力量严重不足，钟小锋24小时守在医院，随时待命。病人救治、护理接诊、指挥调度……她每天连轴转，电话不停、事情不断。

在武汉市肺科医院ICU病区，共有22名护士，其中18名是女孩子，最小的才19岁。正常情况下，科室的工作模式是“三班倒”，但因为急危重症病人的骤然增多，只好改成“四班倒”，值班的频次增加了，休息的时间却缩短了，大家都面临着巨大的挑战，连轴转的压力让有的护士累到虚脱。在春节前后那段最危险、最困难的时期里，22名护士24小时不出舱，大家基本都睡在科室里。虽然当时的排班是每班8小时，但因危重患者多，人手紧张，几乎每个人每天的工作时间都超过10小时，困了、累了就稍微打个盹儿，一出状况就冲回病房。

在钟小锋眼里，这些年轻的护士都像孩子一样需要保护。进入病区前，她一遍遍重复院感要求，从病区出来后，她还要操心每个孩子的吃饭、营养、休息，确保她们的身体状况。但其实，她眼里的“孩子们”，已经在她的指引和呵护下悄悄长大。有这样一件小事，让钟小锋记忆犹新。某天，一名年轻护士从病房里脱了防护服出来，衣服全湿透了，她一出门就蹲在地上哭了起来。钟小锋以为她有什么不舒服，马上去安慰她。结果那个小护士说：“护士长，没事。我护理了一个多月的患者刚刚有意识了，我跟他说话，他流泪了。我觉得我所有的辛苦、所有的付出，都值得了。”

疫情让人的心灵更柔软、更易感，也让钟小锋的团队更有战斗力和凝聚力。疫情发生之前，大家都是把各自手上事情做完后就到点下班了，但是疫情发生以来，小组里的成员哪怕第一个出病房门，也一定会等着后面的护士一个一个出来，看着对方安全顺利结束工作才心安。

四

在武汉市肺科医院，对危重症患者的治疗大多数都要经历四个过程，首先是上呼吸机，到他们那里的患者几乎都要上有创呼吸机；如果上了呼吸机肺功能没有明显改善，则需要做俯卧位通气，改善肺功能；如果有心肾功能衰竭的患者则需要做“血液滤过”；最后如果所有方法都用上了，患者的氧合功能还没有改善就需要用上ECMO，有时还要用到“人工肝”。

由于没有家属陪护，ICU的病人吃喝拉撒都需要护士照顾。起初接收症状相对较轻的患者，大部分还可以进食，但基本上吃两口就不耐受了，气喘不上来，一顿饭吃上一两个小时都是常态。到了后期，科室里的患者均病情较重，100%要用有创呼吸机，ECMO使用率也高达50%。

这几个数字描述了武汉市肺科医院ICU里的工作强度和难度：100%患者在有创插管，70%患者使用俯卧位通气治疗，50%患者使用血滤，50%患者用上了ECMO。

疫情防控的战场，既是淬炼战斗本领的熔炉，也是检验使命担当的考场。疫情初期，这里承担了武汉市最重的一批又一批新冠肺炎患者的救治。对于危重症患者的救治，需要医生和护士花费大量的精力和体力在病人的床边。比如，给病人做俯卧位通气，就是把一些躺着的患者肺里面的痰清理出去，护士要帮他翻过来趴着，每个小时都要查看一次。原本挪动一次就不容易，男护士都要用全身力气才能搬动，更不用说戴着呼吸机，拖着氧气瓶了。如果在以前，可以有俯卧位床将病人滑过去，但疫情时只能靠医生和护士将病人慢慢翻过去，病人身上插有很多管子，他们的动作需要格外谨慎和小心。当病人俯卧位趴上一段时间后，他们又要将病人再原样翻过来。这样的工作，有时每个病人都要重复。

不仅如此，护士们每天上午会几个人合力帮病人从头到脚仔细擦洗一遍，每个星期帮他们洗一次头，后来还会帮他们修剪头发。

照顾ICU病人是三分治疗，七分护理，护理在重症病区显得尤为重要。护理查房、抢救、日常护理，科室所有人每天超负荷运转，每天面对的都是生死考验。

这里，有呼吸机嗞嗞的通气声；

这里，有监护仪传出的嘀嘀的心跳声；

这里，有痛苦呻吟、时刻面临死亡威胁的病人；

这里，更有关心呵护、不断点燃生命希望的天使……

五

ICU病区是直面生死的地方，工作危险性和强度都要高于普通病区。因此，在ICU护理工作中要格外注重技术培训和操作实战的配合度。一些高难度的操作，例如血浆置换、ECMO维护等，钟小锋会自己带头上。而很多其他工作，如患者抢救、转运、翻身，甚至清理垃圾等，都需要大家配合来完成。每一个环节和操作都关系着患者的治疗成败，不能有丝毫马虎。

危症患者的病情可能瞬息万变，护理团队除了遵循医嘱进行护理，还要时时关注患者的病情变化。钟小锋叮嘱护理团队，每一位使用呼吸机的患者都要每小时巡查一次，判断病情；对床边血透患者，要时时到床边观察；有特别危重的患者，要每小时向她汇报一次血氧等监测数据。

但相比之下，抢救才是最平常、最惊险的环节。危重症患者心率下降、氧合降低的情况，几乎每天都会发生。病人一旦出现异常，护士和医生第一时间就冲过去了，一分一秒都不能耽搁。

在钟小锋的手机里存下了许许多多的工作照，照片里的同事们无一例外全都穿着白色的防护服，戴着口罩、帽子和护目镜。

1月9日晚，钟小锋在转送病人的过道里随手拍下的一张ICU工作照，经媒体报道后，让无数网友泪湿眼底——在狭长昏暗的走廊里，两名医生推着病床匆匆向前，只留给镜头两个模糊的背影。这张“最美逆行者”的照片很快走红网络，被著名歌手林俊杰看到并产生灵感，创作了一首战“疫”歌曲《和你在一起》。得知这个消息后，钟小锋和身边的同事都特别感动和振奋。因为社会的重视和支持，钟小锋带着这支经过严格训练和打磨、极具战斗力的队伍，带着使命，带着感动，一路与疫情抗争到底。

ICU是生命最后一道防线，必须分秒必争，不能有丝毫懈怠。钟小锋所在科室收治的患者进来时基本都无意识，没法交流。人在病床上会格外无助，经过护理人员的努力，患者有时一个感激的眼神、一个简单的动作，就会让他们很有成就感，也更有信心去继续战斗。

3月初，天空放晴，钟小锋把窗户边的一位患者的床给摇了起来，想让他晒一下太阳。她看到这位患者的嘴角动了一下，似乎向她做出了回应。

这是ICU里少见的“生气”。绝大多数时间，ICU里的患者都插着管子，静静地躺在那里。

那一刻，钟小锋的心里无比欣慰。

那一刻，在阳光的驱逐下，冬天终于止住了脚步。一如心绪的更迭，由冷至暖，由暗到明。

六

在疫情最艰难的时候，舍小家为大家不再是一句空话，而是切切实实的付出和行动。

钟小锋的爱人祖籍江西，他们原来的家庭计划是春节时全家一起回江西，因为爱人那边过年的时候有一个很重要的祭祀活动，是必须参加的，半年前家人就和她约定好了。

但谁也没有想到，这个春节，新冠肺炎病毒赶在了春节之前到来，赶走了所有的欢乐与祥和，也打破了钟小锋原定的春节计划。

疫情之下，使命在召唤。钟小锋和她的团队在一线日夜坚守，顾不上家中年迈的父母、年幼的儿女，却没有任何怨言。她说："穿上了这身白大褂，这是我们的使命和职责。"而她那些日子最大的心愿，就是平平安安地送每一位患者出院，让科室里的小伙伴能够平平安安地回家，也希望早日战胜疫情，看到自己的城市恢复以前的热闹。再就是期待疫情早日结束，能够回家拥抱一下久违的家人和可爱的女儿。

在生命的最后一道防线前，她只战不退。年逾不惑的她身兼多重身份，女儿、妻子、母亲都是她，护士、医者和战士更是她。

在这种危急的时刻，家人给予了她充分的理解和精神上的巨大支持。"疫情不可预料，我们肯定担心，但这是她的工作，我们必须支持。"钟小锋的姐姐说。在老家的父母一直很担心她的身体，但是为了让女儿安心工作，他们尽量不打扰她，每天都只是微信留言。在疫情期间，关心和牵挂着她的家人、亲戚和同学经常给她发消息，而对于忙碌中的钟小锋而言，很多天都是穿着防护服在结束所有的工作后才想起，一天下来竟连一杯水都没喝完，拿起手机才想起家人的微信竟一直未回。

于是，钟小锋的姐姐和她有了一个暖心的约定——姐姐每天给她发一个红包，她只要在每天的忙碌间隙点一下就行，家人以此推断她是否一切都好。而对于同学和朋友，她回复最多的就是一朵玫瑰花，表示她很平安。

“愿君珍重”是彼时最真挚的期许，那些问候和牵挂她都一一记在心里，那是她勇敢前行最大的支撑和力量。

“回家”，是这个春天最美的词汇。而所有的努力，都是在奔向团圆。

七

尽管坚守辛苦，但来自外界的支援源源不断地到来给了他们信心和守护的力量。有一天，后勤部的工作人员搬来了企业捐赠的爱心面包，纸箱上印着一行小字——“面包会有的”，钟小锋把面包都搬进了护士们的休息室，让这些面包带给护士们鼓励和温暖。

不过最让钟小锋开心的是不断前来支援的医护工作者的到来，这其中有她崇拜已久的大教授，也有远道而来的护理团队的小姑娘。1月24日，北京的杜斌教授和邱海波教授来到了武汉市肺科医院，这让她觉得分外激动。因为这是业内赫赫有名的专家，平时听他们讲课挤都挤不进去。当她看到两位教授凌晨时分就来到她所在的科室，蹲在地上检查设备的管路时，当她看到教授们因为劳累腰都伸不直时，她的心里充满感动。那一刻，她最真实的想法是：“人家外省的大教授都不惧危险来到武汉支援我们，自己作为本地的医务人员更加不能懈怠。”

随着各地援助武汉医疗队的不断加入，钟小锋和同事们有了更多的帮手，钟小锋的护士团队从22人变成了57人，护士们已经能够完整地休息24小时。大家互相学习，共同制定救治危重症患者的护理方案，也在并肩作战的日子里，结下了深厚的情谊。

武汉市肺科医院ICU在这场战“疫”中创造了多个纪录，比如“ICU后14天的死亡率”全市最低，ECMO上机率最高，血液滤过使用率最高，俯卧位通气使用最早，纤支镜灌洗使用率最高等。这一切是医疗团队的功劳，也离不开钟小锋和她所在的ICU护理团队的辛苦付出。

“有时是治愈，常常是安慰。”在钟小锋眼中，关心病人心理状态和护理他们的身体同样重要。3月底，一名患者病情迅速恶化，心情抑郁、厌食失眠。钟小锋和其他省份的护理同事多次进行病案讨论，制定个性化护理方案，同她谈心、为她打气。20多天后，患者病情逐步好转，最终康复出院。“每次的步骤都是正确的，要是哪一步错了，患者可能就救不回来了。”安徽援汉医疗队员感叹。

抚慰、帮助、尊重，以仁心驱散病痛疾苦。在ICU坚守的日子里，那些危重病例的数字在钟小锋眼里不仅仅是数字，而是一个个鲜活的生命。彼时，她最高兴的就是那些从病毒手中挣脱的人痊愈出院，迎来新生。那一个个病人出院时激动的神情，和家人拥抱时忍不住的泪水，记下他们防护服上名字的感激，紧紧握住他们双手时的颤抖，所有细节都让她知道，一切付出都是值得的。

八

钟小锋2004年开始在ICU工作，16年的工作经历，让她对重症监护室的护理流程日臻熟练，更对护理工作有了全新的认识。在很多人眼里，护理工作是琐碎辛苦的，但在她看来，护理的手段和治疗的方式不一样，病人的预后和病情的转归很可能就会不同，让病人从痛苦悲观变得开心，让病人恢复健康痊愈出院是一件非常有成就感和令她感到自豪的事。

在从事ICU工作的16年时间里，钟小锋一直以高度的责任感和精湛的技术在自己平凡的岗位上为患者为医院尽心尽力地忙碌着、默默无闻地奉献着，并用自己的过硬技术和崇高人格赢得病人的信赖，令同事敬服。这次疫情期间她更是身先士卒，勤勉认真地带头做好病房的管理工作和日常的护理工作。从“初出茅庐”到“中流砥柱”，她始终站在守护生命的第一线。

因为钟小锋疫情期间的杰出表现，2020年3月，她被授予“全国卫生健康系统新冠肺炎疫情防控工作先进个人”称号。2020年3月8日，钟小锋荣登“武汉抗疫巾帼英雄榜”，一串串艰难走过的足迹记载着她所付出的辛劳、勇毅、隐忍和汗水。一次次地审视她所走过的脚印，才觉得生命的丰盈其实也是一种把繁重的工作和清贫的生活紧密结合的美丽，她以任劳任怨的工作态度和默默无闻的奉献精神，将那份对工作倾心和认真的态度融入“护理”这样一项把欢乐和痛苦紧紧扭结在一起的事业……

来路艰辛已踏过，前路虽长但可期。历史必将铭记这个冬春，因为愈挫愈勇的斗志，因为生生不息的希望。

是怎样的力量让这场抗击病毒的战役，最终有了让人振奋的结果？答曰：人民至上、生命至上，同德同心、医者仁心。

那些让人眼湿、心热的故事，无须刻意铺写，人格的力量和精神的光芒已是大手笔。而今阴霾散去，疫情防控已经取得了阶段性胜利，在恢复正常秩序的ICU内，钟小锋和同事们又踏上了新征程。穿着具有行业特征和蕴含特殊意义的工作服，戴着洁白如雪的护冠，她来回于方寸之地，忙碌于病榻之间，与病人朝夕相处，与康复终身为伴。时光如水，当青春年华渐逝，当丽质红颜褪去，她依然无怨无悔。正是由于这个世界上有像她一样的许多天使飞翔在许多角落的许多日子里，不改初衷、贞守信念地艰难前行，为人们驱走病魔，送去健康，这个世界才会显得真实可爱和充满希望！

战『疫』之花情暖社区

用柔弱的双肩支撑起社区布满雾霾的天空，用伤残的『钢』腿踩出一条暖透居民心窝的路

王琼：1983年出生，中共党员。2005年参加社区工作，现任武汉市江汉区满春街中大社区党委书记、社区主任。2016年获得“江汉区优秀义务妈妈”称号，2017年被评为“江汉区建功立业女明星”，2019年被评为“武汉市关心下一代工作先进工作者”，2020年获得“抗击新冠肺炎疫情全国三八红旗手”“城乡社区抗疫巾帼先锋”“武汉市抗疫巾帼英雄”荣誉称号。

作者：李燕，笔名幽兰生馨，湖北省作协会员，湖北省第五届青年作家高研班学员，曾任《安徽文学》年度诗选副主编，《荆楚报告》总编室主任，现任《问津文艺》编辑。发表数百首（篇）诗歌、诗评、散文、报告文学，共计上百万字。

“生活赋予我们一种巨大的和无限高贵的礼品，这就是青春：充满着力量，充满着期待、志愿，充满着求知和斗争的志向，充满着希望、信心的青春。”在中大社区门口初见笑容可掬的党委书记王琼，瞬间被这个“80后”浑身上下散发出来的青春活力所感染，让我突然想起奥斯特洛夫斯基这句经典语录。在战“疫”期间，王琼用柔弱的双肩顽强地支撑起中大社区上方那片布满雾霾的天空，用疼痛的“钢”腿踩出一条暖透居民心窝的路，用坚强的意志有力诠释了一个共产党人的责任和担当。

直面矛盾解焦虑

我们的车顺着导航进了一条小巷子里，巷子两边纷纷而来的板车、摩托车、自行车或后退或被推到人行道上，有条不紊地避让着。下车，看到商贩们忙忙碌碌的身影，完全忘记了刚才错车时的恐惧，心里掠过一阵喜悦。看来复工复产之后，这里的生意已经回暖，恢复了往日的热闹。

正当我在社区门口拍照时，王琼气喘吁吁地小跑而来，脸颊上飘着两朵红云。她弓着腰，一只手搭在右腿上，不停地来回揉捏着。“不好意思，刚刚楼上一个居民家里着了火，紧急处理耽误时间了。”王琼脸上透出一丝歉意。

也难怪——中大社区虽地处繁华商业圈，但20世纪40年代初建成的老房子已然成为“老古董”，而拥有3112户、6131人的社区，人口密度大，是个不折不扣的老社区。虽没有山山水水、花花草草极为养眼的自然景观，也没有设计装修精美鹤立鸡群的高楼矗立，扑面而来的却是街市车水马龙喧嚣不止的商业氛围。

眼前这个又老又丑的社区就像个鸽子笼，从1月23日武汉封城，到4月

8日解封，发生了怎样的故事呢？

“为什么不让我们出去？我晓得，是缺德的社区领导把我们关进了牢房。我要见领导！”在社区门口的值班卡点，一位50岁左右的男性居民正在破口大骂。王琼赶来，温和地说：“您好，我就是社区书记。来，给您口罩，请先戴上。”男子不耐烦地推开她的手：“戴什么戴？新冠病毒有那么吓人吗？搞得神经兮兮的，我就是要出去！”

“出去”这两个字在封城前后成了热词，人们总会有各种各样的理由要求出去。这给社区工作人员在查体温、购物、宣传、接送病人之外增加了更大的工作难度。通过了解得知，这位男子是要去单位上班赚取生活费。王琼和同事讲政策讲道理，双方对峙了二十多分钟，后来发展到言语冲突，男子挽起袖子，王琼见势不妙，一个箭步挡在同事前面，拳头才没有落下来。她诚恳地说：“您有什么特殊情况？我会尽力解决。”于是，王琼让他拨通单位领导的电话，自己直接沟通，得到的答复是可以不用上班。“什么？不用上班？那我等着饿死吗？”男子暴跳如雷。“居民们，各地正在驰援武汉，你们宅家就是不给国家添堵，就是为国家作贡献。请居民们放心，党和政府不会让我们饿肚子的！”王琼拿起喇叭，面对大家斩钉截铁地说。听了此番话，男子昂得高高的头低了下来，悻悻离去。

此时，温暖的太阳从东方探出头来，照在同事的身上，王琼下意识地伸开双臂，好想像往常一样去拥抱面前的同事，可伸向空中的双手像触电似的又缩了回来。

与“出去”一词相比，还有更为“温暖”的一个词叫“投诉”，这让王琼真正明白了武汉人常说的“闹心”的真正含义。有一户居民，一家五口，确诊的三人中有两位是老人。公婆发热，儿媳妇害怕传染，打电话给社区，要求社区医生提供上门服务。社区工作人员请她打120，可120的车等了很久也没来，儿媳妇等得不耐烦，竟然打了24个投诉电话，理由是社区不作为！

这样，王琼按照纪律原则要写24通回告，一直到第二天早上4点半才算消停。当王琼腰酸背疼地回过神来，突然心里涌过一阵酸楚。她怎么也想不到，泡面当饭、行军床当床的日子里，她与同事们一起夜以继日、废寝忘食地工作，竟落得如此不堪。但王琼没有时间继续往下想，她迅速组织工作人员，与定点医院和酒店对接，等到妥善安置好这户居民后，天也渐渐亮了。

类似的情节像一张张白色的纸片在眼前飞舞。因团购时价格较高，被居民怀疑拿了商家回扣，又被举报到市纪委，矛头直指王琼；还偶有居民围堵社区，强要N95口罩……诸如此类的事情，在社区工作人员的帮助下，都得到了圆满的解决。

在中大社区11个工作人员中，每天安排两人蹲守电话，住在社区通宵值班。其余9人分成四个小组：宣传组、接待组、应急组和代购组。在这样艰苦的环境、劳动强度极大的工作氛围和状态下，应付居民琐事，即便力不从心，也一定要积极解决矛盾，化解居民面对新冠病毒疫情的各种不适与焦虑。

强忍病痛暖社区

王琼的身体状况社区工作人员尽人皆知，无论同事怎么劝她，她却始终停不下来。

疫情肆虐，社区能调用的只有两辆城管车，但很多病人或家属要求一人坐一辆，但如果还有其他病人急用车怎么办呢？王琼皱起了眉头。对，找“麻木”（在武汉市，“麻木”指三轮车）！但，怎么找？她突然想起“麻木”司机（指载人的摩托车和小三轮车司机）一般都是贫困户、低保户。王琼不由得兴奋起来，她拖着“钢”腿从消完毒的居民楼栋，赶回社区办公室，按照登记的电话号码一一联系，可是一连几个“麻木”司机都一口拒绝。就在最后一丝希望快要熄灭时，被社区安排在宝丰路的低保户胡师傅欣然接受了。直到这时，王琼才感觉快要支撑不住了，她忘了一上午都没坐过板凳，那条受伤的腿快要断掉了……

这以后，胡师傅便找了几个麻木司机，组建起麻木志愿车队。司机们随叫随到，随时待命。76岁的陈婆婆，因患尿毒症，每天早上7点要去协和做透析，谁知去医院又被交叉感染，在酒店隔离。胡师傅在接陈婆婆回社区的途中，被交警拦截，他焦急地与街道取得联系，想请交警网开一面放行，但是交警必须按疫情防控令执行，胡师傅硬是自己掏50元交罚款才了事。王琼知道胡师傅受了委屈，站在胡师傅门外，本想宽慰一番，不料胡师傅却激动地说：“王书记，没多大点儿事，我明白您的心意。抗疫不是您一个人的事，而是大家共同的责任。我能够被你们认可为志愿者，能为社区尽点儿力，感到非常荣幸！”王琼感到无比欣慰，无语凝噎。

与此相比，为社区孤寡和患病老人买药也是再正常不过的事。基础药还好办，工作人员当天收集，第二天就可去采买；而重症药则需要到3公里之外的定点药店排队购买。

那天，身患癌症的姜婆婆药吃完了，得去定点药店购药。王琼得知后连忙放下手中的碗筷，骑着电动车便出了门。风很大，刮得停车棚呼呼作响，刮得脸上刺痛，等了1个多小时才等到排号。药店正处在丁字路口的拐角处，凛冽的风刮得王琼直打哆嗦，她这才想起走得急忘了穿棉袄。那条冻久了的残腿，仿佛已经卖给了别人，右腿不受左脑控制，与左腿已形成不了默契。

3小时之后，王琼拖着“钢”腿，边敲门边向里屋叫道：“姜婆婆，药买到了，等我们走后，您再开门取啊！”谁知姜婆婆听到王琼的声音，当即开门非要与王琼握手致谢。为了安全起见，王琼往后一退再退。姜婆婆看到王琼那双快瘫软下去的腿，怔住了，眼里泛出晶莹的泪花，说道：“虽然我没有亲人照顾，但您让我感觉到了家的温暖，不是亲人，胜似亲人。有您这样的书记，真是我们的福气！”王琼扶着栏杆，半蹲着，不断喘气。

社区工作事无巨细，作为防控的主要阵地，又显得何等重要。王琼咬紧牙关坚持着，她始终相信冰冻的湖面即将解冻，社区内行道树就要抽枝发芽，她似乎听到春天的脚步声越来越近。

记忆中的有些事越走越远、越来越模糊，但有些事也像春天的脚步般越来越近、越来越清晰。王琼清楚地记得在3月10日，习近平总书记来武汉考察疫情防控工作，他特地谈到武汉人民喜欢吃活鱼，要政府多组织多供应。想不到不到一个星期，活鱼就从咸宁运送到中大社区。

晚上6点分鱼，天空灰蒙蒙的，风冷飕飕的，像要下雨的样子。居民虽在寒风中排队也掩饰不住内心的欢喜，终于可以吃到免费的新鲜鱼了！王琼拿着喇叭，请居民保持一米的间隔，让居民分作注册健康码和未注册的两队排列，可两队居民因为分鱼快慢不一而争吵起来。

大家都嫌扫健康码麻烦，一时间抱怨声不绝于耳，豆大的雨点更像锤子一样砸了下来。有的居民躲到屋檐下，王琼和她的同事们仍然在雨中忙碌着。没有时间搓搓冻僵的手，捋捋垂下的发，换一下湿透的衣服。可是，居民却还在争执不休。此刻的王琼感觉眼前挂了一幕水帘，分不清是雨水还是泪水。

那一刻，冷与痛双双击打着她。2015年因车祸受伤的右腿韧带断裂，骨头撕裂，她蹲不下去，也无力站立，身体仿佛被掏空。她一屁股坐在台阶上，抱着镶嵌一块钢板、三颗钢钉的右腿，忍着剧痛不让自己哭出声来。

经营超市的老板出来解围了，他一声大吼：“你们回去可以立马煮了吃，他们连一片鱼鳞都得不到。你们还好意思闹？”

总算是消停了！王琼强忍着疼痛将鱼发完已经到晚上十点多。雨下小了，她和同事们顾不上冷，累瘫在台阶上，腰也直不起来。夜晚，躺在行军床上，怎么也睡不着。

回想当晚，一位居民吃过晚餐，特地来安慰她：“王书记太辛苦了，他们是关久了，有火没处发。其实都知道您的好，您莫生他们的气！”当打开手机看到居民在网格群里发送分鱼、做鱼汤或红烧鱼那些热火朝天的场景图片，她又忍不住笑了起来。笑中有委屈的泪水，也有被他们理解之后掩饰不住的欣慰。

牺牲小家无怨悔

当然，王琼这朵铁玫瑰，也有心力交瘁时，满心的无奈，满身的伤痛，不知与谁诉说。

与也在抗疫一线的丈夫说吗？他顶着建设火神山、雷神山的重任，这会儿或许比王琼更辛苦，也许还在加班加点地工作。想到这儿，她眼前飘过几天前与他视频时的情景。他穿着防护服，累得趴在挖机新翻过的土地上，看不清他僵化的表情，但听得出他疲倦的声音，那天说着说着他竟然睡着了。

与王琼患肝癌晚期的公公、换了心瓣膜的父亲、患红斑狼疮的母亲吐苦水吗？他们用尽毕生的精力养育了丈夫和自己，但当他们暮年疾病缠身需要照顾时，丈夫和自己一个把工地当家，一个把社区当家，无法在关键时刻照料他们。她清楚地记得在1月19日回家取被子和换洗衣物时，婆婆语重心长的那番话："你们俩有一个为社会作贡献我能理解，可两个都在外面风险太大，万一哪个感染了，我们这些病病歪歪的老人怎么办？你们的双胞胎儿子怎么办？他们还这么小！况且，孩子们没有父母的辅导和教育，成绩上不去，生活习惯也不好，保了你们的事业，却毁了孩子们一生，你们觉得值得吗？"

还是与孩子们诉说呢？是的，他们那么小！直到2月10日湖北电视台来采访，王琼才记得自己也是母亲、妻子、女儿和媳妇。"最美逆行者，要注意休息！"当孩子们脱口而出，是该骄傲还是该自责？

王琼的外公是抗美援朝的老战士，外婆以前也在老居委会工作，父母也非常理解支持她。尽管加班像吃便饭一样——007的意思是什么？零休息，工作到零点，七天上班，没有加班工资。王琼知道，这冥冥之中，都是长辈潜移默化的结果。

有一天晚上，天空星光黯淡，窗外寂静无声。白天已经接了200多个电话的王琼，不知是因为寒冷还是因为太累，手麻、耳鸣、眼前发黑、受伤的腿失去知觉。她曾有过抱怨，但抱怨有用吗？"充满活力、斗志、信心的王琼，你不是在接手社区书记时已经做好了准备吗？说好了不要被残腿所左右，不要带着情绪去工作。我是中大社区的当家人，辖区内居民平安健康就是我的头等大事，其余的事情都算得了什么呢？"

是的，正值青春年华的王琼，带领团队打仗勇往直前，所向披靡。青春就该飞扬，青春就该燃烧。青春是奉献的筹码，青春是用持久的执着和永恒的坚韧筑起的堡垒，就如社区工作人员为居民抗疫筑起的一道道铜墙铁壁。

王琼一直牵挂着社区18个确诊病例、10个疑似病例、集中隔离的57人的康复情况，直到4月下旬最后一名新冠肺炎患者康复出院，辖区内确诊病例和疑似病例全部清零时，王琼心中悬着的石头总算落了地。但她铿锵的脚步从未停歇，愈往后走愈发坚定。为了践行自己的初心和使命，她又投身到了新的战斗之中。

正是因为有千千万万个像王琼这样的逆行者，形成一股磅礴的力量，才赢得这场抗疫的伟大胜利，才迎来了久违的烂漫的中国之春。

守护家园

雪里温柔，水边明秀，不借春工力

杨雪：武汉寄给未来传媒有限公司导演，武汉市巾帼志愿者。荣获2020年“抗击新冠肺炎疫情全国三八红旗手”称号、湖北青年五四奖章。新冠肺炎疫情暴发后，杨雪积极参与志愿服务，并联合朋友成立爱心车队，义务接送医护人员上下班、募集医疗设备、运送防疫物资等，共同为打赢武汉保卫战贡献青春之力。

作者：李文红，湖北省作协会员，湖北省报告文学协会会员。2004年，开始文学创作，近年来专注散文和长、中、短篇小说创作。作品有长篇小说《颠覆》《寂寞不用爱情来偿还》《相依为命》《坦克吊上的向日葵》；中篇小说《棚户区里的女人》《砝码》《天籁》；报告文学作品《极地玫瑰的测绘人生》；散文《我的农民父亲》《胎记》《母亲的围裙》《我们其实都很偏心》《九月省亲》等。

金风细细，丹桂幽香。荆楚山河，迎来了史上少有的双节欢庆，此时，大武汉依旧锦绣如画，依旧蓬勃昂扬。杨雪，我们的抗疫巾帼英雄，终于在这个美丽的季节，放心地披上了嫁衣，开启了她人生重要的生活转折。

杨雪的婚礼着实简单。用她的话说："在我眼里，最好的婚礼，就是与爱人以及亲人们静静地吃顿饭。"

婚礼上，杨雪换了两套服装。一套是简单至极的白婚纱，头发绾成一个简单的发髻，没有其他头饰，站在罗毅身边，她的温婉大方，全在她由内而发的天性里；另一套服装，是中国红旗袍，她特意和母亲相拥拍了一张合影。杨雪月牙般的眼睛里，溢满了幸福。

昔为烈士雄，今复娇子容。

谁曾想到，这个娇小温婉的女孩儿，在新冠肺炎疫情来袭时，雷厉风行几经改组，组织志愿者接送一线医护车辆30多辆，完成物资运输600多吨，筹集和承运医疗及各类防护物资30多吨？

谁曾想到，杨雪还牵挂疫情中的儿童心理健康，由此，联合杨威以画信的方式，构建武汉和江浙沪等区域儿童心灵互联网；以及聋盲之间，传递关爱视频和语音的录制？

谁曾想到，解封之后，杨雪开启的是烦琐的剪辑工作：赠送团队个人纪录短片，作为今后的警醒——我曾经勇敢过，来路坎坷何所惧？

杨雪的回答是，从小到大，我记住一条：要么不做；做，就要做好！

这是杨雪的行事准则，一种带着刀锋的准则。"她行事就是这样。"她身边的朋友，还有刚刚晋级为丈夫的罗毅，都是这样评价她的。

不要感触，解决是刚需

2020年1月24日早上6点多，杨雪接到表妹电话，表妹声调急切：“姐，医院人手紧缺，护士长刚刚通知我7点顶班，你能送我吗？”

杨雪心里咯噔一下，却马上应承：“没问题。”放下电话，杨雪趴在窗口。此刻，武汉封城了，交通停运了。夜色中的街道上，隔离中千家万户的窗口，汇集的灯火亮如白昼，然而，冷寂中笼罩着一种透不过气的感伤。“我出去了安全吗？”

“这个妹妹，可是我的半条命啊。”

杨雪和表妹除了血脉相连，还是相依为命的姐妹。两个人先后失去了父亲，现在，两家四个女人，在生活中都是相互扶持的。何况，姨母的身体孱弱，都是靠妹妹支撑生计的。想到这儿，杨雪跟母亲打声招呼，穿戴好，立马出门。

一路上，妹妹表现得很自然，并以专业知识叮嘱杨雪做好个人及家庭防护，还叹息医院很多医护上下班通行困难。汽车在冷清的街道上行驶，这种前后就自己一辆车的感觉，杨雪真的有哭的冲动。到了同济医院，妹妹跟一个战士似的，向大楼跑去。杨雪望着医院大院内没有硝烟的战场，内心蹦出一句话：“她可真勇敢！”

此时的武汉，网络平台已经出现各种物资募捐和方方面面的募集信息。一切紧锣密鼓，风风火火。杨雪密切地关注着各方消息，同时也陷入焦虑之中：“我能做什么？我能拿出什么？”她在各个群中，也捐出一些款项，可是，她深知，这远远不够，也不是最好的办法。

第三天，杨雪在群里发现医护通行需求多了起来。她看到了亮光：“呀，这事我能做。我有这个能力。”晚上，一名汉阳亚心医院女医生急切寻求夜班通行支援。杨雪马上拨通电话落实。这次，她没有一点儿犹豫，她是带着一份欣喜承接这件事的。深夜12：07，她在循礼门饭店门口，看到了这位年轻的女医生。之前，杨雪在电话里确认方位，女医生说："没错，你一直向前走，路上就我一个人。"杨雪回答："路上就我一辆车，我就不用说车牌号了。"

事后想起来，这次对话有些好笑。但是，真正让杨雪在心灵上找到突破口的，正是这次送行。女医生临下车时，送给杨雪一袋酒精棉和两块面包，并殷切叮嘱："姐姐，一定要平安啊！"

非常时期，陌生人之间油然迸发的关爱，让杨雪的双眼变得模糊。

回程，杨雪心里一直有个声音在回响："我是武汉土生土长的孩子，现在家里出事了，子女是要尽力的。光感触、光感动有什么用呢？得解决，得拿出更有效率的方法去解决。解决问题是刚需。"

杨雪回到家，向母亲宣布："我要做志愿者，就今天，就现在。"

母亲正色警告："我可就你这一个孩子，你可别乱来啊。"

气氛紧张起来。杨雪把自己关在房里，看到手机各种应用上涌现出更多保卫大武汉的爱心行动。一切昭示着，时间就是生命。而此刻，她还在他们保卫的温室里跟母亲僵持。她打开门，再次跟母亲强调："我必须做志愿者！"

母亲沉默半晌，郑重地说了一句属于她们家的老话："你要做，就做好！"

迎难而上　志愿共享

杨雪从母亲的话里，听到的是支持，也是要求。杨雪给自己的定位，也是必须干好。在劫难面前，这座城中的每个人，都只有一个身份：武汉人。救死扶伤，交给了医生，那我们就要全力保护好医生。

杨雪马上在各种群里召集队员。“哪想到，不大一会儿，就有四五个报名。”他们马上建群，相互通报了车牌、电话、姓名。杨雪给这个小团队郑重命名为“医护出行保障群”。

杨雪抱着手机，拉需求接送医护，拉司机，忙活了一个晚上，这个群竟然有300多人了。第二天，她和队友们紧急商讨，决定凭借小程序细化轮班，发布消息。一个爱心行动小组，就这样组建成功。

“驰马赴军幕，慷慨携干将。”“医护出行保障群”每台出征车辆，都做到了提前等候医护，绝对不浪费医护一分一秒。

从“医护出行保障群”到“守护天使志愿者车队”，这是一个痛苦而又快乐的蜕变。“矛盾总是推动事物向前发展，我很喜欢这句话。这次，我们是在实践中印证这话的。”

这其中有两件感人至深的事情，迫使杨雪“壮士断腕”，叫停“医护出行保障群”执行任务。

首先是准妈妈杨蕊溶。一天凌晨4点，她看到群里有患者家属求助往武昌医院送药。由于大家都很忙，没有人注意到这条消息，杨蕊溶决定独自开车将药物及时送到医院。她的态度是：我要和肚子里的孩子一起守护我们的家园。第二天早上，大家得知这件事情，都纷纷为准妈妈点赞。另一件事情就是一名下夜班的司机。由于过度疲倦，他在附近公园里的长凳上就睡着了，防护服和口罩的着装佩戴极其不规范。通过这两件事情，杨雪在感动中却意识到一个深刻的问题：我们的初心，是保护大家，可是，准妈妈杨蕊溶感染了，怎么办？司机出了问题，怎么办？

杨雪的一个律师哥哥“批评”了她：“爱心也是要讲科学的，不是一腔热血，也不是勇闯猛干。你们这种民间的、自发的团队，没有规范的监管，其实，会给社会造成危害。”

法学的普及，使得杨雪震动很大，她即刻解散团队。那一刻，她真切地感到心疼。哪想当晚，不甘心放弃的队友重新建群“不忘初心，武汉加油”，并力邀杨雪加入。队友们表示：出现问题不该放弃，我们大家去解决。宽容失败，鼓励创新。逆行一线的医护有多难，我们要一直站在医护后面。

杨雪潸然泪下，那一刻，她感受到了队友们赤子之心的温度。有这样好的一个团队，真是她的幸运，也是她的幸福。

那几天，只要得空，杨雪就跑团委，寻求科学的监管方法。她一定要把这个团队打理得规范有序：怎样更好地发挥能动性，怎样避免队友的安全风险。

杨雪谦卑地向123管得宽车队队长黄晓民和007车队队长蒋镓淇学习监管方法和经验。“跑多少趟，等多长时间，我都没问题。”杨雪说。

恰在此时，武汉第一批志愿者开始招募。杨雪滋生一个念头：如果志愿共享，如果联手合作，那么这个团队一定会发挥更大的能动性，同时，在调度和管理上也将变得更加完善。经过商讨，杨雪团队毅然加入了洪山青年突击队。随后，她征得突击队的同意，在服从分配的同时，又能保证原有团队持续接送医护。“走到这一步，我们的团队更有效率了，队友安全更有保障了。”杨雪最后将团队名称定为“守护天使志愿者车队”。

很快，这支车队车辆达30多台，志愿者达100多人。杨雪更忙了，接送医护之外，她的时间被切割为很多份：运送各医院医疗物资，满足社区民生需求，化解团队矛盾，录制队员纪录片，她还牵挂着武汉隔离时期小朋友们的身心健康等。事无巨细，她即便停下来，母亲和罗毅跟说她些什么，她都听不到。她得时刻盯着手机里总部分配的任务，同时，还要布置任务。总是过了很久，她才愣头愣脑地来一句："你们说么事？"

"朝屯雪山下，暮宿青海旁。"那段时间，"守护天使志愿者车队"争分夺秒奔波在这座城市的各个方位，偶尔得空，他们就相邀一起，车头并车头，围成一个圆圈。"即便不说话，可是我们感觉很温暖。有了劲儿，我们再出征。"

母亲被这个团队的热情感染了，几次征求杨雪："让我进你们队当志愿者吧？"

"您超龄了。"这回轮到母亲焦虑了。精心烧菜，杨雪没时间吃，她只好细心地给杨雪在门口做了一个隔离间。隔离间里防护用品、衣挂等，样样触手可得。

准婆婆时常竖起大拇指："看看杨雪，我都佩服！罗毅，你也去吧。"

罗毅正有此意，终于可以与杨雪并肩作战了。

雁足传书　与子同泽

不记得哪一天，杨雪在苏州的女友王迪发来一条问候消息：我们家囡囡精心画了一幅画"武汉加油"，她在问武汉隔离在家的小朋友们是不是很难过。

看到这条消息，杨雪很难过。她是从那个年龄走过来的。每个人的童年都是一匹小马驹，哪管山水，四处奔跑才对啊。要是平时，小区里的孩子们早就在儿童乐园区里嬉闹了。现在，那个区域一片沉寂。她也确实听到楼下的孩子在家里哭闹很多次了。

杨雪立即回复："不如我们开启武汉和江苏小朋友书信来往，大人不干涉，让孩子们去沟通，小手牵小手，共渡难关？”

一拍即合。王迪很快集结30个苏州小朋友，杨雪求助杨威，没想到，杨威感召力太强，一下征集武汉30多所学校，在各班班主任的配合下，开始了建群、结对，一时间，画信往来，由最初的武汉结对苏州，很快浙江和上海的小朋友们也积极响应。最后，日本中日友好学校也加入了阵营。由点及面，杨雪还联系了武汉第二聋盲学校，开启了聋盲视频友爱传递，他们更需要沟通和温暖。一时间，全国乃至各国各方驰援聚集武汉；互联网上，雁足传书，心手相连。武汉，从真正意义上说，是中国的武汉，是世界的武汉。直到疫情结束，杨雪统计，按往来算一封，共计13600多封画信。这还不包括聋盲学校的视频录音。杨雪又增加一项新工作——剪辑，她已经是“见缝插针”的行家里手了。

整个疫情期间，杨雪是哭着走来的。她总是眼含热泪。在小朋友们往来画信中，她被孩子们的纯真感动得哭了好几次。其中一次，是苏州陆曦小朋友邮寄给武汉杜兰朵小朋友的画信。第一眼看到画信的是杜兰朵妈妈，她是普爱医院的一名护士，已经14天没有看到孩子了。当她看到这封千里之外小朋友的问候和关爱时，泪水簌簌而落。随后，陆曦小朋友和家人发起募捐物资，支援武汉。

另一件事情，是苏州罗天琦小朋友发来的自编《洗手歌》：“病毒我不怕，勤洗手，戴口罩……”

小小的人儿，在灾难面前，都学会了关爱。他们在传递关爱之中，长大了，坚强了，乐观了。“他们才是天使！”杨雪每观看一次，都是热泪盈眶。

记住勇敢　记住爱

4月8日，武汉全城欢庆解封了，总体战胜利了。杨雪在喜悦中，又落泪了。一路走来，太多太多感人的事迹，以及背后折射出的勇敢、仁厚、宽容、智慧等种种人性光辉，如果以光影的方式记录下来该多好。她把范围圈定在“守护天使志愿者车队”里，决定以队友们个人的名字为标题，赠给他们。希望在未来的生活中，这段光影，是一种鼓励、一种警示：我曾经如此勇敢，要一直勇敢下去！

杨雪繁忙的剪辑工作开始了：大爱无私的胡霞和舒敏，在疫情期间，拯危济难，慷慨解囊，大量购买口罩、酒精、消毒液等防疫用品；勇敢担当的严国贤，运筹帷幄，积极募集医院医疗设备及防护物资；心有大我的007车队队长蒋镓淇，想尽办法，大量购买紧俏的防护服，只要热心复兴武汉的，他立马分发。

……

做完这些，杨雪终于可以放心地把自己嫁掉了。她和罗毅制作了“爱的表白”MV。

罗毅眼中的爱人，就是她遇到问题，能积极寻找解决问题的办法。

杨雪眼中的罗毅，能在她遇到危机时，冷静权衡，帮助她、支持她。

世间最好的爱，就是这个。每个女孩都渴望深爱的人在关键时刻有这样的声音：不怕，有我！

他们对婚姻的理解，折射了“90后”其实是很优秀的一代人，而不是父辈们表象认知的“知道”分子。

罗毅认为婚姻就是两个人的责任和包容，并使双方成为最好的人；杨雪相信婚姻是磨合，是配合，彼此的缺点都能接受，这也正是他（她）的与众不同。

结婚，某种意义上，是一种告别，是在认知上跃升一个阶层的告别。

一段深情又略带感伤的《鸿雁》舞，是杨雪送给天堂的父亲特殊的礼物。她多采用航拍，是天堂视角，向着北方，以无声的自创式的肢体语言告诉父亲，她长大了，不再是深夜中蜷缩哭泣，惧怕困难，怀念依靠的小姑娘了。“感恩你给了我生命，感恩你给了我丰厚的父爱；北方故里，父辈们收成尚好，日子安顺；亲爱的父亲，在天堂要了无牵挂，要幸福。九百六十万平方公里土地上，安详和顺。”

杨雪舞步轻灵有力，双臂深情款款，舞姿时而迅捷，时而轻曼……

杨雪是父亲的好闺女：勇敢，坚毅；也是中华好女儿：大担当，大情怀。

情法相依 不落一人

对居民而言，她是警察，更是一个理性、朴素与真诚的朋友

曹怡坤：武汉市公安局江岸区分局永清街派出所社区民警。武汉中心城区第一个社区涉外警务室成立时，她被选调到“武汉天地社区涉外警务室”任职。疫情暴发后，她是武汉市第一批主动请缨到一线参与转运病患的女警。疫情期间，她不怕危险，迎难而上，既依法送治又温情帮扶，以实际行动展现了心系百姓安危的情怀和巾帼不让须眉的气概，践行了“人民公安为人民”与“疫情当前，汉警当先”的铮铮誓言。她的先进事迹被《人民日报》《人民公安报》等主流媒体聚焦报道20余次。被武汉市妇联评选为首批“武汉抗疫巾帼英雄榜”，武汉市公安局授予个人三等功，被评为“武汉市抗击新冠肺炎疫情先进个人”。

作者：李永芬，湖北省作协会员，武汉作协第九届、第十届签约作家，黄陂区作协副主席。在《中国作家》《湖南文学》《芳草》等刊物发表作品。已出版散文集《沉默的世界》《黄陂春秋》（文化卷）；长篇报告文学《牛人范犇》；与人合著三部人物传记；漫画书《姚家山村传奇》的文字编撰。

一、不畏艰险——守护生命通道

武汉按下“暂停键”后，疫情紧急，一线警力吃紧。1月29日，武汉市公安局启动万警进社区转运病患行动，永清街派出所组织了“转运突击队”。曹怡坤报名请战，要求到一线去。她想的是多一个人就多一个帮手。所长刘玉洪不同意。他说：“这次任务特殊，你一个女同志，去，不合适。”找所长说无效，曹怡坤不甘心，第二天一早，她又找指导员汪四运说。她说其他的人都拖家带口的，她单身，万一“中招”了自己去隔离，拖累的人更少。还有，有时候女同志比男同志更有优势，心细，更能说服人。这很难反驳，所领导被说服了。

和许多酒店一样，七天酒店是一夜之间征用成为隔离点的。前一晚8点开始筹建，第二天早上曹怡坤接班，分局下指示要搞清楚隔离点的基本情况。

曹怡坤带着一个比她小的年轻辅警，她让辅警守在酒店的外面，多一道防线劝阻和拦截。安排好辅警后，她穿着装备走进酒店。

酒店里恐惧都是写在人们脸上、眼睛里的。空间狭小，压抑。

医护人员五名——一名医生、四名护士，外地口音，身上是全副武装的医护装备。酒店工作人员撤离了，留下一两个人员主要是为了让别人了解酒店设施的情况，后勤是街道的人负责。病人是从各个小区转来的。连夜转运病患的车子都不敢开进来，远远地停在外面的路口，病人再自己走进酒店去。大家都不愿意过多地靠近这个隔离点。晚上10点到第二天早上8点，这里住进了七十多名患者。

接到的消息说这里接收的是疑似病人，曹怡坤进去后一问才知道全部是确诊了的患者。这确实很危险，虽然是轻症，但也意味着这里的每个病患都可能有强传染性。

没有医疗设备，药品稀缺。医护人员和患者没有水喝，从晚上8点到第二天早上10点，也没有吃的。前一天晚上，社区和街里的人员都忙着转运病患，很多人一夜未眠，吃的喝的还没来得及准备。

患者住进来，但其中的一些人要到医院去打针。如果继续这样，会造成更进一步的交叉感染。

政策的制定和执行都是在和病魔抢夺生命。而具体的执行，又像急刹车，让有的人一时不能适应。那个时候，笼罩在病患身上的情绪用一个词形容，就是焦躁。

曹怡坤不能让这些病患出去。

病患很焦躁，要出去。

他们是这样想的，只有去打针，病才可能好。

如果硬要出去的话，拦都拦不住。

曹怡坤劝说他们："你们还没有吃东西，要去打针也是吃了东西有劲儿走再去。你们现在去外面，商店都关了，什么都没有卖的，也没有车子，到最近的医院也要走五六公里，要走到下午。现在这里有全国各地来支援武汉的优秀的医生和护士，怎么吃药、怎么打针可以咨询他们。"曹怡坤劝病患的时候，一边也在给医护使眼色，医护人员很配合。实际上，当时的一些医疗物资还没来得及配给进来。

曹怡坤当着患者的面联系街道，让街道无论如何赶紧送吃的和水来。这是当务之急。过了一个小时，患者和医生有了吃喝后，人们焦躁的情绪逐步缓解。值守到下午，曹怡坤第一次看到了志愿者，他们也冒着风险送来了泡面、面包、矿泉水和其他吃的。她平时是一个理性的人，但此时她心里充满感动。她感到武汉还是有希望的，她在暂时的无序当中看到了正常的秩序。

曹怡坤后续在隔离点值守了几回，事情就完全交给了社区。然后局里安排，民警都回来配合社区参与病患的隔离工作。

2月1日下午，曹怡坤接到了转运任务——辖区居民李婆婆是确诊病例的密切接触者，必须及时隔离。出发前，曹怡坤的防护服穿得很快，她的心里有一种要上战场的兴奋，但也混杂着一丝忐忑和不安。

同事看着曹怡坤，一脸的惊愕，那表情就是在说你好麻利呀。她什么也没说，扭头隔着护目镜对同事做了个鬼脸，然后踩下汽车油门就往社区赶。

这是一个老旧小区，没电梯，曹怡坤一口气爬上五楼，见到坐在轮椅上的李婆婆时，她还是有些紧张的。即使做好了准备，但这是她第一次这么近地接触隔离人员。婆婆看起来还好，没有咳嗽。她与婆婆简单地聊了两句，婆婆同意隔离。剩下的问题是，如何将瘫痪的婆婆送到楼下去。

没有电梯，只能用笨办法——将老婆婆连人带轮椅往下抬。

老旧小区的楼梯间昏暗，楼梯又狭窄又陡峭，曹怡坤和同事一前一后抬起婆婆慢慢挪。一步、两步，下一层楼休息一次。抬的过程中，和婆婆更近地接触了，当时确实顾不上危险。

终于将老婆婆挪到楼下。抬的时候不觉得，这个时候，曹怡坤感觉到身体刺冷。原来防护服里早已湿透了，外面空旷，深冬的凉风一吹，曹怡坤不禁打了个寒战。长时间保持弯腰的姿势，手臂感觉不能动，是木的，腰也直不起来。缓了几分钟后，曹怡坤和同事一起将婆婆安置到转运的警车上。在警车上，老婆婆的眼眶是红的，不停地说："谢谢你们。"

二、铿锵玫瑰——为民服务的温度和温情

转运是个体力活儿，又累又危险，但是，这还算好的。遇到需要隔离的人员不怎么配合的情况，问题就要复杂得多。

2月4日下午4点多，曹怡坤接到辖区吉林社区工作人员打来的求援电话，告诉她那里有两名密切接触者，死活不肯去隔离点。社区干部上门劝，吃了闭门羹，后来去，又被灰头土脸地骂了回来。实在没有办法，只好求助警察。

曹怡坤接到电话，二话没说，就和同事一起赶过去。

那一层楼有七八户人家，密切接触者就住在最前面。曹怡坤喊了半天门，没开，后来又只是开了一条门缝，里面有人瞄了一下，又迅速关上。曹怡坤是让隔壁的一家帮忙，才敲开的门。

门里摆着香案。这一家老头子是年前得新冠肺炎刚走的，所以也难怪，他们有情绪，非常抵触。一名男子说："我父亲得病，没哪个管，现在突然对我们关心起来了，现在我和妈妈没病，没什么反应，走么事呢？"

曹怡坤说："根据现在的政策，您属于密切接触人员，必须去隔离。一开始这个病来的时候，谁也不晓得它的厉害，对它的了解，也有一个认识的过程。有不周全的地方，这您要理解。正是因为对它认识到了一定的程度，上面经过全盘的考虑，才有了决策和必须严格执行的措施，这是为了您好，也是为我们大家都好。有问题，有困难，我们一起解决。"

这个时候，刚开始有隔离点，疑似和密切接触者要往医院送，包括一些企业医院。这些医疗资源十分紧张，可以说是一床难求。曹怡坤对这名男子说："已经给您联系好了，您在长航系统工作，现在长航医院已经挤了位置出来，让您去，如果您不去的话，后期就很有可能没有医院的

床位，只能送到隔离点了。隔离点可能就是附近的酒店，治疗上肯定没医院好。”

曹怡坤站在门口分析给他听，这名男子坚决不去。他妈妈也在屋里骂，情绪也不好。后来，他突然用力把门一摔，说：“你们走，别来烦我！”这让曹怡坤猝不及防。

曹怡坤回忆当时的情况说：“我也着急，如果门一关，把我们关在外面，再想把门敲开，很难。如果用其他的手段也不现实。”她说那时她来不及想，就把一只脚伸进门里了。门是很沉的老旧的木门，一下子扇了过来，门被她的脚别住，没关上，脚却很疼。

对方一看门没有关上，撞在曹怡坤的脚上一响，愣了一下。曹怡坤一只脚在屋外，一只脚在屋里，她说：“今天我不走，准备在这里守一天，和你们好好谈谈。”

曹怡坤穿着防护服，防护服外五花大绑地又用透明胶缠了一层，站着就是一身汗，同时她还要压着心里腾起的小火苗，把它掐灭。

就这样僵在那里了。

这名男子退到房门口，他的母亲——一位老太太站在客厅中间（估计她也是担心儿子直接和警察起冲突，让儿子退后），社区的人站在外面楼道口，曹怡坤一个人进屋了。看着曹怡坤的这个架势，不会走，隔壁邻居还偷偷地往这边瞄了一下。

曹怡坤说运送的车子也在，医院的床位也都安排了，只要这名男子拿着简单的东西走就行。当时是封城不久，对出现这样的情况，影响上班怎么算，并不很明确。而一些单位平时打卡非常严格，如果算旷工，问题会很严重。他很担心这个问题。当时根本不晓得要隔离到什么时候才能出来。曹怡坤就跟他说，这是国家防控疫情的需要，说跟他的单位很具体地沟通过，他这种情况是必须隔离的，单位按正常工作算工资，也不算他请假。

实际上这名男子压力还是比较大的，他也知道，医院的床位紧张，不会等人，闹下去也许就没有床位。看到他犹豫，曹怡坤就说："要不这样，你给单位打个电话，问一下我说的政策和你们单位讲的是不是一样的。"

于是，这名男子给单位打了电话。他单位跟他明确说了，一是要他配合，二是不会算他旷工，让他放心。他这才跟他妈妈讲："那就去咧。"接着，他要求给他全屋做卫生。曹怡坤很干脆，说："好，只要你跟我们走，你的要求我全部答应。"

这名男子说："好。"

等到将这名男子家里仔仔细细地消毒杀菌之后，曹怡坤还请他回他房间里看了看。最终，母子俩收拾好东西，安心地一起跟社区的人到医院去了。

2月15日，御江苑社区的工作人员向曹怡坤反映，有一对临床确诊新冠肺炎的小夫妻，女的是孕妇，不愿去隔离医院，社区工作做不通。曹怡坤随即上门，同样吃了闭门羹，但她没有气馁，了解情况后继续劝说他们进隔离点，这工作一做就是五天。原来，小夫妻是疑似病例，之前这名男子的妈妈得病了，过年的时候聚会感染的，拖成重症。当时的医疗资源太紧张，一床难求，社区也无能为力，所以对社区有怨言。

这名男子的妈妈得病后，他老婆又怀孕了。小夫妻在曹怡坤管理的小区有套房，他们就搬过来住了。早期小区的封闭并不像后来那么严，所以当时不知道，不久后才被发现。社区将情况转过来，曹怡坤查出他们详细的信息，通过了解情况，知道他们还是比较自律的。他们到医院做过CT，反馈的结果不是很好，肺部有毛玻璃样的阴影。

社区的社工就跟曹怡坤说，要他们做核酸，他们觉得做核酸时不安全。这名男子身体状况还好，但是他老婆怀孕了，免疫力弱，他非常担心老婆和她肚子里的小孩。

他们有这样的顾虑，也可以理解。曹怡坤想办法让小夫妻在空旷的室外做核酸检测，时间安排在晚上9点到10点，因为那时检测人员最少。帮他们约好了时间，曹怡坤又设法帮他们从武昌调了志愿者的车子过来，等一切联系好了，再给这名男子打电话。

第二天上午核酸检测结果出来了，是阴性。小夫妻暗自庆幸，感到是虚惊一场。但由于他们有疑似症状，为了万无一失，按政策要求，还是必须送去隔离。

这下，小夫妻不愿意了，坚决不去。这名男子的老婆每天熬中药喝，隔离点不知能不能熬药，而且隔离点的条件不一定好。

工作做不通，只能给他们家里人打电话，家里人还是蛮配合的，但是没用，他们也不听家里人的劝告。

曹怡坤再给这名男子打电话，打三个只接一个，接的时候也非常不耐烦。

又耗了一天。

小区有疑似患者，这消息不知道怎么被小区的人知道了，小区人都很介意。物业经理给曹怡坤打了五个电话，说再不送走，就断水断电。曹怡坤说："我立即去找他，把他们送走。"物业经理睁大眼睛望着曹怡坤。

小夫妻的家里人提出来，能不能到离武汉天地近一点儿的好酒店？曹怡坤想，好酒店，这附近也没有啊。

曹怡坤连忙问社区，问街道，问指挥部，看能不能找到星级酒店协商床位。回答说中源、维也纳现在都被纳入用作隔离点，如果她能保证这对小夫妻出来，床位他们去协商。

傍晚，曹怡坤穿着防护服，和物业工作人员一起去敲小夫妻的门。她不敢喊社区的人，担心这名男子对他们有抵触情绪。曹怡坤去的时候，听到屋里有响动，后来就没有了。然后不管怎么敲门，半个小时，一个多小时，里面就是不开。

曹怡坤很着急，找到这个床位太不容易了，如果到点不去，床位很快就会被占。而且也和酒店说好了，在隔离房里备一个电磁炉，可以熬中药。

没有办法，曹怡坤就一条一条给他发短信，晓之以理，动之以情。五条短信，他们回一条。从下午4点到晚上9点，差不多5小时发了12条短信，既讲道理又有温度，终于打动了这对小夫妻。到第二天早上，他们答应说去，收拾好东西，下午来车接。曹怡坤不能确定到那个时候还有没有床位，连忙与指挥部联系确认。下午，曹怡坤和社区工作人员一道，把小夫妻护送进了隔离点。

后来，小夫妻的情况很好，曹怡坤组织志愿者去看望隔离人员，见到曹怡坤的时候，他们一脸的感谢。这个孕妇怀孕四个月后，每个月要到医院检查，也都是曹怡坤给办报备手续，社区派车去医院。

采访曹怡坤的时候，她说得最多的一句话是，她没有做什么，只是在尽一个警察的本分。疫情期间，她的本分就是扎根社区，维护秩序，服务群众，确保辖区的平安稳定。她管理着两个片区，三千多辖区人口。要完成日常巡查，协助做好人员和车辆出入登记审核，全面落实小区封控等工作。比如武汉新天地社区，就有两个封闭式的小区、一个开放式的小区、两个大型商业综合体，还有三栋在用写字楼，出入口众多，人员繁杂，情况非常复杂。面对这些，曹怡坤克服出入口过多、物业管理公司多、沟通难度大、部分居民不理解等重重困难，顶风冒雪完成50多处出入口的封控。她每天到社区各个值守点巡查，帮扶居民，宣传政策；常常是在岗位上吃盒饭，没有一天休息；常常是从早上走到下午；她送药到居民手中，劝导想外出散步的居民回家。她的手机铃声总是在响，有时候嗓子都说哑了也毫不在意。

转运病患、劝导病患和社区封控管理的几个故事，也许只是曹怡坤许多工作中的几朵平常的小浪花。但就是这几朵美丽的浪花，却反映着一个民警的本真。它彰显的是不怕牺牲和甘于奉献的精神，是为民服务的情怀和力量。这青春的浪花、这铿锵玫瑰，朴素、美丽、动人，又充满温情。

我的社区我坚守

她的眼里闪烁着坚毅的光芒，那一刻的她，真美

郑园园：1988年出生，三峡大学本科学历，文学学士学位。2010年12月～2018年11月任武汉市硚口区长丰街长丰社区副书记。2018年12月任长丰街园博南社区党委书记兼居委会主任至今。在任期间，获多项荣誉。2018年3月被评为“硚口区三八红旗手”，2018年5月被评为“硚口区优秀少先队志愿辅导员”，2019年5月被评为“硚口区优秀共青团干部”，2019年11月被评为“武汉市青联委员会委员”，2020年4月被评为“武汉市抗疫巾帼英雄”，2020年9月被评为“硚口区抗疫先进个人”。

作者：李玉洁，武汉作协会员，武汉女子诗社社员，九三学社社员。有多篇散文和短篇小说发表于《湖南散文》《西部》《青海湖》《儋州文艺》等刊物。

2020年的武汉，一春常是雨和风。疫情如黑云压城，路断街空。这时，有一些平凡的个体，直面风雨，像燕子一样穿梭于千门万户，为社区筑起抗疫的堡垒，为居民觅来各种蔬菜、食物和药品。他们是坚守在疫情防控一线的社区工作者，郑园园是其中的代表。

信其所信

“我的社区我坚守！”

1月23日，在接到返岗通知时，郑园园连续高热四天才退，腿脚还有些发软。街道领导问她有没有信心，她说了这句话。

这句话，流露出武汉小嫂子特有的心直口快、泼辣豪爽，更流露出一个共产党员在危难关头的果敢、责任与担当。

郑园园是武汉市硚口区长丰街道园博南社区的党委书记兼居委会主任。园博南社区是个开放型小区，也是疫情泛滥的重灾区之一。社区原有11名工作人员，后有1人辞职。面对3257户、6495位居民，全面排查是道难题。郑园园根据社区楼栋和户数，划分为10个网格，每人包保一格。社工们通过微信群、“微邻里”平台等方式进行线上排查。对于1051位60岁以上的老人和不当回事的住户，则通过打电话甚至入户排查，确保不漏一人。然后，汇总居民发热后是否就诊、在哪里就诊以及医院检测报告等信息，发送给郑园园。

从25日起，郑园园就吃住在社区，每天从早晨7点忙到凌晨12点。白天，她要安排消杀、防疫宣传、门卡值守、物资药品采买、小区巡视等日常事务，处理突发情况和急重症就医。到了晚上，还要梳理一天的工作，整合信息，上报给街道。

大家都在超负荷运转。因为接触的人多，又没有买到防护服，社工相继生病，多人感染新冠肺炎，只剩下4人在岗。小区35人的老党员志愿队伍或生病或隔离，溃不成军。关键时刻，有1名社区干部的亲属加入。

那时，社工的意志有些消沉。谁不害怕？病毒无影无形，又仿佛如影随形。它不仅觊觎每个人的肺，还觊觎每个人身后的家。如何鼓舞士气？医务人员“召必至，战必胜”的信念让国人热血沸腾，也让郑园园的心头一亮：信其所信，才能无往不胜。她要把“我的社区我坚守”的信念根植在每个人心里。

有一天下午，大家累得东倒西歪。为了振作精神，郑园园喊了三嗓子：“我的社区我坚守！”很奇怪地，她的心底立刻生发出一种力量、一种豪气。于是，她每天都喊，渐渐地，团队的人也跟着一起喊。5个人抱着同生共死的决心战斗了20多天，直到下沉干部和志愿者的加入。这句话慢慢地传播开来，成了社区的口号，喊出它就喊出了主人翁的精神，喊出它就喊出了昂扬的斗志。它鞭策着大家负重前行，前进！前进！再前进！

急人所急

“郑主任，救救我老婆吧！”

一位五十多岁的先生跪地哭诉，他老婆发热“快不行了”。

这不是电影镜头，地点也不在医院，这是2月5日上午发生在武汉市园博南社区门口的真实一幕。

这一幕深深地刺痛了郑园园的心。

跪地哭诉的是李女士的丈夫，他们夫妻二人都是社区的五星级志愿者。园博南社区有个优良的传统，每周五都搞“清洁家园”之类的志愿服务，他们从未缺席。李女士还是社区老年模特队的成员，年前参加过街道举办的“迎新春文艺会演”活动，4天前被确诊为新冠肺炎。因医院床位不足，只得居家隔离。确诊当天，郑园园在医院给她买了一个便携式吸氧罐。

此时，方舱医院还没有正式启用，医院人满为患，病床奇缺。居委会承担着排查发热人员，送疑似、确诊患者进入收治程序的新任务，成了居民外出就医的唯一指望，也成了人们情绪的宣泄对象。每天，办公室内外都是居民，咳的、哭的、闹的，还有一堆家属，令人焦头烂额。

可郑园园又能怎么办？社区由最基层的行政机构街道管辖，她没有多大权利，有的只是一腔热忱和一颗强烈的责任心。

郑园园出生于1988年，2010年从三峡大学毕业。读大学时，她曾到社区当志愿者，帮社区将计生信息输入系统。她性格外向，与社工相处融洽；又能熟练地运用电脑，高度契合了社区对人才的渴求，深得众人的喜爱和赞扬。这给了她极大的鼓舞和自信。毕业那年，全国人口普查，社区亟须人手，诚挚地邀请她到社区工作。母亲不同意，说社区事多事杂，不仅辛苦，工资低，还没有编制。但她对社区工作充满向往，不顾家人的反对，毅然选择了这份职业。一干就是十年。十年里，她遇到过许多困难，却从没有像今年这样直面生死。

如果不是情况危急，李女士的丈夫断不会做出此举。郑园园立即给街道领导打电话，说着说着，不觉大哭起来。仗着年轻，她不怕苦不怕累，可她不能眼睁睁地看着居民受罪，却什么也做不了。“我难受极了，我快顶不住了！”

经过多方协调，李女士住进了中山医院的留观室。看她背着氧气罐爬上车的孱弱身影，郑园园既难过又欣慰。不久后，李女士住进金银潭医院，后来转到了火神山医院，4月初病愈出院。

忙完当天的工作，时间尚早，是晚上9点，她该回家了。6岁的儿子有十多天未见到妈妈了。路上，郑园园给李女士打电话——询问病人的住院情况，是她每天的工作内容之一。李女士声音虚弱，但情绪还好。“毕竟在医院，心里踏实些，信心也充足些！”李女士说，“你要照顾好自己，参加过街道迎新春活动的人中，已有两名其他社区的表演者不幸去世。”挂断电话，郑园园才后知后觉地想起，那天，她在后台服务，确实帮其中一人整理过妆容。

郑园园的心猛然揪紧了，她是“密接者”，曾高热过4天，那她的家人、她的同事，还有接触过她的居民……她越走越慢，脚步越来越沉重，归家的路似乎越来越遥远。忽然，她失笑了，真是忙昏了头！已经过了14天，她没事，她的家人也安然无恙，其他人更不会有事。像地狱的归来者眺望人间一样，她站在楼下，望着万家灯火。灯火是如此亲切，如此温暖，如此明亮。她的心被深深地感动：活着真好！她要尽最大的努力，帮助每一个生命渡过难关，让他们好好活！

老人之老

“丁零零……”办公室内响起了急促的电话铃声。郑园园迅速抓起桌上的话筒，耳旁传来了焦急的声音：“郑主任，你快来呀！陈爹爹家失火了！”

电话是陈爹爹的邻居打来的，座机显示的时间是2月13日8点20分。得知火势不大，郑园园马上联系社区志愿消防队和物业，然后一路小跑着往陈爹爹家赶。

陈爹爹六十多岁，一人独居，靠每个月1200元的养老金过活。他中过风，留下偏瘫的后遗症，说话口齿不清，走路吃力。郑园园常去给他送药和生活用品。一个行动不便的老人，失火意味着什么？她不敢往下想，心里有一团火在灼烤着。

等她赶到时，志愿者刚刚将火扑灭，屋子里弥漫着呛人的浓烟。郑园园带头冲进去，和志愿者合力将窝在沙发里的陈爹爹救了出来。老人双目紧闭，呼吸艰难，棉袄袖子被烧破了一个洞。郑园园立刻拨打120，联系副主任将社区的公用轮椅带过来。接着，找出陈爹爹住院所需证件和换洗的衣物，再用一条厚毛毯和两条枕巾将老人从头至脚包裹严实。

救护车来时，外面下起了大雨。郑园园身穿天蓝色塑料连帽雨衣（那是她的“防护服”，每天都穿着，无论晴雨），同副主任一起，将身高1.8米的陈爹爹送往协和医院。雨点击打着车窗。街上，车少人稀，空旷而凄迷。雨中，如盾牌般竖立的道道铁皮防护栏一闪而过，那些冒雨值守的志愿者，头戴红帽、身穿红马甲、臂套红袖章，他们挺立的身影无声地标注着不屈的精神。

救护车驶进医院时，陈爹爹醒过来，嗫嚅着：“厕所！大解！”郑园园连忙推着轮椅去厕所。还未到，老人就失禁了，裤子从里到外全湿透了。尽管大家都戴着口罩，仍觉骚臭难闻。这让医生怎么检查？不知从哪里来的勇气，郑园园吩咐副主任将陈爹爹扶进厕所。她帮老人脱下脏兮兮的裤子，从换洗的衣袋中拿出毛巾，用向护士讨来的开水帮他擦洗身体。女性的羞涩让位于对生命的敬重。“好闺女，谢谢你！”感激的泪水顺着陈爹爹脸上的皱纹流淌。

普通门诊室冷清无人，陈爹爹顺利地进了检查室。经诊断，“病人无烧伤，但胃部穿孔，需紧急住院手术治疗。目前，我院已停止接收非发热患者住院，请你们转到其他医院”。医护人员的话如当头一棒，让郑园园有些吃不消，但她没有慌乱，第一时间将情况上报给街道。

手术是要亲属签字的。从前往协和医院的途中开始，郑园园就积极地与陈爹爹的姐姐、弟弟、儿子联系。陈爹爹的姐姐和弟弟说，疫情严重，自己身体不好，不敢出门。老人儿子的电话，始终没有回应。

街道出面协调后，当晚7点，陈爹爹被送到湖北省中山医院。因肺气肿伴感染，医院不敢冒险做手术，结果又被拒收。

事情再一次被推回到原点。陈爹爹不住地痛苦呻吟。郑园园再一次向街道求助。呻吟声渐渐微弱，郑园园不安地握着老人冰冷的手，生命仿佛在一分一秒地流逝，她却束手无策，无能为力。她不停地看时间，好像等待了漫长的一个世纪。终于，她等来了那个救星似的电话。街道工委徐书记如释重负地说：“已经协商好了，快转到同济去！”郑园园高兴得有些发蒙，立即拨打120，谁知手一抖，拨成了110。

在同济医院第二门诊部，一系列检查后，陈爹爹进了手术室。这时已是深夜，寒风刺骨。第二门诊的收费窗口早已关闭，郑园园一趟又一趟地跑到第一门诊缴费，几趟往返下来，羽绒袄都汗湿了。可她一点儿都不懊恼，陈爹爹有救了，她悬着的心也安定了。由于陈爹爹所带费用不足，她前前后后垫付了三千多元，那是她一个月的工资。老人做完手术，郑园园又找来护工，将一切安置得妥妥帖帖。走出医院时，她忽然失了力气，整个人几乎瘫软在地。时间已到了凌晨3点半，她这才记起，自己已经有19个小时粒米未进，滴水未沾。

手术4天后，陈爹爹因并发症去世。一切的努力好像白费了，但郑园园说，她不后悔！如果当时她没有尽心尽力地去做，没有不离不弃地去守护，她这一辈子都不会心安！

说到“不后悔”时，郑园园的眼里闪烁着坚毅的光芒。那一刻的她，真美！

需人所需

3月9日，武汉市园博南社区门口一派繁忙。郑园园、社区工作人员、志愿者和下沉干部，像蚂蚁搬家似的从大货车上往下搬运米和蔬菜。大家搬得兴高采烈，搬得热火朝天。

“真好！有1000份爱心蔬菜呢！”

“可不是！你不用天天帮居民买菜啰。”

“这捐赠的4.2吨大米，真是及时雨啊！”

……

小区实施封闭式管理后，大部分商超关门歇业，社区的工作重心转移到居民生活物资的供给上。

每天上午8点至12点，郑园园和同事在多个微信群通知居民填写采购小程序，不会用微信的老年住户得打电话询问。下午，再将群里的信息逐一核对，发给供应商。社区住户多，订购信息量大，为确保采购信息准确无误，郑园园和同事们经常忙得顾不上吃饭。而所谓的“饭”，也不过是一碗泡面。第二天，供应商将订购物资送到社区。郑园园又马不停蹄地张罗起配送工作。

一袋菜、一盒药、一提牛奶，甚至一盒烟，对每一个家庭来说，都是小事，可累积起来，劳动量巨大。

郑园园已连续工作了近50天，体重由110斤减至90斤。下沉干部赞她是“铁人”，同事们却担心她累垮。她似乎有用不完的精力，既感觉不到累，也感觉不到饿，一心扑在工作上。连爱人在2月18日因感染新冠肺炎住院，她都无暇顾及。代购的菜量菜品远远满足不了居民的需求，很多居民吃不上新鲜的蔬菜和鱼肉。她看在眼里，急在心里。

“既然买不到，那就自己想办法。”

她主动联系有关部门、企业和物资供应商，终于得到了市农业农村局和东西湖区农业农村局的资助，这才有了开头的一幕。

第一次尝试成功后，她的热情更高了。为了让居民的餐桌更丰盛，她更积极地四处奔走。得知社区物资紧缺，省社科联的下沉干部主动提出捐赠爱心物资，郑园园喜出望外。省社科联还联系了另外两家爱心团体。3天内，总共捐赠15吨新鲜蔬菜、4.2吨大米、3吨肉食、6000份面和面粉、3000份食用油。由于物资较多，郑园园紧急动员并联系了近60余人。大家将捐赠物资卸载、登记和分拣打包后，按楼栋分组，送到居民手中。每户分得了一份菜、米、面、油。455户困难家庭额外分了1只鸡、5斤鱼，还有牛肉粒、春卷、花甲若干。多出的物资转赠给周边的社区，惠及更多的人。

微信群里沸腾了。居民的感谢、赞颂如潮水一般：感谢党！感谢人民！感谢捐赠的好心人！感谢社区干部！有人提议，打开窗子齐唱国歌。郑园园和同事赶紧制止，要求大家化感动为行动，报名当志愿者，为社区贡献力量。忽然，有一个人率先在群里打出了社区的口号：“我的社区我坚守！”刹那间，所有的人都在接龙这句话。这句话整整齐齐地往下排列着，传递着高涨的士气，传递着抗疫的信心，传递着团结的力量！

像护巢的春燕，像边疆的哨兵，郑园园用勇毅与深情、责任与担当，坚守着疫情防控的第一道防线。哪里有居民的需要，她就会出现在哪里，全心全力、殚精竭虑地为居民服务，自觉或不自觉地用行动诠释着“人民至上、生命至上”的理念。她从没想过会受到表彰。她一直把社区当作这一辈子的工作岗位，把居民当作这一辈子的亲人和朋友。在危难之际伸出关爱之手，不弃不离，已成为她的习惯和义务。

正因为有无数个这样的“郑园园”，武汉才走出了阴霾，走进了阳光明媚的春天！

开往春天的天使专列

铁甲战士护卫着白衣天使，驶向胜利，驶向希望

袁肖江：38岁，武汉市公交395路驾驶员，武汉公交经开公司战“疫”保运应急小分队成员。大年初一，武汉公交经开公司成立战“疫”保运应急小分队，袁肖江曾两次主动请战加入小分队。后来，随着援鄂医疗队的增加，在转运小分队通勤保障出现困难的情况下，袁肖江再次请战，坚守转运岗位，直到3月28日，完成黑龙江医疗队的转运任务。

作者：李志珍，武汉市作协会员。曾有散文、小说发表于《湖南散文》《辽河》《大理文化》《蓝烛光》《人文前川》《黄陂文艺》等刊物。

这是一辆特殊的395路公交车。从成立战“疫”保运应急小分队开始，它就改变了原来的线路，只在武汉豪生国际酒店到协和医院西院往返。乘客是一批固定的人员，他们是黑龙江援鄂医疗队的一群白衣执甲的天使；驾驶员是面对疫情挺身而出的平民英雄，更有像袁肖江师傅一样的巾帼英雄。始发时间是武汉疫情严峻的隆冬，到达时间是武汉扫除疫情阴霾的春暖花开的时节，目的地——春天的武汉。

大爱支撑，请战出征

2020年新年伊始，江城武汉。一场突如其来的新冠肺炎疫情，打乱了人们生活的节奏。新冠肺炎，这个按甲类传染病管理的乙类传染病导致的住院人数激增，几天之内就发展到了一床难求的地步。为了控制疫情发展，党中央作出指示，对武汉实行交通隔离。1月23日，武汉城市道路封闭。从这一天10点开始，公交停运了。公交司机袁肖江和所有司机一样，开始在家休息。

疫情的发展超出很多人的想象，武汉的医疗体系不足以应对这一突发的卫生状况。情况紧急，全国各地的多支医疗队在1月24日大年夜整装出发，驰援武汉。

由于车辆停运，到达武汉的医务人员在入住酒店和去往医院病房间的交通成了问题。在这种情况下，袁肖江所在的武汉公交经开公司于1月25日大年初一，迅速成立了战“疫”保运应急小分队，为各路医疗队的白衣天使提供通勤保障。有着15年驾龄的袁肖江主动请战，要求加入小分队，线路管理人员考虑到她家里还有9岁的女儿，没有答应。

随着全国各地援鄂医护人员的增加，交通成了迫在眉睫需要解决的问题：缺车！缺司机！袁肖江得知这一情况，心里真是着急：人民公交为人民。在人民最需要的时候，不就应该站出来吗？

站出来，走上抗疫的战场，就意味着与家人的隔离，也意味着未知的危险。

深知这些的袁肖江决定再次请战，她的想法得到了丈夫的大力支持。因为疫情，丈夫从1月20日起就在岗执勤，一直没回家；女儿还太小，是线路管理员拒绝她加入抗疫小分队的原因。

安顿好女儿，争取女儿的支持，才能说服管理员让她加入。前天，得知妈妈不用上班了，还不懂事的女儿欢呼起来："妈妈终于可以整天整天地陪我了！"如果上战"疫"一线，必须把女儿送去外婆家，不仅不能陪，还整天整天地看不到妈妈。该怎么跟孩子说呢？

1月27日是女儿可可的生日，袁肖江特意跑很远给她买了一个蛋糕。看着眼前漂亮的蛋糕，女儿开心地说："哇！妈妈不上班真好，可以给我买我最爱吃的蛋糕！"看着雀跃的女儿，袁肖江虽然为难，还是开了口："可可，知道妈妈为什么不上班吗？"

低头吃着蛋糕的可可抬起头说："是呀，您为什么不上班啊？过年的时候妈妈不是更忙吗？"

"因为武汉不知道从哪里跑来了一个叫'新冠肺炎'的怪兽，大家都躲在家里不能出门。"袁肖江严肃的表情和语气让可可也着急起来："那有人打那个'新冠肺炎'怪兽吗？"

"有啊。我们武汉的医生护士们都在和它战斗，全国各地也来了很多人支援武汉，可是有的叔叔阿姨没人给他们开战车。"

"妈妈，您不是开车的吗？您可以去开呀？"

"爸爸也不在家，我去开的话，可可怎么办呢？"

“你可以把我送去家家（外婆）那里啊。”孩子还不太知道，这次去外婆那里可不是一天两天的事，孩子愿意去外婆家，让袁肖江放心了。

正是那一天，援鄂的黑龙江医疗队第一批队员到达武汉，入住武汉豪生国际酒店，接管协和医院西院的三个病区。负责转运的驾驶员需要24小时备勤，往返于豪生酒店和协和医院西院，而小分队只有两人轮换值守，任务实在艰巨。没有后顾之忧，袁肖江再次郑重地申请加入医护专线的转运队伍，由于人员确实吃紧，线路管理员同意了。

袁肖江把女儿送去汉口的父母家。得知她要去战“疫”一线当转运司机，母亲叹了口气，嘱咐她注意保护好自己。父亲说：“年轻人，正是出力气的时候，该上的时候就应该上。”父母的理解，让她感觉有了坚强的后盾。临出门，可可大声说：“妈妈，你们一定要把那个‘新冠肺炎’怪兽打跑啊！”她转过身，比出一个胜利的剪刀手：“一定！”

舍生取义，她不普通

有了袁肖江的加入，原本两班制的备勤转运工作调整为三班制，早班四趟，中班五趟，晚班四趟，袁肖江承担了趟次最多的中班转运。这班转运，从2点半开始，到晚上9点半结束。7小时的连续转运，袁肖江就在豪生酒店、协和医院西院和车队间奔波。

为了方便转运工作，也为了安全，负责转运的司机都不能回家，住在公司统一安排的映泉商务酒店里。每天快到转运接班时间了，袁肖江骑上电动车从酒店出发，到达车队，穿好防护服，戴好口罩，给车辆仔细消毒后，她才开车出发，或是前往酒店接上准备上岗的医护人员去医院，或是上医院接上准备下岗休息的医护人员回酒店。

24小时备勤，值班车辆必须随叫随到。回到车队还没喘口气，可能又有了转运任务，袁肖江必须马上再给车消毒一次，消过毒的车才能出发接人。拿着消毒喷壶，座椅、窗户、地面，每一个角落都不能漏掉。每天5趟转运任务，她需要消毒10次，人如同浸在消毒水里一般，充斥鼻腔的尽是消毒水刺鼻的味道。如果转运的间隙休息时间稍长，她还要再换一套防护服。防护服不透气，内衣已经湿了，一歇下来就冷，搞得她自己都不知道是多休息一会儿好还是少休息一会儿好。

可是，自己这点儿辛苦算什么啊，那些直面病人的医生护士才真让人佩服呢。病人需要24小时看护，他们就24小时轮班坚守，那我们也不能掉链子，我们就24小时备勤。眼睛盯着转运微信群，接到转运信息，袁肖江马上起身，一分钟都不多耽搁。因为她知道，她少耽搁一分钟，就能给病患多争取一分钟的抢救时间；她少耽搁一分钟，就能给辛苦的白衣战士多争取一分钟的休息时间。

每次，看着从医院里拖着疲惫的身子出来的医护人员，看着他们脸上因戴口罩和护目镜留下的深深勒痕，袁肖江都心疼得不得了。谁不是父母的心头肉啊！他们这样不分日夜、拼死拼活不就是为了挽救更多的生命，给更多的患者减轻痛苦吗？所以，她从来没让那些医护人员等她，总是她待在有浓烈消毒水味的车里把车发好等他们。武汉的冬天湿冷湿冷的，密闭的空间为防止病毒传播，载人时车里不能开暖气。袁肖江总是提前打开暖气，等医护人员出来上车，她再关上。这时候，车里已经是暖暖的了。

虽然住在酒店，特殊时期，酒店不能提供餐饮，一日三餐由专门的地方送盒饭。袁肖江的肠胃不好，还做过手术，不够热乎的盒饭让她拉起了肚子。那时几乎天天拉，为了不影响转运工作，她只能喝点儿止泻药硬撑着。

一次去豪生酒店接医护人员上医院，刚到酒店，袁肖江就有憋不住的感觉，她停好车赶紧去找厕所。酒店里不像平时有前台值班，偌大的大厅空无一人。她不知道厕所在哪里，找了半天没找到，赶紧让同事帮着找。人在厕所，还牵挂着外面医护人员是不是在等她。等她三步并作两步从厕所跑出来的时候，还有人在上车，她大出一口气：谢天谢地，总算没有耽误他们的时间！此时的她，完全不记得自己到处找厕所的尴尬，只记得不能误了转运的任务。

那一天已经是晚上9点了，临近下班的最后一趟车，袁肖江送医护人员回酒店。车上，一个女护士和妈妈视频，说吃不上元宵了，袁肖江才记起今天是元宵节。公交司机，越是年节越是忙，家人已经习惯了他们在本该团圆的日子里缺席。在武汉，有“月半大似年”的说法，现在，她不仅顾不了老父老母，连孩子也扔给了他们。袁肖江想，明天一定要送点儿生活物资去汉口，老的小的，只能他们自己照顾自己了。

把车开回车队消毒后，已经快10点了，袁肖江骑上电动车回酒店。马路上看不到一个人，只有偶尔呼啸而过的转运病人或是医护人员的车。天空中悬挂着一轮昏黄的圆月，深冬的寒意一阵阵扑过来，浸入骨髓。终于到了酒店，她手脚都麻木了，缓了好一会儿，冻僵的手脚才慢慢暖和过来。

武汉的物资储备一直很充足，这时候还没有实行社区网格管理。袁肖江去指定的购物点买了一些牛奶、水果、蔬菜、零食，她要趁着上午不当班送到父母家。电话联系后知道她要来的父母和女儿戴着口罩，早早就站在五楼的阳台上，朝着她来的方向眺望。远远看到她骑着电动车的影子，女儿便喊了起来：

“妈妈——”

女儿的急迫，让袁肖江有些愧疚。站在楼下，她抬头望着父母和女儿，心疼地说："外面这么冷，你们怎么不等我来了再出来呢？可可，妈妈给你带了好多好吃的。"

接送医护，让袁肖江也成了高危人群。她不能上楼，更不能进门，让父亲用绳子拴上挂钩，从阳台垂下来，将她买的生活物资吊上去。东西拿上去了，又嘱咐他们用酒精消毒后再打开，嘱咐可可听话。母亲询问她吃酒店的盒饭，胃受得了吗；父亲殷殷嘱托她注意安全。抬头应答间，袁肖江突然注意到，父母花白的头发在寒风中抖动，在冬日的阳光下是那样刺眼。她的心像被什么咬了一下，生疼。在这特殊时期，她不能照顾年迈的父母，还要让父母为她操心，自己是多么不孝啊！

从汉口回沌口，还有好远的路，袁肖江必须走了。看到她推起了电动车，可可又大声嘱咐她：

"妈妈，家家说'新冠肺炎'那个怪兽最怕消毒水，你要多消毒，别到处乱跑。"

袁肖江背转身，眼泪终于抑制不住地淌了下来。才9岁的孩子，前几天还在怀里撒娇，仿佛一瞬间长大了，知道担心妈妈了。

袁肖江经常说，她就是一个普通的女公交司机。可是，作为女儿、妻子、母亲，这特殊时期，她没能侍奉年迈的父母，没能支撑在抗疫一线的丈夫，没能呵护年幼的女儿！在未知的危险面前，毅然挺身而出，走上抗疫一线，彰显的是公交人无私的大爱。

袁肖江的微信名是"阳光下的星星"，一颗微不足道的小星星，在寻求光明，寻求那带给人希望的温暖。

这样的袁肖江普通吗？

同心战“疫”，我们在一起

袁肖江负责转运的黑龙江医疗队，是最早一批到达援鄂的医护人员。东北人热情豪爽，留给她的尽是美好的记忆。而他们，对袁肖江细致周到的服务也是发自内心地感谢。

那一天，袁肖江的395路车刚到酒店，就上来一位护士，双手吃力地拎着一个大编织袋，袋子里是5个柚子。袁肖江赶紧过去帮忙。哪知护士直接把袋子递给她，说：“袁师傅，这段时间辛苦您了，这几个柚子是送给您的。”

袁肖江直摆手：“不行不行！这是爱心人士捐给你们的，我怎么能要呢？你们在抗疫战场上不顾危险，直面病魔，这是大家，还有许许多多的武汉人对你们真诚的感谢啊！”这时，陆陆续续上车的人多起来，耿直的东北人纷纷发声，都不吝自己对袁肖江师傅的感谢之词。一位医生说：“袁师傅，您别再推辞了。要说直面疫情，您跟我们一样。没有你们的24小时通勤保障，哪能有我们在病房里的专心抗疫，哪能有我们在宾馆里的安心休息？您和我们一样，是战‘疫’抗疫的斗士，我们是在一起共同前进、共同战‘疫’的战友！要说感谢，你们一样值得大家感谢！”

5个大柚子，沉甸甸的！它是白山黑水的白衣天使和龟山长江的铁甲斗士并肩作战的见证，是全国人民同心抗疫“在一起”的见证。在这段特别的抗疫日子里，那些“在一起”让人动容：从1月25日到3月18日，短短54天，中央召开7次政治局常委会，部署防控阻击战；疫情期间，全国31支医疗队42000多人参与支援武汉；无数有识之士捐钱捐物，支援抗疫；数不清的志愿者不惧危险、不计报酬，加入到各种志愿服务工作中……

有这样的“在一起”，什么样的疫情我们不能战胜呢？

3月18日，是一个值得铭记的日子。那一天，袁肖江感觉到车厢里的气氛格外轻松。在医护人员的交谈中，她才知道，这一天，武汉新增病例为零。这个“零”，是多少人日夜奋战的结果啊！袁肖江想到，往年的这个时候，早班的公交总是坐满了人，他们去往东湖、去往江滩、去往黄鹤楼。在那里，一些爱俏的婆娘们，拿着各色的丝巾，妖娆地摆出各种姿势，留住年轮中的春景春色。

终于清零了，那些俏婆娘出门踏春的日子也应该不远了；离家快两个月，那些白衣天使回家休息的日子也不远了。想到这些，袁肖江的眼睛湿润了……

从2月到3月，袁肖江驾驶着395路这辆特殊的公交车，载着白山黑水的天使们，在武汉的街道上，在协和医院的病房中，一路披荆斩棘，驱除疫魔；一路洒下汗水，播下希望。

千千万万像袁肖江一样的抗疫战士们，我们不说感谢，只是铭记！铭记你们危难之时迎难而上的豪迈；铭记你们面对汹涌的疫情挺身而出的果敢；铭记你们心里装着千万病患、万千家庭的柔情。

3月28日，在百花恣意怒放的时节，这辆特殊的专车，在驾驶员袁肖江的安全护卫下，载着满车的白衣天使成功抵达春天的武汉，与长江的春水会师，与武大的樱花会师，与东湖的绿道会师，与龟山的白云黄鹤会师！

满血复活的大武汉，回来了！

星星点灯

四两拨千斤，帮你拨开压在头顶的那团乌云

潘兰：中国妇女十二大代表、湖北省三八红旗手，湖北省公益木兰领军人才、武汉市抗疫巾帼英雄。心理咨询师和家庭教育指导师，美国纽约大学儿童心理学硕士，长期致力于家庭教育、女性成长及亲子教育的研究和实践指导；特别擅长运用非言语的治疗技术（如音乐、绘画）打开心理症结，并将艺术表达心理课程引入低幼儿童发展、青少年成长与心理建设和困境儿童领域。目前，作为武昌区融智家庭社区指导中心和东西湖区予童社区服务指导中心负责人，除了常规工作，她领导的团队仍在进行公益的线上热线和线下的疫后援助工作。

作者：吴艺，教师，民盟党员，武汉市作协会员，国家二级心理咨询师。业余偶尔写作，有散文、诗歌、报告文学散见于省作协公众平台以及《武汉作家》《武汉印象》《南丹文学》《天峨文艺》等文学刊物。

闻香识潘兰

2020年新年伊始，突如其来的新冠肺炎疫情席卷武汉。1月23日，武汉下令封城。

这是一个黑色的春天，不明来历的病毒很快在世界范围内扩散，一千万武汉人被困在家中，度过了76个足不出户的日日夜夜。有幸的是，在党中央的正确领导下，武汉人民隐忍坚守，全国人民众志成城，只用了短短几个月的时间就赢得了这场史无前例的抗疫战争的初步胜利。在看不见硝烟的战场上，奋战在一线的医护人员、社区工作者以及各行各业的志愿者们，得到了媒体和百姓的高度关注和广泛礼赞。而鲜为人知的是，在武汉，有这样一个小众团体，他们同样不顾个人安危为抗疫默默无私地奉献着。这是一群由专业心理咨询师组成的“抗疫心理志愿服务热线”团队。整个疫情期间，这些心理咨询师用自己的爱心和耐心、专业和智慧，为突遭疫情而惶恐不安甚至临近崩溃的社区工作者和居民们进行情绪疏导；为急需防疫物资的单位对接调送，排忧解难，为抗击新冠肺炎这场战役作出了非同寻常的贡献。

潘兰就是这群英雄中的代表之一。在接到采写潘兰的任务之前，我和大多数武汉市民一样，几乎都没听说在抗疫一线还有这样一个团队。而当我看到潘兰及其团队的事迹简报时，我被深深地打动了，所以我决定尽快约见潘兰。

初见潘兰，尽管她淡淡的素妆没有掩盖住淡淡的黑眼圈，甚至左脸颊新添的一处小创口还贴着创可贴，但其白皙细腻的面容，温婉亲和的淡粉色休闲套装，尤其是整体的知性气质，一眼就能看出其内在的雍容。真是妥妥的美女一枚啊，是我喜欢的那种散发着灵魂香气的女子。

没有过多的客套寒暄，潘兰向我们简短地介绍了她的团队及工作室。室内摆放了许多荣誉奖证（杯）和锦旗。七八个年轻的面孔朝我们友好地点头微笑。为了不打搅他们工作，潘兰把我们领到隔壁的一间小型会谈室。通过近两小时的访谈，让我对潘兰及其团队的工作有了更全面、更立体的认识，对潘兰在公益事业上，在这场抗疫战斗中所作的奉献有了更深的理解和更高的敬意！

“做公益，快乐着你的快乐”

积极投入抗疫社会服务公益活动，对潘兰而言并不是偶然，因为她做家庭教育领域社会服务性公益活动已经多年了。

做公益最初的动力来自潘兰小时候的经历。她小学三年级时，妈妈被确诊得了乳腺癌。从那时起，为了不给父母添麻烦，小小的潘兰总是努力做好自己和家里的事情。大三那年的一次心理学课上，老师让学生听一段音乐，表述自己的感受。潘兰仿佛看到一个背着硕大包袱往前走的小女孩的背影……那就是她自己啊。原来她一直是孤独的，渴望妈妈的拥抱，渴望她的爱……就是这样一个偶然的机会，潘兰重新认识了自己，也意识到父母的教育和陪伴对孩子成长的重要性。

大学毕业后，潘兰赴美国纽约大学攻读儿童心理学硕士，并于学成后回国，随后创办了融智家庭社区指导中心，专注于家庭教育、困境儿童心理健康公益服务，到现在已整整做了十年。

作为湖北省妇联公益木兰“橡皮树学堂”留守流动儿童公益项目发起人，潘兰在2016年去大悟县看望留守孩子，开展《我妈妈》主题绘画活动，从孩子们充满稚气的绘画线条里，她看到的是渴望——渴望父母的陪伴，渴望被理解，渴望成长……看着画，潘兰耐心地和每一个孩子交流。那一刻，她觉得自己就是孩子和父母、孩子和世界之间的桥梁。有一个孩子一直不说话，潘兰也什么话都不说，只是紧紧地握着那孩子的手。当言语显得苍白的时候，爱的行为会带去温暖和力量。懂孩子比教孩子更重要。

随着社会经济的发展，越来越多的人开始关注新时期家庭教育中面临的困难和挑战。潘兰认识到，做公益，不仅仅只有物质方面的帮扶，更重要的是加强心理健康方面的关爱。因为只有心安了，家才能安；而家安了，社会就和谐了。为了帮助家长更好地进行家庭教育，潘兰团队承接了武汉市妇联“家庭教育进社区公益大讲堂”项目。针对社区的全职妈妈、隔代教养的老年人和儿童，在全市十个示范妇女之家授课千余场，大家都认为这是可以改变家长和孩子的课。听课后，有复读生考上大学，就加入了学校的青年志愿者协会，服务于农村留守儿童；有读社会学专业的研究生，致力于把专业知识应用于公益事业……

我有些好奇的是，她们的薪水以及活动资金从哪里来呢？潘兰微笑着告诉我们，政府部门的大型公益活动有少许拨款，以及部分企业的赞助。至于个人薪金酬劳嘛，平常也接一些一对一心理咨询的个案，毕竟大家也是要养家糊口的，家庭条件尚可的当然也会收取一定的费用，这样基本收入有了保障，就有了更好的状态去做公益……“像我们这样做社会服务工作的，要想发财肯定是不可能的，但我们获得的是另一种财富，能尽自己所能帮助更多人，感受到被更多人需要，这种快乐是没法用语言表达的，通过这次疫情再次深刻地印证了这一点！”

平实的表述体现的却是难能可贵的大爱与情怀！在这个物欲横流的时代，凭他们的专业和资历，完全可以获取更多的个人财富，但他们却甘守仁道，以普度苍生为己任，看着潘兰清澈的眼神，我的眼角有些湿润了。

我忽然想起了一句古老的箴言：送人玫瑰，手有余香。

线上线下忙碌，分内分外奔波

武汉封城后，潘兰团队曾经预判这场疫情对社会各个层面都是前所未有的考验，心理援助工作必须坚持科学有序、精准施策、持续高效的原则展开，同时还要更多关注社会现实因素影响的心理干预方案。果然，还没来得及周密部署，许多社区书记就打电话过来，询问能否帮忙找到防疫物资。接到电话，潘兰立即发动中心志愿者团队，不顾个人安危，利用自己的工作资源和渠道想尽一切办法帮助社区找口罩、酒精、消毒水……整整六天，她们几乎不眠不休，共计对接1.2万套防护服、6万只口罩、7932副护目镜、90万双手套、247桶酒精、135桶消毒水转运到149个社区；100台医用空气净化器定点捐赠到金银潭医院。而在初期，他们自己都只有简单的防护用品。

这样的事迹太出乎我的意料了：她们的工作不只是热线心理咨询疏导吗？居然还冒着危险做了这么多不属于分内的事啊！

潘兰说，疫情初期太缺物资、太缺人手了，哪里顾得上分内分外，只知道有求必应。2月1日，他们一接到市妇联的通知，就迅速集结了一批优秀心理咨询师加入到武汉市妇联抗疫心理援助团队。从那天开始，她就和中心63名心理咨询师在市妇联的指导下值守心理热线，不分昼夜倾听来访者的心理诉求，直到武汉解封。与此同时，他们还根据具体情况随时应对线上转线下的个案需求。接到的第一个线下心理援助服务电话，便是来自洪山区的一个街办党委书记。这位女书记在电话中告诉潘兰，他们社区的工作人员都要崩溃了！潘兰立刻感到事态的严峻，如果社区工作人员都无法正常工作了，那整个社区还不乱成一锅粥？！她立刻赶到书记的办公室，看到书记的那一瞬间，潘兰的眼泪唰地下来了——十多天没见，书记竟然变得如此憔悴，头发也花白了，她这些天经历了怎样的煎熬啊？！

书记告诉潘兰，社区工作人员自疫情以来一直都在加班加点，不但没有得到居民的认可，反而每天都要承受居民在岗亭和社区网上的指责甚至谩骂。他们现在连手机都不敢看，情绪临近崩溃。潘兰冷静地整理了一下思路，对书记说："我们就把现在呈现出的状态当作最差的，任何事情到了谷底只会慢慢回升。我们付出了那么多，受了那么多委屈，如果这一刻能被居民理解和接纳，大家的情绪就会得到缓解。"接着潘兰以自己的专业和经验捋了一段话让书记发在社区网上。内容大致是这样的："社区的居民们，大家好。我是××书记。第一次面对这样突如其来的疫情，我和大家一样有些手足无措，没有百分百做到应对所有的需求，工作中也会出现一些漏洞，但我们还是在尽全力地为大家联系物资，尤其是在我们自身的防护资源也不充分的情况下，在有家不能回的状况下，我们还是在努力地为居民做好服务工作。我们加班加点忙碌了一天，拖着疲惫的身子看到网上质疑、指责我们，心里很难受……这场疫情就像一场战争，我们能否携起手来，互相理解，共同应对这场战争呢？"然后，她们一起静静地等待网上居民的回应。大约过了十几分钟，有居民开始回复了："书记啊，我们也是太着急了，可能有些话说得不好听。你们也不容易啊！"慢慢地，两个、三个、十几个居民开始陆续表示对他们的谅解和接纳。潘兰和书记那颗悬着的心终于放下来了。

很多时候，我们不仅要学会付出，更要学会交流和互动！

2月1日晚，一位妇女给潘兰打电话，说她侄子在家连续高热5天了，她急得不知道如何是好。想到这个孩子是其父母离异后由她一手带大的，如果出了什么意外，她真的无法面对。对这样的事件，仅仅语言安慰是无力的，只有解决了具体事件才能真正缓解情绪。潘兰首先让她平静下来，然后迅速打电话联系其所在辖区的街道，又协助联系到孩子所在的隔离点进行收治。直到确认孩子已经被安置好，又给这位妇女回了电话，让她放心。忙完这一切不觉已是拂晓……

2月6日，潘兰想起前几天有位男士因其母亲入院的事曾向她求助，于是一大早就电话回访。结果那位男士平静地告诉潘兰他母亲已经走了，说完便是长时间的沉默。潘兰陪着他沉默了好久，然后问道："我能为你做点儿什么吗？"电话那头顿时传来痛哭声："老师，我什么都做不了，我好想抱着我妈妈，但我当时只能跪在地上磕头，我真的什么都做不了……"潘兰陪着他一起哭了起来，她理解他当时的无助和绝望。此刻，在电话的两端，他们如同相识已久的朋友。潘兰对他说："等一切结束，我陪着你一起给阿姨的坟头上炷香。"他告诉潘兰，在家里他是儿子、丈夫、爸爸，他不敢让自己脆弱，一直扛着……这是妈妈去世后第一次痛哭，哭出来感觉心里舒服多了。

能够哭出来其实是件幸事，因为哭也是一种释放。脆弱不可怕，但太多人连表达内心脆弱的渠道都没有，长时间都在独自苦苦支撑，这才是最可怕的。潘兰说，他们太需要理解和支持，太需要倾诉的渠道了。

有一天，一个小伙子给潘兰打电话，开口便说："您是心理咨询师吗？我心里好难受，想找人聊聊。"潘兰听到对方的信号不大好，声音有回响，估计是在建造中的大楼或烂尾楼的某个角落。潘兰一边警觉着，一边冷静地和小伙子攀谈起来。原来，小伙子在广州上班，疫情让他待在武汉家里无法复工。他担心自己的工作，还有每个月的房贷，压力和焦虑无处安放。潘兰没有劝他"等等就好了"，而是告诉他，"我是一家社会组织的负责人，情况也和你差不多，我特别理解你现在的担忧。目前我们可以看到的是：政府不断地推进复工复产的相应措施，不如我们现在一起讨论一下复工前的职业准备吧……”就这样，潘兰和这个小伙子从复工谈到各自的专业，从专业谈到以后的发展。近两个小时的真诚交流终于让小伙子沉静下来。

听到这儿，我也长舒了一口气。所谓“一念天堂，一念地狱”，我们都是凡人，在重大变故面前，在承受了太多的压力之后，难免会有脆弱到临近崩溃的时候，仿佛天塌地陷，四周一片黑暗……这时候如果有人送来一点儿光，哪怕不能照亮前路，至少也能让人感到共情和慰藉，还有人愿意陪伴自己，理解自己，自己并不孤单……几近崩溃的情绪才有可能缓解。某些关键时刻的心理疏导又何尝不是救人于水火之中呢？！我情不自禁地感慨道：“潘兰，你们就是送光的天使！你们也是当之无愧的英雄！”

“我们要做的是，帮人清理心里的‘病毒’”

武汉解封以后，武汉市妇联抗疫心理援助团队解散了。但潘兰团队的心理援助工作并没有就此轻松，他们仍在坚持做疫情之后遗留的心理援助工作。

疫情期间，潘兰就接到过很多家长的电话，大都咨询孩子在这次疫情中会不会有什么心理影响？在这个特殊环境中，如何与孩子共处？疫情结束后，复工复产复学，新的问题也跟着来了。孩子这大半年都是在家自由活动，线上学习，现在重返学校，感觉不大适应；更有一些孩子，因为网上学习的效果并不好，所以害怕以不理想的真实成绩去面对老师；有的孩子因为疫情困于家中加重了网瘾，疫情过后无法正常复学……类似的案例还有许多。

除了家庭教育和亲子关系持续性的疏导服务，潘兰团队还要做的就是逝亲家人的心理安抚工作。疫情过后，逝亲家庭大多还处在伤痛情绪的自我调节中，无法从中走出来。潘兰说，遇到这种情况，她一般会陪他们一起“等一等”，也会指导他们不需要总是告诉自己要快点儿好起来，接受喜怒哀乐是一个正常人具有的正常情绪，允许自己有悲伤的时候，心才会真正平静。而对于幼小的孩童，可以暂时引导他们避开真相。有位阿姨来电话说她的女儿因为新冠肺炎去世，留下上幼儿园的孩子天天找妈妈，她不知该怎么办。潘兰就对阿姨说，告诉孩子，妈妈去了一个很远的地方工作，她只要乖乖听外婆和老师的话，按时上幼儿园好好学习，等她长大一些妈妈就会回来了。第二天，阿姨说孩子当晚不再哭闹，睡得香甜了……现在，疫情基本控制住了，身体的病毒清零了，心里的“病毒”何日才能彻底清零呢？我们丝毫不敢懈怠！

这番真诚表达出社会责任感和使命感的话语，使略显单薄的潘兰在我眼中顿时高大起来……

结语

采访结束，我的脑海里反复回响着一首老歌：“星星点灯，照亮我的家门，让迷失的孩子找到回家的路；星星点灯……”

眼前的潘兰，在阳光下，她就是一株幽兰，向人间传递久远的芬芳；在暗夜里，她就是一颗充满了温暖和亮光的星星，引领每一只归林的倦鸟从迷茫中返回巢穴，将双脚平稳地在树梢落定……

响亮的第一声

有一种声音，响遏行云

张继先：中共党员，主任医师、教授，中华医学会呼吸分会湖北省、武汉市委员，湖北省职业病尘肺病鉴定专家，现任湖北省中西医结合医院呼吸内科主任、党支部书记。她是武汉新型冠状病毒感染的肺炎疫情防控工作的标志性人物，是湖北疫情上报“第一人”。2020年，获得“全国先进工作者”“中国好医生、中国好护士”抗疫特别人物、“全国卫生健康系统新冠肺炎疫情防控工作先进个人”“白求恩式的好医生”等一系列光荣称号。

作者：肖静，中国作协会员，《江河文学》执行副主编；在《长江文艺》《天津文学》《延河》等文学核心期刊发表作品数部；出版中短篇小说集《情感成本》、长篇小说《转身》、长篇报告文学《金色人生》。

有一种责任，出自本能，因敢吐真言，成为一段特殊时期的标志。

有一种追求，看似朴实，却响遏行云，诠释医者杏林春暖的情怀。

在荆楚腹地素有“九省通衢”之称的大武汉，有这样一位矢志不移地坚持医者道义、崇尚科学、求真务实、自信果敢的巾帼，于2020年春，在疫情初始，她凭借临床经验，积极上报，为中国打赢疫情阻击战，打赢武汉保卫战、湖北保卫战，为世界疫情防控，吹响了第一声冲锋“集结号”。

她，正直坦荡，心胸豁达，对人坦诚相待，对工作尽力尽心，以善为情，乐于助人；她就是武汉新冠肺炎疫情防控工作的标志性人物——张继先。

54岁的张继先给我的第一印象是，阅历丰厚，感情丰富，精神丰实；个头不高的她，不仅心态平和、慈善柔美，而且不惧艰难，风范儒雅。

一

2019年12月，天，像倒扣在大地上的一口有着无数漏洞的锅，阴沉沉的，雨水绵绵不绝，大武汉笼罩在一片阴郁之中。恶劣的天气给市民生活带来诸多不便，伤风感冒的人不断增多。地处武汉市中心城区江汉区菱角湖路11号的湖北省中西医结合医院与武汉其他医院一样，门诊部人来人往，尤其是呼吸道内科，每天都有感冒病人排着长长的队，等待医生诊治。

“咳，咳——这鬼天气，太容易感冒了。”

“可不是吗，一不小心就伤风了，唉！”

“昨天还好好的，今天就咳嗽了。”

……

咳嗽声、叹息声、哀怨声在候诊区此起彼伏，不绝于耳。

12月26日下午，湖北省中西医结合医院呼吸内科主任张继先如往常一样，对住院部所有重症患者进行巡查。大约4点多钟，住院部当值医生向张继先汇报："张主任，这位病人情况严重。"张继先抬头望去，那是一位60岁左右的婆婆，呼吸困难，喘得说不完整话，伴发热、全身无力。接过值班医生递过来的化验单：白细胞总数低，还有些酶的升高，低钠，低氯；肺部影像表现为单纯性缺氧+二氧化碳潴留，属于I型呼吸衰竭。张继先再仔细看，婆婆的心功能没问题，只有单纯肺功能不好，刚好跟CT影像对应，但其表现跟I型呼吸衰竭又有所不同。初步判断是病毒性肺炎。

可是病毒性肺炎是一个大类，有许多病毒都可导致肺上炎症，具体是什么病毒呢？下班回到家，张继先仍然心神不宁，带着心里的疑惑，从书柜上取下《实用内科学》《呼吸病学》，翻来翻去，还是对不上婆婆现有的症状，不能明确。

第二天上午，医院神经内科请求呼吸内科会诊。值班医生会诊回来说，有一位60多岁的爹爹因复视、双影住进神经内科，后出现发热、呼吸困难，需要转到呼吸内科住院部来。

爹爹来了后第一句话就说："我要跟婆婆住一间房。"

张继先奇怪："你为什么要男女混居呢？"

爹爹说："她是我老婆啊。"

张继先查了一下病历，原来这对夫妻是头天下午同时来医院就诊的。她将二人的CT结果反复比对，二人的影像表现差不多。这种现象张继先不曾见过。在2003年"非典"疫情防治中，张继先作为有着丰富经验的江汉区专家组成员，每天都要下到各大医院排查疑似者，这会儿她凭着医生的责任感和对传染病疫情的高度敏感，感到"这里有问题"。于是，她又仔细询问两位老人的住址、家人、发病起始，以及出现这种病况之前到过何处，接触过什么等一系列问题。

经过询问得知，两位老人就住在医院附近，身体不舒服已有时日，刚开始认为仅因天气阴冷所致，没当回事。哪知，到了26日下午，身体不适加重，实在难以支撑，才想到看医生。

两位老人从自觉身体不适到决定住院，一直是他们的儿子在照顾。出于职业的敏感，不明病毒的出现，让张继先立刻将目光投向两位老人的儿子身上："建议你也去做个肺部CT检查，不，不是建议，是一定，马上！"

"我这不是好好的吗？没有任何症状，没事儿。"

"不，一定要检查。"张继先很快为两位老人的儿子开好检验单，并督促他一定要检查，绝不能忽视。

很快，检查结果出来了。没有任何症状的儿子，其肺部CT和他父母有着同样的表现。正如张继先猜想的一样，"确实有问题"。

张继先的眉头重重地打了一个结：一般来讲，一家人来看病，只会有一个病人，不会三口人同时得同样的病，除非是传染病……

接着，医院门诊又陆续收治住院部4位病人：27日来了1位、28日来了两位、29日来了1位，他们全来自华南海鲜市场。症状和肺部表现与上述一家三口患者的症状差不多，只是病情的轻重有所区别。

有悖常理。张继先心中的疑团越来越大。

为了排查病因，张继先给病人做了甲流、乙流、合胞病毒、腺病毒、鼻病毒、衣原体、支原体等与流感相关的检查，然而，病人的这些检测结果全部呈阴性，这说明7位病人所感染的不是已知的流感病毒。

那么，这到底是一种什么病毒呢？

此时的张继先感到了一种不明病毒在流行，脑海中生出了不好的预感。

一定要避免交叉感染，张继先当即做出决定，在呼吸科病房隔出一块与其他区域相对独立的地方，把7位病人分别按发病地点隔离到两个病房里。

面对突如其来的疫情，张继先没有用过多时间等待观望，而是尽可能地守护生命。她想到的是作为医生的操守和良知，想到的是身上的责任与担子，想到的是医生、护士、病人及家属的安全。于是，她要求科室所有医护人员必须戴口罩，进入隔离区时戴上N95口罩，患者的日常用品单独存放，患者家属送餐通过隔离窗送进来。

张继先根据临床经验，指导值班医生，如何用抗病毒、抗细菌的西药，如何运用小剂量激素，如何以中医汤药作为调理，综合治疗。同时，张继先赶紧向医院分管业务的副院长夏文广做了汇报，她对夏文广说："我们目前一下收治了7位患者，病情异常……"

夏文广一听也很急，连忙问："你怎么想？"

张继先果断地说："开展全院大讨论吧？"

所谓的全院大讨论就是医院内多学科综合诊疗会。当天下午1点，医院呼吸科、院感办、放射科、药学科、医务部、检验科、ICU、心内科、血液科、神经内科等科室主任，会同夏文广和张继先，呼啦啦来到呼吸科医生办公室。大家对这7个病例进行了逐一讨论，专家们一致认为，这种情况确实不正常，要引起高度重视。

在张继先的提议下，医院立即按程序将疫情上报给武汉市江汉区疾控中心，以及省、市、区卫生健康委员会。

12月29日星期日，省、市卫健委疾控处接到报告后快速反应，指示武汉市疾控中心、金银潭医院和江汉区疾控中心，来到湖北省中西医结合医院，进行流行病学调查。当日傍晚，武汉市传染病定点收治医院相关专家来到湖北省中西医结合医院，逐一查看了这7位病人，接走了6位病人，其中轻症3位、重症3位，那一家三口中的儿子坚决不去金银潭医院，留在张继先这里继续治疗，2020年1月7日病愈出院。据后来了解，这7位病人全部康复。

张继先成为湖北疫情上报“第一人”。

二

正如张继先预感的一样，病毒的蔓延越来越快，入院者越来越多。经过定性，将此种病毒命名为新型冠状病毒，将由这种病毒引起的肺炎命名为新型冠状病毒肺炎。

1月20日，钟南山院士指出新冠肺炎会人传人。从那天起，医院所有医生都配备了三级防护服。由于处理得当，张继先所在的科室没有医护人员感染，也无患者交叉感染。

每一项工作都有其特殊性，张继先所主持的湖北省中西医结合医院呼吸内科也不例外，这里与传染患者零距离，尤其是新冠病毒的出现，让很多人谈新冠变色，惊恐万状。很多人感到了人类的脆弱、无助，甚至悲观、失落。

一位政治家曾说：“要想征服世界，首先要征服自己的悲观。”张继先作为有着丰富临床经验的呼吸内科专家，面对疫情没有悲观，她懂得：悲观，容易；不畏惧，难。人生一世，不如意十之八九，如果一味地沉湎于不如意的忧愁中，只能使不如意变得更加不如意。悲观的情绪会出现在人类生命中的各个阶段，战胜悲观情绪，用开朗、不畏惧的情绪支配自己的生命，就会发现原来生活别有洞天，征服自己的悲观情绪便能征服世界上一切困难之事。

张继先想，既然悲观于事无补，那我们何不换个角度，以正常的心态，用医者的担当，以不畏惧的态度来对待突如其来的疫情？

正是因为张继先理解了生命的真谛，守住了不畏惧的心境，才使她看到在阴霾中看不到的春色。

面对疫情，面对庚子年巨大的劫难，张继先无论何时何地身处何境，都用不畏惧的态度对待生活，对待工作，对待事业，对待所有的新冠肺炎患者。她说："不畏惧是击败悲观的有力武器。不恐慌，不畏惧，才能将不利于生命的局面一点点打破。"

张继先像救火队员一样，在离新型冠状病毒感染的肺炎疫情最近的地方战斗。早在收治那一家三口住院时，张继先当即做出决定，在呼吸科病房隔出一个与其他区域相对独立的地方，建立了有9张病床的隔离病房。自此，张继先就成为医院肺炎救治组长。2020年元旦后，呼吸科的门诊量开始激增，由原来一天100人左右，增加到230人左右，收入住院的病人也越来越多。

1月17日，医院将住院部一楼改造成为专门的隔离病区。

1月25日，医院成为第三批新型冠状病毒感染的肺炎治疗定点医院。医院改造成立了6个病区，共160张床位，承担着新型冠状病毒感染的肺炎重症患者的救治任务。作为呼吸内科主任，张继先不仅每天要对160位病人查房了解病情，制定诊疗方案，遇到危急重病人，她经常带领团队通宵达旦抢救。

张继先从不关手机，24小时守护着每一位病人的健康，夜以继日地奋战在抗击疫情的第一线，总是把危险留给自己。面对危重传染病人，她身先士卒，有时甚至关起门来抢救，不让太多人介入。她经常头天抢救了一晚上病人，来不及休息片刻，第二天一大早，又投入到新一轮查房和制订新的医疗计划之中。

网上有张继先的很多资料，其中的几张图片，都是张继先和她团队的工作照，一张张脸上伤痕累累，那是口罩压的；一双双眼眸里透射着刚毅与顽强，那是医者的操守与担当。戴N95口罩、护目镜、面屏，穿着密实的防护服，全身不透气，几个小时下来，身上湿了又干，干了又湿，为了减少上厕所的次数，医护人员几乎一天都不喝水，忙起来，吃饭也不能准点，统一佩戴的N95口罩皮筋拉得很紧，许多人的鼻梁和眼眶都生了压疮。

说起自己的团队，张继先不无自豪地说："不畏惧，保护好自己，才有能力、有健康的身体坚持工作，才能让更多患者得到救治。我的团队成员没有抱怨，大家都在全力做好分内工作。"

"把风险留给自己，把健康还给病人。"作为一名共产党员，张继先把党和人民的利益放在首位，自己回归到普通医生的位置上，同医护团队一起，不畏艰险，与病魔零距离作战，打了一场漂亮的抗疫仗。

三

随着疫情急剧蔓延，感染者剧增，拥有千万人口的大武汉措手不及，什么都缺，医生、护士、医疗器具、药品……形势严峻，举国上下，纷纷援助武汉。来自京粤两地的4支医疗队、100余名医护人员增援湖北省中西医结合医院。

"全国的医疗资源集中在了湖北，那么多的医护精英来帮助武汉，让我非常感动！"张继先动情地说，"外地增援队伍在已知新冠肺炎的危险程度后仍然愿意前来，某种程度上说，他们比我们更勇敢。"

武汉是这次疫情的重灾区，有很多人把湖北与外省感染的人数进行比较，湖北武汉的重症患者基数大，其他省份无法比拟。作为医学专家的张继先认为，不应该将外省市新冠肺炎患者的死亡率与湖北，尤其是武汉做横向比较，并且简单以此为据论高低。因为比较对象的分母差异性太大，可比性不高。

在医疗过程中，张继先坚持中西医结合，充分发挥中医药优势，不断优化临床诊疗方案。她认为中西医是治疗新冠肺炎确诊病患、备受外界高度关注的话题之一。张继先说："就这一领域，运用中西医结合康复疗法，对于治疗恢复期隔离患者，加快促进新冠肺炎患者出院后快速恢复肺功能，具有很好的疗效。"

当时，湖北省中西医结合医院在全省率先成立新冠肺炎恢复期康复病区，受到社会及业内的广泛关注。张继先率其团队临床治疗表明，在帮助患者退热、止咳、止喘等减轻症状方面，中医效果是明显的。

张继先在湖北省中西医结合医院有多个身份：她是呼吸内科主任、主任医师、教授，也是院纪委委员、呼吸内科党支部书记，但对她而言，她最看重的还是医生这个职业。平时，她在繁忙的工作之余，也积极开展支部各类活动，增强团队凝聚力；到社区义诊，去基层农村健康扶贫，举办健康讲座，开展教学查房等活动，总能见到她的身影。

然而，回顾与病魔抢夺患者生命的那段时光，张继先并没有回顾他们是如何用生命在守护生命，说到更多的是志愿者的故事，餐馆老板免费送餐的故事，孩子们写来情真意切信件的故事……她说："这些人和事，让我感受到医护人员并不是孤军奋战，还有全社会的共同努力，这是我感到的最强大的支撑。"

这就是张继先，有情有义的张继先，正如她的同事所说："只要你接近她，就会被她的亲和力与正气所感染。"

翻看历史，张继先作为中华医学会呼吸分会湖北省、武汉市委员，湖北省职业病尘肺病鉴定专家，现任湖北省中西医结合医院呼吸内科主任、党支部书记。她带领内科党支部多次获得优秀基层党支部称号，她个人也多次获得“十佳”优秀党员、优秀党务工作者荣誉，在抗击“非典”战役中荣立过“三等功”，获得“省卫生厅直属系统优秀共产党员”“全国医药卫生系统创先争优活动先进个人”等荣誉称号。2020年，被中共中央、国务院授予“全国先进工作者”称号，被中央文明办、国家卫生健康委员会授予“中国好医生、中国好护士”抗疫特别人物，被国家卫生健康委员会、人力资源和社会保障部、国家中医药管理局授予“全国卫生健康系统新冠肺炎疫情防控工作先进个人”，被湖北省人力资源和社会保障厅、湖北省卫生健康委员会记大功奖励，被湖北省妇女联合会、湖北省精神文明建设指导委员会办公室授予“荆楚抗疫最美家庭”，被白求恩精神研究会、中国医师协会评为“白求恩式的好医生”等一系列光荣称号。

“路漫漫其修远兮，吾将上下而求索。”张继先自知任重而道远，疫情尚未完全结束，不能有片刻懈怠，她更加坚定了信念：在自己的工作岗位上，多一份爱心，多一份坚定，多一份奉献，诸多患者生命就会离健康近一分，再近一分……

倾听天空的鸟语，我们感受到生命的活力；倾听大海的潮汐，我们感受到壮美的境界；倾听张继先的人生故事，我们感受到一颗诚挚的心，满满的爱意，正在缔造健康和希望。

这颗诚挚的心，令多少孤寂且伤痛的心灵得到滋养，使惊恐不寐的人们领略诗一般的恬静。

这满满的爱意，驱散了多少人心田的阴霾与默然，使失落无助的人们感受春的温暖和阳光的明媚。

张继先，历史将永远记住这个名字，她发出的最美第一声，响亮！

1972年出生的『28岁小姐姐』

作为军人，就要上战场；作为护士，就要救死扶伤；作为党员，就要冲锋在前

李晓静：48岁，中共党员，退役军人，副主任护师，上海市浦东新区浦南医院护理部主任。有20年临床护理工作及应急救援经验。新冠肺炎疫情暴发后，她第一时间写下请战书。1月27日晚上，她带领上海唯一一支只有护士的50人医疗队急赴武汉。援鄂期间，整体接管金银潭医院北四病区工作，带领团队大胆改变原病房通道，最大程度保障医护人员防护安全，将无微不至的人文关怀带进了隔离病房，重燃患者希望，树立必胜的信心。援鄂65天后，带队平安返沪。2020年获得“一线医务人员抗疫巾帼先锋”荣誉称号。

作者：曹亚男，笔名走走，上海作协签约作家，原《收获》杂志资深编辑，著有长篇小说《得不到你》《房间之内欲望之外》《我快要碎掉了》《重生》；中短篇小说集《哀恸有时　跳舞有时》《961213与961312》《水下》《棚户区》《崭新》《非写不可》。入选参加2020中国作协定点深入生活项目，有多年纪实文学写作经验。

2020年，刚过完元旦，陪护母亲走完最后一程的李晓静进入上海浦南医院担任护理部主任。这个庚子年，从年初开始，似乎就笼罩着淡淡乌云。失去母亲的悲伤心情稍有平复，紧接着，一场没有硝烟的战争就开始了。

从一月十几日开始，武汉有零星的新冠肺炎病例报道，医院里开始加设发热门诊，李晓静每天都在考虑如何接诊新冠肺炎患者、制定流程、区域划分等。1月23日上午10点，武汉封城，这是一个重大的信号，医院里更加重视疫情防控工作，下午4点，院里接到通知需要一名呼吸科医生和一名呼吸科护士参加医疗队。听说了这件事的李晓静心里起了波澜。有着二十多年ICU工作经验的她深知，这时候最需要ICU护士，下班路上她就想着这件事。先生带女儿回河北老家过年了，李晓静只跟他说了一句："上海在组建医疗队了。"结婚多年，先生自然知道她想做什么，他说："你要想去就去吧。"

已从军队退役8年的李晓静没有医院正式编制，只是聘用关系。"其实名和利，都不是那么重要了，关键是自己要做什么，想做什么，能够为社会做些什么……"晚上回到家，她开始写申请书。而下面这段话，17年前奔赴小汤山前她就写过。

"作为军人，就要上战场；作为护士，就要救死扶伤；作为党员，就要冲锋在前。"夜里11点，她通过微信发给几位院长。老同学听到她报名的消息，就说了她三个字——"唉，你呀！"

在1月26日的出发前培训中，得知上海第二批医疗队148人，第三批136人。听到预定出发名单里没有自己，李晓静询问卫健委工作人员，才知道自己被编进由50名护士组成的增补批。何时出发？不知道！她心里暗暗着急。

1月27日大年初三上午10点，李克强总理来到武汉收治确诊患者和重症患者最多的金银潭医院，在慰问医护人员时总理询问，医院有什么困难？院方回答，缺护士，多少？缺150个。中午12点，上海援鄂医疗队中这唯一一支由50名护士组成的团队接到了命令，听消息随时准备出发，下午5点接到通知，去武汉的火车将于两个半小时后出发。鉴于李晓静丰富的经验履历，上海市卫健委任命她为领队。

所有队员，数李晓静行李箱里的东西最少。“武汉是个大城市，让人吃饱肯定是没问题的。”除了几块巧克力，方便面、火腿肠这些吃的东西一概没带。基于小汤山经验，她去买了100条一次性内裤，此外就是一些维C泡腾片和抗病毒药物。

由于交通工具协调困难，他们坐的是绿皮火车。窗外风景晃晃悠悠倒退，火车慢慢驶向武汉。思绪不由得随着火车的颠簸起起伏伏，缓缓飘向远方，那个过去的自己……

1972年，李晓静出生在河北承德，看着革命电影长大的她从小就有军人情结，总想穿上军装保家卫国。高中毕业那年年底，她入伍通信营新兵连，自此开启她长达20年的从军生涯。

结束为期3个月的新兵训练后，李晓静被分配去了北京解放军309医院。先在科室当卫生员，从保洁干起，慢慢接受培训学会了一些简单的治疗工作。当兵第三年，她参加军队院校招生考试，被录取进入上海第二军医大学护理专业学习。在长征医院神经外科实习时，她被分在ICU工作，第一次接触到了在死亡线上挣扎的真正的患者。那是一个重型颅脑损伤男患者，年近四十，昏迷状态，躺着进医院，两个多月后神志清醒，坐着轮椅出去，离开前给了每个护士一个大大的笑容。“为他换液输液换药吸痰、翻身拍背、擦洗清理大小便……每天我都觉得他可能熬不下来了，每天下班时就担心他能不能活过当晚，第二天一早上班第一件事情，就是去看看他还在吗，经过这一关关的生死考验，他真的一点点好转，我们每个护士都由衷地开心。原来人的手，真的能让另一个人起死回生。”

1997年毕业后，李晓静留在了长征医院。1998年，得知抗击特大洪水“战役”打响，医院在组建医疗队，她前去报名，但当时条件所限，医护人员需要坐着冲锋舟到处去巡诊，生理条件上女性有所不便，她被拒绝了。

护士的每一天都是简单琐碎的，巡视、加药、封管、拔针、处理医嘱等，但又绝不平凡，因为每一个手势背后都是情感的流淌、心灵的对接。这样的日子一直过到了2003年4月。当时广州、北京已经有了“非典”患者，虽然上海情形还没那么严重，但上海已经开始做相关准备。着手组建应急后备人力库。有一天护士长问她：“SARS要是严重了，需要你上，没问题？”“没问题！”于是李晓静作为后备队员进入该库，由医院报给市里。4月下旬开始，形势一天天严峻起来。有一天，护士长去市里开完会回来，说了一句：“党员同志要准备好了。”当时科里二十几位护士，除了护士长之外，就两名党员，李晓静是其中之一，而且她的党龄比另一名党员长。那天晚上回到家里吃完晚饭，李晓静没看电视，趴在桌子上开始写申请书。丈夫在一旁看着她写，说：“这还是蛮危险的！”她说：“危险也得去，我穿着军装呢，总得有一次上战场的机会。”“好吧，那你就去吧。”写到一半的时候就接到了护士长的电话：“晓静，命令来了。”她说：“需要人了对吧，派我去上海哪家医院？”她说：“是去北京。”

那时女儿才两岁半，但李晓静完全不觉得害怕，“好像突然有了那种战士要上战场的壮志豪情，我申请书都写好了，你放心”。第二天一早交完申请书，她就去了医院感染科集合，被组进医疗队接受五一节前的简单培训，5月5日乘飞机去了北京，在丰台一处宾馆接受了两天封闭培训。因为没有采取封城措施，马路上还能看到人来车往，只是稀少了很多。那时的防护等级没有现在高，条件也没有现在好。宿舍是度假村的公寓，一套两室一厅的房子，里面住了十个护士；已经做了六年护士的她第一次踏进小汤山医院的SARS普通病房时，端着盘子的手微微发抖；看到5月的北京柳絮满天飞，像下雪一样，“觉得这柳絮好像也都带有病毒”。

很快，害怕紧张的情绪被患者的体谅缓解。患者第一句话是说：“我这个病会传染的，挺厉害，你要离得远一点儿。”又问她是从哪儿来的，听说是从上海来的，就说“大老远的挺辛苦的”。这样聊上天，她发现患者的情绪也得到了释放，于是每天都抽出时间跟他们沟通交流。

援京48天，被送去老家的女儿学会了一首歌，每次通话时就唱给李晓静听，她从来不直接说自己想妈妈要妈妈，而是说：“我都已经很久没有妈妈了，我的妈妈在电话里。”“想妈妈你不能哭，想妈妈要想在心里边。”现在提起，李晓静还是很内疚：“安全回沪后我又等了半个月，再去老家把她接回来。她就抱着我说：‘妈妈你可回来了，我可见到妈妈了，可算有妈妈了。’”

2008年汶川发生大地震，医院派出30人的医疗队。一开始名单上没有李晓静，她说：“没有我？这怎么可以，我找到领导说我有经验，让我上。”在汶川工作时余震频频，晚上睡在操场地上的帐篷里，身体和地面之间就一层薄薄的塑料，能很真切地感受到每一次晃动，她没觉得自己害怕。回到上海后，有很长一段时间，晚上睡觉，总像是感觉到床在晃，身体就会条件反射，马上坐起。逢年过节时，她还给那时救治过的孩子寄钱，寄新衣服。

2012年年底，李晓静服从军改需要办了团职干部退役手续，那时她已经在长征医院神经外科ICU当了八年护士长。重新面临择业的她想见识不同的医疗模式，于是去了高端私立医院，工作一段时间后她的求知欲更旺盛了，又自费去美国学习了一年制医药卫生管理方向的MBA。“很有收获，举个最简单的例子，早上进病房查房，发现患者没吃饭，‘你为什么没吃饭？’这在中国很常见，但美国护士资格考试时是不这么问的。他们认为，在问患者‘为什么’的时候，潜台词就带了责备的意思。要问一个开放性的话题。”那时的她还不知道，2020年春天，在武汉金银潭医院，这种国际化的管理、看护思路有了用武之地。

绿皮火车，在黑夜里缓慢而坚定地向前。整整开了7小时，第二天早上4:30才到达武汉。一路上没人聊天，也许因为面向未知，每个人的表情都很凝重。1月28日下午接受完防护服穿脱培训，当天晚上，就有三名护士被派去病房值夜班了。“从晚上7点工作到凌晨2点，我们护士下夜班后睡哪儿呢？科室外面有休息室，但是刚刚到武汉的护士害怕睡那儿，也冷，就从医院走路回宾馆，整整走了40分钟。”

身为领队，和恐惧相比，最大的压力反而来自对全队安全的管理。50名护士一共来自上海16个区的40家二级医院，因为都戴着口罩，而且刚开始时15名在ICU、35名分散在10个科室里的普通病房，半个月之后李晓静才把人认全。

李晓静第一次去库房领物资，领到10个口罩。她问管库房的老师：“怎么才这么点儿？”库房工作人员解释：“首先得保证ICU的需求。医院一天只能领回不到500件。”防护物资的极度匮乏，意味着所有进入病房的护士工作时间必须大量延长。她回去马上跟护士开会说“你们要记住，在任何时候，防护都是第一位的”，她一直跟队员说：“我每天跟你们说几百遍注意防护都不过分。”

上海的随队记者要求了解分散在各个科室队员的工作情况，李晓静带他转了一圈，“去看了三四个科室，看完之后，睡不着觉了。因为每个科室执行防护的力度大小是按照他们手里的现有物资来的，跟国家标准有区别，但没办法，就是缺物资。那时候心里特别不淡定，因为不知道每个科室每一天的实际防护条件如何”。当时上海总共有三支医疗队在武汉，上海调拨了一批防护物资，李晓静分到100个N95口罩、两箱防护服。“每天在群里跟队员说，你们所在科室要是缺防护服，上班前来我这里领件防护服走。”

出发时有年轻护士在绿皮火车上睡上铺，挨着冷风口，刚去就有些感冒，喉咙不舒服，低热，李晓静就让队员在宾馆休息，直到感冒完全好转才进入科室工作。“我要照顾好那么多人，每天都担心，万一自己的队员感染了怎么办，我这领队怎么跟人家家人交代呢？”她比队员们普遍大上十几岁，最年轻的护士1996年出生，比她小了整整24岁。虽然不在一个科室，但有微信群，她就每天在群里唠叨防护事项。“她们下了班之后如果还早就到我这边，我们简单沟通一下，看看其他科室都是怎么做的。我们每个身在前线的人都很紧张。”她天天跟上海汇报，多方沟通，陈述分散管理存在的高风险以及太多的不可控因素。

2月18日，经过多方协调，这35名不在ICU，分散在10个科室的护士，可以集中起来，跟当地医生搭档，负责护理一个楼层。“都到了我自己眼皮底下，突然间，我这颗心就放下来了。”从那天起，李晓静终于能睡着觉了。

防护物资，直接汇报上海调取。“一两个星期的储备量是有的，提前两天报备，上海有专人统计发放。”穿脱一次防护服需要二十几个步骤，洗手12次，平均用时25分钟。每天每个护士穿好防护装备进入病房前，她都一一检查过，看拉链是否密封，全身上下不能留一个漏洞，自己最后一个进去。

护士最基本的功夫是打针，但因为戴着两层手套，活动度不行，摸血管没了手感；又因为戴着护目镜，外面还有防护面屏，一出汗一哈气，镜片全部糊掉，慢慢地，汗多了，顺着护目镜流下来，“就在两道汗流的缝隙里去找血管”，每打一针，都得花去20分钟。

最初每个护士每天平均工作8～12小时，刚忙一会儿，内衣基本汗湿，湿湿的、凉凉的，黏在身上非常不舒服，不知什么时候焐干了，一会儿忙起来再次出汗，就这样反反复复，下班之后，全身冰凉。“每天只有回到宾馆，冲热水澡的时候，才觉得自己是活着的，就是那种回到人间的感觉。”

一次抢救一位老年患者，《人民日报》的男记者跟了进去，种种艰辛努力最终失败，患者去世，记者跑去门外，哭得一塌糊涂，李晓静后来找到他，跟他说：“实在对不起，不该让你进去，让你看到这种生死离别的场面。”记者摇头，说：“李老师，不是的，我哭不是为了这个患者，也不是因为看到这样的场面而哭，我是觉得你们医护人员太不容易了。疫情之前，我没有觉得医护人员有多么伟大或者多么高尚，但是这次，让我有了不一样的认识。”

还有一位63岁的男患者，上午李晓静还去病房陪他说了会儿话，他说这两天有点儿不舒服，心跳有点儿快，李晓静说“都会过去的，会慢慢好起来”。李晓静问他：“你想吃东西吗？我来喂你。”他说“现在不想吃，晚点儿再吃”，李晓静说“好”，就把牛奶给他放在床边柜上。牛奶都是战友们寄给李晓静的，她不喝，一箱箱搬去给患者们增加营养。他对李晓静说的最后一句话是：“护士长，帮我把床摇高一点儿。”

“上午11点多我出的病房，下午2点多，听说开始抢救，赶紧跑过去，进去后发现，心电图没了，人已经走了。”那个患者是李晓静接管整个楼层以后，第一个去世的。“我跟另外一位护士，替他把衣服拉好，外表弄干净，有尊严一点儿。送走之后给床铺消完毒，收拾他床头柜的时候，就看到他手机里面跳出一条消息，是他女儿发来的：‘爸，你就把微信一直开着。’前面一条是：‘爸，早。’他早晨的时候可能因为不舒服，还没来得及回答……想到自己妈妈去世时，自己是握着她的手，在旁边送别的，那种悲痛和无助都无以言表，可是他走的时候孤零零的，没有家人在身边，泪水不由自主地流了下来，那一刻我们就是送他最后一程的人。”

那天晚上，当班的几个护士都失眠了。直到夜里12点，每个人还在发表自己的感想，李晓静平生第一次写了首诗。

在武汉工作的每一天压力可想而知，队员们很多睡不着觉，得吃安眠药，吃了一天能睡上4小时。但无论白天压力有多大，李晓静基本都能做到一秒入睡，第二天起来又是能量满满，大家都羡慕她的精神状态。“我说我的心理年龄就是28岁，于是大家都叫我‘28岁小姐姐’。”有时年长的队员会问她什么时候能回上海，李晓静老老实实回答：“我不知道。咱们现在就是一天天地过，一步一个脚印地过，把今天的工作做好，平平安安地度过今天，再想明天，不要想着什么时候回去，因为你要是想了，对你来说就是一种思想折磨。熬过一天，就是一天的胜利。”

50名队员平均年龄35岁，基本都上有老下有小，除了关怀患者，她也时刻关心队员的思想状态，“既然我做他们的领队，自己能力范围之内，能帮多少帮多少。谁家有什么困难，一定想办法解决”。有位护士的父母年纪很大，出去买菜非常困难，又不会用App购物，她就联系了自己过去的战友，每周免费给她家送菜，解决了那位护士的后顾之忧。

有位护士告诉李晓静，不是怕自己感染，而是担心她的妈妈身体出问题。“她妈妈身体不好，有高血压，这种互相担心互相牵挂，会让彼此思想压力都很大，我就建议，让她妈妈找点儿事做，给她织件毛衣啥的。安慰谈话后我给了队员一个大大的拥抱，第二天她告诉我：‘你昨天给了我一个爱的抱抱，我睡了一个好觉。’”

有一天进病房，有患者说：“护士长，我们头发长了怎么办？”李晓静放在了心上，去弄了个电动理发器，她挨个给他们理发，有位老先生说：“护士长，我胡子也长了，你也帮我弄弄吧！”说完他摘去了口罩，她弯下腰给他剃完，突然有个队员提醒她，她少戴了一只口罩。“我当时嘴上说没事，洗好手，让外面给我递个外科口罩进来，帮我戴上。晚上回去后我就开始吃抗病毒药和提高抵抗力的药，心里还是有点儿紧张的，患者吃的那些我都吃了，连吃了两星期，没发热。”

这件事，李晓静没跟家人说。小女儿才6岁，她四五天往家里打一次电话，每次都说“没事，都很好”，女儿问：“妈妈什么时候回来？”她只能回答两个字：“快了。”

接管整层楼后，李晓静做的第一件事，是调动所有护士清理走廊和病房。原先治疗用的物品都堆在走廊上，先把它们放回医药室，清空走廊。再对所有病房进行清扫消毒，床头柜全部拖出来清理干净，从窗到地再到门把手，一一用消毒液擦后再用酒精喷洒，走廊上的窗户全部打开通风。

“过去进病房，看到的往往是患者的眼白、呆滞的眼神，气氛很压抑。那时他们整天在病房里，不出门，心情自然不好，病房里的病毒浓度也高。现在屋子和走廊都是干净的，我们鼓励有体力的患者走出门，去走廊的窗户边呼吸呼吸新鲜空气，散散心，甚至可以戴上口罩，自己去打开水。把他们关进屋里，就是把他们的心门给关上了。同时因为打开门窗通风，病毒浓度也会降低，我们医务人员的安全系数也能提高。"

走出病房的患者们，很快三三两两聊起了家常。有位八十多岁的老太太，因为害怕回家家人嫌弃，心情不好，对护士们的态度比较恶劣，病友们纷纷去开导她。李晓静让朋友送来一批彩色的A3纸，粉红粉蓝，装饰出一整面温馨的墙壁，又给每个患者送去即时贴，鼓励大家写下自己的心愿、期望，一起拼成一个大大的爱心，然后写上"武汉加油"，画上黄鹤楼和东方明珠，还有手牵手的武汉人和上海人，组成一面温暖有力的励志墙。患者每天经过，受到感染，会不由自主地笑出来，那是发自内心的一种微笑。《人民日报》的摄影记者有次告诉李晓静，说她这层病房的患者，气氛最是欢快，他感叹："有了人文关怀，感觉就会特别不一样。"

那时大家都在试验各种办法，但是还没发现有特效药，往往今天核酸检测呈阳性，明天呈阴性，后天又呈阳性，就这样起起伏伏，患者的情绪也时好时坏，李晓静就耐心做思想工作。"今天核酸检测又呈阳性？那你觉得自己状态是不是比前段时间好一点儿了？就得有这样一个过程，就像抗战，现在是拉锯阶段。"有个三十几岁的女患者一直低热，走廊放风也去不了，只能在病房里走一走，她抱怨："护士长，我都快被这低热烦死了。"李晓静就每天安慰她，实在说不出啥安慰话了，就拍拍她的后背，抱一抱。"我们做护士的，要能树立患者的信心，给他们一点儿情感上的支持，既然没有特效药，鼓舞每个人焕发意志力、求生欲，还是比较重要的。"

团队离鄂时，患者们写来了很多感谢信，都贴在了走廊上，大家都说："这个团队确实让我们感受到了不一样的上海人。"

在金银潭医院，50名护士一共奋战65天。那天接到电话，说你们可以腾空病房去交接了。一边一个队员听到了，第一时间就把我抱起来了，我俩当时就哭了，后来我决定要给大家一个充满仪式感的惊喜，让她对谁都先别说。

晚上7点回到宾馆，李晓静要求大家来楼下开会，所有人都下来之后，让大家围成一个圈。一宣布完，大家第一时间是欢呼，然后三三两两拥抱在一起，笑着笑着就开始哭。

离开金银潭医院的那天，护理部主任带着许多护士长来送行，李晓静又哭了一回。“战争还没结束，自己先撤退了，感觉是抛弃了战友。”

平安回到上海，临分别时，47个女护士、3个男护士，大家相互抱头再次痛哭一场，为这65天的生死相依。

曾经，李晓静羞于提起自己的护士工作。“大学刚学护理那会儿，大家觉得这工作既脏又累，认可度不高，就很不自信。坚持了这么多年，自己内心也足够强大了，现在再说自己是护士，很理直气壮，很骄傲。”

李晓静把护士这份工作比作一个人的心电图。“平时工作会很累，累的时候也想过要不要放弃，但突然，会碰到某些小感动，就像一支强心针，一个上升的波形就出来了，这个波形能让人持续很久，很久，一直坚持到下一次上升，就这样反反复复。”

这些小感动都印刻在李晓静心里。2011年5月12日，一个家住农村的农民拨打了李晓静所在科室的固定电话：“护士长，祝你们节日快乐。”2020年的护士节，她收到一封上海普通市民寄来的信，信里面是一幅从挂历上剪下的齐白石的画，信封上面贴着《解放日报》刊登的“致敬！最美守护者”的她的照片，并祝她节日快乐。而在武汉，她同样收获过这样的力量。“有一位女患者，丈夫、丈夫的父母、丈夫的姐姐先后去世，她的眼睛哭得红红肿肿，桃子一样，却找到我，说要给金银潭医院捐口罩。她没有沉浸在自己的悲伤中，还在想着要保护好我们。后来她联系了朋友，捐了500只口罩。"

一次次用自己的生命冒险，为更多的人争取生的机会，对李晓静来说，生命到底是什么呢？

"人最宝贵的东西是生命，生命属于人只有一次，在一个人生命中的至暗时刻，我在他身边，陪着他，拉他一把，为他的生命保驾护航。'人的一生，应当这样度过：当他回首往事时，不因虚度年华而悔恨，也不因碌碌无为而羞愧'，这是《钢铁是怎样炼成的》这部小说的主人公保尔说的一句话，我一直记在心里。我的整个职业生涯，都用来守护生命、守护健康，我的生命意义就在于此。"

活最脏 心最美

她用一种质朴、乐观的心态勤劳地做着平凡的工作

张春香：武汉经济技术开发区市政环卫公司环卫工人。1961年出生，1978年高中毕业，1979年在本大队任团支部书记和小队棉花姑娘。1984年结婚，结婚以后当了家庭主妇。2011年起在市政环卫公司工作。张春香是最先进入重症隔离病房做保洁的16名突击队员之一。

作者：欧曼，中国作协会员，湖北省作协全委会委员，武汉市作协全委会委员，湖北省文学院签约作家。于2010年起在《人民文学》《小说月报》《中国作家》等发表小说几十万字。小说《胭脂路》获得“第五届汉语言文学女评委奖·最佳叙事奖”。小说《小相山》发表于《人民文学》，2018年获得湖北文学奖中篇小说提名奖。

采访张春香这天，她刚结束一轮十五天的境外及归国人员隔离酒店的服务工作，在家中倒班调休。

看我带了相机，张春香客气地把我迎进家里的客厅坐下，赶快进房换了件正式点儿的西装出来，深蓝色西装配白色衬衣，这样的张春香和新闻照片中戴着口罩、一身橙色工作装的张春香是截然不同的样子。我夸赞她本人看起来更好看，也更年轻，她用手捂着嘴笑起来，有点儿不好意思，眼睛高兴成一条缝，笑声爽朗而干脆，有一种属于劳动人民理直气壮的朴素底色。在后面的采访里，张春香谈到高兴时，这样自然流露的表情和动作成为她的招牌形象。

张春香是武汉经济技术开发区市政环卫公司一名普通的环卫工人。1月28日，公司通知医院急需人手，张春香是最先报名进入华中科技大学附属协和医院西院（以下简称协西医院）重症隔离病房做保洁的16名突击队员之一，也是其中最年长的一位。

从1月23日宣布武汉封城开始，短短几天时间病人每天成倍增长，当时的武汉重疫压城，医疗资源极度紧缺，坊间流言四起，人心惶惶不安，健康的人对医院病人躲之不及。我问她："难道你就一点儿不怕吗？这种勇气从何而来？""也不是完全不怕，"张春香说道，"我主要考虑自己的孩子都大了，家庭没什么负担，平时的身体也很好，这个事情总得有人来做吧！"也不是没有人反对，张春香的先生就不同意，担心老伴年龄大了，抵抗力不足。反倒是三个女儿支持母亲的工作。用身为党员的二女儿的话来说："要相信我们的党，相信我们的政府。"

不安和担心还是有的，刚开始工作那两天压力很大，张春香回忆说："我们之前的工作是扫马路，没有去医院做过保洁工作，所以第一天上岗首先是协和的医生来给我们做岗前培训，告诉我们分七步来洗手，怎样戴口罩、手套、护目镜和穿防护服，要按照规范程序来穿，试的时候很小心，顺序不能错，全身的皮肤、头发全部要包在里面，穿完了互相检查，然后医生还要再检查一遍。脱的时候也有讲究，脱防护服洗一次手，脱脚套洗一次手，摘护目镜洗一次手……动作要特别小心，一天只有一套防护服，千万不能穿破了。”

2020年1月29日是大年初五，武汉封城第六天，张春香穿着密不透风的防护服第一次进入八楼重症监护室，还没有开始工作人就感觉呼吸不过来，一是憋闷，二是害怕。病房、污染区、医护办公室、走廊……她隔着护目镜一边熟悉整体环境，一边快速地做着清洁工作。旁边是同样一身白色防护服的医生和护士紧张忙碌的身影，病房里躺着正在救治甚至抢救的重症病人，各种监控设备布满病区，就像电影里的场景，很不真实，却让人倍感压力。张春香觉得胸口憋闷，呼吸困难，一动就全身是汗。整个八楼病区繁忙而脏乱，张春香一面小心翼翼地避开各种设备，一面尽力快速清洁病区各个角落，进行规范的消杀清洁，病区的医疗垃圾要专门打包分类贴上标签运到指定的出口，生活垃圾要及时清运贴上标签归类，最脏、最危险的是处理病人的排泄物、呕吐物和血迹。张春香从来没有到过这种病房，和这么多的医生、护士，还有病人待在一个封闭空间里，到处都是她不认识的医疗设备，不断有新的病人被转移进来。

张春香59岁，从事环卫工作十余年，称得上是一位老环卫，做环卫工作日晒夜露、刮风下雨都在户外，不管是寒来暑往还是顶风冒雪都得坚守一线作业，没有过硬的身体素质根本坚持不下来。她业余时间也闲不住，喜欢种菜，一年四季菜园里的农产品不但够全家食用，多余的还能拿到集市上卖。用她自己的话说，劳动了一辈子，能吃苦，爱做事，做习惯了，就是闲不住。但第一天的工作量还是超出了她的想象。那一整天，张春香从早上8点进入病区直忙到下午5点才结束，吃午饭的时候才能出来喝水、休息、透个气。等下班回到清洁区脱下防护服，里面的衣服全部湿透了。洗完澡坐在床上，微信里全是家人的担心和问候，张春香一面喝水吃饭，一面打开微信和家人聊天报平安，直到此时，她才能大口呼吸，畅快说话，心头的压力终于减轻了几分。

第二天开始，张春香就有经验多了，为了减少出汗，同时更方便工作，她在防护服里面只穿一套打底内衣，头发全部用皮筋扎牢，做事时尽量动作缓慢，避免大口呼吸吐出的热气导致护目镜起雾。重症室每天都在上演生死时速，张春香不时能听到医生和护士们针对病人的病况进行交流，她知道了，他们当中不光有武汉本地的专家，还有来自北京和黑龙江的专家团队。护目镜、口罩、防护服把他们的样子遮蔽起来，却挡不住他们坚定的身影和专业的态度，他们天南海北的普通话就像四面八方汇来的支持和希望。张春香想，这些医生和护士都是专业人士，他们不比我们更了解这个病的凶险吗？这个病既然已经发生在武汉了，作为武汉人光害怕又有什么用？不如去做点儿事情。况且现在有那么多人都来支持武汉了，我们更不应该害怕，要相信一切都能够好起来！

怀着这样的信念，张春香每天都干劲十足地忙碌在病房内外，一旦工作起来，就像上了发条一样。因为疾病的高传染性，病人们离开家人的视野和陪伴抗争在生死边缘，张春香有时刚走进病房就会迎来病人们期待的目光，她觉得这些病人也需要安慰，有时一边做清洁一边和病人聊几句，遇到病人心情不好就多说几句安慰话。意外发生在第八天，那天工作结束，张春香去卫生间洗澡的时候头部发晕，站立不稳，摔倒在卫生间里，头顶马上肿起一个大包，身上多处擦伤和淤青，同事和医护赶紧送她去检查并及时消毒处理，医生担心她年龄大了会摔出脑震荡，连夜做了脑部

CT，好在检查结果大体正常。张春香拿了几张膏药贴上，什么要求都没有提，放心安稳地睡了一觉，第二天又生龙活虎地开始了自己的保洁工作。

张春香还是那个每天收垃圾、拖地、消杀保洁的张春香，身边医护看她的目光却不一样了。这个从来不觉得自己有多么重要的人，本本分分地做着平凡的工作，用一种实用的质朴、一种乐观的心态、一种热爱劳动的本色勤劳地工作着，那些无孔不入的病毒似乎也主动远离了这个善良勇敢的女人。

张春香和同事们一道圆满完成了协西医院的保洁工作，转移到附近的酒店进行14天的隔离。住到酒店闲下来，才发现那一跤摔得不轻，直到隔离结束身上的淤青还没有消退。“当时在医院工作时居然不知道疼？怪不怪？”张春香当成笑话说给同事们听。同事们便说，还是春香好，心态好，想得开，身体好，耐得摔。张春香又跟着笑。

张春香和同事离开隔离酒店不久，一则题为《环卫工离开酒店打扫干净，经理感动落泪》的视频红遍了全网。酒店经理含着泪说：“进入房间时，我以为走错了，接着我刷开第二间、第三间，连着每一间都打扫得整齐干净，像是没有住过人一样，但是后来才发现不是我们工作人员的标准，我实在看不下去了……从来没有客人住房还会给酒店打扫卫生的，这些环卫工干着城市最脏的活，却有着人间最美的心。”那则温暖人心的视频在初寒料峭的春天，给处于疫情笼罩中的人们带去了许多的感动和温暖，一度占据新闻头条。我后来才知道，张春香就是这群最美环卫工中的一员。

我专门向张春香求证这样的行为是否有人组织？为什么要这样做呢？张春香捂着嘴，招牌的爽朗笑声停留了几秒才抱歉地说道：“不怕你笑话，我之前都没有住过这样好的酒店，这么高级的酒店比自己的家还好，我住自己家里还不是一样要做清洁？再说酒店里隔离也没有什么事情可做，反正平时也是做保洁的，就顺手弄干净也不是什么麻烦事。”我的心里被一种情绪冲撞着，她难道不是刚刚为社会奉献力量并经历一场劫后余生？她难道不可以像普通住客一样坦然享受一次应有的服务？她难道不应该为自己刚刚经历的危险做出某种理所当然的补偿？我突然意识到她的可爱、可贵与可敬。这是一个从来都不觉得自己有多么重要的人，一直站在人群的最低处，也习惯把自己放在世界的底端，默默地行着自己认可的善，做自己觉得理所应当的事情。对他人对世界需要的从来都不多，也不去争取计较更多的回报。从来不知道自己的好，也不张扬自己的好，更不会去强求别人来对自己好。

在张春香家里采访期间，我试图找到这位“女英雄”生发的起点和诞生的因由，这套20世纪90年代装修风格的还建房中，有现代化的沙发和电视，同时还保留着结婚时的樟木箱和大衣柜，每个房间都收拾得井井有条，这是个会做家务也会过日子的女人。采访到一半的时候，张春香的先生回家了，一身标准的防卫服，像所有我们日常可见的环卫工一样。她一边招呼先生吃饭一边向我介绍说，在她的带动下，先生几年前也加入了环卫工队伍，2020年疫情期间，也去过方舱医院参与工作。

几句话，看得出张春香在这个家庭中作为主导者的角色与定位，她用一贯的勇敢和坚强撑起了家庭的重担，也把这种勇敢和坚强的品性刻入了三个女儿成长的过程中。一个普通的环卫工家庭能够培养出三个受过高等教育的女儿，这其中的艰辛不言而喻。为了供养三个女儿长大成人、求学受教，张春香种田卖菜、当过搬运工、干过工人、做过家政……谈起那段艰苦岁月，张春香至今还在感叹三个女儿跟着自己吃过的苦。

一次，张春香要去帮二女儿开家长会，环卫工作又丢不开，只能让十来岁的三女儿帮忙去扫大街，拖着大扫把的三女儿只比扫把高一点儿，一条街扫下来，一双嫩手被磨破了皮。张春香心疼归心疼，照样将三个女儿带在自己身边做事，她心里有个大目标——要让三个女儿尽可能受最好的教育，要把女儿们培养出来。张春香是1978年的高中生，一直对大学心生向往，希望女儿们成为有知识、有修养的人，干干净净做事，体体面面挣钱。只要女儿们有出息，自己吃再多苦也值得。三个女儿也懂事，一到寒暑假不是帮忙卖菜就是打工挣钱补贴家用。张春香觉得自己最正确的选择是重视女儿们的教育，当年三个女儿分别在读大学、高中、初中，正好赶上村里拆迁分房子，她们家本来可以多分一套房子，但手里缺钱。亲戚朋友都劝她，让大女儿放弃大学算了，这样的家境培养一个费钱又不包分配的艺术类大学生，根本不划算。张春香觉得划算，宁可少要一套房也坚持送女儿去读书，不分白天黑夜四处找活儿挣钱熬过那几年的艰难。事实证明这个选择是对的，苦尽甘来，张春香说，三个女儿都能够培养成才自食其力，这是多少套房子都换不来的。

我笑着问张春香，现在成为名人有没有什么压力？她笑着说："没有压力，女儿们要求我一定要低调。我说我本来就低调，每天工作都穿防护服，根本没有人认得。不过，我心里还是很高兴，以前做环卫工挺让人看不起的，做的事情很脏很累，有些人不理解还是会嫌弃我们。这次疫情受到了各种表扬和关注，觉得还是受人尊重了，大家看我们的眼光和态度也变了。而且这段时间，我一直做境外及归国人员酒店隔离服务工作，到现在做到第七轮了，和许多外国人都打过交道，他们对环卫工挺尊重的。因为工作需要，我的普通话也比以前说得好了，顺带把周边大大小小的酒店全都住了个遍。"

那成为名人有没有什么好处呢？"前天跟我一起卖菜的婆婆说，春香现在到底是'网红'了，菜都卖得比我们快些哟！其实她不晓得，我每次都比她便宜几角钱，所以才卖得快。"说话的口气，还是那个张春香。

永不孤寂的『战场』

医者仁心，他们用精湛的医术，为病人赢得生的希望，为社会赢得和谐与安定

郭琴：1982年出生，中共党员，武汉大学中南医院急救中心主管护师，中华危重症专科护士，AHA培训导师、区域协调员。2020年自新冠肺炎疫情暴发以来，一直从事新冠肺炎患者的护理工作。2020年1月初不幸感染新冠肺炎病毒，治疗康复后主动申请返回一线参加战斗，是武汉大学中南医院首位返岗的医护人员。在她的感召下，所在医院被感染的医护人员康复后纷纷返岗参加战斗。被收录进由中宣部、全国妇联、国家卫健委、中央军委政治工作部联合发布的“一线医务人员抗疫巾帼英雄谱”，被评为2020年“全国向上向善好青年”。

作者：周娴，中国作协会员，长篇小说《帮夫记》被北京光线传媒买断影视版权，中篇小说《公鸡打鸣》被西安丫丫影视买断影视版权，中篇小说《奔跑的小兔子》与湖北来日方长影视公司签订影视合同。电影剧本《小城大爱》2015年获曹禺优秀剧本提名奖。中篇小说《公鸡打鸣》2019年荣获武汉作协农村题材优秀小说奖。

感冒发热？咳嗽肺炎？心脏病？车祸伤？自杀……在医院急诊室里，你永远不知道下一个接诊的会是什么病人。任何一种不可思议的病情，在急诊室都有可能发生。你也永远不知道接诊任务什么时候来临，什么时候结束。疫情暴发初期，中南医院的救护车一辆接一辆，输液患者一批接一批，推进推出的抢救床，排着长龙的挂号队伍络绎不绝。

山雨欲来风满楼，一张张焦虑的面孔背后，写满了忐忑与恐惧。

郭琴，毕业于武汉大学医学院护理专业，2005年进入中南医院工作，是门诊大楼急诊室的一名医护工作者。新冠疫情暴发后，她一直从事新冠肺炎患者的护理工作。在这严峻的时刻，病人不仅需要医药的帮助，更需要来自医护人员的宽慰。此时，一个体贴的手势，或者一个温柔的眼神，都能帮助病人解除孤寂与无助。然而，郭琴来不及把自己接手的病人护理到底，命运之神跟她开了一个玩笑，由于连续多日护理重症病人，她自己先感染了新冠肺炎病毒。

由医护人员变成病人

1月8日，是郭琴平常工作中的一天。

中南医院与东湖毗邻，上班的路上，来不及领略"湖上微风入槛凉，翻翻菱荇满回塘"的优美风光，郭琴接到科室微信群发出的消息，急诊室的医护人员全部穿防护服上班。

在中南医院门诊室工作多年，郭琴与她的同事第一次穿上防护服。科室的氛围有些紧张，大家彼此打量，但脸上都保持着心照不宣的平静。当天，中南医院收治了一例"不明原因肺炎"患者，这位男性患者58岁，是菜市场的商户，家里的顶梁柱。

病人以前身体健康，平时很少感冒发热，CT结果显示整个肺一片白。郭琴知道发生了不好的事情，患者似乎也知道了。病人高热，呼吸频率越来越快，血氧饱和度持续下降，病人迷迷糊糊地半靠在病床上，在医生给予呼吸机支持、抗感染、镇静镇痛、循环支持、脏器功能支持后，病人病情仍然得不到改善。

科室的氛围有些紧张，每个人脸上都写满了焦虑，但思想是统一的——必须在有限的时间里，作出正确及快速的决定。专家团队全面分析患者的病情，在征得家属的同意后，医护组接到夏剑主任的指示："联系ECMO小组，马上建立体外膜肺氧合支持！"

战斗的号角已经吹响，抢救生命高于一切。ECMO团队人员接到通知后一一以最快的速度赶到现场，又以分钟为单位迅速展开行动。手术组消毒、铺单、穿刺、置管；体外组组装、预冲、排气，取药、备血、吸痰、补充用物、记录……每项操作环节大家不惜代价，竭尽所能。

"准备连接管道！注意流量和转数！"一声令下，暗红色的血液从股静脉流出，经过ECMO氧合与气体交换后，鲜红色血液回到患者体内。看到患者趋于稳定的生命指数，看到同事豆粒般的汗水，那一刻，郭琴的呼吸气息显得尤其沉闷，她听到了自己的心跳声，听到了病人的心跳声，听到了病房中同事们的心跳声。在中南医院工作多年，经历的事情很多，但像这样重大的场合，她是第一次参与。郭琴摸了一把额头，发现自己的头发湿透了，紧张的情绪，还停留在刚才抢救病人的那一刻。

病人的病情趋于平稳，郭琴对着窗外的东湖做了一个悠长的深呼吸。生命与时间赛跑，刚刚经历的一切，看上去结束了，但大家心里都明白，这只是"战斗"的开始。后面，还有更加严峻的挑战等待着大家。

1月12日晚，连续多日参与抢救照顾新型冠状病毒肺炎重症患者的郭琴，四肢乏力，关节疼痛，检查后发现自己发热了，体温37.8℃。数小时后，最高体温40℃，不敢把体温升高的原因跟新冠肺炎联系在一起，但有些问题又不可回避。郭琴对自己的身体向来自信，虽然从事护理工作多年，她已经适应了现在的工作环境，平时很少感冒发热，突然间体温升高，这一定是有原因的。最终检查结果出来了，她真的感染了新冠病毒。

停止工作，住进病房隔离。残酷的现实如潮水涌来，郭琴不得不听从科室的安排。

由护士变为病人，这变化来得太突然，快得让人措手不及。窗外，美丽的东湖风光显得黯然失色，人群隐匿了，只剩下粗犷的风嘶吼着，像荒郊外的野兽在咆哮。郭琴遥望着户外缥缈的湖水，她在回忆到底是哪个环节出了问题，自己明明很注重防护，为什么就“中招”了？

郭琴努力在记忆里搜寻出现纰漏的时间，似乎与很多细节有关，但又似乎无关。郭琴在怀疑与否定中思索，直到看见医院急诊室里行色匆匆的脚步，听见那些虚弱的呻吟声，以及忙得没有休息时间的同事们。郭琴突然间觉得纠结没有意义，她有更重要的事情要做，她要尽快好起来，与同事们一道遏制猖狂的病魔，把人定胜天变成一条亘古不变的真理。

病房里，从医护人员变为患者，郭琴躺在自己曾经护理过无数病人的病床上，第一次以病人的视角扫视工作过的地方。晚上的监护室异常忙碌，监护仪在嘀嘀报警，护士的脚步声没有停息过。突发情况时有发生，一床救治后，病人舒坦很多；六床病情突变，经过抢救刚刚平稳下来；十八床又有新的状况发生……有那么一刻，郭琴深切感受到作为患者的脆弱与彷徨，也深切地感受到一起工作的同事们超负荷的付出。

夜深了，郭琴久久无法入睡，恍惚进入梦乡，醒来发现泪水浸湿了枕头。她想家了，她为病房外面忙碌的脚步声而感叹，她在心中暗暗祈祷：

我一定会没事，有那么多病人需要我照顾，我怎么能倒下呢？

战士，就要在一线冲锋

风，把游人关进了室内，东湖边显得冷冷清清。有关新冠病毒的消息，在城市的角角落落中传播。中南医院急救中心共有76名医务人员，采取三班倒模式运转。随着发热病人的逐步增多，大家自觉地逐渐延长工作时长，高峰期工作时长有时候超过10小时。

由工作者变成被照顾对象，同样的场地，同样的工种，同样的工作程序，以病人的视角观察急诊室里那些忙碌的背影，郭琴显得多愁善感起来。譬如，住院部有几个"90后"的小伙子，他们是医院为数不多的男护士，后期很多病人是没有家属陪护的，有些病人大小便失禁，生活完全不能自理。这些平日看上去嘻嘻哈哈、率性又前卫的小伙子，看见脏活累活都抢着干。有的病人情绪暴躁，把内心的不安转嫁到护士身上，年轻的面孔并没有心生不满，而是轻轻一笑，继续做自己该做的事情。

托尔斯泰说："人类被赋予了一种工作，那就是精神的成长。"因为这场疫情，人性的光辉得以张扬。年轻的面孔依然年轻，心态却慢慢变得成熟。有一天，护士长查房的时候，看着大家忙不停，郭琴忍不住掩面失声哭了起来。她不愿意生病，不愿意被同事们照顾。在病房里，她应该是一名工作者，她要与同事们一起分担工作任务，她不能在国家最危难的时刻，因为生病而变成一名"逃兵"。护士长安慰她说："把身体调理好了，你还有机会参加战斗。"

是的，郭琴必须尽快调理好身体，在这熟悉的地方，她应该是工作者，而不能成为一名被大家关注的对象。

病毒如豺狼，正张牙舞爪到处乱窜，一些不好的消息时刻充斥于耳边，寂静的夜晚，辗转难眠，郭琴变得敏感脆弱。值班的同事倒一杯水给她，郭琴会显得不安，感觉挺不好意思。她不能适应病人的角色，觉得自己给科室拖后腿了，给同事们添麻烦了，这场病来得真不是时候。

通过3天的治疗，郭琴的病情趋于稳定，她主动要求出院回家隔离14天，她要把医疗资源留给更需要的人。

“铜盘烛泪已流尽，霏霏凉露沾衣。”早春的湖水依旧冰凉，树在风中哭泣。心情复杂的郭琴回家后，为了不影响家人的情绪，她努力让自己保持平静。儿子谢昊呈看见爸爸妈妈隔着房门说话，他敏感地捕捉到了一切。谢昊呈今年12岁，是一名小学生。他学着爸爸的样子，隔着房门与妈妈对话，并送给妈妈一本书——曹文轩的《火影》。这本书是郭琴送给儿子的课外读物，小家伙克制地说道：“妈妈，书看完后，我们可以交流一下。”

郭琴知道，儿子把想说的话都藏在心里，用另一种方式来传递情感，引导妈妈用看书来转移注意力。

由1月13日确诊治疗，到1月27日隔离时间结束。在做完一系列检查后，郭琴的身体指标已经达到正常指数。第二天，郭琴准备去医院上班，突然接到科室领导打来的电话。领导关心地说道：“你在家多休息两天，把身体调养到最佳状态再来上班。”

郭琴回答说：“我已经准备好了。”

郭琴的爱人谢宁是武汉大学计算机系的老师，他对妻子上班有信心。儿子小时候感染甲流，在郭琴的精心照顾下痊愈了，既然妻子能照顾好儿子，肯定也能照顾好自己。疫情，是全世界都关注的事情，这时候阻拦妻子去上班，大家心里都不会安宁。

郭琴跟朋友聊了马上上班的事情，朋友立马发来微信说：“地球缺了你就不转？中南医院缺了你就停止运转？这么着急上班干吗？”

郭琴知道朋友此刻的心情，她希望在这人人自危的时刻，避开医院复杂的环境，就能更好地自我保护。朋友说：“多么难得的机会，正好有理由回避。”

郭琴说：“我是一名共产党员，在这关键时刻，我要带头向前走，绝不能做缩头乌龟。”

朋友被郭琴坚定的语气感染了，叮嘱她只有先保护好自己，才能有机会照顾别人。

儿子是郭琴心中最坚定的支持者。他知道妈妈上班后就不能回家了，再次向妈妈赠送书籍，这次不仅有曹文轩的，还有鲁迅与杨绛的。他装在一个纸袋里，放在妈妈上班时带的提包旁边小声说道：“妈妈，下班后，可以看看这些书。”

都说现在的孩子是温室里的花朵，郭琴怎么感觉，儿子是她心中的一棵树，现在虽然没能给她遮风挡雨，但他传递的正能量，让她能预见未来。大片大片的清凉，如同东湖优美的风光，等待她去遨游与享受。儿子郑重地说道：“我和爸爸会等你平安归来。”

郭琴上班了，下班后住在离医院不远的隔离房。儿子跟妈妈联系的方式依然婉约，他不过问妈妈工作上的事情，而是询问她的读书心得，跟她交流书中的故事情节。郭琴说：“现在的孩子跟我们那个年代不一样了，他们守秩序、懂规矩，偶尔还会指出大人的不足之处，譬如买东西不能插队，乘坐电梯的安全知识。”

弗兰克说：“如果你是懦夫，你就是你自己最大的敌人；但如果你是勇者，你就是你自己最大的朋友。”1月28日，是郭琴病愈返岗的第一天，也是她曾经护理过的胡先生康复出院的日子。至今，她还记得胡先生爱人紧紧握着医护人员的手说："谢谢你们，你们救了他，也救了我们全家！"

永不孤寂的"战场"

老天在给人磨难的时候，同时也锻炼了人的韧性。突然而来的病痛，让郭琴深刻领悟到疫情的残酷。重返岗位的郭琴除了护理患者，还用自己的亲身经历给患者做心理辅导。

急诊室是一个窗口科室，接诊的病人很复杂。每年冬天，是医院最忙碌的时刻，新冠肺炎有潜伏期，护士经常上夜班，再加上上班时间的延长，身体的承受能力就差了，有医护人员被感染，并非意料之外的事情。让郭琴倍感欣慰的是——她们所在的科室很温暖，虽然事情过去了很久，但那些感动的瞬间，郭琴都历历在目。

病魔在肆虐，死亡在威胁。中南医院ECMO团队疫情期间时刻与死神赛跑，运用专业的技术帮助多例患者转危为安。对于他们来说，没有白天黑夜，只有随时响应，一个电话，他们就要拧起仪器奔赴现场。急救中心副主任夏剑——ECMO团队带头人，在紧急突发的状况下，他总能稳定住大家的情绪，沉着冷静，处置有度；团队的核心沈俊主任、庞卓炎，才智出众、技术过硬，经常要在混乱的环境里、紧迫的时间内给患者成功置管；"80后"急救中心护士长谢丹和"90后"吴添能扛重物，会修仪器，有召必至，使命必达。时间就是生命，正是这种不畏艰险、真诚奉献的力量为无数个家庭赢得希望。

疫情期间，郭琴所在的医务中心，在69天的抗疫过程中，累计收治新冠肺炎患者127人，均为危险重症患者；同时，抢救室累计接诊患者7115人次，抢救患者1341人次；还承担了新冠肺炎院内及院际救护转运等相关工作，累计转运患者548人次。

郭琴由衷地说道：“在这样的环境里工作，我们每个人都能感受到一种团队的力量在感召着你向前。”

如果把医院比喻成战场，这里永不孤寂。病房里，不仅是病人在与病魔做斗争，还有一群永不放弃的医生，在为患者拼死搏斗。医者仁心，他们用精湛的医术，为病人赢得生的希望，为社会赢得和谐与安定。

金秋的东湖宁静安详，浊浪滔天的日子已经渐行渐远，愿噩梦从此远离，愿岁月从此静好。

平凡的东方英雄

她高举红色的雨伞，坚如磐石，宛若手擎一面党旗，给人以温暖、希望与力量

王东方：武汉市蔡甸区蔡甸街跃进社区居民，退休党员，现年66岁。历任蔡甸区永安街柏木小学教师、村团支部书记、妇代会主任；张湾镇团委书记、总支副书记、妇联主任；蔡甸区工商联秘书、农机局副局长；新农街党工委副书记、新农街人大联络处主任、蔡甸街调研员。抗击新冠肺炎疫情期间，坚持写下113篇“东方战‘疫’日记”，记录感人事迹，同时不顾体弱多病，勇当志愿者，协助社区为居民解决困难与问题，用平凡的举动谱写了一曲东方英雄之歌。

作者：张慧兰，中国作协会员。在《中国作家》《芳草》《长江文艺》《芳草·潮》《福建文学》《天津文学》《长江丛刊》《湖南文学》《西部》《太湖》《延安文学》等杂志发表小说多篇。出版中短篇小说集《证人》、长篇小说《戏殇》等。

“东方战‘疫’日记”

“1月24日，今天是大年三十。原本姊妹们都来我家吃年夜饭。武汉来了个什么疫情，都隔在各家了。只有女儿家回音：回蔡甸过年……”

“2月17日，大年初一至今，全国各地援助武汉，眼前再现的都是医无私、警无畏、民齐心的场面。我虽然66岁了，但我是一个老党员，于是起草了《致卫民巷4、5号楼全体居民的公开信》，其目的是助力社区工作者入户宣传，电话、微信与居民联系，帮助联系解决居民日常生活所需，为抗疫加油……”

“2月20日，今天，再次入4、5号居民楼排查，14户人家，常住11户，租住3户，经与户主见面或电话排查，都健康。报社区刘进进。”

“2月23日，昨晚，街老龄党支部芦书记发微信，号召退休人员可申请抗疫志愿者。今早，我向社区呈送了申请书，获得了社区批准，成了社区抗疫志愿者，佩有红袖章和手套。从今天开始，我就是居民楼王干事和卫民巷小区志愿者了……”

“3月10日，今天上午，总书记来武汉啦！社区又送爱心菜啦！我非常兴奋，在家边唱歌边理蔬菜就萌发了一个想法：以蔬菜为材料，自制一个宅家小市民……”

“3月20日，遗憾，只拍下了辽铁汉的脚印！今天早上，我洗碗时邻居敲门：‘快看，快看，送辽宁队回家。’我跑到窗边，看到四辆大巴在人们的欢呼声中迅驰而过，我心酸了，泪水止不住往外流……想着这50多天提心吊胆的日子，想着我的亲人是为武汉人拼命，而辽铁汉是千里之外踏雪而来，为我们而拼命，衷心谢谢辽铁汉，祝辽铁汉一路平安……”

“3月27日，近日，世卫组织总干事、高级顾问艾尔沃德说：‘如果我感染了，我希望在中国治疗。’幸亏我是中国人，今生无悔入华夏，来世还做中国人！从新冠肺炎疫情中，我进一步了解了什么是四个自信，那就是道路自信、理论自信、制度自信、文化自信！我自信，我骄傲，我是中国人！”

“4月8日……熬过了大年三十，熬过了元宵节，一直熬到4月8日，武汉与外界的通道重新开启了，这高光一刻的到来，我泪崩了……经过这场灾难，我明白了，祖国稳定最好，亲人平安最好！我是中国人，永远爱母亲！国家兴亡，匹夫有责。我坚定地跟着中国共产党走，举起国旗，唱起国歌，用生命保卫祖国！”

2020年1月，一场来势汹汹的新冠肺炎疫情突袭武汉，为响应党和政府的号召，武汉全民宅家抗疫。作为一名有着41年党龄的共产党员，她敏感地觉察到这是一场前所未有的重大事件。为此，从1月23日到6月20日，王东方用113篇日记、76张照片，真实地记录了自己参与这个时代的战“疫”故事。这些日记，一篇篇、一句句、一行行，记录了王东方的宅家生活和感悟，再现了她当志愿者所做的点点滴滴，以及她抗疫必胜的坚定信念和身为中国人的骄傲与自豪。

在《5月18日，一双旧反皮鞋——给女儿讲故事》的日记中，王东方写道“……在那个年代，穿反皮鞋是很时髦的，女孩看见好多人穿，心里很羡慕，也想买一双，曾几次想向父母开口，但话到嘴边又收了回去。直到1976年腊月的某一天，女孩见父亲心情较好就开口了：‘爸爸，给我买双反皮鞋吧！’……女儿，老妈知道你现在很烦很累，还望你领略一下一双旧反皮鞋的故事，不忘初心，牢记使命，积极投入到抗疫重振中去，‘像牛一样劳动’，继续坚持尽责在云端为学生们上课，继续支持大个

（指女婿）的工作，继续学做家务……”

通过这篇日记，王东方讲述了自己年少时获得一双反皮鞋的辛酸而曲折的经历，以及反皮鞋在各个不同时期给自己的勇气与力量，告诫女儿积极投入抗疫重振，珍惜当下的幸福生活，用实际行动爱党、爱国、爱岗、爱家，把自己磨炼成一个有理想、有道德、有学识、有爱心的人民教师。

“东方战‘疫’日记”写完后，被邻居发在了微信朋友圈里，后又被市、区两级媒体发现并报道，她的感人事迹才慢慢为人所知晓。她爱小家，爱社区居民，更爱伟大的祖国和中国共产党，而更难能可贵的是，她把这种爱转化为一种有力量的文字，转化为实实在在的志愿者行动，为伟大的抗疫战作出了自己应有的贡献。

“我是老党员”

2020年2月23日，武汉市全市累计确诊病例46607例，其中蔡甸区1872例，当天全市新增确诊病例348例。武汉抗疫形势日趋严峻，社区作为抗疫的主阵地，担负着保证宅家居民安全与稳定的重要职责。由于社区工作人员有限，工作任务繁重，急需大量志愿者报名参与。

得知消息，2月23日一大早，王东方就向跃进社区网格员刘进进递交了一份申请书。申请书写道：“……今天我再次向社区报名：自愿做一名社区抗疫工作志愿者，安排我干啥就干啥，随时听从社区命令……”

早年，王东方因多次救人、救火、救灾等英雄举动，头部烧伤，腰腿受到严重损伤。2019年3月，她的左腿因半月板三级损伤，不得不实施了关节镜手术。手术初期，王东方须臾离不开轮椅，直到现在，虽然能拄拐杖行走，仍必须依靠轮椅辅助。

看到王东方这样的身体状况，社区领导很为难。可王东方恳切地说：“虽然我行动不便，但我可以动口动手，做一些力所能及的事。只要能帮助到大家，我心里就高兴……”在她的再三恳求下，社区领导批准了她的申请。就这样，66岁的王东方成为跃进社区年龄最大的一名抗疫志愿者。

从社区回来，王东方异常兴奋，没想到却遭到了老伴的强烈反对。王东方的网名是“太阳”，老伴的网名是“月亮”，那天，一直以来亲密无间的“太阳”与“月亮”发生了一次激烈的争吵。

“月亮”说：“这么危险，你还去做志愿者？”“太阳”说：“是啊，只要我严格做好自身防护，回家后更衣、换鞋、消毒等措施都跟上来，应该没问题。”“月亮”说：“你我身体都不好，不怕一万，就怕万一啊！”“太阳”说：“要是都像你这样怕这怕那，那还有谁去做志愿者？再说，我的腿病手术后还拄着伞（拐杖），社区领导知道我身体不够好，很照顾我，只安排我在连片小区内做志愿者，做宣传，掌握居民情况，在供应日常生活物资时帮助维持一下秩序等，你放心，没有什么危险。”“月亮”说：“反正我不同意，指不定你把病毒带回来，那可就都完了！”“太阳”说：“你看社区都已经批准了，袖章都领回了，我能反悔不当志愿者吗？你放心，我保证不把病毒带回家！”没想到“月亮”也倔了：“那也不行！”“太阳”无话解释，只斩钉截铁说了五个字：“我是老党员！”

王东方家里，除了老伴不是党员外，女儿、女婿都是党员。疫情暴发后，女婿吴江大年初一即赶回单位参加抗疫工作，一直坚守在岗位没有回家，女儿李蓓是中学英语教师，疫情期间除了在家上网课外，还要照顾年幼的儿子，全力支持丈夫抗疫。王东方想，全民抗疫，人人有责，女儿、女婿尚且如此，自己作为一名老党员怎么能退缩呢?

一句“我是老党员”堵住了老伴继续唠叨的嘴，可老伴始终不乐意，整天忧心忡忡。老伴体弱多病，心脏不好，经常住院，并且从2020年大年初一开始天天发冷，虽然后来在王东方的悉心照料下慢慢痊愈了，但全家人都饱受惊吓。现在王东方要当志愿者，不是无形中增加了感染风险吗?

2月28日上午，有居民向王东方求购急需生活用品，她与刘进进联系后，当即解决了居民的问题。到了下午，跃进社区又给连片小区送来了米、油、菜等物资，王东方跟着忙前忙后。恰巧老伴看到了这个情景，越想心里越憋闷，当即在家庭微信群里“痛批”了王东方一顿，说她身体不好，还逞能去当志愿者，给别人送这送那……王东方忙完工作，回家看到手机里的信息，顿时火冒三丈，在群里狠狠“回击”了一番……

当天晚上，王东方辗转反侧，不能入睡，干脆爬起来，写了一份《离婚协议》给老伴。《离婚协议》中，王东方写道：“为了做好抗疫志愿者工作，我宁愿净身出户，在外面找房子住，以免把病毒带回家……”

得知王东方闹离婚，女儿、女婿急忙打电话调解劝阻：“我们在前方打仗，后院别起火。”王东方左思右想，这才把念头按了下去。但从那以后，老伴再也不反对她做志愿者了。

后来，看到王东方受到那么多社区居民的拥护与夸赞，老伴开始支持她的志愿者工作，并且经常开玩笑说：“你是老党员，一切听你的！”

雨伞就是旗帜

王东方自左腿做完手术后，一直靠轮椅出行，偶尔会拄拐杖行走。

为了省事，王东方用雨伞代替拐杖，因此，她的轮椅里长期放着一把红色的雨伞。

疫情期间，宅家居民最困难的就是购买生活物资。初期，社区组织流动超市车来小区售卖。每一次，王东方都会佩戴志愿者袖章，拄着雨伞，逐条街叫喊：“楼上的居民，都下来买米买油买菜啊！”王东方嗓音洪亮，像一个小广播，经她一叫喊，所有人都知道消息了，赶紧出来。连片小区前面是莲花湖，每一次王东方清脆的嗓音响起，都会传到湖对岸去。她的声音像号角，更像春风，温暖着宅家居民的心，听到她的喊声，大家心里就踏实了，因为一段时间的生活物资有着落了。

后来，社区采取以小区为单位的中百团购方式，每家每户先预订，然后社区集中采买，再拖到小区来分发。连片小区是一个老旧小区，有200多户，约600人，其中70岁以上的老人有224人，小区老龄化严重，并且空巢老人特别多。老人耳聋眼花，行动不便，困难与问题自然就多。每次，王东方都会在微信群里询问哪家要买肉，哪家要买纸买油等，然后一一统计上报，遇到不会用微信的老人，还要逐一打电话询问。有的老人不会微信付款，王东方主动替他们垫付。有一次，五号楼的程想枝婆婆想吃肉，当时很难买到新鲜肉，于是王东方主动把自家在中百超市订的冻肉送给了婆婆。婆婆要给钱，王东方坚决不收。

每次团购回来，王东方照例一一通知居民前来领物，有时人多要排队，王东方就把手中的红雨伞一举，大声叫道：“大家排队领取，年纪大的排前面，年轻人排后面啊！”看到红雨伞，大家立即自觉排队，有序领取。疫情期间，连片小区没有发生一起因购物领物聚集发生的事故，直到疫情结束，都保持“无疫情小区”的称号。

5月15日，武汉市开展的全民集中核酸检测工作正式拉开序幕。蔡甸区跃进社区是武汉市第一批做核酸检测的小区，由于连片小区有近600人，而且要集中一天检测完，工作量非常大，工作人员任务繁重。

那天一大早，王东方就推着轮椅、拄着雨伞来到连片小区的值守卡点，配合工作人员一起布置现场。核酸检测工作从早上8点30分开始，可居民们急不可耐，8点不到就已来到检测点排起了长队，队伍沿着莲花湖足足排了近百米，而且陆陆续续还有居民从四面八方不断加入。偏偏此时电脑出现故障，无法输出身份证号码，不能启动核酸检测工作，大家焦急万分。

那天，天阴沉沉的，莲花湖畔冷风飕飕，居民们都等得不耐烦了，有的开始抱怨，有的甚至骂骂咧咧。王东方只得不停地解释劝告，希望大家少安毋躁。没想到，过了不久，从小区里又浩浩荡荡走过来一队人马，他们是连片小区的租户。因为急赶着要去上班，他们不愿意排队，一来就吵吵嚷嚷要检测。社区工作人员跟他们耐心解释，现场你一言我一语，争吵不休。

见此情景，王东方灵机一动，往检测点前一站，大声说道："要上班的同志请到我这边来排队！安排你们先检测！"说完，她把手中的红雨伞向上，举得又高又直。看到红雨伞，刚才还在叫嚷的那些居民像被磁铁吸住了，纷纷过来排队。接下来，王东方给另一队居民做工作，希望他们理解配合，耐心等待。王东方在连片小区住了26年，平素跟这些街坊邻居亲如家人，加上她平时热心快肠，乐于助人，大家都很感激她，因此，她的提议得到了大家的支持，很多人说："我们都听王书记的，晚点儿没关系！"

不一会儿，电脑修好了，核酸检测工作开始了。整个检测工作有条不紊，井然有序。由于核酸检测样本必须在下午3点以前送到医院，王东方和几名工作人员紧锣密鼓，硬是赶在规定时间前完成了检测工作。事后，大家都笑着说，王东方善于做组织工作，她的雨伞就是一面旗帜，关键时刻决定着方向，象征着稳定与安宁。

的确，疫情期间，王东方的身影无时无刻不出现在大家最需要她的地方。她坚如磐石，始终高擎着那一面红色的旗帜，给人以温暖，给人以方向，给人以希望。

为你，留盏灯

她是武汉的赤子，极尽自己微薄的力量，在寒夜里为无数人点亮了一盏灯

万红：武汉食上添餐厅总经理，中国首批国家认证营养师，曾荣获“武汉市三八红旗手”称号，热情、善良、知性。2020年初新冠肺炎疫情暴发后，她的餐厅义务为周围奋战在一线的医院、城管、社区、环卫等单位的工作人员和志愿者提供爱心餐。万红的爱心餐，恰如一处温暖的人间烟火，点亮着这个城市的希望。一个平凡的人在不平凡的时期，出于善良的人性，做了一件不平凡的事。

作者：张英，湖北省作协会员，武汉作协第十届、第十一届签约作家，笃信“有文字的人生是不一样的”。出版长篇纪实小说《妈妈，我在》、中华长江文化大系丛书第八编《山水传奇》之第2卷《隐山逸水——长江流域的隐士风情》。在《芳草》《芳草·潮》《湖南文学》《当代人》等文学杂志发表小说、散文多篇，并参与省市作协组织的多部报告文学集的采写。

2020年1月26日的江城，冻雨淅沥，寒风凛冽。这一天，是武汉因新冠肺炎疫情关闭离汉返汉通道的第四天。

这一天下午5点左右，武昌区城管快运队的刘宏钧带着9名同事，正奔波在从洪湖运送防护服回武汉的路上。这批防护服是武昌区五所定点收治新冠肺炎感染病人的医院急需物资，当时整个武汉市有二十一所定点收治的医院，武昌区占了四分之一。

从武汉23日上午10点关闭离汉返汉通道的那一刻起，刘宏钧和同事们就开始了这样分不清昼夜的奔波。没有食堂，没有休息场地，一日三餐都是啃面包、吃方便面，甚至没有开水的时候，方便面也只能是撒上调料粉干啃。感到身体能量似乎到了极限边缘的刘宏钧，在跟同事轮流开车的空隙时间里，试着给工作单位附近中山社区旁边的食上添餐厅老板发了一条信息："我带队运输医院急需物资，同事们几天都没吃过一口热饭了，你能帮忙不？"信息发出去，他自己也不禁摇了摇头：所有的餐饮店都关门了，谁会为了几个人的饭菜拼命？

收到这条信息的人是万红，当时她正在家里看电视新闻，一批又一批的援鄂医疗队奔赴武汉的画面深深地震撼着她，让她觉得作为一个武汉人，这个时候应该为自己的城市做点儿什么。她几乎是秒回了这条信息："好的，没问题！"约好的时间是晚上7点。

没想到，这一个承诺乃至后续所有的承诺，一经坚持，就是整整三个月。

万红回过刘宏钧的信息，立即给店里厨房没有来得及回老家的两个员工打电话，请他们马上回到店里做准备工作。员工们听说是为城管快运队做饭，都一口应承下来。即将大学毕业的大女儿担心地看着她："现在外面多危险，待在家里不乱跑，就是对社会的贡献，妈妈，还是不要出去吧。”万红说：“待在家里是安全，可是有那么多人在外面为我们拼命啊，我哪怕是可以让他们吃上一顿热饭热菜呢。”

万红出了家门。这是几天以来她第一次出门。

冬天的黄昏总是来得特别早，被按下“暂停键”的武汉，并没有忘记亮起自己美丽璀璨的霓虹灯。熟悉的小区大门，熟悉的街道，熟悉的沿街的店铺，熟悉的一切景观，却看不到一个熟悉的人。此时此刻，人在无情肆虐的病毒面前，显得是那么弱小。

“城市的一切都在，人却看不见了”，尽管时间已经过去了十个月，初秋时节，面对笔者的采访，万红回忆起当时的心情，仍然红了眼眶，“从家里步行到店里，一路上我泪流满面，心里有一种想要投身到这场城市保卫战当中的悲壮，十几分钟的路程，让我下定了决心，一定要尽我所能，为我的城市和为这个城市拼命的人，做点儿什么”。

沿街的店铺都是大门紧闭，昔日灯火通明的店铺一片黑暗。此时，只有位于积玉桥中山社区大门口的食上添餐厅里，亮着温暖的灯光。万红和她的两个员工一起，拿出了过年前备下的最好的食材，为奔波在抗疫前线的城管人置办着一顿平常却又特殊的晚餐。

7点的时候，刘宏钧和同事们回到了武汉。到了指定的市七医院，刚刚卸下防护服，他又接到领导的电话，说有一批外省捐赠武昌区的口罩快到进武汉的高速路口了，让他赶紧带队去接应一下。刘宏钧只好给万红发微信：“可能要晚一点儿到。”万红回复：“没关系，不管多晚，我们都等。”

到了高速路口，等了将近一个小时，才等到从江苏过来的载满口罩的车，一装一卸，就是半个多小时。刘宏钧估摸一算，到万红店里大概就得10点多了。他迟疑着告诉万红这个情况，然后问：“这么晚了，你确定还做吗？不用太麻烦，只需一碗热汤就够了。”万红回了一个微笑：“我们会一直等！”

一直到晚上11点半，被雨淋湿的10位城管快运队队员，裹挟着寒风，一脸倦容地进了食上添餐厅。他们面色惨白，一张嘴说话就呼出一团白气。这一天他们只在早上吃过一碗方便面，中间连热水都没有喝上一口，过安检时测体温，没有一个人的体温超过35℃，卡口的人说这已经是人体低温的极限了，不能再低了。当大家看到温暖的灯光下，餐桌上那热气腾腾的四菜一汤时，高兴得眼泪都快流下来了，拿着筷子的手，不知是因为冷还是因为感动，不停地打着哆嗦。

这一幕深深打动了万红。送刘宏钧和同事们出门的时候，她说：“从今天开始，我们每天都可以为师傅们提供热饭热菜，不管需要多少，不管时间多晚，店里的灯都会亮着等你们。”

回到家里，万红给大女儿讲了这件令她心酸又自豪的事情，她说，想为支援的外省医疗队送盒饭，不能让医生们像今天的城管队员一样饿肚子。大女儿理解了母亲的善意，让她放心地去做想做的事情，自己会照顾好家里。最可爱的是小女儿，为了用实际行动表示对妈妈的支持，从那天起承担了大部分的家务事，仿佛一夜之间长大了。

“一线的朋友们有需要用餐的，都可以联系我。”当这不平凡的一天快要结束的时候，万红在她的朋友圈里，发出了这样一条信息。

第二天一大早，附近的武汉市第七医院、第三医院、中华路社区医院就与她联系了用餐的需求。万红清楚地记得，她收到的第一个预订信息是市七医院的医生发的，28日中午志愿者过来取餐，然后送到医院。取餐的志愿者说，医生们真是太不容易了，里外两层防护服，穿上去得半个小时，脱下来得半个小时，吃餐饭太难了。

万红闻言泪目。

万红随即给离餐厅最近的中华路社区医院打了电话，对接电话的值班领导传递了可以随时给一线医生提供用餐的信息。医院领导很惊讶，也表示了质疑："我们没有接到这样的通知，说有哪个个人可以提供免费用餐，目前为止同事们都是吃面包和方便面，因为现在餐饮店不是都关门了吗，还有你们的营业执照和卫生许可证……"第二天，这位接电话的医院领导亲自过来取餐，当他了解到万红只是为了对医生们尽一份善意关怀的时候，感动地说："万总，你这可真是雪中送炭的爱心餐啊！"

就这样，食上添餐厅周围奋战在一线的医院、城管、社区等单位的工作人员，包括志愿者只要有需要，都能够在这里取上热气腾腾的爱心餐，甚至环卫工人扫街到这里，如果正值餐点，也会有餐厅里的员工热情地给他们递上一盒饭。

那时的武汉，处在疫情最为严峻的时刻，政府有很多保供工作都来不及布局到位，而万红的爱心餐，恰如一处温暖的人间烟火，点亮着这个城市的希望。

"其实，我们何尝不是在进行着一场战斗！"说起当时的情形，万红感慨万千。得知她人手不够，朋友、邻居和老顾客都纷纷找她请缨上阵，做不要任何报酬的志愿者。后厨4个人、前厅5个人，订餐最多的时候，每天中午就有五百多份盒饭需要制作、打包，有时候晚餐的需求量更大。为了方便大家取餐，她将前厅的桌椅摆设全部重新排列，大门口就是取餐处。为了保证安全，所有的桌椅每天无数次地用消毒液消毒，以致原来锃亮的桌椅镀铬钢管都被消毒液腐蚀得锈迹斑斑，难以还原本色，仿佛是留给餐厅的关于那段日子不可磨灭的记忆。

从每天早上五六点到晚上11点多，万红没有一刻能够空闲下来，从采购、择洗、打包到接单做第二天的采购计划，无不亲力亲为。每天晚上回到家里，从一进门开始喷酒精给自己消毒，到洗头洗澡洗衣服，这一套程序下来，最少需要一小时。从1月26日到城市恢复正常的那段时间，每天晚上回到家里，她都要重复这样的程序。为了不影响到家人，她一个人住一间房，不与家人做任何直接的接触，甚至连面对面的话都不敢多说，基本上没有了正常的交流。

说到这里，万红轻轻抬手抚了一下自己那头乌黑的短发："我以前的头发又黑又亮，那两三个月每天一次用洗发水的频率太高了，伤害太大了，你看现在的光泽度是不是差多了。"时尚的短直发型，白皙的肤色，精致的妆容，她是一个爱美的女人，那种心疼头发的样子，令人心疼。

当被问到在那些仿佛空气里都弥漫着病毒的日子里，每天在外面奔波，有没有感到害怕，万红说："怕啊，怎么会不怕？每天从家里到店里，要经过三医院门口，有一天早上正好经过，就遇上一辆运送病人的车从医院出来，我就拼命地往前跑啊跑啊，好像跑得越快，就离那个病毒越远，就越安全，那个速度，应该是百米冲刺的速度吧。"一边说，一边闭着眼睛做出拼命奔跑的样子，说完了，又睁开眼睛摆摆手嘲笑自己的胆小，50岁的人看上去竟煞是可爱。

这种每天高强度的劳作一直持续到2月上旬，万红的餐厅库存的十多万元钱的备货用完了，蔬菜采购困难，每天不断补贴进去餐厅曾经的营利，米、油、蛋、肉这些物资处在即将断供的短缺状态，而政府发布的每一天的新增病例的数字一直都在上升。员工和志愿者们感到茫然与无助，问她："我们还要做多久？能不能坚持下去？"万红回答说："武汉需要我们做多久，我们就坚持多久！"

万红的执着感染着员工和志愿者们，而她免费提供爱心餐的事迹，也在附近的小区一传十、十传百地传开了。很多素不相识的街坊邻居为了鼓励她坚持下去，都把自己家过年备下的米和油悄悄地送到餐厅门口，再悄悄地离开。那个时候的武汉，米和油可都是紧缺物资，谁也不知道什么时候这些物资能够恢复正常供应，却对万红的爱心餐倾囊相助。

在那个寒冷的深夜里，曾经得到过万红一盏温暖灯光的等候，得到过万红一餐温馨的热饭热菜的招待，刘宏钧和同事们义无反顾地为万红的爱心餐承担了早起采购用车的任务。每一次万红对这些城管快运队员说谢谢的时候，他们都说："不用谢，我们帮你，你帮那些在一线战斗的人，大家都是为了我们的武汉能够快一点儿好起来。"

2月12日，对于万红来说，是终生难忘的一天。这天下午，她收到了四川巴中三兄弟送来的整整一辆加长大货车的蔬菜。这些蔬菜都是巴中的父老乡亲们从自家的菜地里摘出来，委托这三兄弟接连轮换开车十几个小时、奔波上千公里送到武汉的。都是普普通通的大白菜、包菜、白萝卜，不普通的是有的袋子上歪歪扭扭地写着捐赠人的名字，三兄弟说乡亲们写名字不是图什么，只是想让名字把自己心里的祝福带给收到这些菜的武汉人。

万红领着餐厅里的员工和志愿者们在寒风中卸载了一个多小时的菜，她想留这三兄弟在这里吃过晚饭再走，三兄弟摆手谢绝了，他们担心太晚了出城不方便，想早一点儿返程。于是万红赶紧打印了一封感谢信，托三兄弟给巴中的父老乡亲带回去："正是有了你们的行动，奋战在抗疫最前线的白衣战士、城管队员、民警才能吃上新鲜的蔬菜，才有了战胜疫情的勇气，这是武汉人的需要，也是你们的恩情……"她想让那些好心的父老乡亲知道，武汉人是懂得感恩的人，也是坚强的人。

送走三兄弟，万红抓紧时间处理堆得像小山一样的蔬菜。她留下了餐厅每天至少上千份爱心餐所需要的、在保质期内最饱和的用量，多余的部分她都摆放在餐厅门口，通过社区通知附近小区的居民过来免费领取。多日买不到新鲜蔬菜的邻居们如获至宝，欣喜的笑容仿佛一道光，驱散了多日以来心头的阴霾。看见累得汗流满面的员工和志愿者，邻居们都表示应该付点儿辛苦费，被万红坚决谢绝："我们只是中转了全国人民对武汉人的爱心，能为邻居们发放这些蔬菜，我们觉得很幸福，再累也值得。"

紧接着，全国各地的捐赠物资接二连三地送到包括食上添餐厅在内的武汉保供餐饮店，极大地缓解了爱心餐原材料物资的紧张状况。并且从2月15日开始，市政府开会要求一线机关和医院的用餐不再接受个人捐赠，必须付费取餐，更是缓解了万红做爱心餐的资金压力，毕竟有回来的资金可以周转了。但是对那些民间志愿者，比如运送医院紧缺物资的"探路者"志愿团队、专门照顾孤寡老人和父母都上了抗疫一线儿童的"生命阳光"志愿团队，万红一直坚持赠送爱心餐。驻扎在武汉市七医院的来自杭州的医疗队吃习惯了食上添餐厅的盒饭，万红便争取到了继续为他们送爱心餐的机会，并且随着各种物资供应渐渐地充足，做得更加丰富和营养，用她的话说，那就是"吃饱了，才有劲儿去战斗"。

为了保证这些爱心餐的正常出品，万红谢绝了武昌区第一家方舱医院——洪山体育馆方舱医院每天近一千份盒饭的订单。她说她的餐厅体量只有这么大，如果接下这个大订单，钱是有得赚了，可是爱心餐的份额就被挤掉了，而在这个非常时期，如果只以赚钱为目标，放弃对爱心餐有需要的人们，她的良心上过不去，也违背了自己最初冒着风险坚持留守餐厅的初衷——为那些实实在在为这个城市拼命的人，留一盏温暖的灯。

万红说："后来有人问我，你付出了那么多的资金和精力，最后政府总会对你有所补贴吧，或者你去要求补贴，也不为过，但是我没有，甚至后来国家政策有对疫情期间的电费补贴，都是社区书记帮我去登记的。”

在那短暂而又漫长的三个月时间里，武汉市保障供应的大大小小的餐饮店有很多；像万红这样整整坚持送了三个月爱心餐的餐厅，不多。她是武汉的赤子，极尽自己微薄的力量，在寒夜里为无数人点亮了一盏灯，及至光明来临，这一束光依然温暖凡人心，引人向善、向爱、向美……

黑白识疴亦英豪

行仁爱之术，无愧于天地，无愧于内心

樊艳青：49岁，医学影像专业硕士，副主任医师。武汉市金银潭医院放射科主任，中华医学会影像技术分会传染病影像技术专业委员会副主任委员，中华医学会结核分会影像专业委员，武汉市放射学学会委员，武汉市医学影像质量控制中心质控专家。2020年3月，荣登“武汉抗疫巾帼英雄谱”，9月被评为“武汉市抗击新冠肺炎疫情先进个人”。

作者：姜燕鸣，中国作协会员，出版畅销小说《汉口的风花雪月》《汉口之春》《倾城》《大智门车站》《武汉的沉香浮影》等，长篇小说皆获中国作协年度重点扶持篇目，获第六届湖北文学奖、第九届屈原文艺奖、武汉市第三届文学艺术奖等。

在秋天里想起春天，此非诗情感发，而是那幢大楼勾起半年前切实的记忆。下午的秋阳下，楼顶上武汉市金银潭医院的红色大标牌在熠熠闪光，愈显庄严和大气。作为经历武汉疫情的幸存者，走近曾是2020年冬春的“风暴之眼”，新冠病毒决战的第一战场，不免敬畏交织，抑或一份神秘，驱使着人前往。

进入院内，迎面是绿树环绕的门诊大厅，门上挂着祝贺张定宇院长荣获“人民英雄”国家荣誉称号的大红横幅，大厅内略显暗淡，中央的导医台坐着戴口罩的护士，少有人进出，或因光线的缘故，尤显静谧，不敢想象当时那种紧张忙乱的场面。

武汉市民的恐慌是从元月下旬开始的，正赶上春节，家家户户都在忙，希望新的一年吉祥安泰，风调雨顺，却不知一场灾难已悄悄降临到这座千万级人口城市，来势凶猛，猝不及防，蜂拥而至的病人洪水般涌向各个医院，四处求助的画面和信息在朋友圈里疯传，触目惊心，不可名状。

武汉危急之时，作为湖北省武汉市突发公共卫生事件医疗救治定点医院、传染病专科医院的金银潭医院，自然处在抗击新冠病毒的最前沿。其实早在2019年12月29日，金银潭医院就为收治“不明原因肺炎”一夜之间将原有的整个病房里的肺结核住院患者重新安置。随后新型冠状病毒感染的肺炎患者，尤其是重症患者都被送往金银潭医院集中收治，医院病床很快达到饱和，一批又一批的病人还在急等入院，医务人员唯有不分昼夜地救治，与病毒展开惨烈的较量，如战场上与敌人进行白刃战。元月23日是大年三十，武汉封城，此时全国各地的医务队员紧急奔赴武汉抢险。元月25日，上海医疗队和陆军军医大学医疗队分别入驻金银潭医院，将极度疲惫的临床医护人员替换出来，几近崩溃的医疗状态才得以缓解。

如此严峻的情形下，同处在“风暴之眼”一线的放射科却无人接替，一直在顽强死守，奋力拼搏。

仅2020年元月，这个21人团队就承担了6000多人次的门诊疑似病例、新型冠状病毒肺炎确诊病例，以及1000多名医护人员的胸片CT筛查，他们用肉眼查看了200万帧CT片子，在病情诊断与评估、疗效评估、出院判断等方面发挥了重要的参考作用。他们不仅出色完成了任务，21人更达到零感染。这兵不血刃的突出成绩，其科室主任樊艳青可谓功不可没，也无愧入选“武汉抗疫巾帼英雄榜”。

从门诊大厅后门穿过几扇门，就进入略显狭小的放射科。主任室里，坐着一位扎着马尾辫正在电脑前看CT片的医生，等她转过身，便见一双明亮深邃的大眼，那专注的眼神很有带入感，让人无形被她的气场慑住，随着樊艳青细润、略显低沉的嗓音娓娓道来，惊心动魄的一幕幕又历历如前。

武汉不相信眼泪

新冠病毒传播之快，最敏感的当数医护人员。从2019年12月开始，每晚都有从市内各家医院转诊到金银潭医院的病人，住在院内科室的樊艳青，不时从窗外看到院内救护车闪烁的灯光，放射学会的微信群里，各大医院放射科主任也纷纷吐槽，同一类型的感染病人多得出乎意料。

检查CT的人接踵而至，发给樊艳青的求助信息也持续不断，排山倒海似的压过来。

“樊主任，能不能帮忙安排个床位？”

“樊主任，有朋友出现症状，看下CT吧？”

……

棘手的是，还没有应对这种烈性传染病的最佳治疗手段，当时核酸检测尚未普及，影像诊断是临床医生的“眼睛”，对病情的诊断很大程度上依赖于CT，对放射科医师也是一个新的课题。同一个病人，由于知识积累和经验程度不同，各个医师看到的结果会不一样，稍有不慎，很容易误诊、漏诊，给临床错误的诊断。

樊艳青深感责任重大，与科室医师将各个片子进行比较和归纳，不放过变化的痕迹，从中找出相同特征。发现新型冠状病毒感染患者的肺部影像，不仅在肺部主要表现为外带分布，多叶段、磨玻璃间质性改变，且肺部感染变化很快，两三天就出现非常大的影像变化，重症患者的肺部更严重为“白肺”，意味着患者正挣扎在死亡的边缘。

想着那些患者呼吸困难的痛苦样子，樊艳青就感到揪心，根据一系列CT影像的判断，病毒正在蔓延。作为生于斯长于斯的医务工作者，眼见一场烈性传染病毒在自己的城市里肆虐却无法拯救，那份哀伤，实在难以言表。

不知几时，耳边响起《莫斯科不相信眼泪》的旋律，融入此刻的画面，便有了一份悲壮感。

武汉人不信邪，也不相信眼泪。樊艳青一时热血涌动，暂时不能战胜病毒，总得想方设法减少感染。她想到一件可能完成的事情——给医院职工及家属进行CT筛查，防止更多的人感染病毒。但此时他们团队每日病人检查量是平时的几倍，已是超负荷运转，现在又额外增加工作量，何况多接触一人就多一分感染风险，这需要很大的勇气和决心。但她没有犹豫，直接找到院长张定宇说了自己的想法。

“保护好自己，才可以放心地救治患者，还能及时发现院内有没有感染者。”樊艳青的大眼睛里透着坚毅。

张院长虽觉得医护人员正处在抗击病毒的紧张时刻，难以保证时间接受拍片，但这项举措又确有必要，就答应了樊艳青的请求。

樊艳青便带着团队加班加点，为医院600多名职工和家属以及一线援鄂医生、护士错峰安排拍片。果然，他们筛查出几名病毒感染者。随后与几名感染者接触的同事被隔离起来，其中包括副院长黄朝林。后来医院无一例死亡的医务人员，与此早期筛查密切相关。

“行仁爱之术，无愧于内心，无愧于天地。”恰似此刻樊艳青的写照。

挺过去就是胜利

樊艳青从元月初就没回家，吃住都在科室里。当时医院下通知，全员不休，中层24小时待命。

疫情所引起的恐慌在社会上蔓延，医院里充满了紧张和压抑，开始病人都收，后来收不下了，重症都集中在这里。放射科检查室里的病人一批又一批，大水漫灌似的，还不断传来医护人员被病毒感染的消息，科室里一个个噤若寒蝉。病人的情绪更强烈，焦虑、悲观、绝望，充斥着诊疗空间。最初新冠病毒肺炎的免费治疗政策还没下来，有人治不起，便想着离开，医务人员忙乱之中，还得安抚他们，唯恐他们离开了再去传染别人。如此心力交瘁，压力已到了临界点。

情形不是最糟，只有更糟。过年期间又招不到卫生清洁员，或因惧怕感染大都逃避。

没有外援，也不见卫生员，现在21个人不仅要完成繁重的工作量，还要自行解决清洁消毒事宜。放射室人流量大，尤其是CT检查室，是病人频繁进入的地方，再苦再累，也不能在消毒这件事上马虎，必须把工作做在前面。樊艳青率先用酒精擦拭检查床，消毒水消杀检查室地面和病人通道。“科室零感染，不能让一人倒下”这根弦紧紧绷在她的脑子里，便主动承担起一日三次的清洁卫生工作。见主任这般玩命地工作，其他工作人员也主动轮班打扫卫生和进行消杀工作。

越艰难的时候，对樊艳青这种要强的人，似乎越能释放出潜能。她不时提醒自己：多做些，周全些，总会好点儿。思想上不能垮，咬牙挺住，带着大家走出最困难的时候。她每天忙得昏天黑地，已忘记了几月几日，忘记了吃饭，忘记了下班，忙到晚上9～10点回酒店休息，却不忘叮嘱大家锁好房门。深夜她还时常想着明天要做的事，脑子总处在亢奋状态，睡不到4小时，天麻麻亮又起了床。

疫情期间，放射科的CT机一天要检查300多人，每名患者住院期间要拍2～4张CT片，每张片子要拍600～800帧，一位医师看了，下一位医师还要复看。虽然医院里都是转诊过来的患者，此前在首诊医院拍过片子，但由于病毒性肺炎肺部感染变化极快，他们必须重新评估病情，守好第一道关口。

更多的时候，医师们穿着不透气的防护服，推着上百斤的移动X光机穿梭在隔离病房。给ICU里的危重症患者拍片是个“瓷器活儿”，呼吸机、心电监护、胃管、尿管、输液通路，有的还上了ECMO，危重症患者全身上下的各种生命支持管道不下十种，医师不仅要摆位准确，还得尽量减少患者不必要的搬动，以免碰到这些生命支持管道。由于隔离病区里多是外地救援队的医护人员，互不认识，全身还被防护服包裹着，寻找目标患者实在困难，有时扯着嗓子喊，彼此还听不见。平时10多分钟就能搞定的拍片，现在要多用一倍的时间，一个班下来，内衣湿了又干，干了又湿。

樊艳青对专业要求很严谨，有时患者一个体位没照好，还得再去重拍，这不能有丝毫的马虎。她像前线指挥官号令着将士："医院已经宣布了战时状态，你不做就是逃兵，谁都不愿意当逃兵。毕竟我们是学医的，我们的职责所在，只能挺过去……"

最困难的时候，彼此亲如一家人，互相鼓励，互相关心，亦因有樊艳青这个尽心尽力的"家长"护佑着大家。"不管是防护用品还是别的东西，主任总是努力为科室争取。对于科室一些棘手的事情，她也敢于承担责任，不怕得罪人，这点很让人敬佩……"吕锦医师由此感叹道。

所幸这21人圆满完成了任务，且完好无损。欣慰之余，樊艳青却发现头上多了不少白发。

宝剑锋从磨砺出

"CT在肺部疾病的诊断和治疗中很重要。根据我们的经验，新型冠状病毒性肺炎的影像学表现多种多样，从正常表现到肺部弥漫性改变。此外，在整个疾病过程中，在不同时间会观察到不同的放射线图案。我们的目的是分析急性呼吸窘迫症候群新型冠状病毒肺炎患者胸部CT影像特征的演变，并比较不同病程的影像学表现，以便及早诊断这种新出现的生命威胁。"这是疫情期间樊艳青课题组发表在《柳叶刀 · 传染病》杂志论文中的摘要，这不仅是放射科影像专业论文在世界顶级医学杂志的首发，也是国内影像专业论文的首发。除此之外，她还分别在《糖尿病研究与临床实践》《国际感染性疾病杂志》上发表论文，对此次新冠病毒的研究有着重要的学术价值。

难以想象在那种紧张繁忙的时刻，樊艳青还能写出如此高质量的论文，可谓危难时刻见精神。然成功非一蹴而就，要经历多少艰难挫折，凝聚多少心血培育，唯有心知，却也少不了“机缘”二字。

樊艳青生长在武汉市青山区，父母都是武钢职工，其朴实善良的本性也来自家庭的传承和熏陶。她参加工作时分到武汉传染病医院（金银潭医院前身）放射科，在曾获全国第二届医师奖的陈曼仙主任手下工作。陈主任当时已60岁，直到75岁才正式退休。由此在人生的起步阶段，樊艳青得益名医陈曼仙亲授培养了15年。

“工作中她手把手地教我，工作之余我们谈专业，也谈人生，我们是良师益友，忘年交。”樊艳青深情地回忆着。记忆中的陈曼仙主任永远和蔼可亲，她总是笑眯眯地对待下属，用商量的口气轻言细语地解答问题或纠正下属的错误，她的人格魅力感染着周围，也潜移默化影响了樊艳青，使之心灵得以洗涤和升华……陈曼仙从各方面给她奠定了很好的基础。

榜样的力量是无穷的。樊艳青在激励中不断奋进，对待专业也有股拼命三郎的精神，她没有别的爱好，心思都用在专业上，也正好赶上了放射学飞速发展的时代。为了适应发展和更新知识结构，2006年，樊艳青申请了硕士研究生学习，遇到专业上的导师史河水教授，史教授在放射学领域颇有建树，声名在外，他给樊艳青开启了全新的视野，给了她CT和MRI的启蒙，使她在专业上有了更高水平的提升。

史河水教授治学严谨，是个工作狂，学生们很服他，也怕他。樊艳青对史教授孜孜不倦的治学态度记忆犹新，他曾给樊艳青修改诊断报告，教会她书写诊断报告的格式、优化格式，甚至行文中的标点符号，从诊断方面也给她不少磨砺的机会。

记得有一天，樊艳青正在忙，史教授在另一个房间里审核诊断报告，突然喊她过去。

樊艳青见史教授黑着脸，桌上被画上一个大红叉叉的诊断报告，正是她写的。樊艳青的脸顿时就羞红了，原来她的诊断报告出现了方向性错误。史教授对这种不该犯的失误向来是零容忍，她感觉到史教授的失望，心里羞愧不已。史教授虽然生气，却没斥责她，还是耐心给她分析和讲解，让她对这一类病例理解透彻，不再犯错。

这一切都影响着樊艳青，改变着她，也塑造着她。

玉汝于成。琢玉之人又何其难觅，遇见便是人生之大幸。

1895年11月8日，伦琴博士发现X射线，为人类医学推开了新世界的大门。这一神奇的射线改变了疾病诊断、治疗模式。为了纪念伦琴，将这天定为“国际放射日”。

X射线也改变了樊艳青的人生，或许与她终生紧密相连。

“如果一天不看片子，就会觉得自己退步了；若一个月不看片子，同事会看出我的退步；若一年不看片子，外行也能看出我的退步。刀子不停在石上磨，才能锋利……”

樊艳青转过身，又继续看起片子，一个背影的定格。

那首《影像之路》似在萦绕，亦是她的足迹。

踏上医学的路，我放慢了脚步
用信念走在路上，脚步从没停住
健康所系的义务，不忘恩师嘱咐
性命相托，心中誓言依然很清楚
……

生命的救赎

带着团队与时间赛跑，“踩着油门”高效完成508例疫苗接种试验的专家

黄建英：武汉大学中南医院临床试验中心常务副主任，Ⅰ期临床研究室主任，学科与平台建设办公室主任，研究员。致力新药医疗器械临床评价工作20余年，承担国家“重大新药创制”科技重大专项课题1项，创新药Ⅰ期与仿制药生物等效性一致性评价等临床试验项目30余项，获批湖北省科技进步奖二等奖1项。疫情期间，133天夜以继日投身科技抗疫，率领团队完成干细胞和新冠病毒疫苗等临床试验项目，荣获“武汉市抗击新冠肺炎疫情先进个人”“湖北省百名优秀女性科技创新人才”“中国药理学会药物临床试验专业委员会抗疫先进个人”“武汉大学中南医院十大抗疫科研先锋”称号。

作者：柯文翔，笔名文心、文君，《湖北画报》主任记者，大学中文专业，文学创作二级。系中国作家协会、中国报告文学学会、中国散文学会、湖北省作家协会会员，武汉作家协会签约作家。全国巾帼建功标兵，湖北省先进工作者（省劳模），湖北省三八红旗手。出版文集《人生风景》、长篇小说《青铜英雄巴尔诺传奇》、长篇报告文学《中国关山经济航母》、长篇文学史实《城市之根》等，迄今发表各类文学作品500余万字。

秋风送爽，丹桂飘香。今年的中秋和国庆双节同天，多了一重喜庆，特别是疫后的荆楚大地，更是分外妖娆；大武汉，终于挺过来了，恢复了昔日的璀璨与繁华。

“举国同庆，天佑中华！花好月圆，幸福安康！”疫后的人们，多了一份对祖国的祈福，对健康的祈福，对武汉的祈福！

作为健康使者、生命卫士、巾帼抗疫先锋，武汉大学中南医院临床试验中心黄建英研究员曾带着团队与时间赛跑，铭记习近平总书记向科学要方法要答案的指示，夜以继日地开展抗疫临床研究工作。国庆节期间，她仍然战斗在临床研究一线，她说抗疫任重道远，科技抗疫需要持续运用在实践中。

家国情怀

2020年的春节因为疫情的突发没能过成，今年的国庆节长假，许多人是把它当作春节来过的，因疫情封城封路的影响，许多家庭都不能团聚，正好利用国庆长假补回来，所以，对于许多家庭来说把国庆节看得尤为重要。然而，黄建英的儿子，远在香港工作不能回家，黄建英与爱人一起，只有通过视频与儿子见见面，聊聊亲人的思念。

黄建英永远不会忘记抗疫科技攻关的那些日日夜夜，为了不给家人带来感染的风险，单位安排她到医院附近的酒店住，半个月没有回家，她顾不上照顾80岁高龄的老母亲，只有让爱人在家陪伴。

“疫情期间她每天工作在单位，不分昼夜加班加点，冒着危险冲在抗疫一线，晚上住宿由单位统一安排。我白天承担着单位安排的武汉市隔离场所准备方面的协调督导工作。”说起不久前的往事，黄建英的爱人不仅没有抱怨，甚至还有几分赞赏、几分夸奖。

尽管前不久，黄建英不慎将肋骨摔伤了，但她还是坚持在临床试验工作一线继续战斗，就连国庆假期，也没有好好休息一下。

“妈妈是教师出身，很理解和支持我的工作，知道我是为了攻克新冠病毒科技难关，造福人民的健康；爱人也是我的坚强后盾，让我没有后顾之忧，能全身心投入到新冠病毒救治的临床研究工作中。”黄建英自豪地说。

2020年10月6日，是国庆节长假的第六天，黄建英早早地起床，便匆匆赶到医院上班。她本该休息一下的，但科研攻关事业激励着她。

黄建英站在办公室的窗前，伸一伸发酸的手臂，望着对面双湖桥上川流不息的车辆，碧波荡漾的美丽的东湖，倒映湖中的黛色楼宇。黄建英在心中感慨：这是武汉市最美的一座医院，这里有最美的天使，他们让大武汉回来了！正是因为有他们这些生命的卫士把新冠病魔赶走，才使这座受伤的城市又重新焕发出青春来；尽管累，但她感到很欣慰，她深深地为武汉祈福！

面对眼前如诗如画的风景，黄建英的心潮澎湃、思绪万千，不由得想起了那段与新冠病毒肺炎疫情搏斗，在院长王行环教授的总体部署与领衔下，她带领临床试验中心团队与时间赛跑、与病毒较量，开展临床研究科技攻关的难忘时光……

勇当“急先锋”

岁末年初，一场史无前例的新型冠状病毒肺炎疫情突袭武汉，波及全国。

武汉告急，这座九省通衢的大都市从未经受如此大的痛苦，痛苦的武汉在呻吟，许多病人倒下了，许多医生也被感染，情况危急。国家也发出了灾难应急预案一级响应，全国关注的目光都转向武汉，全国热心的手也都伸向武汉。

疫情就是命令。面对新冠病毒的迅速蔓延，有效的治疗药物和治疗手段的缺乏，严重制约了防控工作的开展。时间就是生命，救人于生死之间，是医生的天职。身为中国药理学会药物临床试验专业委员会副主任委员和党支部副书记、医院临床试验中心常务副主任、湖北省药物与医疗器械临床评价学会会长的黄建英，感到自己身上的责任重大，心中虽然焦虑万分，但是她深知攻克疫情必须依靠科技力量，依靠智慧和精深的医术。

时间不等人，要与病毒赛跑！黄建英心中发出呐喊。在王行环教授科技抗疫的整体部署下，多少个日夜，她不顾个人安危，冒着被感染的风险，第一时间投身临床研究科技战“疫”。她带领临床试验中心团队，利用院内现有的科技平台与临床研究的条件，迅速整合各方资源，组织开展临床研究科技攻关，成为中南医院科技攻关抗击新冠肺炎疫情的“急先锋”。

为拯救生命争分夺秒

在当时疫情暴发的大背景下，临床研究的开展迫在眉睫。在习近平总书记的亲自指挥与部署下，黄建英团队和所有专家团队一起，临床救治与临床研究并重，抗病毒药物筛选、治疗新技术、疫苗研发等多条科技抗疫措施和方案争分夺秒，是为了拯救更多的生命！

针对治疗新冠病毒肺炎，临床研究该如何选题？从哪里突破？面对这样的困惑，在疫情暴发初期，黄建英便迅速组织重症医学科、呼吸与危重症医学科、急诊医学科、检验科与医学影像科等相关学科带头人召开抗疫临床研究攻关碰头会。

会上，黄建英提出“攻克疫情，最关键是要发挥科学技术的重要作用”。针对当时疫情防治的紧急需求，她用战时思维与管理手段，对临床试验中心组织新冠病毒临床研究项目采取“特事特办，急事急办，超常规运作”的工作模式，鼓励研究者和医药企业发起围绕抗病毒应急药物与抗体类药物、快速检测技术产品研发等方面的项目。

在王行环教授的统筹安排下，从1月21日开始，黄建英在中南医院临床试验中心启动了一系列新型冠状病毒临床研究工作；看看黄建英紧张的日程，就知道她怎样在与生命赛跑——

1月26日，临床试验中心再次发布“关于受理开展新型冠状病毒临床研究申请的通知”。

1月27日，黄建英主持中南医院与中科院武汉病毒所合作交流会，落实推进双方在探索疾病流行机制及临床诊疗方案等方面展开合作。

1月29日，围绕救治危重症患者之所急，黄建英积极探寻新冠危重症治疗新技术，在全国最早开展干细胞临床研究立项与实施。

2月18日，围绕临床对有效抗击新冠病毒药物之所需，在项目负责人王行环教授领衔下，黄建英与团队开启了科技部委托的法匹拉韦临床研究项目的征程。

4月12日，围绕人类战胜新冠病毒之所盼，黄建英紧跟陈薇院士全力参与新冠病毒疫苗（腺病毒载体）的II期临床试验。

精英团队携手战“疫”

因为疫情形势严峻，为了更好地发挥学科平台党支部的联动赋能效能，黄建英积极对接湖北省科技厅，推荐医院相关专家进入湖北省新冠病毒肺炎应急科研攻关专家组，同时又派遣王虎副主任进入湖北省防疫指挥部科技攻关小组，全力参与省新冠病毒肺炎应急科研攻关工作。

由于医院全面承接疫情救治大量工作，人力资源极其紧张，在保证科技攻关整体有效推进的前提下，黄建英同时全力支援医院抗疫战线。她将部门人员分配到各条战线上去。I期临床研究室医生和护师团队支援临床一线和方舱医院；学科与平台建设办公室与临床试验中心的其他人员，在临床研究任务繁重的情况下，同时派人支援医院抗疫应急分队。

“作为医院应急队的一员，我白天和同事们一起组织开展医院临床研究工作，晚上参加搬运医疗防护物资和生活物资。虽然没有白天黑夜，但为了能让患者尽快康复，我无怨无悔！”临床试验中心秘书吴建元博士，谈起自己的抗疫经历，充满了自豪。

当时，中南医院主院区的重症新冠病人已全部转至武汉雷神山医院，其间的车程长达一个多小时，如何保障试验期间干细胞制剂运送环境的稳定和快速送达是重要难题；面临高危的感染风险，如何做好自身防护，进行制剂交接是最大的现实问题。

“在黄主任的带领下，我们制订了周密的运送计划，每天中午12点从医院主院区出发，确保下午2点武汉雷神山医院受试者能够用上干细胞制剂。制剂的转运工作持续了将近一个月，虽然烦琐，有时还有点儿焦虑，但想到攻克疫情，觉得所有付出的辛劳都有所值。”陈博，这名年轻的临床试验中心质量管理员，冒着生命危险，往返雷神山医院50多次，肩负着干细胞制剂的运送交接重任，他做得小心而又谨慎。

“当时我是负责武汉雷神山医院、院本部和受试者的沟通、知情同意书签署，以及各个医疗队的衔接工作，我切身体会到了疫情期间临床研究的特殊性。我们进入病区，和受试者介绍法匹拉韦的临床研究，虽然困难重重，黄建英主任在人员配备、质量监管和协调等方面做了大量前期工作，所以项目的推进比较顺利。”项目组骨干研究成员、中南医院麻醉医生陈畅副教授说。

“我们中心有一半是共产党员，我们的团队是年轻的精锐团队，这些‘90后’的孩子，都是好样的，他们的勇敢与奉献精神让我很感动。”

从1月中旬疫情战斗打响开始到现在，无论是做对外协调合作联系，还是加快推进内部研究进展，黄建英的工作一直没有停过，她与她的团队一起，每天都是满勤高负荷地运作。

“疫情当前，只要为了抗疫，只要能做，我一定都要努力做好。”在抗击疫情的关键时期，黄建英不仅全身心投入疫情防控科技攻关工作中，更是充分践行了一名共产党员的责任与担当，在医院面临物资极其短缺的情况下，她投身到物资募捐活动中，个人为医院募捐到100万元善款、两台呼吸机以及口罩等相关防护物资。当时正值医院全面托管武汉市七医院之际，两台呼吸机的到来让医院能够救治更多的患者，为战胜疫情增添了更大的信心，为病人争取了更多赢得生命的时间！

谈起抗疫的那段经历和往事，那些感人的故事，黄建英主任总是那样感动，眼含热泪……

助推成果临床显身手

“作为临床一线的医生，临床经验固然重要，从科学层面上，需要用真实的临床数据和集中数量的客观事实来说话，需要总结探索更为行之有效的诊治方法和措施，让更多的患者尽快痊愈，临床研究是关键。”武汉大学中南医院院长、武汉雷神山医院院长、国家重点研发计划首席科学家王行环教授，对临床研究科技抗疫有着严格的规范与要求。

2020年2月18日，科技部中国生物中心将法匹拉韦临床研究定向委托王行环教授主持开展。黄建英研究员作为项目实施负责人，迅速组织多方力量，带领团队冒着被病毒感染的风险，与病毒战斗，夜以继日连续奋战在医院本部和武汉雷神山医院，尽管累，但她感到充实，她仿佛看到许多病人因为接受对症的新方案科学治疗，身体康复出院，脸上露出灿烂的笑容。

在极短的20天内迅速按研究方案筛选、入组240例受试者。该研究进展多次向中央指导组孙春兰副总理、丁向阳秘书长及省政府等领导汇报。

3月17日，科技部生物中心张新民主任在国务院联防联控机制新闻发布会上通报了该项研究成果。

由王行环教授和彭志勇教授牵头开展的“人脐带间充质干细胞治疗新型冠状病毒感染所致重症及危重症肺炎的安全性和有效性临床研究”是全国首个立项，湖北省唯一备案成功的干细胞治疗新冠病毒肺炎的临床研究项目。作为该项目实施负责人，黄建英带领团队与时间赛跑，迅速研究制定试验方案，于1月29日获得省科技厅立项，1月31日通过论证审查，2月3日正式启动，3月12日完成国家两委局备案，4月7日16例受试者完成了干细胞治疗，患者输注干细胞治疗后临床症状改善明显。该项研究为干细胞治疗重症新冠病毒肺炎提供了重要证据，多次向肖菊华副省长、科技部社发司田保国副司长等领导汇报干细胞治疗新冠病毒肺炎研究进展情况。7月18日，黄建英应邀在第二届中国生物资源与创新医药应用峰会上着重分享了干细胞临床研究项目的科技抗疫实战经验，得到了国内外同行的高度评价。

高效完成508例疫苗接种

当陈薇院士领衔研发的重组新冠病毒（腺病毒载体）疫苗成为全球首个进入II期临床试验的新冠病毒疫苗时，作为战胜新冠疫情的终极武器，疫苗的进展成为全球最关注的热点。

作为该疫苗II期临床试验的中南医院项目负责人，围绕人类之所盼，黄建英研究员紧随陈薇院士团队，迅速组织50余人的临床试验研究团队，设立招募、知情同意、体格检查、疫苗接种、急救、样本处理、安全随访、数据录入等多个小组。在一周内迅速、高效地完成了508例受试者招募、筛选、入组和疫苗接种等工作。该研究成果得到了国内和国际社会的广泛关注。目前，II期临床试验结果已在《柳叶刀》杂志上发表，中南医院为共同通讯作者单位。科学暂时扼制住了病毒的肆虐。

后来疫情得到了有效控制，同他们的科研团队的这些研究成果有着直接的关系，所以他们功不可没，称得上是“生命卫士”。

愿山河无恙，人民安康

科技永无止境，病毒恶魔有可能卷土重来。目前，黄建英带领她的团队仍在紧锣密鼓地进行着临床研究科技攻关工作。

临床研究是药物、医疗器械和诊断试剂等医疗产品上市前，在人体对其进行安全性和有效性的研究，是新药与医疗器械研发过程中必经之路和关键环节。

2000年以来，我国处于药物、医疗器械和诊断试剂从仿制到自主创新的重要转型阶段，特别是习近平总书记提出实施“健康中国”战略后，生物医药产业更是进入了快速发展期。与之相应的对临床研究提出了新的更高的要求，这就召唤那些医药科技勇士攀登科学更高峰!

黄建英长期致力于临床研究事业，为了满足药物、医疗器械和诊断试剂快速创新发展的需要，她积极探索建立规范化的临床研究体系，大力推动医学科技成果转移转化，为湖北省乃至全国药物医疗器械临床试验的发展作出了持续努力。

抗疫结束后，黄建英也因此荣获中南医院科技抗疫“十大先锋人物”称号。

尽管取得了骄人的成绩，获得了社会的认可，但黄建英依然谦逊而又低调地说：“我是医学科技战线的一个老兵，一名老党员，我将继续不忘初心、牢记使命，冲锋向前，勇于奉献，在新药医疗器械临床研究领域为创新驱动湖北高质量发展贡献自己的力量。造福于民，是一个医学工作者应尽的责任。”

黄建英对未来充满了希望，这希望就像冬日的暖阳，带给人们的是温暖与信心。

武汉复苏了，战“疫”虽然暂时结束了，但从黄建英带领她的团队在战“疫”的路上，无不体现出一种伟大的抗疫精神，见证着抗击新冠病毒肺炎疫情斗争的中国精神、中国力量、中国担当。她们的行动更是践行“健康中国”的伟大战略。

命运让她和旁人不同

每一位滴滴志愿者司机都有一腔孤勇！帮助他人，倾尽自己，视他人的生命重于自己的生命

王利：1990年出生，北京嘀嘀无限科技发展有限公司网约车司机。在新冠肺炎疫情暴发后，原本打算回家乡与亲人团聚的她毅然选择留在武汉，报名成为“社区保障车队”的一员。她为社区居民提供便民服务，带患病老人去医院，运输防护物资，帮居民购买生活用品。她的事迹被《人民日报》、新华社、中央广播电视总台等多家权威媒体专题报道，被评为2020年“全国向上向善好青年”“抗击新冠肺炎疫情全国三八红旗手”，并入选首批“武汉抗疫巾帼英雄榜”。

作者：胡榴明，中国作协会员，出版著作《夕阳无语：武汉老公馆》《昙华林》《山水湖居》《红裳》《爱的缠裹》《单身贵族》等十六部。参与策划撰稿电视纪录片武汉电视台出品《汉口老房子》（六集）获2008年国际选片会最佳电视纪录片奖。

巾帼英雄零距离

武汉疫情期间，“滴滴出行”招募志愿者司机，第一批报名参加滴滴出行社区保障车队的志愿者一百多人，疫情结束前增加到1400人。王利是最早报名参加的那一批。当时，武汉疫情形势险恶，一百多名滴滴司机志愿者中，青壮年男子占绝大多数，王利是为数极少的女司机之一。从封城到开城，参与社区防疫、抗疫工作，为社区居民服务，三镇奔忙，每天驾车11个小时以上，三个多月时间，累计工作时间一千多个小时，累计行驶里程一万多公里……

网上看到王利疫情期间的工作照片：醒目的黑体字——“社区保障车队”，雪白的电动车，驾驶舱内，手握方向盘准备出发奔驰武汉三镇的王利；白色电动车泊在寒冷寂寥的街边，双手拎着为社区居民购买的两大袋药品走出药房大门的王利；蓝天下高高的居民楼，身穿防护服对着镜头绽开笑容的王利……

照片上的王利，和当时奋战在武汉全市各条战线、各个岗位上的“抗疫”战士一样，臃肿的防护服包裹全身，白色的大口罩遮住大半张脸，辨不出性别，看不清面容，防护帽檐下，口罩边缘上，一双乌溜溜的大眼睛让人过目不忘。

那一天我们交谈了7个小时，她话不多，基本是问一句答一句，朴实，本分，没有一句豪言壮语——疫情过后面对获得的许多荣誉，她依然坚持做自己。

白色套头衫，蓝色牛仔裤，男孩子式样的短发，身形瘦削，小麦色皮肤，五官轮廓好，漂亮的大眼睛……“脱我战时袍，着我旧时裳”，卸下全身“防护”，日常装束也掩不住王利扑面而来的英气。

从平民女子到沙场战将是木兰的“蝶变”，从滴滴网约司机到抗疫巾帼英雄是王利的“蝶变”。

其间，源起和经历、艰难和辛苦、意志和情感，应该有千言万语，但王利说：“没什么，我只做了该做的事。”

武汉，2020年1月23日凌晨2点30分

2020年1月23日，那一天凌晨，王利记忆很深，那一天，所有武汉人记忆都很深。

凌晨2时30分，一条消息在网上迅速传开——武汉市新型冠状病毒感染的肺炎疫情防控指挥部发布通告：

自2020年1月23日10时起，全市城市公交、地铁、轮渡、长途客运暂停运营；无特殊原因，市民不要离开武汉，机场、火车站离汉通道暂时关闭。恢复时间另行通告。

古代城市有城墙，城门关闭出入禁止即封城；现代城市无城墙，城内外交通禁止即封城。

那一天，睡梦中，王利被电话铃声惊醒，抓起手机一看是平日最要好的朋友。这个时间来电话，难道出了什么了不得的事？

“王利，赶快开车回家，再晚就来不及了！”

两分钟不到的时间里，她听明白了所有事。

2018年从绵阳来武汉应聘网约滴滴司机工作的四川女孩王利，严格意义上来讲并不算是一个武汉人，回老家过年，和家乡亲人团聚，是每一个

外出打工者一年到头的期盼，这不仅是习俗，更是亲情。

王利18岁那年父亲亡故，她和母亲相依为命，今年和往年一样，母亲在家盼着女儿回去。

本来早打算走，但年终工作忙，耽搁了几天，行李早收拾好了，现在离天亮还有好几个小时，离封城还有好几个小时。

要想离开武汉，王利比很多人方便，住屋楼下停着两辆车——一辆滴滴公司租赁电动车，一辆从家乡开来的小汽车。十年驾龄，技术精湛，来武汉工作，每逢假日回家看望母亲，从湖北武汉到四川绵阳，高速公路自驾，一趟1180公里，道路畅通的情况下只需13个小时，早上6点出发，晚上9点就可以到家了。

这一条归家的路，王利驾车来回多次，这一次她想和往常一样，下楼，开车，潇潇洒洒出城而去……但，就是挪不动脚步。

新冠肺炎疫情汹涌袭来，网上网下早已听到各种各样的信息，即使几天前还懵懵懂懂，刚才朋友电话里的述说，已经证实了问题的严重性。

走，还是不走？

少年起离家在外，每一个春节前夕，从来就没有犹豫过是否回家这件事。母亲孤单，倚门等待，无论什么理由，怎么可能不回去？！

窗外的天空是漆黑的，北风刮过，树枝晃动。2020年元月，冰冷的午夜，王利决定不走。

手机清晰显示“封城通告”：“全市城市公交、地铁、轮渡、长途客运暂停运营……”——公交停运，万一有人需要交通工具怎么办？

王利告诉自己不能走，也不应该走！特殊时期，非常时期，如同大战时刻需要战士上战场：“我是滴滴司机，我想，也许我能做一点儿什么！”

从接到朋友电话到决定留在武汉，一次至关重要的人生抉择，在汉口西北一幢老旧居民楼上一间简朴的租住屋内，王利一个人静静地只考虑了十几分钟。

上午10点，“封城通令”执行，停止公共交通的武汉居民并没有停止各自的生活，本来不打算留在武汉过年的王利冰箱空空的，赶忙跑去附近超市，肉食、蔬菜、水果所剩无几，好歹买回来几盒方便面。往后日子怎么过？她想都没想，“走一步是一步”。

目标明确，行动起来再说。

很快武汉滴滴出行科技有限公司招募志愿者司机参与“抗疫”工作，王利立即报名，成为滴滴出行社区保障车队第一批志愿者司机，留在武汉，等的就是这一天。

从那一天起，一辆绿牌白壳电动小汽车，每天清晨从汉口吴家山出发到武昌丽岛花园社区，然后一整天奔驰在武汉全城，二环、三环、跨江大桥、过江隧道、湖区隧道、远城区道路，辅助社区工作人员，救居民于急难。整整三个月，奔驰在疫情最严峻的时期，穿越在疫情最危险的街区，置个人安危于度外，在城市公交车船全部停止、私家车严格限行的空城时刻，承载城市交通的重负，如生命之舟。

整个采访过程中，我一直想引导王利说出她当时选择留在疫情严重的武汉成为一名“抗疫”志愿者的思想动因。

“从小到大，你有崇拜的偶像吗，譬如古今中外英雄人物？”

“好像……没有。”

“新冠病毒这么危险，随时有可能感染任何一个人。当时，你做志愿者那一段时间里你害怕过吗？”

“没有。”

“万一自己被感染，有可能会死，你想过吗？”

“没有。”

为什么当时武汉每个人都可能担心个人生命安危，对未知灾难产生恐惧，而王利没有？

谈话进行到这时候，我才意识到面前这个女孩子不是一个“平常”的人。

每一位英雄都有自己的“小时候”

王利，1990年出生在四川省绵竹市汉旺镇。

王利小时候很野，像男孩子一样，村子背后是山，村子前面是河，总是跑到河里抓鱼，站在河里，水齐膝盖，河边大石头底下，伸手一掏游出来好多小鱼秧子，夏天最好玩，跳进河里游泳……

四川省绵竹市汉旺镇，隔一条河就是王利出生长大的故乡——白溪河村，数百户人家几千村民的一个大村庄，重叠山峦间一块平地，四川人称“坝子”，水从山间奔腾而下汇成一条河从村子前面流过，和川北数条水流相聚，向东向南流经川中平原汇入长江……

父亲性格外向，能干；母亲是巴中（四川巴中）人，性格比较内向。

王利初中是在汉旺镇上的，她喜欢理科，数学好，体育好，是学校篮球队队长，担任中锋和前锋，田径成绩不错，喜欢跑500米和3000米，500米差点儿破校纪录。

初中毕业后王利考进技校——东方汽轮机厂技校，依然在汉旺镇。

王利是这所建制庞大厂办技术学校数控专业的一名普通学生，所有学生毕业后的去向就是分配到东方汽轮机厂成为国企单位职工——为工厂培养有文化、有技术的基层工人是所有厂办技校的教学宗旨，也是每一个技校生的努力目标。

技校读书三年，王利在校学生会体育部工作，日常督导早操，运动会期间组织体育赛事。

帮助他人似乎是王利的天性，住校时帮同一间宿舍的同学打水，一次能拎四只开水瓶。

如果没有汶川地震，王利的人生轨迹大概率的情况下就停留在离她出生村子十里地的汉旺镇了——国企大厂，福利待遇好，当地人理想的人生归宿。

直到2008年5月12日14点28分，汉旺广场钟楼圆形大钟停摆。

绵竹，2008年5月12日下午2点28分

“我是捡来的一条命。”

2008年5月，东方汽轮机厂技校新校区在绵竹市落成，王利在汉旺镇老校区校内工厂十周实习期结束，周末回家，周日搬行李到新校区新宿舍住了一夜。第二天，5月12日，星期一，在新校区新教室上课，下午2点28分，地震开始。

王利起初以为后面同学踢凳子，回头一看不是，接着，人随房子一起波动摇摆，如同在游乐场乘坐星际飞碟，突然地底下有沉闷的巨响传上来……“地震！”有人大喊，呼啦一声，同学全都站起来往教室门口涌……

全班王利最后一个走出教室。

到操场上一看，校区围墙全垮了，墙外街市一览无余。

庆幸的是，王利兜里的手机还在，她一边跑一边给妈妈打电话，叫她

赶紧跑出屋子，免得被房梁砸到，可是，这时候电话已经打不出去了。

那一年王利18岁，技校毕业前夕，绵竹市新校区建筑坚固抗住了地震灾难，汉旺镇老校区同一个技校的同学就没有这么幸运了。

地震当时，王利父亲在外省打工，母亲刚巧走出屋子，村里所有的房屋都垮了，村民逃过死劫。

所有通信停止，亲人之间相互没有消息，凡是有小孩在学校念书的家长，只要没被砖石压在倒塌的房子里，顾不得数次余震的巨大危险，第一时间就是往学校拼命跑。

王利母亲从白溪河村步行20公里赶到绵竹市校区，母女见面悲欣交集。下午6点，王利和母亲一道，踏着地表裂开的公路回到村子，沿途皆是张皇失措的人和悲惨绝伦的景象，天崩地裂，侥幸余生。

当天夜晚，母女俩想用篷布搭帐篷在院子里过夜，结果狂风暴雨，天地悲鸣，篷布一次一次被风掀翻，大雨浇得母女俩浑身透湿，冷得直打哆嗦，湿地上不能躺，她们只好在院子里蹲了一整晚……第二天，依然是狂风大雨，天地昏暗，人都绝望了……

第三天，救援队伍来了！最先来的是军人，接着是医疗队、工程队、全国各地赶来的志愿者……

从那天起，王利再也没有回过学校，东风汽轮机厂汉旺基地连同汉旺古镇一起被摧毁，技工学校停办，在校学生被安置到附近城市其他学校继续学业，应届毕业生全部分配到外省市工作，留在家乡成为国企大厂职工的期望在巨大的自然灾难中化为泡影。

“5·12”汶川地震，彻底改变了王利的人生。

十年青春东西南北

2008年离开四川绵竹汉旺镇，2018年来到湖北武汉，其间十年王利去过许多地方。

后来，王利在家乡四川德阳，打零工，考驾照，成了一名职业司机。

2012年父亲去世后，王利待在村子里哪里也不去，不出去打工，也不出去玩；一年后，她走出自家院子，走出村子，走出绵竹，走出四川，去青海打工，在那里待了两年。

2017年，王利第一次来到武汉，去了王家湾和万松园路。

2018年年初，第二次来武汉，去了江汉路和中山大道。8月，王利长途自驾第三次来武汉，租房子、找工作，留了下来。

来武汉前，王利是绵竹市注册滴滴司机；来武汉后，她依然去应聘滴滴司机。她喜欢这个职业，时空变幻的风景和人，在繁忙疲累之余也有它的乐趣。

每一位志愿者都有一腔孤勇

2020年10月26日，抗疫报告剧《在一起》研评会在北京召开，王利代表武汉滴滴志愿者司机发言："……每一位滴滴（志愿者）司机都有一腔孤勇！"

1月23日，王利报名参加滴滴出行社区保障车队志愿者，和另外两位司机师傅一道，被分配到武昌丽岛花园社区，协助社区后勤保障工作。

丽岛花园小区，开始只有4位社区工作者，2000个居民，防疫抗疫，生活生存，工作强度和工作压力，最艰难的那段日子，每个工作者，每个志愿者，身体和精神超负荷运转，和自然抗争，竭尽全力，将灾害的破坏程度降到最低。

当时，全市公共交通已经停止，私人交通正在逐渐停止，王利的工作任务是接送社区居民非新冠感染者往返医院，社区封闭禁止居民外出之后，帮助购买药品、酒精、消毒水等医药物资，购买日常生活必需用品，运送上级部门调配发放的生活物资……

没有惊天动地的传奇故事，都是一些琐碎小事，2000人的日常生活需求，东家西家，左邻右舍，感冒药和降压药，洗碗布和卷纸……

三辆“滴滴”守在社区门口，时时刻刻听从召唤，“一声令下”，车子启动，奔驰全城，每一回单调枯燥的工作都是一次拯救生命的过程，绝望中给予希望，从地震废墟中走出来的王利对此深有体会。

每天工作很紧张，太忙，有时候连饭都顾不上吃。当时，吃得最多的是方便面和面包，后来有盒饭吃了。

晨光熹微出门，夜幕垂落回家，没时间烧水，王利就喝矿泉水。过年前后，武汉街市空空，寒气逼人，丽岛社区为志愿者烧水，终于有开水喝了。

有时，王利饭没吃完手机响了，她就把剩下的饭菜往塑料袋一塞，发动车子赶往召唤她的地方，事情忙完了，饭菜凉透了，她就拿开水泡泡吃掉……

整个“疫情”期间，每天晚上9点或10点回家，车子里外消毒，上楼开门进屋，脱防护服全身消毒洗澡洗头，倒床上睡着，没几个小时窗外天就亮了。

王利说自己只是做了该做的事，滴滴司机，本职工作，“举手之劳”，她真心地这么认为。

有一位丽岛社区居民，王利叫她吴奶奶，是银行退休职员，肾病非常严重，一周两次去医院透析，疫情期间她去医院都由王利负责接送。

吴奶奶待人温和有礼，身体太弱，上车下车颤巍巍的，王利从驾驶座跑下来想扶她一把，她坚决不让："姑娘，万一我是病毒感染者，绝对不能连累你。"

看着老人的身影消失在医院大门，王利的泪水在眼眶打转。

除了每天协助丽岛社区工作以外，王利还想为武汉市民做更多的事，例如在力所能及的情况下接受并完成网上医疗求助。

一家报社记者得知王利的志愿者身份后，拉她加入一个救助群，这里需要帮助的人很多。

有一户人家在群里说：他家老人心脏病严重，正在医院抢救，需要一种药，交通封禁，家人没法四处寻觅。

王利在群里看到这个消息后，开着电动车三镇跑，只要看见路边有药店开门就停车进门询问，跑了好几天实在买不到，最后建议那家人网上购买——当时快递湖北禁运，医疗用品不属"禁运"之列。

网购药品，顺丰快递，一天半时间运到武汉，当晚停留在位于汉口东西湖区的吴家山分拣站，王利租住的房子恰好在吴家山。

王利托人打听到消息，吴家山快递分拣清晨开始。

第二天清晨4点，王利起床，匆匆洗漱，下楼开车，赶到分拣站拿到药品自己开车送。

虽说都属武汉市，从东西湖吴家山到江夏纸坊距离还真不近，有50多公里车程，白色小车在空旷寂寥的城市道路上奔驰如风，"救人如救火"，清晨5点，救命药送到纸坊第一人民医院那位患心脏病的老人家属手中。

药送到时，病人在医院刚刚经历了一次抢救，加上用药，老人活下来了。

“能帮一点儿就帮一点儿，尽力而为吧！”王利说。

网上消息“血库告急”，最累最艰苦的那段时间里，王利的体重从100斤降到80斤，她对医生说要献400毫升血，医生说她太瘦，最后她献了200毫升。类似的事还有很多。

2008年5月14日，当王利和母亲在村前大雨中看到前来救援的军队时，一种绝处逢生的感觉油然而生。此后，王利就准备用自己的生命服务于他人。

王利就是这样一个女孩，天生的性格、后天的磨难、命运的机缘，让她和旁人不同，这就够了。

守护生命的希望

她以冷静而温情的方式将内心的大爱展现出来，动人心魄

付守芝：武汉市第三医院光谷院区第三党总支书记、急诊医学科和重症医学科主任、主任医师、硕士生导师。获评“全国优秀共产党员”“抗击新冠肺炎疫情全国三八红旗手”“全国抗击新冠肺炎先进个人”和“白求恩式好医生”。担任市医师协会急诊分会副主委、湖北省医学会急诊学会常务委员、中国卫生应急专业委员会常务委员、中国中西医结合学会灾害医学分会常务委员、中国医学救援协会重症医学分会常务委员、湖北省医学会重症医学分会常务委员，《临床急诊杂志》《内科危重症杂志》《中华卫生应急杂志》编委。

作者：高玉霞，湖北省作协会员、湖北省报告文学学会理事，现任荆楚王府艺术馆馆长。已发表文学作品50余万字。与人合著《没有归途的行程》《世纪雄风》《脊梁》报告文学集三部。由其执笔的中篇报告文学《和谐九章》，《中国矿业报》以八个整版推出，并被

46家网站转载。

睁开眼，快7点了，往常这个时候，早已洗漱完毕。厨房里飘来浓浓的肉香，丈夫给她做好了早餐，又在准备明日的除夕大餐。付守芝吸了吸鼻子，是老家腊蹄子的味道。她惬意地伸了伸手脚，翻身起床。作为市三医院光谷院区急诊和重症医学两个科室主要负责人的付守芝，又是硕士生导师，平日工作的忙碌可想而知，唯有春节稍微松弛些。

天上下起了小雨，风有些凉，但抵挡不了人们对过年的热情，社区的小道上人来人往。武汉是座烟火气息十足的城市，让人倍感亲近，付守芝觉得自己越来越迷恋它了。

出了门，风又大了些，付守芝下意识地回望了一眼自家的阳台，昨夜洗的衣服还未干，被风吹得不停地摇晃，像是在对自己致意。蓦然出现的这个念头，让她兀自笑了。转身，疾步向前走去，却没有想到，这一去，竟将丈夫精心准备的团聚大餐推迟了两个多月；更没有想到，这一去，在最危险的地方，会遭遇一场惊心动魄的生死时速。这70多天里所经历所感受的，成为她一辈子最刻骨铭心的记忆。

寻氧纪事

从院领导办公室出来，付守芝的心咚咚直跳。说实在的，第一次遇见这种情况，要说完全不紧张，那真是假话。院领导严肃的表情里，夹杂着浓浓的凝重，甚至有些肃杀。可想而知，情形是多么不同寻常。

这是2020年1月23日，农历除夕前一天，武汉关闭了离汉通道；这天武汉市第三医院及三医院光谷院区被市卫健委确定为治疗新冠肺炎的定点单位，急诊科与重症医学科是关键科室，责任重大。

“关键时刻，一定要充分发挥党员的带头作用。”院领导的话，点中了付守芝这个支部书记的工作核心。事实上，这也是她多年从事行政工作总结出来的不二法宝。

慌乱一瞬而逝。付守芝深深地吸了吸气，恢复了惯有的干练利落。利用改造病房前期的空当，召开一个小型的动员会，给团队打气鼓劲，很有必要。每次战斗打响时，这个仪式必不可少。每个人心里都清楚，从这一刻开始，自己面临着未知的风险，更是被传染的风险。同时，还要有漫长的时间不能回家。她对自己一手带出来的团队很有信心。6年来，她的团队多次获得光荣称号。两个科室都是湖北省和武汉市临床重点专科、武汉市诊疗中心；急诊科2018年获得了武汉市巾帼建功集体；重症医学科是武汉市双评议“十优”单位。

1月26日，是正式接诊新冠肺炎感染者的第一天。两个科室里一下涌进来了30多位患者，他们的症状都是呼吸困难。输氧，便是最为有效的基础医治。很多病患必须接上高流速的氧气，才能缓解缺氧。可是，光谷院区同总院一样，是个综合性的医院。两个科室日常给病患供应氧气最大值为20人，而给新冠肺炎患者吸氧，需要高流量。这就意味着有二分之一的缺口。

如何能堵住这个缺口？

这一下，付守芝真的急了。数九的天，她头上却一下子冒出了细密的汗珠。硬件的短缺，人力不可逆啊。她拟定治疗总方案，要求一人一策，采取针对性极强的方法。同时，积极向上级求助，要求即刻解决氧气缺口。

此时，院书记和院长的办公室里站满了人，原来他们已得知这个情况，也如同她一样，正急得团团转。

“立即着手建设新的氧站！”付守芝的声音有些大。

“正在研究。目前这个情况，材料、工人去哪里找？”院领导的声音也有些大。

“没有氧，怎么能叫定点医院？排除万难也要建！”丢下这句话，付守芝急急地转身走了。情急之下，也顾不得平日里惯有的谦谦礼仪。其实，她何尝不知道院领导说的是大实话，只是被眼前的情形急成了这样。

付守芝步履匆匆，飞快地想着各种可能解决的办法，差点儿撞到一辆手推车。

见了手推车，付守芝顿了一下，像是灵光乍现，忽地就想到了一个救急的办法：将医院升级改造时淘汰下来的氧气瓶再拿出来使用。

此时的医院已是战“疫”最前线，人人肩负重任，连走路都带着小跑。满眼望去，哪里找得到可以搬运的人？付守芝只得跑回科室，带上几名党员，在仓库的杂物中搜寻，全院找到了8个氧气钢瓶。

厚厚的医用口罩戴了整整一个上午，此刻已经汗湿了，重重地贴在脸上，被罩着的口鼻越发难受，却又不能立即更换。疫情突然袭来，一时间，口罩变成了急缺物资。“节约”“将就”竟成了医护的主题词。付守芝感到有些头晕目眩，胸口闷得慌。这是体力透支的结果。昨夜只睡了4小时，今早又未吃早餐。用院领导的话说，战斗已经打响，要有拼命的精神才能赢。

电话铃响了，是丈夫打过来的。自除夕前一天来上班，付守芝就住在隔离酒店了，至今都没有回家。除夕夜里有过一次通话。彼时，她正在指挥消杀和隔离，忙得人仰马翻，只匆匆地说了声“我很安全，你照顾好自己和孩子”便挂了机。

“你还好吗？急死我了，发了好多微信，也不见回。”丈夫声音中透着焦急。

“我很好，你也要注意安全。”付守芝提高了音量，尽力用轻松的语气说。她换洗的衣物都是在社区做志愿者的丈夫送过来的，其实付守芝也挺担心他。

“刚刚路过社区医院，有好些人站在门口。想到你那里更是最危险的地方。病人涌向你们，相当于病毒都往你们身边集中，可一定要做好防护……”

丈夫的话未说完，付守芝就打断了他，急促地说了句：“我晓得，你照顾好自己和女儿，挂了啊。”

丈夫的话提醒了她。社区医院和小诊所都不是定点治疗场所，可以将它们闲置的氧气瓶拉过来！此刻，多一个即可以多救几条人命呀。顾不了身体的不适，付守芝飞快地向院部跑去。

果然，当天下午就收集到了33个氧气瓶。

搬运仍然是个问题。运送氧气瓶的工人因为防护不达标，不能进入医院内部，只能将氧气瓶送到门口，需要医护人员自己去拖。

她们组织成一支临时搬运队，走在最前列的自然又是付守芝。虽然已是50多岁的人，但精瘦的她干起活儿来，丝毫不输于年轻人。一人高的氧气瓶拖起来挺费力，她们又从来没有干过这样的体力活儿。几个小女子咬着嘴唇、屏着气息拖拉着氧气瓶。突然，“嘶”的一声，打破了闷声使劲的局面。原来是付守芝的裤子撕开了一道长口子，这是用力过猛的缘故。

这个小小的插曲，让连日来绷紧的神经松弛了一下，博得了女子们莞尔一笑。

有个机灵的护士拿来了胶布，粘住了裤子的裂口。非常之际，救人当急，顾不了别的。就这样，付守芝穿着“受伤”的裤子，直至深夜。

过了两天，有好消息传来：新的氧站建好了。

付守芝这才知道，院领导一直在做这件事。突发疫情最初的几天，用“进入了战时状态”来形容武汉一点儿都不为过。而医院就是主战场，是战斗的高地，是子弹最集中的地方。满足医院之需是社会各界的共识，建设新氧站，不仅总院领导亲自过问，还惊动了市领导。他们积极谋划、协调、调配，仅仅用了3天的时间就建好并投入了使用。

付守芝这才松了口气。想起那天自己气急的样子，她笑了。许多次，她拿自己这种热心实诚的急性子没有办法。也是，抢救生命，有时候就是几分钟乃至几秒钟的事。譬如说这一次，付守芝主动谋寻来的30多瓶氧气，多救活了几十条人命呢！院领导对此有很高的评价。

病房里的亲情

2月初，医院进来了一个中年男人，各项医疗指标均不理想，属危重患者。他被推进来时，面色惨白，身体蜷缩成一团，毫无生气，但一直努力地睁大双眼，似乎想用眼神抓住这红尘世界。

“立刻插管！”付守芝道。

来三医院支援的上海医疗队的医生说：“这是危重症，我来吧。”

那人一听，流下泪来，像是叹气似的说了一句：“我不能死啊，全家只靠我一个人。”他的声音虽小，但医护们都知道，他这是拼尽全力在求救。

“你一定可以活下来的。”付守芝对他做了个握拳加油的手势。

那人动了一下脑袋，是回应，望向付守芝的眼睛闪亮了一下，这悲戚的眼神让付守芝别过脸去，再多看一下，她怕自己忍不住落泪。取过插管设备，她对上海的医生道：“重症，我更要上。”早在上海医疗队来的第一天，付守芝就叮嘱她的团队，做事一定要更加主动，要有主人公的心态。因为他们初来乍到人生地不熟，已经很不容易了。

正在这时，付守芝的眼前被一块面屏挡住了。原来是同事将她自己的医用防护头盔取下来，套在了付守芝的头上。面对危重病人做插管，不啻正面与病毒对撞。因为病人极有可能会咳嗽，喷出有毒气溶胶，传染性超强，但是付守芝竟没有意识到自己的防护仅仅只有一副医用口罩和护目镜。

同事哭了，说："你也是血肉之躯啊。"

付守芝只得乖乖地让同事给她戴上了头盔，她心里暖暖的。在防护设备短缺的情况下，同事的这一举动，又何尝不是壮举？这份情，岂不是亲情？

好在病人极其配合，强忍着不适，没有咳出来，顺利地完成了插管。

呼吸机接上了，病人极力地睁开眼，哀哀地望着付守芝，眼角挂着两滴泪，没有落下来。付守芝却红了眼圈，又握住拳头，再次做了个加油的手势，沉静地说："你不放弃，我不放弃，你一定能活下来！"

那人的头轻轻动了一下，眼角的两滴泪终于没有守住，落了下来。

这时，病房里匆匆跑来一个小护士，急切地叫道："付主任，王奶奶撕掉了纸尿裤，一直叫着你的名字。"

付守芝点点头。提及王奶奶，她的面色柔和了不少。王奶奶104岁了，入院时氧饱和度报警提示：缺氧！王奶奶受病毒的攻击，身体明显衰竭，必须尽快控制，否则很快就会死掉。新冠肺炎和心衰是两大问题，并且治疗相矛盾，按一人一策的原则，她和上海队的专家们拟定个性化治疗方案，保证每天尿量在800毫升以上，维持身体的正常循环，严密监护各项指标，4小时报告一次，她24小时跟进。最为麻烦的是，老人除了有上十种基础病外，还患有轻微的阿尔茨海默病。护士给她打针，她会尖叫、挣扎。打吊针还得一个护士专门看护，以防王奶奶偷袭撤掉。

有人提出来，可以给老人做麻醉后再医治。付守芝摇头拒绝。起初她和上海的专家评估了王奶奶的身体，认为其太脆弱，承受不起这些有创措施。她细心观察了解过，老人爱干净，爱红玫瑰，身上没有老年人常常有的“老人味”；手指甲和脚趾甲还算光滑平整；抵挡医护时的气力还蛮大。付守芝采用哄的方式，像哄自家的亲人一样，哄着老太太开心，如此一来，王奶奶便有些依赖她了。

付守芝跑进病房的时候，就听见监护仪正发出急促的报警声，看到心率每分钟100次、130次、170次，频发的期前收缩，眼看王奶奶的生命就要终结了！她的心揪疼了。立刻抢救，20分钟后，王奶奶的心率才慢慢靠近了每分钟100次。

小护士告诉付守芝，王奶奶因为腹泻大小便不能控制，给她穿上成人纸尿裤，王奶奶非常排斥，拼命撕扯。扯坏了护士们就换，一连换了15个。如此折腾，情绪不稳，造成了心率不稳。付守芝安慰道：“百岁老人，多难得呀，受些委屈，没什么。”

晚上，护士报告王奶奶一天没吃没喝，排尿远远低于600毫升，气喘加重。付守芝急匆匆再次下病房，王奶奶的血压仍然低，只有想办法让她吃些东西，才能突破治疗的矛盾。

付守芝特意带来一枝红玫瑰，哄着王奶奶吃了2两饭，还喝了些营养液。又赶紧安排专人熬粥，蒸鸡蛋，用剪刀剪碎火腿肠、排骨等变着花样让她吃饭、喝营养液，治疗终于往前推进一大步。

到了第四天，那个插了管的中年男人终于挺过来了，退了高热，胸也不闷了。人却变得婆婆妈妈，见了医护，只晓得反复用手比画，表达心中的谢意，每天如此，好像他的世界里只剩下了“谢谢”这两个字。到了第七天，终于摘下了插管。他深深地用力吸了口气，又缓缓地轻轻吐出来，大笑道："我终于可以自由呼吸了！谢谢！谢谢啊……"见了付守芝，他红了眼圈，道："要不是怕传染，我真想拥抱你，将你举起来！大恩，再造之恩！"

妇女节那天，付守芝又收到了患者们送来的红玫瑰。她从中抽取了两朵，捧了一小碗排骨汤，走进了王奶奶的病房。

老人的病情一天天好起来，总共14天，336小时的守护，王奶奶康复出院了。那天，付守芝又送了她两朵红玫瑰。王奶奶咧着嘴笑了，还亲昵地拍了拍付守芝的手。一个月后，老人侄孙回赠医护们一筐红玫瑰，他说出院时那两朵红玫瑰，王奶奶一直摆在床头不让丢。

这一切，被同事用手机拍摄下来，湿润了多少人的眼！

从1月26日到3月16日闭舱，医院又可以重新收治普通病人，付守芝领导的急诊科顶在了救治的最前沿，接诊了3000多名急诊患者，其中抢救重症患者200多名。带领ICU救治最危重的患者100多名，守住了危重患者最后的希望。这之中，发生了多少感人肺腑的故事？记录者的记录，只能是挂一漏万，这便是文字的遗憾。那些激动人心的细节，留给当事者回味，这便是生活的精彩。

4月8日，武汉向全世界宣布：开放离汉通道！武汉安全了！

那天夜里，被称为武汉城市名片的几处著名的景点，无一例外地亮起了轮廓灯。

点亮灯火的那一刻，人们欢呼雀跃，涌上街头。虽然戴着口罩，但陌生的路人，相互致意，相互微笑，毫无隔阂。山川无恙，万物葱茏。沐浴在闪亮璀璨的光芒中，付守芝走在回家的路上，泪流满面。

人间四月，风也是暖的。又一场春雨过后，树和草都透出了深沉端庄的绿色，肆无忌惮地彰显着生命的顽强与勃兴。

静静绽放的玫瑰

她笑容甜美，言语温和，如一朵散发芳香的玫瑰，静静绽放

张静：心理咨询师、专栏作家、湖北省妇女联合会执委、湖北省心理咨询师协会常务理事、黄冈市政协常委、黄州区人大常委，荣获全国优秀心理学工作者、“全国巾帼建功标兵”“湖北省三八红旗手”“湖北省优秀政协委员”等荣誉称号。

作者：梅玉荣，中国作协会员，鲁迅文学院湖北作家班学员，湖北省首届、第四届青年作家高研班学员，入选湖北省“七个一百”文学人才百人名单。作品200余万字，发表于《人民日报》《诗刊》《长江文艺》《芳草》《北京文学》等报刊。出版诗集《梅花落》《月光倾城》《走神》，散文集《世间最美的情诗》等，获全国鲁藜诗歌奖一等奖等奖项。

冷静战“疫”：职业敏感超前，慈悲大爱争先

2020年元月下旬，一场空前的灾疫席卷全国，以湖北武汉为甚。而黄冈市，是仅次于武汉市新冠肺炎暴发最严重的地区之一。

疫情就是命令，防控就是责任。作为湖北静远心理咨询有限公司和黄冈市静远社会工作服务中心的负责人，参加过汶川大地震心理援助的心理咨询师和社会工作者，张静知道，现在是需要他们挺身而出的时候。疫情的突发，让奋战在抗疫一线的工作人员、患者、家属及隔离在家的居民群众，不同程度地出现恐惧、焦虑、压抑、抑郁等一系列心理问题。

看到黄冈疫情的相关报道后，张静放下手机，脑中迅速决定要做的三件事：

一是围绕突发疫情下该如何保持良好心态的内容，构思并完成一篇文章。

二是给政府部门工作的朋友打电话，强调疫情期间心理防疫的重要性，提醒政府及早加强这方面的安排部署。

三是对所属14个农村社工站开始进行新冠肺炎网络知识培训，指导各社工站于1月22日到24日（除夕）入户对返乡及外来人员进行排查，统计武汉返乡（或途经武汉转车）人员。

1月31日～2月6日，张静分别在黄冈市遗爱网、黄冈市人民政府官网上发表了疫情防护中有关心理疏导的文章：《积极面对疫情，打造阳光心态——面对新疫情带来的负性情绪之自我疏导》《疫情时刻的儿童心理支持与亲子建议》《积极面对疫情，打造阳光心态——面对新疫情带来的烦躁情绪之自我调适》。她与同事们编写的《新冠肺炎心理援助手册》在市

民中广泛传播，收到良好社会效应。她组织社工编写了《新冠肺炎社会工作指引》，加强对武汉返乡人员的观察防护。

事实证明，张静做的这三件事都是必要的，有先知先觉、未雨绸缪的作用。

2月1日，黄冈市防疫指挥部心理援助服务小组成立，张静被推选为副组长，她积极组织中心24位优秀的心理咨询师参与其中。小组成立以后，她就夜以继日地投入到工作中。

2月4日上午7点，心理援助热线12320正式开始服务。鉴于在疫情中弱势群体会有更多困难，张静又组织社工们专门开通留守儿童心理援助专线17371467946、残疾人心理援助专线15327706330、青少年专线12355，为他们及时疏导恐慌情绪，链接社会资源解决生活问题，建立起心理咨询师+社工+志愿者的立体保护网。

张静带领大家每天24小时轮班，随时回应不同群众的各种咨询，在他们身处难关，尤其出现心理应激行为，甚至临近精神崩溃瞬间，给予他们用积极心态面对生活的勇气和信心。

2月8日，张静又组织中心心理咨询师们开通山东医疗队、湖南医疗队、黄冈中心医院医疗队、黄州区总医院医疗队心理援助专线，并对医护热线的老师做了培训和督导，为一线医护人员能够全身心投入工作提供了保障。

2月14日，防疫心理援助小组成立了6个大别山医疗中心医患心理援助微信群，张静连夜对进群服务的咨询师们进行培训。

2月15日，应黄州区总医院隔离点医护人员的邀请，张静组织中心咨询师建立了隔离点医护人员负责人心理援助微信群，从线上进行指导。

2月17日、18日、19日、28日、29日，总共五天，张静应黄梅县电视台邀请，连续录制五期针对儿童、学生、居民、医护工作者、基层防控工作人员的心理援助节目。

3月7日，张静应黄冈市妇联邀请，在黄冈电视台进行了《与爱同行，美丽心灵——疫情下女性心理健康维护》的疫情防控心理健康公益讲座。

3月12日，黄冈疫情趋向好转，张静在黄冈电视台再次进行《大家不容易，再坚持一下——隔离期市民心理调适》的公益讲座。

4月20日，应市教育局的邀请，张静为广大中、高考学生在黄冈电视台进行了《赢在高考——高考学生身心健康调适》的讲座，共计20万余市民观看。

从这密集的日程表可以看出，疫情暴发及稳控期的张静，马不停蹄，格外繁忙。每临大事有静气，冷静沉稳的她，一桩桩、一件件，有条不紊地安排着心理援助的相关工作。每一天都是超负荷运转，但她不叫苦不叫累，相反，看到人心稳定，疫情逐渐得到控制，她很欣慰。

静对慌乱：用心用情用爱，四步心理疏导

“世界卫生组织规定，没有心理援助的救灾，就是失败的救援，面对灾难我们要做的，是为人们心里重建一座温暖而更加坚固的房子，保护他们内心的美好，帮助他们在面对困境时，有更多抵御风雨的能力和希望，走过严冬，春暖花开！”张静这样说。

张静介绍，她们的咨询师都受过严格培训，会通过倾听、共情、改变认知、解决问题四个步骤来帮助求助者。

所谓倾听，就是让求助者充分讲述，把憋在心里的话讲出来，情绪也

就宣泄了；共情，就是非常到位地理解求助者的心情；改变认知，就是引导对方换个角度看问题，认知改变了，情绪也会转变；解决问题，就是帮助对方分析和解决碰到的具体问题，从而解除心理困扰。任何心理疏导不外乎以上这四步，万变不离其宗。

庚子年的新冠肺炎疫情，又给张静积累了太多的抚慰案例。

一位年轻女子在电话中说，她跟着丈夫回黄冈老家过年，疫情发生后被困在村里。她有两个孩子，小儿子出生才两个月，她总担心孩子被感染，因而情绪恐慌烦躁，又因生活习惯与公婆及丈夫发生争吵，发展成产后抑郁症，四天四夜睡不着觉，产生了轻生念头。张静耐心倾听，引导对方宣泄情绪，在关键处柔声宽慰点拨，帮助女子慢慢平静下来。又拨通对方丈夫的电话，细细开导。最后，联系当地妇联，请他们登门看望、调解，并送去抗抑郁的药物。第二天，女子打来电话："这么多天来，昨晚我第一次睡着了，谢谢您！"

一位援鄂的山东籍护士在电话里说，她的孩子生病，但她在湖北支援不能亲自照顾，心情极度压抑。张静告诉她，最艰难的时刻，要咬紧牙关，满怀希望，一切都会好起来。"你可以多打电话鼓励孩子，相信他会变得更加懂事、独立，这个经历应该会促进他的成长。关于你心情压抑，建议你可以做如下调整……"在耐心的沟通下，该护士表示"感觉心情好多了"，信心满满地回到工作岗位，继续为抗疫作贡献。

疫情期间，患者更容易产生心理疾患。龙女士一家是从武汉回到黄冈的，在龙女士确诊病情危重后，心情极度灰暗沮丧，她一天内17次拨通电话："我现在该怎么办？家人会不会感染？我不在了，孩子怎么办？"张静第一时间耐心疏导，并积极与主治医生联系辅助心理治疗。与此同时，告诉她在治疗期间多想想和孩子一起的快乐时光，每天和家人通话……很快，龙女士康复出院，和家人团聚，她万分感激地对张静说："张老师，多亏有您！医生说我的良好情绪就是最好的免疫力。"

这样的例子不胜枚举，让张静印象最深刻的是沈女士的案例。

那是一个阴沉沉的雨天，张静接到一个求助电话，电话那头的沈女士泣不成声，语不成句。原来，沈女士一家三口先后感染新冠肺炎，最终沈女士和女儿痊愈，但她挚爱的丈夫没能挺过来。父女二人感情深厚，已有6个多月身孕的女儿经常不吃不喝，心情抑郁。沈女士自己也经常以泪洗面，深陷对丈夫的思念之中，甚至想追随丈夫而去。

张静对沈女士轻声说："我完全能理解你的情感，你深爱的人突然离你而去，甚至没有一个告别，你现在特别悲伤，也特别绝望，你正在经历一个人生非常艰难的时期。"沈女士哽咽道："您说到我心坎里了，我感觉我过不下去了。"

"你现在慢慢放松下来，我会和你一起面对。"张静接着采用心理学的"保险箱"技术，让沈女士想象眼前有一个保险箱，引导她将创伤体验暂时"打包封存"进保险箱，做心理隔离。这种方法能让对方从压抑情绪中暂时解放出来。然后用认知疗法改变沈女士的思维定式，引导说："你丈夫如果还在，一定不希望活着的家人过得痛苦，他一定希望你们在表达适度的悲哀后照样好好活着，他一定会在另一个世界为你和女儿祝福！"紧接着，张静又和沈女士谈她怀孕的女儿："女儿在孕期，情绪不稳定，精神需要妈妈支持，生活需要妈妈照顾，妈妈的情绪稳定和身体健康对女儿非常重要……"就这样谈了一个多小时，沈女士明显变得冷静，还真诚地说："我一定会坚强起来，开始新的生活。"

春分那天早上，张静接到沈女士的微信，映入眼帘的，是一套手工织就的充满春天气息的鹅黄色婴儿绒衣，旁边还有两句诗："野火烧不尽，春风吹又生。”她知道，沈女士那颗撕裂的、鲜血淋漓的心正在愈合。

静心守志：培训社工人才，助推和谐社会

疫情中张静每天忙碌不休，疫情进入常态化防控后，张静仍旧不断地进行思考。

“做好心理援助工作，政府的主导非常重要。此次疫情中，黄冈市的心理援助开展得比较及时，也取得了比较好的效果。”张静建议，心理援助，一定要让有资质、有经验的专业心理咨询师来做相关辅导，否则可能会适得其反。而通过这次疫情，也应当让有关部门意识到全民心理健康知识普及的重要性，未来要积极引导民众重视心理健康。

张静认为，面对疫情，情绪的安定最重要。在一定程度上来说，这是最大最强的免疫力。

2016年，刚退休的张静成立了黄冈市静远社会工作服务中心，这是黄冈本土首家专业社会工作服务组织。培训中心拥有国家级社工、心理咨询师团队及省内外资深专家顾问团，专门为团体及个人提供专业的社会服务、心理咨询与培训服务。

张静说，静远社工中心本着“以人为本，呵护心灵”的宗旨，成为多家政府机关、企事业单位社会工作专业技术支撑机构，成功接受及完成多项政府公益项目，如国家卫计委的中国计生协计生特殊家庭帮扶项目，黄冈市卫计委的“生活有爱　倾情关怀”失独家庭关怀关爱项目，省妇联的“敲敲爱”关爱女性空巢老人项目，黄冈市检察院的“花儿朵朵”儿童防性侵项目等20余项。

关于“静远社会工作服务中心”名称的来历，张静说：“主要是宁静

致远的意思，正好也应了我的名字。明年，黄冈市社工联合会将成立，会进一步推动全市的社会工作服务机构的发展，整个社会将会更加有序、和谐、稳定。”

有远景，有远志，这个女子不简单。

静水流深：看淡个人名利，热爱美好生活

张静是湖北医学院的毕业生，曾担任神经内科医生多年。曾在黄冈电力培训中心开课，专讲“心理健康”课程。2006年，考取了心理咨询师。

关于张静从事心理咨询工作的原因，她说：“我发现，我们国家整个社会的心理咨询这块被人们忽视，是有缺失的，我愿意通过自己的努力，让心理咨询得到更多人的重视与认可，让所有人都能身心健康地生活。”

面对自己获得的各种荣誉，张静已经到了看淡名利的阶段，但对工作依旧有极高的热情，点名找她咨询的日程都已排到40多天以后了。除了认真工作之外，她想等爱人明年退休了，再重温一下“二人世界”的美好。

生活中，旅游、吃零食、看小说，是张静的三大爱好。

旅游，比较远点儿的，张静说自己在几年前曾参加了一次长达五年的环球旅行，跑遍了一些世界名胜景点和地区。

零食嘛，张静说自己最爱的三大零食是红枣、花生和板栗。工作之余，关掉手机，一个人躲在房间里，边看美剧边吃零食，那感觉很美好。

至于小说，张静最爱的是心理小说。她给我讲了一个疫情期的真实故事，颇有些小说的元素和构架。

交谈中，我不时感到，张静的言语间充满一种从容谦和的气质、一种

安静沉稳的力量。她坐在那里，与谈心室温馨洁净的环境相吻合，犹如一朵散发芳香的玫瑰，正在静静绽放。

我们聊得十分愉快，采访结束时，意犹未尽。告别之时，我看到中心大厅里挂满了各种活动照片，上方“梦想从这里起航”的字样，我想，从心到心，再到远方，这也许正是张静和她的同事们的梦想。

开往春天的公交车

她那温婉平和的语调像春天的花儿开在人们的心里，让人温暖踏实

王金兰：1987年出生，中共党员。武汉市公交集团三公司H87路驾驶员。疫情期间，从2月6日至3月16日，王金兰24小时待命38天，上了15个通宵夜班，接送医护人员82次774人，运送居民生活物资3200件、蔬菜4083包，为72个小区7283户居民提供生活保障物资，作出了突出贡献，入选“武汉抗疫巾帼英雄榜”，获武汉青年五四奖章。

作者：程红梅，笔名艾辛，湖北省作协会员，湖北省第五届青年作家高研班学员，武汉作协全委会成员。以诗歌创作为主，文学作品发表在《中国作家》《诗选刊》《芳草》《长江丛刊》《党员生活》等刊物。出版诗集《咀嚼时光》，诗歌合集《虞美人》。

一

2月5日下午4时许，王金兰站在了楼下。她刚刚从自己申请获批的激动中回过神来，不无忧虑地向11楼自家的窗户望了一眼，然后快步向电梯口走去。

晚餐饭菜被她一一端到餐桌上，婆婆心里却很是狐疑：以前忙于工作的儿媳很少做饭，今晚倒有些不同寻常。她端起碗来朝嘴里慢慢扒饭，眼睛一刻不停地瞅着神情异样的王金兰。

“你今天好像有么心事？”婆婆关心地问。

“妈，有一件很重要的事必须得跟您说！”

婆婆轻轻点头。

“公司下午开了动员会，专门成立了突击队，负责每天接送支援武汉抗疫的外省医生。我报了名，而且……疫情期间不能回家。”

婆婆惊讶得半天才缓过神来：“这么大的事，你咋不早打个招呼呀？跟钊儿商量过了？”

儿子也不知所措地呆望着母亲。

“公司接到命令很突然，没有时间与他商量。”此时的王金兰慢慢显得轻松下来。

谁都知道，新冠肺炎突至，犹如一颗巨型炸弹凭空而降，在武汉的上空炸响，其巨大冲击波瞬间震撼了全中国，也震撼了全世界。武汉市于十天前紧急封城，偌大的城市一夜之间按下“暂停键”，一切处于停摆状态。

婆婆是一位通情达理的老人。多年来，儿子冯德钊在远洋公司工作，经常一连数月漂泊在大洋上，辗转于异国他乡，与家人聚少离多。婆婆照看家里，照顾孙子，承担了绝大多数家务事。婆婆更知道，儿媳除了当好公交司机，还热心公益，参加过许多志愿活动。只要儿媳愿意做的事，婆婆就一定支持她，家里的事尽量不让她太操心。

危难在即，人人有责！结局毫无悬念，婆婆这一关顺利通过。她还嘱咐金兰要好好保护自己，不用担心家里。

像一根松弛的弹簧突然间绷紧了，王金兰在夜间开始了各种忙。她觉得现在有好多事要去做：家里粮油贮存不多，只能吃上几天；打开冰箱，幸好还有些鱼、肉、鸡蛋之类，也可勉强将就几天；儿子的寒假作业没有自己亲自督导，可不能搁下不做；她将儿子的课本练习册以及文具盒收拢到一起，再仔细检查一遍，确定没有问题，才放心走开。

深夜11点了，王金兰给远在印度洋上航行的丈夫发了一条短信，简单通报家里人平安，轻描淡写地讲了自己参加突击队的事，嘱咐丈夫保重身体。然后，她长吁一口气，拿起手机拨打暂住乡下的母亲的电话。没等手机接通，她立刻摁停。父亲处于癌症晚期，平时靠药物维持生命，也不知还能活多久，这个时候一定不能将报名突击队的事告诉他们。想到这里，两行泪水潸然落下。

二

闻鼙鼓而有良将！党中央习近平总书记一声令下，各省、市、自治区火速组织力量，将最有经验、最有情怀的医护人员抽调集结，组成援鄂医疗队，快速扑向疫情“震中”的武汉市。市公交集团也应声而动，2月5日，集团三公司H87线路的10名突击队员集结待命，他们将负责接送来自新疆、新疆生产建设兵团、甘肃、安徽、山东、四川等省区的医护人员，往返于入住酒店至武汉客厅“方舱医院”。在抗疫的紧要关头，这些医护人员毅然选择“逆行”，成为国人心目中的最美英雄，也是庚子战“疫”中的一道亮丽风景线。

一条普普通通的H87线路就这样承担起新的使命，它是庚子年武汉阻击战中输送希望的生命线，连同武汉公交集团必将被武汉人民永远铭记。

平常的公交司机变身为抗疫突击队员，往日载客的公交车已变成医护人员行进途中的“家”，而日复一日的运行线路也成为一条特殊的生命救治保障线。王金兰负责夜班接送医护人员，时间通常为下午6点至次日凌晨4点30分，个中辛苦可想而知。本来，小队里有几位男性司机，但考虑到女人特有的韧性和较强的自制力，更由于自身充满自信的状态，她主动请缨，承担了这个时段的接送任务。

2月上旬的武汉，夜里寒风刺骨，冷气袭人。站在外面，即使吹起微风也犹如刀在脸上割。王金兰将公交车开到酒店门口，第一次载上了来自安徽的17位医护人员。简单的问询，会意的点头，成为特殊时刻的初识礼仪。即便早有思想准备，按照规定穿戴好防护衣帽、事先将车体内外彻底喷雾消毒，但依然如临大敌，唯恐“中招”。可当这些来自远方的逆行者出现在自己面前时，她的泪水突然间模糊了双眼。这是怎样的一群人啊！危难之际挺身而出，远离亲人，把生死置之度外，中国医务工作者的博爱胸怀深深地感染了她。而自己的行动与他们相比，又算得了什么呢？

此刻，王金兰真想扑上去，紧紧地拥抱他们。

车行驶在夜幕下的大街上，眼前虽然华灯璀璨，大街上却已空空荡荡，俨然一座空城，给人一种被抽空的莫名感觉，王金兰心中涌来一股悲怆。想到身后有这些守护生命的逆行者，她更增强了必胜的信心。

接送医护人员决非等闲之事。无论是在酒店接医疗队员上车，还是在隔离区外等待离舱而疲惫至极的医护人员，王金兰内心都充满着无比的神圣感。可是，等待极度难熬。她值夜间班次，停车位远离院区，车和人被黑暗层层包围，深更半夜里，四周一片寂静，孤独与恐惧袭来，让人无计排解。凌晨时分，困倦和寒冷更是双重的折磨。王金兰的应对之策很简单——事先准备好一个稍大的保温瓶，不断给水瓶里添加咖啡或茶叶，以期凭借浓浓的汁液啜饮驱散困倦。还有冷，每至夜半凌晨，冷的程度愈益加剧，冷得周身僵直，冷得脚趾、脚板不可名状地钻心痛。下车跺跺脚，挥挥手臂，让血液的加速流动冲淡冷的感觉。王金兰大多时间总是目不转睛地紧盯着灯火通明的院区，她总是想象着方舱内的情形，想象医护人员紧张忙碌的身影，他们身着防护服，防护头盔内的脸颊有勒迹深深的印痕。你难以辨认每一张鲜活的面庞，却深知这种“惊心动魄寻常事，生死只在一瞬间”的极度不寻常。

2月8日凌晨，2点半开始，方舱内开始有身影陆续晃动着走出，等待了数小时的王金兰长吁了一口气，疲惫不堪的他们终于可以回到酒店歇息了。可是，方舱大门走出了一拨又一拨人，就是没有她要接回的安徽团队医护人员。半小时过去了，一小时过去了，大门口再也没有外出的人员身影出现。王金兰紧张起来，难道是别的车辆接走了他们？想想也不太可能。但是，所有的可能都会发生啊！她急忙拿起手机向指挥部询问，答复是她负责接回的医护人员并未出方舱。

一个可怕的念头闪现：难道八个人全都被感染了？

是啊，身处险境中，不是有一些医务工作者被病毒感染了吗？

一想到这个可怕的念头，王金兰的心就提到了嗓子眼儿。

等待，一分一秒变得很慢很长……

凌晨4点35分，终于有人影在门口的灯影下晃动，出来一个、两个、三个……正好八个！王金兰喜不自禁，她迫不及待地走下车，满含期待地望着那群人。

王金兰的眼泪不禁夺眶而出：你们终于回来了！

三

随着新冠肺炎病毒的扩散，感染人数不断攀升，更由于抗疫措施和手段的不断完善，病人数量增长的势头被有效遏制，疫情天花板已在眼前。可是，一连多日的连轴转，让一些医护人员不堪重负。他们走起路来一摇三晃，显得力不从心。几乎所有的人出舱上车后便靠在座椅上沉沉入睡。上一分钟司乘者隔着老远轻声寒暄一声，下一分钟车厢内便响起了一片鼾声。一身疲惫、满眼惺忪是这些逆行者示之于人的真实模样。可想而知，他们在病房里的紧张辛劳，在那生死边缘为挽救一个个生命做出的巨大努力。

这一切，王金兰看在眼里，疼在心里。她深知自己的职责不仅仅是安全接送这些寂寂无闻的英雄，给他们更多的呵护也是当下应尽的义务。吃饭时，她会下车，蹲在路旁，匀出多一点儿的新鲜空气给他们呼吸；她会在白衣天使上车前打开车厢暖气，好让他们一上车便感到温暖；她会在行进途中把车开得慢一点儿、稳一点儿，好让睡着的他们多补回那逝去的一分一秒。

……

疫情打乱我们的生活常态，但它阻挡不了中国人对亲情的眷恋和呼唤。情人节即将如期而至，王金兰觉得需要为逆行者们做点儿什么。

做什么更有意义呢？

身在千里之外的异地他乡，这个时候一定有着刻骨铭心的思念。家人的平安，彼此的牵挂，该有一件实物作为内心的寄托。

花环，对！就是花环。

2月12日上午上班前，王金兰兴致勃勃地给队友打去电话：“孙姐，情人节快到了，我建议做些花环送给医疗队员，以表达我们武汉人对他们的崇敬和感激之情。你看好不好？”

电话那头传来同事的热烈响应声。

主意已定，王金兰立马给经营手工饰品配件的朋友打电话，希望能购买到材料和工具。朋友听说突击队员们要给最可爱的人制作花环，当即表示愿意无偿捐出所有材料。

王金兰很感动：疫情之下，大家凝心聚力，再强大的疫情又有什么不可战胜的呢?

看着一个个花环在她们的制作下那么漂亮，王金兰心里一阵阵高兴。就在不经意间，她突然“啊”了一声，孙丽芳一看不好，立刻跑了过来。原来，王金兰的左手不小心被电熔枪烫着了，很快便起了几个泡。孙丽芳正要喊大家，王金兰连忙摆手，一副不在乎的样子说：“没事的，时间紧，还是让大家早点儿把花环做好吧。”

就这样，60个花环在突击队员的精心编织下很快就完成了。

这天晚上，当来自五个省区的60位医疗队员手捧着突击队员精心制作的花环时，他们欣喜若狂。戴上花环，大家兴高采烈地在车厢内和方舱门外的灯光下欣然留影。

随后，他们的朋友圈也赢来了众多的喝彩和刷屏。意想不到，花环给这个特殊纪念日增添了喜庆的色彩。

第二天，王金兰收到了甘肃医疗队员龙巧玲等人特意写给武汉公交人的诗歌：

《公交司机》

戴勇　一左一右
胸前写着你的名字
红红的戴勇，像是
左心、右心，淌出的热和奔腾
情人节那晚
你给下夜班的护士买了玫瑰花冠
姑娘们戴着
像春天破门而入
寒夜突然间桃李盛开
……
这个黄昏，终于遇见
虽然口罩蒙住了你的脸
眼神和白色防护服的身影
在公交车上就是黎明前的一盏灯
……
今天，我们收到很多物资
还有兰州拉面
请你尝尝
能不能比上武汉热干面

诗歌的下方，留下了无数医护人员的热情留言和点赞。

真挚的话语，发自他们的内心，让温暖在微信群和朋友圈中悄然传递……

四

情人节刚刚过去，大家还沉浸在无比喜悦的氛围中。

将医疗队员们安全送到酒店后，王金兰像往常一样，骑着电动车回父母常年居住的房子里。年前，母亲陪同双肺转移、医院放弃手术的父亲回乡下疗养。她正好可以一个人住在这里，以防病毒传染家人。走到半路，车子突然开始变得慢了下来。糟了，电瓶没电了！已是凌晨4点，路上没有一个行人，她又冷又累，只得艰难地推着车子走回家。

到家时，虽然累得一塌糊涂，但回想起夜间领导打来的电话，王金兰心里热乎乎的。原来，父亲术后的药物本来很紧张，这个特殊时刻，更是无情切断了供应通道。不知公司领导用什么办法弄到一些，火速寄到了父亲手中。这，真的让她很感动。

天快要亮了，熬了一夜的王金兰竟然没有一丝睡意。刚开始的时候，黑白突然颠倒过来，下班回来的她难以入睡。经过两三天的适应，生物钟很快调整过来了。王金兰回家后倒头就睡，完全适应了新的作息时间。

今天王金兰却无法入睡，她突然非常渴望见到儿子，已经二十天没有见到他了，她可是从来没有离开过儿子这么久的。她想打视频电话跟儿子说说话，听听儿子嗲声嗲气地跟自己撒娇，可现在儿子肯定还在睡梦中，她只能无奈地摇摇头，深深地叹息一声。

下午4点半，王金兰提前40分钟出发。她开车绕了几条街道，向自家的方向驶来。站在楼下，她打电话给儿子。仰头向上，儿子和婆婆早已站在11楼的窗前，王金兰朝儿子挥挥手，两行泪水顺着脸颊向下滴落……儿子也向楼下的妈妈挥手，大声喊着："妈妈，我在电视上看到您了，您是好样的，加油，胜利！"

"儿子！"王金兰用手背揩了一把眼泪，再次向儿子挥挥手，毅然跨上了车……

五

4月8日，是武汉和全国人民为之欢欣鼓舞的日子——武汉解封，湖北解封！这是一个具有里程碑意义的日子，标志着中国人民在党中央的领导下，实现了抗击新冠肺炎疫情的阶段性胜利。

胜利来之不易，凝聚了无数人和战斗集体的无私付出。王金兰所在的武汉公交集团三公司无疑站在了抗疫的最前线，被评为省抗击新冠肺炎疫情先进集体。

而此前的3月8日，湖北省武汉市同济光谷院区大厅，国务院副总理孙春兰以视频连线的方式，亲切接见了在这场保卫战中作出突出贡献的先进妇女代表。作为公交系统的突出代表，王金兰光荣地参加了接见。此时此刻，曾经的过往历历在目，三十多天的酸甜苦辣，三十多天的咬牙坚持，三十多天的生死考验，在一瞬间化作奔涌而出的泪花，在一张张憔悴的脸上肆意横流……

是的，柔肩担重任，危难显芳华。武汉按下"重启键"，摘下口罩，"王金兰们"的脸上已然绽放出了更加美丽的笑容。

此时，武汉已是春尽夏初时节，天空湛蓝，百鸟啁鸣，大地一派绿意盎然。人们真切地感到，春天并不曾远去……

我和你，心连心

她让心在黑暗中看到亮光，让灵魂在挣扎中找到出路

易玲玲：毕业于武汉大学医学院，荆州市政协委员，湖北省第十二次妇女代表大会代表，湖北省最美家庭教育指导员，中美高级精神分析连续培训班成员，2018年荣格分析心理学理论与实践班学员，荆州区科学学会委员，荆州市心理学会理事，长江大学客座教授，国家二级心理咨询师，荆州市见山社会服务中心理事长，长期致力于青年职业性格与规划，儿童心理健康与性格培育的研究与实践。2019年11月，获得“全国维护妇女儿童权益先进个人”荣誉称号。

作者：蒋彩虹，中国作协会员，鲁迅文学院第十七届中青年作家高级研讨班学员，荆州市作协副主席。出版散文集《倾听心灵的天籁》，小说集《欲说还休》，报告文学集《上善之恋》《治水将军文伏波》等，长篇小说《花鼓》入选湖北省第三届长篇小说重点扶持项目；曾获全国水文化论文奖、湖北楚天文艺奖、湖北新闻奖等奖项。

一

“丁零零……丁零零……”

电话铃固执地响，一遍又一遍，这是2020年早春的一个深夜。封城中的古城街道上空无一人，小区里寂静无声，荆州市中心医院耳鼻喉科的护士易玲玲劳累一天了，这一天，她共接了12个求援咨询电话，口干舌燥，筋疲力尽。此刻，她刚上床休息，怀中两个多月的二宝吃完奶后酣然入睡，而丈夫翻了个身，业已进入梦乡。

易玲玲爬起来，抓起手机，走入客厅。

“您好！抱歉这么晚打扰您，我整夜失眠，暴躁焦虑，泪水一直流一直流。这该死的疫情何日结束啊？活着好无趣，呜呜呜……”

是一个女人。倾听中，易玲玲得知她开着三家甜品店，有员工四十多人，一人带两个孩子，欠一大笔债。本以为过年是行业旺季，现在可好，压下30多万元的货款不说，门店租金、员工工资，明年要付40来万元。

“怎么办啊？我撑不下去了啊！”这哭诉像一记重锤敲打在易玲玲的心上，疫情以来接到太多求援电话，从来没有让她感到如此沉重，女人若不是走投无路，不会在夜深人静时求援。

“别着急！疫情是暂时的，困难也是暂时的。”易玲玲一边安慰她，一边在脑子里将所学的心理技能迅速排列组合，这应该是个女强人！除了安慰，得给她想办法。

安抚收到效果，对方平静下来，易玲玲说：“现在擦干眼泪，闭上眼睛做一会儿放松练习，之后想一想，你可不可以帮助别人？”

“啊？你说什么？我？帮助别人？”对方激动起来，“我都处于水深火热之中，需要别人帮我呢！”

“以你的智慧，一定能找到一个路径，帮到人就帮了你自己。”

女人将信将疑答应了。易玲玲放下电话，回卧室时喷嚏一个接一个打起来，丈夫被吵醒，心疼中带着不悦，说：“你怎么不多穿点儿衣裳？真不让人消停！”易玲玲满怀歉意溜进被窝，儿子又大哭起来……

易玲玲在安抚惊醒的儿子后沉沉睡去，她没有想到，她的这个主意可是救了这个深夜来电的女子。

女子叫熊秋红，是蜜糖公主面包店老板，放下电话的那一刻，她开始冥思苦想，可想破了脑袋还是没个头绪：这易玲玲，你出的是个什么馊主意啊？！熊秋红关闭了放着电影的电脑，打开电视，频道转到荆州“战场”，屏幕上正滚动播报各大医院的救治新闻。深夜里那些医生、护士守在医院里，守在患者的病床边。他们饿吗？裹着厚厚的防护服，他们吃什么？怎么吃？好多护士看上去还是孩子，与疫魔战斗，置生命于度外，与他们相比，我的困难算什么？！我得为他们做点儿什么，想法一闪，她的心陡地一热。

第二天一早，熊秋红决定抽调3名员工，每日为医院提供50份夜宵。她跟员工一说，他们二话没说都同意了，熊秋红心里又是一热。她就近找到二医医务科，说明自己的心意，李科长一听可高兴坏了，她说：“太感谢了！你这真是雪中送炭啊！咱们自己的医生、护士先别管，就给海南来援助我们的医务人员提供夜宵就行，在外订的盒饭里连青菜也放了辣椒，他们吃不惯哩。”

事情就这么定下来，熊秋红投入到自己的“战斗”里，说来奇怪，从这天起，她不焦虑、不流泪、不失眠了。40来天，她共送出2000份甜点，授人玫瑰，手有余香，熊秋红深深地体会到了生命的价值与意义。

时间有时会把彼此熟悉的人变成陌路，而心理热线却让两个陌生人变成了知心朋友。对易玲玲的工作领域，这个面包店老板也觉得新鲜，她邀请易玲玲到店里来做客。易玲玲发现，面包房是缓解紧张的极好场所，面对甜点，人们会放松下来，从此，烘焙竟作为易玲玲治疗个案的辅助手段而纳入她的心理干预方案。

二

易玲玲生于1982年，籍贯宜昌，武汉大学医学院护理学院毕业。当年的院长是美国著名护理教育专家玛莎·柏翠妮教授，她是美国纽约州立大学护理学及教育学博士，她执教的HOPE护理学院是武汉大学与世界健康基金会（Project HOPE）共同创立的中国护理学界第一所国际合作教育机构，五年制本科，培养本科高级护士。

易玲玲追随爱情舍弃省城，才貌双全的白马王子值得她抛下繁华的都市而偏安一隅，她考进了荆州市中心医院，负责耳鼻喉科门诊治疗工作，之后结婚生子，像众多家庭主妇一样料理日常生活。

静静的夜晚，易玲玲经常反思职业与教育的交集，她感觉还有能量去拓展人生空间，大学时心理学曾作为选修课，她的成绩常常名列前茅，经过心理、哲学、社会学与基础医学正规培训的她，感觉一扇智慧之门在脑海中打开，她感到自己得到重生，身边那些心理处于焦虑与无助状态的人群，让她决定重涉心理学这个领域。

易玲玲看到，目前我国心理咨询现状是“一少三多”，即专业人员少，半路出家多，出于热情和兴趣的多，不规范的多。

一旦关注这个群体，易玲玲有了惊人的发现，偌大的荆州，竟没有一家能满足需求现状的精神卫生咨询专业心理辅导机构，而涉及亲子关系、青春期叛逆、危机恐慌等带来的心理与精神疾病几乎在生活中随处可见。这个人群，特别需要关怀。

易玲玲拜高级心理治疗督导师、武汉市心理医院副院长童俊教授为师，利用假期前往北京、武汉，参加中美高级精神分析200多个课时的连续培训、伦理学督导培训、沙盘游戏疗法培训，获得国家二级心理咨询师、国际催眠师、沙盘治疗师资格，并参加了国际著名精神科执业医师、IAAP伦理委员会主席安·凯斯门特教授举办的荣格分析心理学理论与实践工作坊。

怀揣梦想，易玲玲毅然决定成立见山社会工作服务中心，为更多患者服务。从此，易玲玲忙碌起来。

有一天，一个焦急的求援电话打来："易老师，救救我的儿子！"她是一名教师，她说儿子以600多分考上沙市三中后，学会了交朋友。她半天难以启齿，后告知孩子在手机里偷看女人裸体到入迷的程度，精神处于恍惚状态，以致成绩退到400多分。当医生的父亲想带儿子去医院看病吃药，做母亲的想找心理咨询师诊治，就这样找到了易玲玲。易玲玲对男孩使用了一种催眠治疗，每周两次。让他幻想自己未来会走到什么样的环境里。男孩告诉她，他看见了大海，大海边有很漂亮的白房子和椰子树。一年的治疗让男孩渐渐恢复正常，高考时以580多分考入海口大学。报到当天，他激动地打来电话："易老师，我的学校与您给我做催眠治疗时看见的环境一模一样！"

个案接踵而至，易玲玲名气越来越大，每年至少有上千人来见山咨询，每周她要接待10来人，市消防支队、市纪委以及一些学校与见山签订协议，邀请见山团队进行心理辅导与个案干预。

就这样，见山走过6年风雨，走进了2020年。

2020年元月24日，除夕夜，在武汉封城后，荆州封城。产假中的易玲玲怀抱襁褓中的婴儿，默默关注着疫情的进展，她敏感地意识到这是一次突发公共卫生事件，心理援助与心理干预必不可少。

三

人生就像一张磁盘，烦恼可以删除，快乐可以拷贝。熊秋红在送出2000份夜宵后，有一天看到马路边有个乞丐眼巴巴地望着她的店，便要员工每天将一块面包放在门面西南角，示意乞丐来拿，久而久之，乞丐习惯了食用每日由蜜糖公主店提供的这份食品；蜜糖公主的面包不过夜，每天会剩20来份，熊秋红全部送到福利院；早晨6点半，马路上就会传来唰唰的扫帚声，那是早起的环卫工人在清扫马路，他们扫到蜜糖公主店时，这里会为他们提供一份免费的早餐。恻隐之心，让熊秋红少了烦恼，多了快乐。

我和易玲玲就约在熊秋红的店里见面。

易玲玲告诉我，除夕夜她得到湖北省社会心理学会通知，邀请见山社会工作服务中心参与疫情期间心理援助，时间3个月，每天9点至21点，每次咨询时间为30分钟左右。服务对象为居民、新冠肺炎感染者及亲友、一线的医务工作者等。

经过全国征集、严格审核和统一培训，湖北省社会心理学会面向湖北和全国公布的20家机构中，荆州市仅此一家。

易玲玲立即召开线上会议，明确任务，采取“网络倾诉+语音沟通+全天热线”的远程心理辅导模式，将9对9改为24小时热线，号召王堂生、舒晓容、吴颖（加拿大）、卢妍、陈琼、王赛金、朱月华、辛洁、辛程、黄培珍、郑瑞丰等志愿者，迅速投身到抗疫之中。

心理疏导率先在见山所在地——沙市王板桥社区展开。

心之官则思。疫情的突发性、紧急性、高度不确定性及弥散性，让人们感受到极大威胁。居民“宅”出焦虑、自闭、恐慌、猜忌、烦躁等负面情绪。见山开通“与您心‘晴’有约”心理热线，做好共情理解，帮助睡眠的动画短片、音乐、《中外经典听书》链接，处理情绪、缓解压力的小技巧，为居民倾心煲了一碗“心灵鸡汤”。

陈凡是一名社区网格员，除夕夜接到返岗通知，立马将孩子送到婆婆家。她走访排查、核对数据、检测体温，忙得不亦乐乎。一天深夜，一位业主情绪激动地联系陈凡，说要带着家人立刻出发返回深圳。了解情况后，陈凡拨通见山24小时心理热线进行转接，一小时后，业主情绪逐渐冷静，并答应暂时不离开荆州，此时，陈凡发现，天已渐亮。她粗略统计每天拨打的电话数，几乎有三分之一交给了见山。

3月10日

（1）滞留在温州做家政的荆州大姐，因为没有文化很自卑，找不到工作也回不来，反复打给我三次电话，我教她求助社区、派出所、救助站，可她不敢，被人从住的地方赶出来，最后一次来电说只相信我一个人说的话，我安抚并说服她打110。

（2）马家寨的一个女子，是在一个月前普通感冒发热住院康复了，但是回去以后失眠，以前心脏做过手术，这次生病，焦虑加上生理期，焦虑不安，疏导之后好了很多。

（3）滞留荆州一个多月的上海朱先生，这已是第五次来电，分享还差两天健康码就可变绿码能回去的喜悦心情，感谢我这个素未谋面却被他当成在荆州的唯一亲人的人。

……

这是见山心理咨询师陈琼的日志，这一天，她做了15次安抚与疏通。疫情隔离下的荆州，无数“陈凡们”和见山志愿者，默默守候这座静悄悄的城市，空中连线的766个咨询电话，给这座城市带来了一份安抚、一份温暖、一份平静！

援助热线开通后不久，易玲玲启动了线上公益心理课程，民政部门利用微信公众号、微信群，传至乡镇村落与街道楼栋的居民，扩大了服务范围。课程涵盖《在疫情背景下心理救援的界限感》《一线工作人员心理调适指南》《绘画心理疗愈》《寻找真正的自我》等。

易玲玲认为，目睹这样的严重灾变，人们的心理反应均是正常的应激反应，需要时间来抚平。保证生活节奏感，保证充足睡眠，适当娱乐，调整心态，让自己恢复元气。她建议进行一些放松练习，坐在软椅上或躺下，四肢舒展，闭上双眼，嘴略微张开，慢慢地深呼吸。

远眺法、腹式呼吸法、肌肉放松法、心理叫停法、微笑法以及蝴蝶拍打法，这些方法简单易学。实际操作中，这种心灵抚慰是成功的。一个中年男人在运用远眺法时，告诉易玲玲，说他看到了天边，看到了花园，看到了童年玩游戏的快乐时刻。这真是一种新奇的体验。

疫情期间，见山线上讲座9次，服务咨询1239次，化解问题263个，并在全市共举行微课堂20余次，近5万人次收听收看，3000多个家庭直接受益。

四

丁香园疫情动态曲线在声势悲壮的战斗中渐呈下降趋势，荆州的感染者终于停在1580这个数字上。3月15日，荆州解封。见山疫情心理援助在4月30日结束后，易玲玲的工作进入一个新阶段，她又开始组织线下公益授课。

在市社会孵化中心14个公益团体机构图中，见山排在第一位。

易玲玲的见山，在冷漠与温暖间，在失望与希望间，在犹豫与徘徊间，通过倾听、宽解、提供方法、指导行动等，让一颗颗在黑暗中寻求光芒的心看到亮光，让一个个在泥潭中苦苦挣扎的灵魂寻到出路。

心晴的时候，雨也是晴；心雨的时候，晴也是雨。无疑，心理学是一门科学。贝弗里奇说："聪明的资质，内在的干劲，勤奋的工作态度和坚韧不拔的精神，这些都是科学研究成功所需的其他条件。"易玲玲在做一件让心放晴的事业，涉入这个领域之初，她一定被心理学所蕴含的科学精神与人文气质所吸引，除了做一名护士，这是她职业生涯的另一个征程。

采访结束时，蜜糖公主店轻轻飘出一段音乐，是莎拉·布莱曼和刘欢演唱的2008年北京奥运主题歌，清远悠扬："我和你，心连心，共住地球村……"

但愿疫魔从此消弭，我是多么期待，世界平安，地球清宁。人间，花好，月圆。

隔离点的周奶奶

『孩子交给我，我会当成我自己的孙子一样来照顾』

周惠琴：武汉市江岸区千穗岚公益组织社区老师，在球场街球心社区驻点，主要从事养老服务工作。世上没有从天而降的英雄，只有挺身而出的凡人。在疫情暴发后，她以志愿者的身份冲到抗疫一线，加入“守护童心”社会关爱行动，去照顾隔离点的十个孩子，针对不同年龄孩子的不同需求，给孩子带去了无微不至的关爱。她用朴素的想法和朴实无华的行动诠释了人间大爱。

作者：彭丽丽，湖北省作协会员，武汉市作协签约作家，有作品发表于《中国作家》《湖南文学》《芳草》《江河文学》《湖北日报》。

一

7：00　起床

7：30　送早餐、收盘子

9：00　打扫、消毒

11：30　送午饭、收盘子

13：00　睡午觉

14：30　巡视、陪玩、发零食和水果

17：30　送晚饭、收盘子

19：00　陪玩、巡视

23：00　休息

这张酷似生活老师的作息时间表，是周惠琴在后湖宜尚酒店隔离点的生活日常。从2月19日到3月18日，整整一个月，她每天都是这样，早上7点起床，晚上11点才上床休息。

2月18日之前，周惠琴都没想过自己会以志愿者的身份冲到抗疫一线，跟病毒面对面。隔离在家的日子，在电视里看到全国各地的医护人员逆行援助武汉抗击疫情，她心存感激，觉得作为土生土长的武汉人也应该出一份力。有一天，她在微信群里看到武昌有一对夫妻感染新冠肺炎隔离治疗，孩子独自在家没人照看，她觉得孩子很可怜，当时就有一股冲动，想把那个孩子接到家里来照顾。

像是知道周惠琴的心思一样，这一天，徐总给她打来电话，征询她的意见："周阿姨，江岸区民政局发起了'守护童心'社会关爱行动，向我们千穗岚征集志愿者，后湖的一个隔离点需要一个老师过去守护孩子们，大约十个孩子，父母都感染了新冠肺炎，您能来吗？"

当时正值过年期间，公司里家在外地的年轻人都回家过年不能回来，有几个家在本地的年轻人想去，可家里不同意。这个徐总可以理解。作为一个二宝只有一岁多的宝妈，她接受任务的时候就想，实在不行我上。可当她以开玩笑的口气将这想法说出来，立即遭到了家人的一致反对，父母、丈夫，大家都怕啊！上有父母，下有幼子，责任重大。她只好扩大年龄范围遴选，选来选去，最后发现没有比周惠琴更合适的人了。她是本地人，对公益事业满腔热忱，平时工作耐心又细心，照顾孩子肯定没问题。

徐总的判断是对的。听到电话里说有隔离的孩子需要照顾，周惠琴立刻想起了那个可怜的孩子。现在，有十个这样的孩子，他们需要她！一瞬间，同情心和爱心爆棚，她当即做出了决定，说："我能来。"

简简单单的三个字，干脆、肯定，包含着爱心，承载着责任，也忽略了风险。毕竟她已经59岁了，属于易感人群，孩子们虽然核酸检测呈阴性，但新冠肺炎有较长的潜伏期，作为密接者，风险系数还是很高的。可她当时只想着孩子们很可怜，她得去照顾他们，责任和风险是见到孩子们之后才意识到的。没有跟任何人商量，因为不想被亲人的意见左右。这就是敢作敢当的武汉嫂子，这就是武汉精神！

随后，周惠琴提出了一个要求——带上老伴。老伴几年前患病留下后遗症，腿脚不便，生活起居需要人照顾，子女也不在身边，平时她出门都是提前帮先生把吃的准备好。挂了电话，她才和老伴商量："小孩子好可怜，得有人照顾，我们两人一起去吧！"多年来，老伴一直默默支持她的公益事业，这次当然也不例外。

世上没有从天而降的英雄，只有挺身而出的凡人。第二天，徐总过来接周惠琴去后湖宜尚酒店隔离点。平时车水马龙的街道，此时空无一人。在武汉生活了将近一甲子，习惯了喧闹与繁华，这样清冷安静的武汉她从未见过。她想念那个熟悉的武汉，想武汉早点儿恢复生机，想带老伴去东湖看梅花，去武大看樱花……

一到酒店，疾控中心的人就感慨地说：“你们真是太伟大了，人间大爱！”周惠琴说没有感觉伟大，只是说需要人帮忙，就过来帮助一下。没有豪言壮语，只有朴素的想法和朴实无华的行动。

二

陆陆续续来了七个孩子，最大的17岁，最小的4岁。

4岁的男孩和13岁的姐姐来得最早，就在周惠琴来隔离点的那天下午。姐弟俩的妈妈在六医院，爸爸在方舱医院，外公外婆在其他酒店隔离点。“小男孩撇着嘴，低着头，不怎么爱说话。”周惠琴说，她当时心里酸酸的。

虽然接受了照顾孩子的任务，但实际上周惠琴并没有多少跟孩子打交道的经验。她是江岸区千穗岚公益组织的一名社区老师，在球场街球心社区驻点，主要从事养老服务，平时接触的都是老年人。跟老年人聊天，说说心里话，听听他们的倾诉，每月上门量血压，慰问，老年人都很喜欢她。她觉得老年人能信任并亲近她，孩子应该也可以。俗话不是说“老小老小”嘛，老年人跟孩子差不多的。

如何让孩子信任自己呢？周惠琴觉得首先要对孩子有一定的了解。她想到了孩子的家长，立马加了姐弟俩爸爸妈妈的微信，跟他们交流，了解孩子的性格特点、兴趣爱好，她说：“放心，孩子交给我，我会当成我自己的孙子一样来照顾。”

说到做到。有一天周惠琴去孩子房间，发现小家伙正踩着板凳扒窗户，姐姐在上网课没注意到，她的心瞬间揪起来，急忙快步跑过去抱住他，说："窗户怎么能扒呢？万一掉下去怎么办？这样太危险，以后再不能这样了。"小家伙说："房间里不好玩，我想出去玩。"

周惠琴心里一酸，好多大人关在家里都受不了，更何况一个4岁的孩子，姐姐上网课，又不能陪他玩，他真的太孤独了。她决定每天陪他玩。在房间里做操，蹦蹦跳跳。她年龄大，身材偏胖，还穿着防护服，按孩子的要求伸胳膊踢腿，可真是难为她了。每次她都累得汗湿衣衫，可只要孩子高兴，下次她照跳不误。

跟周奶奶玩熟了之后，小家伙活泼调皮的本性露出来了，缠着她玩捉迷藏。房间很大，他跑得很快，一会儿躲进柜子里，一会儿藏在窗帘后面，让全副武装的周奶奶好找。玩到兴头上，他嫌藏不过瘾，还要找。"你找到我了，该我找你了。"周奶奶去藏，他嫌藏得不好，跟在后头指导她应该藏在哪里，还拉起落地窗帘做示范，"周奶奶，像这样！"他边说边拉起窗帘把自己裹进去。

每天忙完，周惠琴都会在微信里跟父母说说孩子们的情况，让他们能够放心。"谢谢有你们这么善良的一群人。"微信里，小家伙的父亲对她说。看到这样的信息，周惠琴觉得很开心，每天再辛苦也值得。

除了偶尔想爸爸妈妈，跟周奶奶捉迷藏玩耍的时候小家伙最开心。他从不打扰上网课的姐姐，因为周奶奶告诉他姐姐在学习，不能打扰。

每天在空调房里做操、捉迷藏，出汗是难免的，晚上周惠琴要求小家伙洗了澡再睡觉。不知道为什么，大多数孩子都不喜欢洗澡，小家伙也这样。在孩子们的个人卫生方面，周惠琴是很讲原则的，说洗澡就要洗澡。小家伙"发嗲"："周奶奶，你帮我洗。"边说边仰起肉嘟嘟的笑脸望着她。那么可爱，周惠琴不忍心拒绝他，就真去卫生间帮他洗澡。水汽蒸腾，护目镜蒙上了一层水雾，什么都看不清，她干脆摘了护目镜；温度高，口罩闷得人难受，小家伙还要不停地问东问西，她干脆把口罩也摘了。

看到周惠琴发回来的照片，徐总受惊吓不小，赶紧给她打电话，恳切地说："周阿姨，您给小家伙洗澡的时候，还是把口罩戴上，不怕一万就怕万一。"她的担心是有道理的，周惠琴是她派出去的，她要对她的安全负责。周惠琴说："想不了那么多，有时候帮他喂饭，嘴巴还不是张着对着我的。"每次到了饭点，小家伙都会撒娇要周奶奶喂饭。"好好，马上来喂。"送完饭后，周惠琴就到房间里，一勺一勺地喂他。不仅如此，小家伙在房间里不肯戴口罩，周惠琴也没有办法。

4岁的孩子，对于病毒的认识是懵懂的，只知道外面有病毒不能出去，根本不知道预防病毒的重要性。周惠琴只能保证自己勤洗手勤洗澡，其他的则交给运气。

善良的人运气都不会差。直到小家伙结束隔离，大家都是平平安安、健健康康的。相处了二十天，要离开隔离点了，小家伙不愿意和周惠琴分开，说"想跟周奶奶一起玩"。孩子是最诚实的，喜欢谁就愿意跟谁待在一起，他真把她当成亲奶奶了。回家后，他妈妈跟周惠琴视频，说孩子很想她，想请她到家里去玩。她也常常想起他肉嘟嘟的小脸、肉乎乎的小身子，有时候他像一发炮弹，突然对着她冲过来，两只小手抓着她的衣服，像一只树懒一样挂在她身上。回想起来，竟觉得好甜蜜。

三

每天早上起床后，周惠琴会准时把早餐一一送到孩子们的房间。吃完饭，孩子们把盘子放在房间门口。去收拾的周惠琴发现盘子里剩饭很多，心里有点儿着急，这种时候，可一定得吃饱吃好，才能身体好。她琢磨着，是孩子们不适应，情绪不高没胃口，还是饭菜不合孩子们的口味？

早餐后，周惠琴用消过毒的拖把，把孩子们的房间清扫一遍，顺便跟孩子聊几句。有个孩子说有点儿便秘。说者无心，听者有意，她琢磨的问题有了答案：饭菜不合孩子的口味，导致肠胃不适。她便把配餐仔细研究了一番，发现整栋楼送的饭都是一样的，大人小孩吃相同的饭，每餐都是煎鸡蛋。这不科学，不符合孩子的饮食习惯。她立马跟隔离点负责人商量，给孩子们专门配备了儿童餐，每天的煎鸡蛋换成了蒸鸡蛋羹。孩子们食欲好多了，吃饭比原来香甜了。

过了几天，周惠琴又跟民政局提要求：给孩子们搭配一些水果、零食。水果含有丰富的维生素C和膳食纤维，不仅可以促进肠道蠕动、帮助身体消化食物，还可以防止便秘。对于正在长身体的孩子来说，必不可少。零食嘛，虽然平时说尽量少吃，但这么长的隔离期完全不吃，孩子们肯定受不了，特别是4岁和8岁的小家伙，午餐和晚餐之间有好几个小时，不吃点儿零食，好像缺了点儿什么，更何况不能出去玩，成天困在房间里，吃点儿零食，调剂一下，分散一下注意力，对孩子们的身心健康有帮助。

孩子对零食天生没有免疫力，周惠琴便把零食放在自己房间里，每天下午午休之后给每个房间里每个孩子送一些，同时送点儿水果。对于小家伙来说，苹果个头大了，一次吃不完。疫情期间，保障900万武汉人的生活物资供应是一个多么庞大的工程，多少人冒着被病毒感染的风险奔波在路上。周惠琴觉得这个时候浪费食物尤为可耻，她也不嫌麻烦，托后勤买了一把小刀，削掉苹果皮，把苹果切成小块，搁在盘子里，插上牙签，送到孩子的房间。一个房间每次送一个苹果，两个孩子吃，做到不浪费。

不是奶奶，胜似奶奶。奶奶做得到的，周惠琴都做到了。大点儿的孩子要上网课，学习资料需要打印，考试试题需要打印，街上的打印店都关门了，周惠琴就积极想办法，联系隔离点的后勤医生帮他们打印，鼓励他们安心学习。一个8岁的男孩喜欢画画、折纸，所需的材料都是她找公司后勤提供的。这孩子刚来时晚上睡觉很害怕，深夜打电话给她，她穿好防护服立马去他房间安慰他，要他不要害怕，鼓励他面对困难，要有男子汉的胆量，哄他入睡后才离开。说实话，整层楼给人很沉很静的感觉，走在酒店走廊里，没有人声，没有人气，大街上也寂静无声，她内心也感觉到隐隐的不安和害怕，仿佛世界上只剩下自己一个人。更何况一个8岁的孩子，独自一人待在房间。

奶奶做不到的，周惠琴做到了。那个13岁的男孩，童年时爸爸就去世了，性格有点儿内向，妈妈感染了新冠肺炎，家里条件也不好。刚来时，不大讲话。周惠琴每天给他打扫房间消毒时，都会主动找他聊天，问他学习，了解他的家庭情况，平时喜欢什么，做什么运动，他不讲话就找他聊。虽然他只回答“嗯”“是的”，但她不气馁，也不觉得难为情，有时有意拿点儿东西给他吃，说“来，你今天要吃个苹果，增强营养”，过一会儿，又去找他，送个梨子或者橘子。她还链接了隔离点外的小小志愿者与他连线交朋友，有意识多关注他的情绪，也经常与心理咨询志愿团队交流他的状态。他慢慢打开了心扉，能安心学习，感觉到周奶奶对他的关心，可以跟她正常交流，有事情就给她打电话：“我的手机充电器坏了，你能不能把你的充电器借给我？”她当然是满口答应，第一时间给他送到房间里。

端午前夕，她还和千穗岚公益组织的其他社工一起去看望了他和妈妈，看着他状态很好，她感觉挺宽心，也挺安慰。

四

圆满完成任务之后，周惠琴回家了。为了家人，她和先生也进行了“自我隔离”，孙子嘴里念叨着要她抱，她却只能将他拒之门外，内心充满愧疚，更觉疫情下亲情的珍贵。

隔离完后，周惠琴就申请回到社区岗位工作，每天都很忙，帮进出的居民测体温，给老人做宣传。武汉开展全民核酸检测期间，对社区内瘫痪在床行动不便的老人了如指掌的她，带着工作人员上门给他们做核酸检测。球心社区是老旧小区，都是楼梯房，四楼、五楼、六楼，她都是一步步爬上去的。用徐总的话说，对于有些“幸福肥”的她来说，真的不容易。

最近，江岸区民政局联合千穗岚公益组织开展了一个名为“守护梦想”的公益活动，旨在对一些困境儿童进行帮扶。周惠琴积极参与，与一名因家庭原因无法天天到校学习的小学生结对，在家人无法送她去学校的早上由周惠琴送她上学。为了取得孩子的信任，她轻言细语跟她交谈，帮她梳头，帮她穿脱衣服，带她去吃麦当劳，像亲奶奶照顾孙女一样。

有人问周惠琴为什么对这个孩子这么好，她说觉得这个孩子蛮可怜，别的孩子家里有爸爸妈妈、爷爷奶奶照顾，这个孩子只有一个年老多病的爷爷照顾，连正常的上学都不能保证，如果这个时候不帮她，她以后怎么生活？！

多么朴实有爱的奶奶！

聚沙成塔，集腋成裘。周惠琴说：只要人人都献出一点爱，世界将变成美好的人间。在千千万万个“她”的无私奉献下，世界正在变成美好的人间。

后记

由湖北省妇联携手湖北省作协组织采写的报告文学集《致敬了不起的她——38位中国女性抗疫故事》一书，经过三十多位女作家的数月采写和专家们的后期编辑，现已完稿，马上就要付梓出版了。这是本独特的女性作品，由女作家书写女性抗疫先进人物的最美故事，读起来让人感动而温暖。

2020年庚子年，突如其来的新冠肺炎肆虐荆楚大地，在以习近平同志为核心的党中央英明领导下，全国人民驰援湖北，上下一心，众志成城，打赢了气壮山河的湖北保卫战、武汉保卫战。在这场没有硝烟的战斗中，涌现出一大批可歌可泣的女性英雄。她们中有不惧生死、白衣执甲的医务工作者，有身处防控一线的社区干部，有挺身而出的志愿者，有深入现场的媒体记者，更有驰援武汉的共和国女院士……在湖北、武汉的抗疫战斗中，她们的身影无处不在，汇成了一幅巾帼不让须眉的英姿画卷。

2020年9月14日，《致敬了不起的她——38位中国女性抗疫故事》采写启动仪式暨寻访座谈会在武汉举行。数月来，三十多位女作家怀着对抗疫女性的敬意，走近不同岗位上的抗疫先进人物，对她们进行了深入细致的采访。女作家们被她们的事迹一次次地感动着：金银潭放射科主任樊艳青说，“我时刻告诉自己，不要流泪，眼睛要用来看海量的CT和X光片子”；当疫情来临时，江夏区金口卫生院的甘如意六百里单骑，四天三夜赶回工作岗位；人的生命只有一次，网约车女司机王利作为汶川地震的幸存者，武汉疫情中她主动当志愿者，甘当生命的摆渡人；一位“90后”援汉的女护士曾说：“不要播我的名字，妈妈看了会担心。”在长辈眼里，她们分明是一群换了身衣服的孩子，可当危险来临时，她们却义无反顾地冲到第一线。习近平总书记在全国抗击新冠肺炎疫情表彰大会上曾说：“世上从来没有从天而降的英雄，只有挺身而出的凡人。”正是这些普通而平凡的女性，用柔弱的肩膀扛起了如山的责任，谁说女子不如男！她们是抗疫战斗中一道最美的风景线。

《致敬了不起的她——38位中国女性抗疫故事》一书共收集了38篇，每篇一个故事，讲述在不同抗疫岗位上一个个平凡而又伟大的女性，读起来让人有种清风明月的舒畅和直达人心的感动。读一本好书，如同与一个高尚的人交流，它可以鼓舞人、激励人，并给人以力量。

本书的策划、编写工作得到了全国妇联领导的热忱鼓励和全国妇联宣传部的大力支持；创作采写、编辑出版得到了各位女作家的积极响应和参与；得到了李鲁平、蔡家园、喻向午3位专家的大力支持；特别是得到了中国作协创联部、上海市作协、河北省作协、浙江省作协的友情协助。同时，湖北省妇联、湖北省作协和中国妇女出版社相关人员为本书的出版付出了辛勤劳动，在此一并表示感谢。

编 者

2021年1月20日